中国科普作家协会资助项目

王晋康文集

第14卷

# 七重外壳

王晋康　著

科学普及出版社

·北　京·

**图书在版编目（CIP）数据**

七重外壳 / 王晋康著 . -- 北京：科学普及出版社，2023.2

（王晋康文集；14）

ISBN 978-7-110-10466-8

Ⅰ. ①七… Ⅱ. ①王… Ⅲ. ①幻想小说 - 小说集 - 中国 - 当代 Ⅳ. ① I247.7

中国版本图书馆 CIP 数据核字（2022）第 121281 号

---

| | |
|---|---|
| **策划编辑** | 王卫英 |
| **责任编辑** | 王卫英 |
| **封面题字** | 张克锋 |
| **装帧设计** | 中文天地 |
| **责任校对** | 焦 宁 张晓莉 邓雪梅 吕传新 |
| **责任印制** | 徐 飞 |

---

| | |
|---|---|
| **出　　版** | 科学普及出版社 |
| **发　　行** | 中国科学技术出版社有限公司发行部 |
| **地　　址** | 北京市海淀区中关村南大街 16 号 |
| **邮　　编** | 100081 |
| **发行电话** | 010-62173865 |
| **传　　真** | 010-62173081 |
| **网　　址** | http://www.cspbooks.com.cn |

---

| | |
|---|---|
| **开　　本** | 710mm × 1000mm 1/16 |
| **字　　数** | 7460 千字 |
| **印　　张** | 470.25 |
| **插　　页** | 1 |
| **版　　次** | 2023 年 2 月第 1 版 |
| **印　　次** | 2023 年 2 月第 1 次印刷 |
| **印　　刷** | 北京中科印刷有限公司 |
| **书　　号** | ISBN 978-7-110-10466-8 / I · 641 |
| **定　　价** | 2888.00 元 |

---

# 目　录

# 七重外壳

1999 年 8 月 23 日，小甘和姐夫乘坐中航波音 747 客机到达旧金山。姐夫斯托恩·吴，中文名字吴中，买的是单程机票，给甘又明买的是往返机票。小甘打算在七天后返回北京，去上他的大学三年级课程。

在旧金山他们没出机场，直接坐上联合航空公司去休斯敦的麦道飞机。抵达这个航人城时已是万家灯火了。高速公路上的车灯组成流动跳荡、十分明亮的光网，城市的灯光照彻夜空，把这座新兴城市映成一个透明的巨大星团。飞机开始下降，耳朵里嗡嗡作响，那个巨大的亮星团开始分解出异彩纷呈的霓虹灯光。直到这时，甘又明才相信自己真的到了美国。

下了飞机，他们乘坐地下有轨电车来到一个停车场，吴中找到自己那辆银灰色的汽车，用遥控打开车门。十分钟后他们已来到高速公路上。吴中扳动一个开关后便松开方向盘，从随身皮包里取出一个小巧的办公机，开始同基地联络。

“我在为你办理进基地的手续。”他简短地说。

甘又明惊讶地看着这辆无人驾驶的汽车在高速公路上疾驶。路上，除了对面的汽车刷刷地掠过去之外，百里路面见不到一个行人和警察。在这道机械洪流中，甘又明真正体会到为什么“汽车人”在美国的动画片中大行其道。他们的汽车对前边汽车追尾太紧时，甘又明免不了心中忐忑，斯托恩·吴猜到他的心思，从办公机上抬起头，平淡地说：

“放心，它有最先进的防撞功能。”

甘又明问：“它是卫星导航？我见资料上介绍过，说这种自动驾驶方式是下个世纪的技术。”

姐夫微微一笑：“国内的资料比国外的现状常常有五到十年的滞后期，我带你去的 B 基地又是美国国内最超前的。你在那儿可以看到许多科幻性的技术，它可以说是 21 世纪科技社会的一个预展。比如这辆汽车，你知道它是什么动力吗？”

不是姐夫问，他还真没想这个问题。他看看汽车，外形和汽油车没什么区别，车速表上的指针已超过了 150 英里，汽车行驶得异常平稳。他猜道：

“从外形看当然不是太阳能汽车，是高能电池的电动汽车？氢氧电池的电动汽车？高容量储氢金属的氢动力汽车？在我的印象中，这些都是公元 2000 年以后的未来汽车。”

吴中摇摇头：“都不是。这辆汽车由惯性能驱动，它装备有十二个像普通汽车汽缸大小的飞轮，秒速 30 万转。所以储能量很大，充电一次可以行驶一千千米。飞轮悬浮在一个超导体形成的巨大磁场里，基本没有摩擦损失，使惯性能在受控状态下逐步转化为电能。这是代替汽油车的多种方案之一，但不一定是最好的方案。”

甘又明半是哂笑地说：“也许，B 基地里还有能给植物授粉的微型昆虫机器？有克隆人？有光孤立子通信？有激光驱动的宇宙飞船？”

斯托恩 · 吴扭头看他一眼，平静地说：“没错，除了‘克隆人’囿于伦理问题没有付诸实施外，其他的都已投入实用或小规模试用。”

之后他就不再说话，在他的办公机上专心致志地办公。甘又明不由得暗暗打量他的侧影。他的相貌平常，身体比较单薄，大脑门，有如女性般的纤纤十指在电脑键盘上翻飞自如，时而停下来在屏幕上迅速浏览一下从基地发来的数据。

如鱼得水。甘又明脑子里老是重复这几个字。这个文弱青年在科技社会里真是如鱼得水，无怪乎姐姐是那样爱他、崇拜他。这种人正是 21 世纪的弄潮儿，在女性心目中，他们已代替了那些筋腱突出的西部牛仔英雄。

七天前，34 岁的斯托恩 · 吴突然飞回国内，第三天就同 31 岁的星子姑娘举行了婚礼。婚礼上，新娘满脸的幸福，新郎却像机器人一样冷静。刚从老家返校的甘又明借着三分酒气，讥讽地对姐夫哥说：

“谢天谢地，我姐姐苦苦等了八年，你总算从电脑网络里走出来了。你知道吗？很长时间我认为你已经非物质化了，或者只剩下一个脑袋泡在美国某个实验室的营养液中。”

斯托恩·吴平静宽厚地笑笑，同小舅哥碰碰杯，一饮而尽。甘又明对他一直非常不满，甚至可以说是抱有敌意。八年来，至少是从他考进清华大学计算机系的三年来，他极少在姐姐那儿听到吴先生的消息，最多不过是在电脑网络中发来几句问候。甘又明曾刻薄地对姐姐说：

“你的未婚夫究竟是吴先生，还是一个 ZHW@07.BX.US 的网络地址？别傻了，那个人如果不是早已变心，就是变成了没有性程序的机器人。”

姐姐总是笑笑说：“他太忙，现在是美国 B 基地虚拟试验室的负责人。”不过弟弟的话并非没有一点影响。那天晚上，她发了一封电子邮件，委婉地说想要一张他的近影。第二天一张表情漠然的照片传回来了——仍是通过电脑网络！为此，甘又明一口咬定这张照片是虚拟的：“美国的警务科学家早把面孔合成软件发展得尽善尽美，你想叫这张照片变胖变瘦，是哭是笑，或者想从 10 岁的照片变化出 34 岁的模样，都只用半秒钟的时间！你想，他为什么不寄一张普通相片呢，这里面一定有鬼！”

即使婚礼过后，甘又明仍然敌意难消。客人走后，他悻悻地对姐姐说：

“他为什么不接你去美国？这位上了世界名人录、名列美国二十位最杰出青年科学家的吴先生养不活你吗？姐姐，我担心他在那边有了十七八个情人，甚至已成了家。我知道你是个高智商的学者，但高智商的女人在对待爱情上常常低能。用不用我再提醒一次？那个国度既是高科技的伊甸园，又是一个世界末日般的罪恶渊薮。”

星子已听惯了弟弟的刻薄话，她笑着说：“你不是说他是没有性别的机器人吗？这种机器人是不需要情人的。”

“那他为什么不接你去美国？”

“他说这儿有他的根，有他童年的根，人生的根。他说，当他在光怪陆离的科技社会里迷失本性时，需要回来寻找信仰的支撑点，就像希腊神话英雄安泰需要地母的滋养。”

她在复述这些话时，脸上洋溢着圣洁的光辉。甘又明喊起来：

“姐姐呀，你真是天下最痴情又最愚蠢的女人！这都是言情小说中的道白，你怎么也能当真！”他看看表，9点40分，是中央7台的科技影视长廊节目时间，这个时间他是雷打不动的。他打开电视，嘟囔道：

“反正我把该说的都说了，到时你莫怪我。”

那晚的科技影视节目是“电脑鱼缸”——正是它促成了他的美国之行。“电脑鱼缸”是一种微型仿真系统，电脑中储存了几百种鱼类的基因，你只要任意挑选几种，按下确认钮，它们就开始在屏幕上从容遨游。每秒48帧画面，比电影快一倍，所以画面上看上去甚至比真鱼还逼真。不仅如此，这些鱼还会生长，会弱肉强食，会求婚决斗，会因鱼食的多寡而变肥变瘦。雌雄配对的机会完全是随机的，一旦某对夫妻结合，它们的后代就兼具父母的基因，因而兼具父母特有的形态习性。它们会根据环境条件产生变异。一句话，这个鱼缸完完全全是一个鱼类社会的缩影——但只是虚拟状态。

新婚夫妇来到客厅时，甘又明正在击节低赞：

“太奇妙了，太奇妙了！”每次看到类似的节目，他常有“浮一大白”的快感。这会儿他完全忘却了对姐夫的敌意，兴致勃勃地对姐夫说：

“很巧妙的构思。如果把节奏加快——这对于电脑是再容易不过了——是否可以在几分钟内预演鱼类几千万年的进化？还可以把主角换成人，来模拟人类社会的进化。比如说模拟第三次世界大战的进程？把所有的社会矛盾、各国军力、民族情绪、宗教冲突、各国领导人的心理素质等等输进一个超级虚拟系统，推演出二三十种战争进程，我想它对军事统帅的决策一定大有裨益。”

斯托恩·吴看了他一眼，他发现这个清华大三学生的思路比较活跃，不免对这位小舅子发生了兴趣。他坐到甘又明的面前，简捷地说：

“你说的不错，这正是虚拟技术诸多用途之一。不过这个电脑鱼缸太小儿科了，我们早已超过它，远远超过它。”

甘又明好奇地问：“发展到什么程度？能否给我讲讲，如果不涉及贵国，”他有意把这两个字念重，“利益的话。”

吴中笑笑，接过妻子递过来的两杯咖啡，递给小舅子一杯。他略为思考后说：

“我想你已知道，在虚拟技术中，人可以‘进入’虚拟世界。”

“对，通过目镜和棘刺手套，人可以进入电脑鱼缸和鱼儿嬉戏。”

吴中摇摇头：“那都是二十年前的旧古董了。我们现在使用的是一种被称作‘外壳’的中介物。通过它，人可以完全真实地融入虚拟世界。我们的技术甚至已发展到这种程度：某人进入虚拟系统之后，如果没有系统外的帮助就无法辨别出所处环境的真假。正像一个密闭飞船里的乘员，若没有系统外参照物就无法确认自己是否在运动。”

甘又明笑嘻嘻地说：“那个‘某人’是否服用了迷幻药？科克？快克？哈希什？”

斯托恩·吴看看他，心平气和地说：“没有。”

甘又明大笑起来：“那你就有点吹牛了！我想，一个神经健全、头脑清醒的人，肯定能从虚拟环境中找出破绽来！要不，是美国人普遍智力低下？也难怪，在美国全民性的吸毒泛滥至少已延续了100年，难免引起智力退化。”

吴中冷冷地说：“说几句俏皮话是很容易的，不过献身科学的人一般已经摈弃了这种爱好。甘先生，你想试试向我的虚拟技术挑战？”

甘又明两眼发光，跃跃欲试地说：

“这可挠到我的痒处了！我天生喜欢这样的智力体操，从小至今，乐此不疲。不过，我恐怕暂时去不了美国吧。”

吴中笑笑，对妻子说：“我给他安排一次为期七天的短期访问，不耽误他回校上课。”

甘又明很快领教了姐夫的地位和能量。三天后，吴中告别新婚妻子匆匆返回美国时，甘又明也怀揣着一张往返机票、一份特别签证和一千元美金坐在特等舱里，享受着空姐的微笑和茶几上的新鲜水果。

一条公路沿着海滩穿行，再往前是广阔的滩涂地。这儿人烟稀少，雪亮的灯光刺破夜色，展现出一个茂密安静的绿色世界，自然的蛮荒和嵌入其中的现代化建筑相映成趣。天光甫亮，他们赶到一个营地。营地占地不大，在做工粗糙的铁栅栏中散布着十几座平房。虽然途中已经联系过，但警卫室声称没有收到对甘又明放行的命令。斯托恩·吴面色不豫，拿起内线电话，节奏很快地说了一通。以甘又明的英语水平基本可以听懂他们的谈话。

吴中说，“我与贵国政府签了合同，我自然会恪守它，包括其中的保密条款。实际上，只要这次我回国七天而未泄密，你就不必担心了。”从这几句话中，甘又明听出了他的傲气。

他又说，“实际上这位中国青年是作为临时雇员来基地的。你知道我们一直在招募挑选那些最有天资的美国青年，让他们去寻找虚拟世界的漏洞，以求改进设计。成功者还要发给一万美元的奖金。这位甘先生也是一个很合适的人选，他思维灵活，天生是个怀疑派，而且在一个完全不同的文化背景中长大。我们的技术只有经过不同文化背景的人士的检验，才是万无一失的。当然，甘先生没有经过例行的安全甄别，但我的话是否可以作为担保呢。”

对方显然犹豫片刻，然后交谈了几句。吴中笑道：“谢谢，我记住你的这次人情。”

他把话筒递给警卫，警卫听完后殷勤地说：“头头说，对两位先生免除一切检查。我送你们过去。”

现在，在他们面前是一个巨大的圆形管道。吴中按动一个电钮，管道上一座密封门缓缓打开。他们走进一个圆筒状的车厢，车厢内相当豪华，摆着四部真皮转角沙发。吴中同仅有的两名乘客打了招呼，安顿甘又明坐下，打开酒柜门，问：

“喝点什么？威士忌、橙汁还是咖啡？”

“橙汁吧。”

吴中倒橙汁时，车厢非常平稳地起动了。甘又明只是在看到橙汁液面向后倾斜时，才察觉到车厢在加速。他从窗户向外望去，看到飞速后掠的绿树旷野。一群海鸟在窗外掠过，立即出现在后边的窗户中。但他敏锐地发现，所谓窗户只是一张液晶屏幕上的仿真画面。他笑着用手敲敲假窗户：

“也是虚拟的？”

吴中微笑着说：“你的观察力很敏锐。对，这种管道是全封闭的，是饱和蒸汽管道。车厢行进时，前方蒸汽迅速凝为水滴，车厢经过后又迅速气化，所以几乎没有空气阻力。车辆可以达到两马赫的高速；使用磁斥悬浮和驱动。相信在下一个世纪中叶，它将在很大程度上代替火车。”他笑道，“当然啦，因为是封闭环境，旅客容易感到压抑郁闷，所以我们搞了这些仿真窗户。”

磁悬浮车辆已达到最高速，正保持着这个速度无声地疾驶，窗外景物的后掠也越来越快。按方位和地图推算，这时头顶已经是浅海了。吴中严肃地说：

“还有10分钟时间。我想简单地介绍一下我们的虚拟技术，希望你不要过于轻敌。像你这样的青年志愿者我们已接待过上千人次，只有六个人挣到了自己的一万美元。此后我们堵住了所有的漏洞，再没人能挣到这笔奖金了。我很希望你能成为第七个成功者，但首先你要彻底清除你的轻敌思想。”

他略为沉吟，平缓地说：

“你要知道，一个智慧生物若处于封闭系统中，很难对自身所处环境作出客观的判断。比如当宇宙飞船达到光速时，时间速率就会降为零，但光速飞船内的乘员感觉不到这个变化，他们仍然认为自己是在正常地吃饭、谈话、睡眠、衰老。再比如，我们说宇宙在膨胀，也能用光线的红移来测出膨胀速率。但这种膨胀只是天体距离的膨胀，天体本身并未膨胀。如果所有天体连同观察者本身也在同步地膨胀，我们能拿什么不变的尺度来确认宇宙的膨胀？绝无可能。”

甘又明笑道：“我信服你的理论，但进入虚拟环境中的人并未完全封闭，至少他们的思维是在虚拟系统之外形成的，自然带着它的惯性。我完全能以这种惯性作为参照物来判断环境的真实性，就像刚才用杯中水面的倾斜来判断车辆是否加速。”

斯托恩·吴凝眸看着他，良久才笑道：

“我没有看错你，你的思维确实非常明快，一下子抓到了关键。但请你相信，我们也不是笨蛋。我们已能把被试者的思维取出来，并即时性地反馈到虚拟环境中去。比如说，尽管我们的虚拟系统与全球信息网络相通，可以随时汲取几乎无限的信息，但它肯定不能囊括你的个人记忆：你母亲20年前的容貌啦，你孩提时住的房舍啦，童年时的游戏啦，你对某位女同学的隐秘爱情啦，等等。但是，”他强调道，“凡是你在自己的记忆库中能提取到的东西，立即会天衣无缝地织进虚拟环境中，所以你仍然没有一个可供辨别的基准。”

甘又明微笑不言，对自己的智力仍然充满信心。吴中也不再赘言，简捷地说：

“我的话已经完了，你记着，我们会让你在虚拟世界中跳进跳出，反复进行。何时你确认自己已回到真实世界中，就向我发一个信号。如果你的判断是正确的，你就会怀揣一万美元回国。”他又加了一句，“不要轻敌，小伙子。呶，已经到站了，下车吧。”

他们在地下甬道里走了一段路，碰到的工作人员都尊敬地向吴中致意，这使甘又明又一次掂出了姐夫在这儿的分量。他们来到一座空旷的大厅，四周是天蓝色的墙壁和屋顶，浑然一体，大厅中央有两把测试椅。这幢大厅不算豪华，但建筑做工十分精致，每一处墙角，每一寸地板，都像象牙雕刻一样光滑严密，毫无瑕疵。吴中拿上一个遥控器，带甘又明来到大厅中间，说：

“先让你对虚拟世界有一个感性认识。让你看看哪种环境呢？”他略为思考，说：“你先看看我们的电脑鱼缸吧。”

他按动电键，大厅中瞬时间充满清澈的海水，波光潋滟，珊瑚礁壁立千尺，有的成伞状，有的成蘑菇状。一只一米长的蛤蜊垂直嵌在珊瑚里，半露的身体犹如彩色的丝绒。还有彩色的螯虾、五条手臂的星鱼、漂亮的石斑鱼。突然前边冒出一只巨大的八足章鱼，它的小眼睛阴森地盯着前边，行动诡秘地缓缓爬过来。甘又明本能地蜷起身子，但章鱼熟视无睹，缓缓从他的身体中穿过，消失在幽蓝的深海中。甘又明喘口气，笑问：

“激光全息仿真技术？确实可以乱真。”

吴中点点头，按一下快进，眼前又立刻变成深海海底景色。火山口冒着浓烟，就像地狱中的烟囱。两米长的蠕虫在海水里轻轻摇动着，管端血红色的羽状触手缓慢地开合。熔岩上铺着一层细菌，犹如白色的地毯。一只奇形怪状的细菌蟹贪婪地一路吃过去，有时还去啃食蠕虫的肉质触手。这是加拉帕戈斯群岛海底依靠硫化氢为生的太古生物群。甘又明看呆了，虽然他明知这是个虚拟世界，但似乎能感受到那深海海水的阴冷和重压。

忽然幻觉消失了，在一刹那间消失得干干净净。甘又明一时跳不出视觉的惯性，呆愣愣地立在那儿。斯托恩·吴淡淡地说：

“这只是虚拟技术的开场锣鼓。下面我要为你套上所谓的外壳，使你与虚拟环境融为一体。跟我走。”

他们走进大厅旁的一间屋子。甘又明第一眼就看到一个光脑袋的女性人体模型，几个工作人员正在它周围忙着。看见他们进来，那个人体模型竟然扭过头来——原来是一个真人！

甘又明傻望着这个脑门锃亮的裸体姑娘，解嘲地说：

“我已经进了虚拟世界？这种景象我只在青年的绮梦中见过。现在这个一丝不挂又毫不羞涩的漂亮姑娘到底是真是假？”

斯托恩·吴微笑着没有接腔，别人听不懂他的中国话独白。几个工作人员开始小心翼翼地为那个姑娘套上“外壳”，那是一件色泽纯白、很薄很柔的连体服。她把双腿蹬上后，工作人员小心地展平外壳，使上面的神经传感乳头与她的身体完全贴合。吴中低声解释，这些乳头将把虚拟信号传到相应的感觉神经，比如你“踩”上火炭时，脚底神经就送去烧灼感的信号。外壳已套到肩部，只有头盔还未带上，它比较笨重，与黑色的目镜相连。姑娘在套上头盔前微笑道：

“我叫琼，琼·比斯特。很高兴做你的向导。”

甘又明疑问地看看吴中，吴中点点头：

“对，这是你在虚拟世界里的向导，心理学和逻辑学博士，会三国语言，包括汉语。需要了解什么信息尽管问她。但她是完全超脱的，绝不会帮助你做出判断。现在请你脱光衣服，剃光头发。”

一个自动理发机无声地移过来，几秒钟内把他变成脑门锃亮的和尚，同时把发茬吸走。工作人员为他穿上那件洁白的衣服。这件衣服又薄又柔，弹性极好，穿在身上几乎变成了自己的皮肤。两人来到大厅，对面坐在两把椅子上。听见送话器中斯托恩·吴用英语说：

“虚拟系统即将启动，请你瞪大眼睛寻找它的漏洞吧。你想从哪儿开始？是海洋，太空，还是台风眼中？我们都可以为你办到。”

甘又明稍稍想一会儿，说：“还是从海水中开始吧，既然这一切都是由那个电脑鱼缸所引发。而且，我没有告诉你，我是北京高校百米自由泳纪录保持者。”

斯托恩·吴在屏幕中笑笑：“在虚拟世界里不会游泳并不是一个问题，电脑很容易为主人公加上令人信服的校正。不过，就按你的意见办吧。现在我要按下电钮了。”

甘又明在一刹那间被抛入水中。他看见自己和那位琼姑娘都穿着潜水衣，身后背着两个小小的黄色氧气瓶。他用力浮上水面，透过面罩远眺，海面十分广阔，只有后方隐约可见一线海岸。海浪轻轻地推揉着他，透过潜水服，能感到海水的浮力和温暖。他在水中做了几个滚翻，他的前庭器官感觉纤毛依旧精确地给出重力变化的方向。他知道这些都是假象，他身上穿的是白色的“外壳”而不是黑色的潜水服，他坐在空旷的大厅里而不是在水中。但由那件“外壳”传给他的视觉、听觉和触觉效果太逼真了，实在太逼真了，使他没办法不相信。

他取下头盔——他真的感觉到把头盔取下了，能呼吸到海面上略带咸味的空气，感觉到清凉的微风。琼从他旁边冒出来，甩着水珠，他喊道：

“琼！这儿是什么地方？”他笑着有意强调，“或者说，这是模拟的什么地方？”

琼也取下头盔，抖抖长发。长发如瀑布般散落，发出耀眼的金黄，这和他记忆中的光脑袋姑娘形成强烈的反差。他随口问道：

“这是你的真实形象吗？”

琼奇怪地问：“你说什么？”

“你在剃光头发进入虚拟世界之前，就是这个模样吗？”

琼笑笑，只回答了他的第一个问题：

“我想这儿就在我们基地上方。这儿是阿查法拉亚湾附近海面，离墨西哥不远。近年来这儿贩毒活动很猖獗。”

不远处海面上有一艘快艇，上面没有人——按照虚拟系统的逻辑，这当然是他们带来的。他忽然看见南边海面上出现一个三角形的背鳍，划破水面迅速逼近，他惊慌地喊道：

“鲨鱼！”

琼挺直身子看看，笑道：“不要慌，这是海豚。”

他们戴上面罩潜入水中，果然看到十几只海豚。它们的皮肤是鸽灰色的，十分光滑，嘴里有整齐的白牙，呼哧呼哧地喘息着，喷水孔一张一合。它们排着队向西北方向游去，很快掠过两人的身边。他们甚至能感到海豚所搅起的湍流。甘又明兴致勃勃地追过去，一边笑道：

“琼，如果是在虚拟世界里被鲨鱼吃掉，会是什么后果？”

“你当然不会真的死去，但系统会‘死机’，只能重新进行冷启动。另外，你会真的感到鲨鱼利齿切断身体的痛苦。所以劝你不要尝试。”

在那群海豚之后，甘又明忽然又发现两只。它们的体形相当大，在飞速游动中严格保持着相对方位。当海豚靠近时，甘又明发现它们身上套着挽具，身后拖着一个流线型的容器，他大声喊：

“看哪，海豚邮递员！”

琼在水下通话器中听到了他的喊声，也看到了那对海豚，它们像受过严格训练的军马，目不旁骛，以极快的速度掠过他们的身边。琼饶有趣味地说：

“我看过一些资料，说军方在着力培训海豚蛙人，让它们咬断敌方通信电缆，或者给深海作业的潜水员递送工具。海湾战争中就征调了海豚部队去排除鱼雷。噢，对了，听说贩毒集团也开始利用海豚和信鸽越境贩毒，这是最廉价又最难发现的方法。”

甘又明似笑非笑地看着她，他想琼这几句话一定是预定情节中的台词。他嬉笑道：

“要不，咱们追过去？”

“好的。”

他们迅速爬上快艇，瞅准那片背鳍追过去。海豚的速度很快，甘又明看看速度表，已超过每小时 10 海里。它们有时也潜入水中，好在海豚必须浮上水面换气，所以他们一直保持着追踪。马上就到岸边了，前边有一个狭长的海岛，海岸警备队的快艇远远向他们驶来。那两只海豚忽然昂起头——甘又明本能地感觉到它们是在做一次深呼吸——便潜入水中，倏然不见。琼急急地说：

“恐怕它们不会再浮出水面了，下水追踪吧。”

两人迅即下水，听见海岸警备队快艇上在大声喊叫着，似乎是在命令他们待在船上听候检查，但两人没理会。海豚的速度很快，一会儿就失去踪影了。两人在岸边的红树林中和乱石中徒劳地寻找了十几分钟，终于失望了。琼懊丧地说：

“找不到了，回航吧。”

就在这时，甘又明忽然发现前边有一个狭窄的洞口。那两只海豚正一前一后从洞口钻出来，径直向大海游回去。它们身上已没有挽具和那个流线型的物体。但甘又明分明觉得它们就是原来那两只。从它们从容不迫的神情看，似乎已经完成了邮递任务。甘又明拉着琼游近观察，洞穴非常幽深。他问琼：“进洞看看？”

琼犹豫着，甘又明又鼓动道：

“不会有危险的。既然海豚能游进去又能游出来，何况咱们还带着氧气瓶。”他笑着补充，“何况只是虚拟世界。”

“好吧。”

两人把面罩带上，费力地钻进洞穴。进口相当狭小，但里面越来越宽，也越来越暗，几乎成了漆黑一团。他们继续前行，大约两千米后，前边出现了暗蓝色的微光。再往前游一会儿，海水逐渐变成清澈的天蓝色，浮光摇曳，色彩斑斓的各种鱼儿在蓝光中遨游。琼惊喜地说：

“太美啦，我在这儿当向导已经五年，一直没发现这个神奇的蓝洞。”

蓝光逐渐变淡，两人同时钻出水面，摘下面罩，好奇地打量着。这儿很像一个天井，水面离岸有几米高，头顶上方仍然是岩洞，岩洞四周卧着两三幢小房子。忽然有人高喊：

“水下有人！”

立即响起凄厉的警报声，十几个人一下子冒出来，从岸边探下身，端着枪向他们瞄准。两人知道这儿不是说理的地方，迅速戴上头盔，一个鱼跃，疾速向水下潜去。后边如开锅一样，无数子弹搅着海水。琼在通话器中气喘吁吁地说：

“一定是贩毒分子！否则不会不问情由就开枪的，我们快返回！”

他们尽力向来路游回去。眼看快到洞口了，忽然唰啦一声，一个秘密栅栏门从洞壁上伸出来，把洞口封得严严实实。甘又明用力摇撼，粗如人臂的铁栅栏纹丝不动。琼惊惶地喊：

“后边！他们追来了！”

十几个蛙人已经悄无声息地逼过来，他们手中的长矛和水下步枪闪闪发亮，有如鲨鱼口中的利齿。他们透过面罩阴森森地盯着两人，慢慢把包围圈缩小。在这生死关头，甘又明忽然长笑一声，大声喊道：

“暂停！吴先生，场上队员要求暂停！”

眼前的景象呼啦一下子消失了，两人仍坐在椅子上。甘又明抬起胳膊想去掉头盔，两个工作人员急忙过来帮助他。头盔取下后，面前仍是那个空旷的大厅，两人仍穿着那件白色的外壳。他大笑着站起身：

“太奇妙了，太逼真了！我虽然明知道它是假的，却看不出一丝破绽。我能感受到海水的波动、子弹的尖啸和死亡的恐惧。那个蓝汪汪的洞穴实在美极了，还有那两个勤奋尽职的海豚邮递员！吴先生，真难为你编出这么生动的情节。”

琼也取下头盔，笑问：“你在哪儿看出了破绽？”

甘又明微笑道：“你不要拿我的智力开玩笑。这是个非常逼真的故事，可惜没有开头——我们是突然跌入海水中的。稍有逻辑判断力的大脑，自然能做出正确的结论。”

从控制室出来的斯托恩·吴一直没有说话，笑着看他。这时才问一句：“什么蓝洞？”

甘又明惊奇地说：“你是开玩笑吧，你们构思的情节，你能不知道？”

斯托恩·吴微微一笑：

“你太小觑我的系统了。告诉你，系统的信息来源是完全真实的，也几乎是无限的。但究竟把哪点信息用于这一次的虚拟环境——比如你在海水里看到的是海豚还是噬人鲨——却是完全随机的。电脑根据这些信息随机地进行构思，所以系统内的情节绝不会重复。”他开玩笑地说，“我说过，我一直不忍心把这套技术公开，我怕它砸了所有小说家、剧作家的饭碗。”

“那么，我们在虚拟世界里游逛时，你并不知道我们的经历？”

“当然可以知道，不过我们一般懒得监视，你的进入只是千百个普通试验中的一个。”

这话使甘又明的自尊心颇受打击。他简要讲了当时的情形，吴中似乎对海豚和蓝洞的情节很感兴趣，盯着问了几个问题。然后他说：

“今天到这儿结束。让琼陪你去逛逛美国吧，你已经只剩下六天了。”

甘又明点点头，从身上慢慢剥下那件白色的外壳，穿上他自己的衣服。从外壳的禁锢中解脱出来，顿时觉得十分轻松。

尽管在电影中、电视中对美国的夜生活已是耳熟能详，但只有亲身置于夜总会的环境中，才真切感受到那种世纪末的气氛。大厅里光线幽暗，烟雾腾腾，紫色、蓝色、血红色的光柱一波波扫过人群。高高的屋顶上垂下一个秋千，一个近乎裸体的艳色女郎嘎嘎笑着，一下下擦着头顶荡过人群。大厅正中是一个高台，一对身穿白色紧身衣的男女疯狂地扭动着，做出种种猥亵的动作。他们的紧身衣颇似 B 基地里的外壳，甘又明不由得想起裸体的琼套着外壳时的情形。他扭头端详琼，她今晚的打扮也很性感，裸露的肩头和脊背十分润泽，穿着短裙，大腿修长白皙。两人找到位置坐下，甘又明问：

“喝点什么？”

“来杯威士忌。”

甘又明为自己要了三瓶矿泉水，一杯杯地往肚里灌。他解嘲地说：“早就渴坏了。”

琼呷了几口威士忌，问：“跳舞吗？我在等你邀请呢。”

甘又明说：“我去一趟洗手间。”他在挨肩擦背的人群中费力地挤过去。洗手间是男女合用的，便池各自独立，两名女子正对镜整妆。他拉开一间便池的门，忽然吃惊地后退一步，一个40岁左右的黑人男子侧卧在便池上，眼睛像死鱼一样翻着，胳膊上的静脉血管插着一只注射器。

不用说，这是过量吸毒引起的猝死。那两名女子出门时也看到了尸体，但她们只漠然地扫一眼，若无其事地走了。甘又明厌恶地看着这名吸毒者。他一直生活在正统保守的中国，对席卷全球的吸毒狂潮只有三个字的感受：不理解。他不理解竟然有数千万人屈服于这种魔鬼的诱惑，莫非末日审判的钟声已经敲响了么？

他回到柜台前，向侍应生问清了报警电话，把电话要通。警察局的值班人员说：“谢谢，我们将在十分钟内赶到。请问你的名字？我们在哪儿可以找到你？”

“我叫甘又明，十分钟内不会离开这家夜总会，你到第七号餐桌前找我。”

回到桌旁，他看见座位已空，琼正同一个陌生男子跳舞，狂热地扭动着臀部和肩部。她的眼光仍留意着这边，见甘又明返回，向他做一个抱歉的手势。甘又明向她摆摆手，坐到原位。

两个中年人忽然出现在他的面前，他们身着便衣，一个身材矮胖，手上长满金色的软毛；另一个是瘦长个子，耳朵很大。矮个子彬彬有礼地问：

“你是中国来的甘又明先生？”

甘又明狐疑地看着两人，嘲讽地说：

“二位来得太快了吧，这不像是真实世界的速度。”他有意把这两个字咬得特别重。“我报案才一分钟。再说，我在电话中并没说我是从中国来的呀。”

这下轮到那两人纳闷了：“你说什么报案？”

“你们不是警察？”

“我们是联邦警察。”两人出示了证件。“我们是联邦调查局派驻B基地的警官汤姆和戈华德。但你说什么报案？”

甘又明讲了刚才的见闻。听了甘又明的解释，大耳朵的戈华德警官匆匆去洗手间处理那桩案子。汤姆笑道：

“一场误会，我们是为另一件事来的，要占用你一点时间。你不会介意吧。”

“我不会介意，但我首先要确认自己是不是在梦中。”他笑着问，“请二位向我解释一下，你们是如何在一个远离 B 基地的繁华小镇一下子就找到我，一个刚来美国的外国人的？”

“很容易。我们知道琼经常来这儿玩，又在停车场发现她的汽车。”

甘又明噢一声，觉得自己多疑了。他说：“那么请讲吧，什么事情我可以效劳？”

汤姆开门见山地说：“听说你和琼无意中发现一条贩毒通道？”

甘又明哑然失笑：“先生，你是 B 基地常驻警官，难道对他们的虚拟技术一点也不了解？对，我们是发现了一条通道，还差点丧了命。但那只是一个虚拟的故事。”

汤姆微笑着说：

“恐怕正是你本人还不了解虚拟技术。你是否知道，虚拟环境中所涉及的信息都是真实的，是从间谍卫星、水下拾音器、水下摄像机输到电脑中的。海岸警备队在南部海岸线确实设了许多秘密摄像机，以便监督无孔不入的贩毒分子。所拍摄的数千英里的胶片都经过电脑的处理，把有用的资料甄别出来，送到联邦缉毒署长的办公桌上。但是，电脑不是万无一失的，它也有可能漏掉很重要的一段，又偶然被组织进那次的虚拟环境中去。我们尚未在浩如烟海的背景资料中查到这一部分，为了稳妥，请你帮我们复查一下。这也是吴先生的意见。”

“现在就去？”

“越快越好。”

“好吧。”他把最后半瓶矿泉水灌进肚里，“需要琼一块儿去吗？”

“当然。”

他把琼从舞池中唤回来，戈华德正好也返回了。他说：“本巡区的警官已经去了洗手间。我们走吧。”

琼迷惑地问："到哪儿？"

"上车再说吧，走。"

警用快艇上已经备好四套轻便潜水服和水下照明灯。甘又明很有把握地说："我想我会很快找到的。当时我仔细记下岸上的特征和水下岩石的特征。"

果然，不到一个小时，他已在黝黑的水底找到那个洞口，洞口看不见栅栏。甘又明低声说：

"就是这儿，不会错。余下的工作由你们去做吧，我可不想再被关进这个捕鼠笼子里被人捅死。"

戈华德游近洞口察看，怀疑地低声说：

"是这儿吗？洞口处没有安装栅栏的痕迹呀。甘先生，琼小姐，请你们再辨认一下。"

甘又明不相信自己会弄错，他和琼游过去，一眼就看到栅栏缩回的两排小圆洞。他猛然惊醒，但不等他做出反应，两名警官忽然用力把他们向洞里推去，同时按下一个按钮。铁门唰啦一声合拢了，把两人关在里面。琼惊呼道：

"上当了！他们一定和毒贩有勾结！"

两名警官在外面狞笑着："聪明的姑娘，可惜你醒悟得晚了点儿。回头看看吧。"

后边唰地射来一道强光，两人本能地捂住双眼。等眼睛稍微适应光亮，看到五六个蛙人正迅速逼近，手中的水手刀和水下步枪像鲨鱼的利齿。琼失声惊叫着，甘又明迅速把她拖到身后。

但他知道这是徒劳的。蛙人正慢慢逼近，身后是坚固的栅栏，即使栅栏外面也是虎视眈眈的敌人。甘又明用身体把琼压在栅栏上，忽然厉声喝道：

"汤姆警官，临死前我有一个要求！"

汤姆游近栅栏，戏弄地说："请讲吧，我乐意做一个仁慈的行刑者。"

甘又明忽然笑起来，油头滑脑地说："我想撒泡尿。"

汤姆愣一下，恶狠狠地说："我佩服你死到临头还有心情幽默，动手吧！"

几把长矛正要捅过来，甘又明急忙高喊：“暂停！吴先生，我要求暂停！”

两人突然跌回现实中，仍坐在那两张椅子上，甘又明的双手还保持着篮球比赛的暂停动作。琼取下头盔，看着他的滑稽样子，扑哧一声笑了。吴中从控制室走出来，微笑着问：

“你真是个机灵鬼，从哪儿看出破绽的？”

甘又明也取下头盔，笑嘻嘻地说：“我是否可以不回答？我不想削弱自己取胜的机会。”

但一分钟后他就忍不住了，笑道：

“很简单，我在夜总会有意猛灌几杯水，可是一个小时后还不觉得膀胱憋胀。这可不符合我的习惯——我从小就是个有名的尿漏子。所以我理所当然地得出结论：那几杯水并没有真正灌进我的肚里，也就是说，我仍然在虚拟世界里。”

斯托恩·吴忍不住大笑起来，琼和几名工作者也笑个不停。吴中忍住笑说：

“你很聪明，用一泡尿戏弄了超级电脑。不过我要给你一个忠告，实际上电脑里有尽善尽美的程序，可以根据你的进食或饮水等情况，及时发出饱胀感或憋尿感信号。这只是一次丢脸的疏忽，我再也不会让它出这样的纰漏了。现在你可以脱下外壳，让琼真的领你去看看美国社会。”

甘又明忽然想到一件事：

“顺便问一句，在这次的虚拟场景中，汤姆警官说的是真实情况吗？那个蓝洞真的有可能存在吗？”

“他说的不错。我的确在 10 分钟前向汤姆警官通报过这件事。”他笑着说，“而且，这两位警官也确实是你在虚拟环境中见过的样子。既然身边有现成的模特儿，我又何必凭空臆造呢。”

工作人员小心地脱下“外壳”。这种由银丝和碳纳米管混织而成的白色连体服是世界上最昂贵的衣服，甚至超过每件价值三千万美元的太空服。甘又明斜睨着裸体的琼，咕哝道：

“我一定还没跳出虚拟世界。在真实世界里，我绝不敢这样坦然地看一个姑娘的裸体。”

琼慢慢地穿着衣服，一直在斜睨着他，她的脑袋泛着青光。甘又明受不了她目光的烧灼，尴尬地说：

“你为什么一直盯着我？想和我比一比谁的脑袋更亮吗？”

琼含笑不语，突然说：“谢谢，甘，谢谢你。”

“为什么？”

“谢谢你在危急关头总是把我掩到身后。纵然只是在虚拟世界里，也能看出你的骑士风度。”停停她又加了一句，“我希望能有机会让我给予回报。”

甘又明笑嘻嘻地说：“你上当了，那时我已经判断出是在虚拟环境中，乐得充一阵空壳子好汉。”

琼摇摇头说：“你何必装得比实际上坏呢。”

甘又明有点尴尬，忽然笑道：“你愿意回报吗？现在就可以。”

琼误解了他的意思，吃惊地说：“现在？在这儿？”

甘又明把赤裸的左臂伸过去：“喂，咬上一口，狠狠咬上一口。这就是你的回报。”

琼迷惑地笑道：“你怎么啦？”

“老实说，我对这种虚拟世界已经心怀畏惧。在刚才那层虚拟中，我分明感到我已经脱下外壳，可是实际上它仍然紧紧地箍着我。现在我又把它脱了，谁知道这回是真是假？你咬我一口，看我知道疼不。用力咬！”

琼笑着，真的用力咬一口。甘又明疼得大叫一声，低头看看，胳膊上四个深深的牙印，略有沁血。甘又明笑道：

“好，好，这下子我真的脱下那层外壳了。你说对吗，琼？”

琼含笑不言。甘又明苦笑道：

“我知道你只能做一个超然的向导，不会帮我作出判断。我也知道自己是自我安慰。即使这会儿外壳仍套在身上，也同样能造出这样逼真的痛觉和视觉效果。”他把琼的手臂拉过来，用手摩挲着。姑娘的皮肤光滑柔软，滑腻如酥，有一种麻麻的电击感。他苦笑道：“真希望我现在触摸到的是真正的你，而不是那种比真实还要真实的虚拟效果。”

琼被他话中蕴含的情意所感动，轻轻握住他的手。突然甘又明的目光变冷了，他紧盯着琼的臂弯，那儿白皙的皮肤上有两个黑色的针孔。那分明是静脉注射毒品的痕迹。他没再说话，默然穿上衣服走出大厅。

琼自然感觉到了他突然的冷淡，走出大厅后她说：“愿意逛逛夜总会吗？”

甘又明客气地说：“不，谢谢。我今天累了，想早点休息。”

琼犹豫好久，抬起头说：“请到我的公寓里坐一会儿，好吗？我住在基地外的一所公寓里，离这儿不远。”

甘又明犹豫着，不忍心断然拒绝琼的邀请，他知道琼是想对他做一番解释。他迟疑地说：“好吧。”

琼驾着汽车在隧道中开了半小时，她说：“隧道下面就是你们来基地时走的蒸汽管道。”出了隧道又开了大约 15 分钟，前边又出现辉煌的灯火。琼放慢车速，缓缓开进这个小镇。她告诉甘又明：

“这儿是红灯区。基地的男人们在周末常常到这里寻欢作乐。”

街道很窄，勉强可以容两辆车交错行驶。琼耐心地在人群中穿行。左边一个白人男子在大声吆喝着，对过往车辆做着手势。他头上的霓虹女郎慢慢地脱着最后一件衣服。琼告诉他，这里面是表演脱衣舞的地方，老板和演员都是法国人。甘又明瞥见几个年轻人聚在街角叽叽咕咕，有黑人也有白人，他们的头发大都染成火红色，梳成爆炸式的发型。琼告诉他，这是吸毒者和毒品小贩在做生意，对这些零星的贩毒，警方是管不及的。忽然一个人头出现在他们的车窗上，这是一个眉清目秀的白人青年男子，戴着耳环，嘴唇涂着淡色唇膏，对着车内一个劲儿地搔首弄姿。甘又明知道这是一个同性恋者，厌恶地扭过头。

汽车终于穿过红灯区，似乎又掉头开了一会儿，停在一个整洁的公寓外。几个小孩儿在绿草坪上骑自行车，暮色苍茫中听见他们在兴奋地尖叫。琼掏出磁卡打开院门，停好汽车，又用磁卡打开公寓门。

公寓很大，也很静，只有洗衣房里有一个女佣在洗衣。琼把他安顿到客厅，告诉他，公寓里的客厅、洗衣房、健身房是公用的。这里住客很少，几个护士又常上夜班，所以今晚只剩下她一个人。

她端来两杯咖啡，坐在他对面的沙发上，笑问："今天我有意绕一段路，领你去看看红灯区。有什么观感吗？"

甘又明沉吟一会儿说："浮光掠影地看一眼，说不上什么观感。我对美国的感情是很矛盾的，一方面，我非常敬慕美国的科技，羡慕美国人在思想上永葆青春的活力。我常常觉得美国的精英社会已经提前跨入21世纪。另一方面，我又非常厌恶美国社会中道德的沦丧、人性的沦丧：吸毒、纵欲、群交……简直是世界末日的景象。我最担心的是，这种堕落是否是高科技的必然后果？因为科学无情地粉碎了人类对自然的敬畏，对生命的敬畏。如果美国的今天就是其他国家的明天，那就太令人灰心了！"

琼沉默很久，冷淡地说：

"不必那么偏激吧。我知道中国南北朝时，士大夫就嗜好一种毒品——五石散；明清的士大夫盛行养娈童。中国人比西方人摩登得更早呢。"

甘又明冷笑着，尖利地说：

"我很为那些不争气的祖先脸红！差堪告慰的是，我们已把它们抛弃了。美国呢，据统计，全国服用过一次以上毒品的有六千六百万人！对了，你刚才还忘了提中国清末的嗜食鸦片呢，那是满口仁义道德的西方人一手造成的。现在他们的子孙吸毒成癖，是不是冥冥中的报应！"

琼久久不说话，一种敌意在屋内弥漫。很久之后，琼走过来坐在甘又明旁边，握住他的手说：

"请原谅，我并不想冒犯你。坦率地讲，从一见面我就很喜欢你，你的清新质朴是我不多见的。我不瞒你，我确实偶尔服用毒品，这在美国是很普遍的事。在西班牙等国家，吸毒甚至已经合法化。不过，我知道你在禁欲主义的国度长大，对此一定很反感。如果……我答应你从此戒掉毒品。"

甘又明听出她话中的情意，很感动，但他最终用玩笑来应付：

"那首先要确定我自己是否仍在虚拟环境中。谁知道呢，也许你是假的，我也是假的，你身上的针孔连同这会儿说的话都是假的。怎么样？能不能在这上面偷偷帮我一点忙？”

琼笑了：“我不能违反自己的职业道德。”

甘又明笑着站起身：“时间很晚了，恐怕我该告辞了。”琼没有起身，微笑道：“你可以不走的。”她补充道，“你可以睡沙发，或者为你另开一间。”

“不，我还是走吧，我怕抵挡不住某种诱惑。”

两人都笑了。甘又明说：“你不必送我，我可以叫一辆出租。”

“不，还是我送你吧。”

两人刚打开房门，正好两个警察用力挤进来，把两人挤靠在墙上，他们出示了证件：

“警察！请退回你的房间！”警察把两人逼回客厅，甘又明立即认出这正是在虚拟世界里见过的汤姆和戈华德。汤姆冷冷地说：“琼小姐，据线人说你屋里藏了大量的毒品，我们奉命搜查。”

琼和甘又明吃惊地面面相觑，琼说：“不，我从来没有藏过大宗毒品！”

汤姆用力扳过她的胳臂，厌恶地说：“那么，这些针孔是怎么回事？”他不再理会琼，径自进卧室去搜查。十分钟后，他提着两袋白色药品走出来，怒冲冲地说：

“是高纯度的快克，足有两公斤！”

琼非常震惊，瞪大眼睛盯着他手中的药品，忽然愤怒地嚷道：

“这是栽赃！这两袋毒品一定是你刚放进去的！”汤姆走过来，狠狠抽了她一耳光。鲜血从她嘴角沁出来。她转身对甘又明说：“请你相信我，他们一定是栽赃，一定是因为那个蓝洞报复我！”

戈华德奇怪地问：“什么蓝洞？”

甘又明蓦然惊觉，他急忙问戈华德：“你不知道蓝洞吗？就是贩毒集团的秘密通道。是我们无意中发现的，斯托恩·吴先生说他已通知了汤姆警官。”

戈华德警觉地回头看看汤姆，但晚了一步。后者已从腋下拔出一支旋着消音器的手枪，一声轻微的枪响，戈华德警官的额头上钻了一个洞，鲜血猛烈喷射，他沉重地倒在地上。琼惊叫一声，第二颗子弹已击中她的胸膛，立时她的T恤衫一片鲜红。甘又明猛扑过去，把她掩在身下，抬起头绝望地面对枪口。汤姆狞笑着说：

“谁知道蓝洞的秘密，谁就得死！你那位斯托恩·吴也活不过今天晚上。”他把枪口抵在甘又明的嘴里，枪身伴着冰冷的死亡感。甘又明恐惧地盯着他慢慢按下扳机，忽然口齿不清地喊：

“暂停！斯托恩·吴先生，暂停！”

工作人员为两人取下头盔，两人都面色苍白，惊魂未定。琼下意识地用手按着胸部，甘又明也提心吊胆地紧盯着那儿。不过，当白色的外壳慢慢脱下后，那儿仍然白皙光滑，并没有一丝伤痕。

斯托恩·吴已经站在他们身后，笑问：“小甘，你这个鬼灵精，这次又在哪儿看出了破绽？”

甘又明喘息一会儿，才苦笑道：

“不，我只是侥幸。我并没有完全确定自己是在虚拟环境中。我只是想，如果戈华德先生是一个循规蹈矩的警官，他就不会到不是自己值勤区域的地方去办案；汤姆如果想杀我们灭口，又何必拉着并非同伙的戈华德同去。不过，这段推理并不严密，很容易找到其他解释。”

琼的灵魂仍未归窍，甘又明勉强打起精神问：“琼，你是虚拟世界的向导，你怎么也会相信它呢。”

琼苦笑道：“有时我也难辨真假。”

甘又明分明觉得，他所经历的虚拟环境中的阴暗气息正逐渐渗入他的心田。他压着怒气冷嘲道：“吴先生，虚拟世界是从好莱坞请的导演吗？我看这里怎么尽是好莱坞的暴力、血腥、毒品和性感女郎。”

斯托恩·吴摇摇头：“不，我们不必请什么导演，我说过，虚拟技术很快能抢掉他们的饭碗。该系统的超级电脑有很强的学习能力，我们只需把近二十年来美国每年的十大畅销片输进去，它就能学会他们的导演手法，并远远超过他们。”

甘又明刻薄地说：“怪不得这些情节十分眼熟呢。”那层无影无形的外壳似乎一直在裹着他，箍得他无法喘息，他疲倦阴郁地说：

“我要休息了，想睡个好觉再干下去。我的住处在哪儿？”

“就在对面的白领人员公寓里，103 号。”

“你也在那儿吗？”

“对，118 号，我们离得不远。琼，今天的工作就到这儿结束吧，谢谢。”

琼简单地同甘又明告别，披上外衣走出大厅。她还要赶回自己的公寓。

晚上，甘又明在床上辗转难眠。倒不是因为下午“身历”的血腥场面，而是因为他不敢确认自己身上那件“外壳”是否真的已经去掉。他对姐夫的虚拟技术已有了深深的畏惧，就像害怕一个摆脱不掉的幽灵。

比如说，这会儿斯托恩·吴没有邀请他去屋里做客，就不符合真实世界的常理，毕竟小舅子是万里之外来的客人啊。

不过，也许这是西方世界的习俗？也许是吴先生的屋里还藏着一个情人？也许……还有别的秘密？

他一跃而起，他要去姐夫的屋里看一看才放心。尽管知道自己的决定有点神经质，他还是来到 118 号房间。按响门铃后很久，姐夫才打开房门：

“是你？还没有睡吗？”

姐夫穿着睡衣，脸上是冷淡的客气，分明不欢迎他进屋。他佯装糊涂，径自闯进去。没有等他的侦察工作开始，卧室中就传来嗲声嗲气的声音：

“亲爱的吴，快进来吧。”

一个浓妆艳抹的裸体男人扭着腰肢从浴室里走出来，两只硕大的耳环在耳垂下游荡。正是在红灯区拉客的那只兔子！甘又明痛心疾首地扭头瞪着姐夫。他十分痛心姐夫的堕落，但最使他痛心的甚至不是这件事情本身，而是姐夫那种冷静的厌烦的神情，他肯定是讨厌这位多事的小舅子。甘又明狂怒地喊道：

“我知道这不是真的！暂停！”

工作人员为他取下头盔，吴中微笑着走过来，没等他开口说话，甘又明已经愤懑地喊：

“我退出这个游戏！我要回家去！”

吴中和刚取下头盔的琼都吃惊地看着他，想要劝阻，但甘又明厉声喝道：“不要说了，我要回国！”

看来吴中很不乐意，他冷淡地说：“这是你的最后决定吗？那好，我让秘书安排明天的机票。”

第二天琼陪着他坐上了中国民航的波音 747 班机。甘又明曾冷淡地执意不让琼陪同，琼小心地解释：

“甘先生，这是我做向导的职责，只有在你确定自己回到真实世界的时刻，我才能离开你。”

十八个小时的航行中，甘又明一直紧闭双眼，不吃也不喝。直到出租车把他送到北京芳古园公寓，他才睁开眼。他急急地敲响姐姐的房门。姐姐惊喜地喊：

“小明，你这么快就回来了？这一位是……”

甘又明不回答，在屋里神经质地走来走去，目光疑虑地仔细打量着屋内的摆设。琼只好向女主人做了自我介绍，两人用英语和汉语亲切地交谈着。甘又明在博古架前停住，突兀地问：

“姐姐，我送的花瓶呢？”

姐姐迷惑地问：“什么花瓶？”

“你们结婚那天我送的花瓶！”

“没有啊，那天你从老家下火车直接到我这儿，只带了一些家乡的土产。”

甘又明烦躁地说：“我送了，我肯定送了！”在他脑海中，对几天前的回忆似乎隔着一层薄雾。他清楚地记得自己送过一只精致的花瓶，那是件晶莹剔透的玻璃工艺品，但他又怕这只是虚拟的记忆，是逼真的虚假。这种无能为力的感觉使他狂躁郁怒。他忽然冷笑道：

“姐姐，非常遗憾，那位斯托恩·吴先生不是什么好东西……不不，我和他没什么实际接触，这几天实际我一直是在虚拟世界里和他打交道。但仅凭虚拟环境中的阴暗情节，我也可以断定创作者的人品。”

姐姐沉默很久才委婉地说：“小明，你怎么能这样说姐夫呢，你和他在一块儿相处满共不过五天。五天能了解一个人吗？再说，虚拟世界是超级电脑以美国高科技社会的现状为蓝本构筑的，他即使是首席科学家也无能为力。”

甘又明立即胜利地喊道：“这不是你的话，是吴中的话！我仍然在虚拟世界里，暂停！”

工作人员为两人取下头盔，甘又明一直紧闭双眼，不断地重复着：

“我要回国，回我的家乡。”

吴中和琼看着心理崩溃的小甘，担心地交换着目光，说：

“好吧，我们马上送你回国。”

破旧的大客车在碎石路上颠簸着。车里大多是皮肤粗糙的农民，他们一直好奇地盯着那位漂亮的白人金发姑娘。她身旁是一个脑袋锃光的中国小伙子，一直闭着双眼，似乎是一个病人。姑娘小心地照护着他。

直到下了车，视野中出现一个山脚下的小村庄时，甘又明才睁开眼，他指点着：

“看，前边那株弯腰枣树下就是我家。”

他们进了村，小孩们好奇地围观着。琼饶有兴趣地打量着这个农家院落，大门上贴的春联已经褪色，茂盛的枣树遮蔽着半个院子。墙角堆着农具，墙上挂着苞米穗子，院里还有一口手压井。甘又明比她更仔细地端详着院子，目光中是病态的疑虑和狂热。

他妈妈从后院喂完猪回来，看见他们，惊喜地喊：

“明娃，你咋回来啦？哟，你咋成了个光瓢和尚？”她欢天喜地把两人让进屋，不错眼珠地盯着那个洋妞。停一会儿，她冲了两碗鸡蛋茶端出来，瞅空偷偷问儿子：

“明娃，这个美国妞是谁？”

在这之前，甘又明一直表情复杂地看着妈妈，既有亲切，更有疑虑。听见这句问话，他立即睁大眼睛，劈头盖脸地问：

“你怎么知道她是美国人？谁告诉你的？”

妈妈让这一连串的质问弄懵了，怯生生地问：“我说错话了吗？打眼一瞅，任谁也知道她不是中国妞哇。”

甘又明不禁哑然失笑，知道自己多疑了。他忘了妈妈的习惯：凡不是中国人的，她都叫他们美国人。他和解地笑道：

“没错，妈，你没说错。这位姑娘的确是美国人，她叫琼。你问我们回来干什么？琼想听你讲讲我小时候的事儿，一定讲那些我自己也忘记了的事儿，好吗？”

妈妈笑嘻嘻地看着儿子，他们巴巴地从北京赶回来就是为了这事儿？不用说，这个美国妞是儿子的对象，是他的心尖儿宝贝，哼一声也是圣旨。她笑着说：

“好，我就讲讲你小时候的英雄事儿，只要你不怕丢面子。姑娘能听懂中国话吗？”

“她能听懂中国话，听不懂的地方我给她翻译。”

“你八岁那年，在洄水潭差点丢了命……”

“这事我知道，讲别的，讲我不知道的！”

妈妈想了半天，嘴角透出笑意：“行，就讲一个你不知道的，我从来没告诉过你。初中一年级时，有一天你在梦中喊李苏李苏！我知道李苏是你的同班同学，模样儿很标致，对不？”

甘又明如遭雷殛，他一下子想起来了。李苏是个性情爽朗的姑娘，常笑出一口白牙。那时他对李苏的友情中一定掺杂着特别的成分，但他把这种感情紧紧关闭在十二岁小男子汉的心灵中，从未向任何人泄露过。他一直不知道自己在梦中喊过李苏的名字，也不知道大大咧咧的妈妈竟然能把这件事记上十几年。

李苏没有上大学，她在初二就患血癌去世了。同学们到医院去和她告别时，她的神志还清醒，那双深陷的大眼睛里透着深深的绝望。甘又明一直躲在同学们后边，隐藏着自己又红又肿的眼睛，也从此埋葬了那些称不上初恋的情感。

妈妈看见儿子表情痛楚，两滴泪珠慢慢溢出来。她想一定是自己的话勾起儿子的伤心，忙赔笑道：“明娃，你咋啦？都怪妈，不该提那个可怜的姑娘。”

甘又明伏到妈妈怀里，哽声道：“妈，现在我才相信你真的是我妈。”

妈妈又是好气又是好笑又是担心：“你发魔怔了？我不是你妈谁是你妈！”

甘又明没有辩解，他回头对琼说：“琼，现在我可以确认了，我已经跳出虚拟环境。”

琼笑着掏出一张支票：“祝贺你，你终于用思维的惯性证实了这一点。吴先生说，如果你能确认，让我把一万元奖金交给你。”

从这一刻起，两人都如释重负。妈妈开始做午饭，她在厨房里大声问：“明娃，你能在家住几天？”

甘又明问琼：“我娘问咱们能住几天，看你的意见吧。你是否愿意多住几天，领略一下异国情调。”

“当然乐意。我还在认真考虑，是否把根扎在这儿呢。”

甘又明当然听出她的话意。自打摆脱“外壳”的禁锢，他觉得心情异常轻松，几天来对琼的好感也复活了。他笑着把琼拥入怀中。妈妈端着菜盘进屋，瞅见那个美国丫头偎在儿子怀里，翘着嘴唇等着那一吻，她偷偷笑笑，赶紧退回去。

甘又明把手指插在琼金黄色的长发里，扳过她的脑袋，在她嘴唇上用力印上一吻。琼低声说：“你把我的头发揪疼了。”

在这一刹那，她觉得甘又明的身体忽然僵硬了。他不易觉察然而又是坚决地把怀中的姑娘慢慢推出去，他的身体明显地又套上一层冰冷的外壳。琼奇怪地问：“你怎么了？”

甘又明勉强地说：“没什么。”停一会儿，他把目光转向别处，低声用英语问：“琼，请告诉我，你吸毒吗？”

琼看看他的侧影，平静地说：“我不想瞒你，几年前我曾服用过大麻，现在已经戒了。这在美国青年中是很普遍的。不过我从来没有静脉注射过快克。呶，你看我的肘弯。”

她白皙的肘弯处的确没有什么针孔。甘又明仅冷漠地扫了一眼，又问：

“斯托恩·吴……真的是一个同性恋者？当然，我所见到的只是虚拟世界里的情节。请你如实告诉我。”

琼摇摇头：“我不知道。我不是瞒你，我真的不知道。在B基地，除了工作上的交往，我和他没什么接触。同性恋在美国是普遍的社会现象，有公开的同性恋组织和定期的公开集会，某些州法律已经承认同性恋为合法。但华人中尤其是高层次的华人中，有此癖好的极少。吴先生大概不会吧。”

甘又明阴郁地沉默了很久，突兀地问：“你的头发不是假发？在进入虚拟世界之前，在套上那件外壳之前，我看见你剃光了头发。”

琼迟疑着回答：“这是一个复杂的技术问题……”甘又明烦躁地摆摆手，不想听她说下去，不想听一个“逼真”的解释。他清楚地记得，光脑壳的琼是他在进入虚拟环境之前看到的，也就是说，这件事情是真实的。那么，他就不该在这会儿的真实世界里看到一个满头金发的姑娘。他苦涩地自语：

“我已经剥掉了六层外壳，谁知道还有没有第七层？也许我得剁掉一个手指头才能证实。”

琼吃惊地喊：“你千万不要胡来！我告诉你，你真的已跳出虚拟世界，真的！”

甘又明冷淡地说：“对，按照电脑的逻辑规则，一个堕入情网的女向导是会这样说的。”

琼唯有苦笑。她知道两人之间刚刚萌生的爱情之芽已经夭折了。午饭后她很客气地同伯母告别。甘又明的妈妈极力挽留很久，但姑娘的去意很坚决。儿子冷着脸，丝毫不做挽留，似乎是一个局外人。她十分纳闷，不知道这一对儿年轻人为什么无缘无故地翻了脸。

两个小时后，琼已经坐上到北京去的特快列车，并在车站邮局向北京机场预定了第二天早上去旧金山的班机。她还给斯托恩·吴先生打了一个越洋电话，说甘又明已经赢得一万元奖金。对甘又明在赢得奖金之后的反复，她未置片语。她听见吴先生简单地说一句“知道了”就挂上了电话。

# 真　人

## 一

“孩子们，我们的潜能激活夏令营现在正式开营啦。”讲台上漂亮精干的女少校说。她这会儿穿着军便服，没有戴军帽。和我一样留着精干的短发，不施脂粉，素面朝天，没有戴首饰，但我瞄见她紧扣的衣领中藏着一条很细的白金项链，说明她同样有女人爱美的天性。这位女少校很有亲和力，让我们一见面就想与她亲近。她身后的大屏幕上是“潜能激活夏令营”一行手写的大字，写得龙飞凤舞。旁边一排桌子上摆满了杂物，什么香水瓶啦书本啦木板啦仪器啦，后来我们知道这些都是为潜能激活准备的道具。“我姓庄，是你们的指导老师。你们可以喊我庄指导，也可以喊庄姐姐——其实按年龄说喊庄阿姨更合适，你们说呢？”

我们七个异口同声：“喊庄姐姐！”顽皮的段小苟还加了一句：“庄姐姐永远年轻！”

庄姐姐也笑了：“好，那就沾你们的光，让我年轻一点儿。至于你们七位，在昨晚已经互相熟悉了，据说还都有了新绰号。这会儿就不用各自介绍了吧？”

“不用啦！”我们齐声回答。虽然我们来自不同地方，素不相识，但昨晚乘直升机登上这个荒岛后很快就熟悉了。你想嘛，都是十二三岁，正是最开朗快活的年龄，只用五分钟就成哥们儿姐们儿了。甚至每人还获赠了一个绰号：张娜年龄最大，天生有大姐范儿，长着一头自来卷的短发，被大家称为“卷毛姐”；徐剑龙个子不高，大家都说他哪像“剑龙”，倒像一枚恐龙蛋，所以名字就顺理成章地成了“龙蛋”；陈小冬的绰号起得不大讲理，叫“榔头”，不知道是什么原因，可能是因为他的名字中有“冬”，被人们联想到“咚”的声音；段小苟的绰号则很贴切，他长得瘦，名字中又有个“苟”（狗）字，所以被尊称为“腊肠”，腊肠犬是一种身形细长的良种犬；刘猛个头最大偏又长着一副喜眉笑眼的娃娃脸，被称为“大个头洋娃娃”，但这个名字偏长，很快就被简化为“大娃娃”；任如菊是个袖珍女孩，在七人中个子最低，长得最精致，衣着也最时尚，被称为“水晶坠儿”，这个绰号是我起的，我觉得它特别有文艺范儿；至于我，因为登岛后第一顿饭恰是我最爱吃的羊肉韭菜粉条包子，那么大个儿的包子我吃了五个，不但力压群芳而且力压群雄，再加上留短发穿短裤，有点儿男孩性格，大伙儿尊称我“女汉子”。这个夏令营的营员总共就这七位，而为我们服务的工作人员，明的暗的，加起来可能比营员还多，用爸爸的话说，绝对是VIP级别。

“这个活动是中国科学院大脑研究所主办的，”她似乎无意地瞟了我一眼，与我对上了眼神，我立即猜到——她显然了解我的“特殊身份”：那个所的现任所长是我老爸。“并由军方协办。否则你们也进不了这块军事禁地。”

她指指天花板，实际指的是天花板之上。这会儿我们在一个地下室里，而地下室之上是一个湖中荒岛。湖面辽阔，烟波浩渺，浪花不知疲倦地拍着由白色黏土构成的湖岸。岸边有沙滩，沙子中混杂着黏土粒和贝壳碎屑。湖面上基本不见航船，只有拖着长腿的白色水鸟在天上游弋。岛上全是青色的茅草，有半人深，稀稀地夹杂着一些长不大的小树。草丛中时而能发现白色或麻色的鸟蛋。昨天我们上岛后就玩疯了，满岛乱跑，没有发现任何地面上的建筑，只有一些疑似道路的痕迹。但我们都知道这儿肯定是军事禁地，只用说两件事就行了：所有手机到这儿后都没了信号，说明这儿实施着严格的无线电屏蔽；各宿舍配有电脑但不能上网，让一伙儿网虫十分失落，庄姐姐解释说，这是为了让我们集中精力干正事。但我们所有的活动区域是一处并不太大的地下室，并没有看见什么军事设备，除炊事员安全员辅导员外也没有多余的军人，不大像一个军事基地。我想，也许岛上还有其他的秘密设施。

“至于这项活动的军事性质，大伙儿倒不必过分解读。美国多年来一直研究人的特异功能以求用于军事目的，像心灵传输啦，意念致动啦，对他人的意念控制啦，但最后也不了了之。何况你们七位还称不上有特异功能，比较准确地说，只能称作是特殊才能。而且，比起《最强大脑》《超级战队》这类电视节目上的超级牛人们，你们只能算是‘小牛人’级别。你们爱看这类节目吗？”

“爱看！”

“我们哪比得上他们啊。”

庄姐姐笑着说：“我这么一开始就大泼冷水，是不是很不应该？但你们不必气馁，你们这些‘普通人中的特殊才能’虽然不那么炫，还是非常有用的，比如任如菊的快速心算能力，张娜的快速阅读能力，如果其他人都能学会，一定会显著提高你们的考试名次，让你们拿着学校通知书回家见爸妈时胆气壮一些。你们说是不是？所以，这个夏令营所关注的，并不是这些特殊才能本身是如何高大上，而是如何让其他普通人学会他自身没有的才能。”

我们都笑着点头。关于考试名次的事，庄姐姐说得太对了。理解万岁！哪个学生没经历过这个艰难时刻？不过现在根本用不着什么学校通知书，因为学习成绩可以在第一时间通过微信送给家长们，也就彻底斩断了你想玩点花招的可能。按说我还是最幸运的，爸妈绝对都属于“开明绅士”，对“班级名次”这玩意儿不大看重，从来没给我施加太大的压力。但如果班级考试名次低于 30 名，即使妈妈不批评，我自己都觉得底气不足。我暗下决心，这几天一定加把劲，把其他人的特殊才能学几样——虽然这并非我来夏令营的主要任务。腊肠段小苟调皮地说：

“庄姐姐，你的话我咋不信哩。如果对军方没有一点儿用处，你们会慷慨出血吗？”

这个夏令营绝对属于“VIP 级别”，服务人员比营员还多，从交通到食宿照顾得无微不至，弄得我们简直受宠若惊。而且夏令营完全免费，经费全部是军方出的。所以客观地说，腊肠的这个疑问有合理内核。但他对庄姐姐当面指问，未免太没礼貌，我们都不约而同地拿牛眼瞪他。庄姐姐没见怪，笑着说：

“当然我们也不是完全放弃希望啦，如果能发现有军事用途的才能，哪怕是一项，对我们也是意外收获。好啦孩子们，咱们进入实质工作吧，营期总共只有两个星期时间，咱们务必抓紧，弄出点实际成果，也不枉我们的‘慷慨出血’。现在，请各位展示你们各自的特殊才能，哪位先来？”

片刻冷场后，大概大伙儿都不想“炫耀”，我先站起来：

“我先来吧。我的那点小本事啊，肯定是七人中最低档的，最没实用价值的。那就让我来个抛砖引玉。”

庄姐姐笑着说：“好的，就从你开始吧，但纪媛媛你也不要过度谦虚。”她向大家介绍，“媛媛的特殊才能是擅长认人，用科学词汇描述，就是她的大脑具有超强的‘面孔识别’功能。”她从电脑中调出一些图像展示在大屏幕上，并配合着简要介绍一些相关知识。她说：“面孔识别”是动物尤其是哺乳动物在生存进化中发展出来的重要能力，对人类尤其重要，生死攸关，因为丛林时代的野人非常需要快速识别亲人和敌人。人脑中负责面孔识别的部位是梭状回面孔区，位于视觉联合皮层中底面，右侧脑半球和左侧脑半球都有，但右侧的识别功能更强大一些。介绍完这些基础知识后，她在屏幕上调出了大量人像照片，有单张的，但更多是合影，让我在其中辨认熟人。我轻松地辨认出昨天接我们来的直升机驾驶员王叔叔、厨师李叔叔、安全员曹叔叔等。她逐渐加大辨认的难度，照片在屏幕上的闪现越来越快，合影的人数也越来越多，但我都准确地做出了识别。庄姐姐又调出一张数百军人的合影，画面稍顿即逝，听见旁边的龙蛋小声说：

“庄姐姐，太快了吧，我还没来得及看完第一排呢。”

庄姐姐听见了他的话，但没有回应，只是笑眯眯地看着我。我闭上眼捉摸一会儿，不太有把握地说：

“这次确实闪得太快了，我也没看太准，但我觉得里面有庄姐姐，是在最后一排左边第三个或者第四个位置，是不是？”

庄姐姐赞赏地点头，调回那张合影并定点放大，果然庄姐姐在后排左三位置。应该是几年前的照片，明显比现在年轻，清瘦，穿着军服。我的六个同伴一片叫好声，我也颇有成就感，免不了顾盼自得。水晶坠儿任如菊钦佩地说：

“媛媛，太神了！你是咋做到的？”

我实打实地说：“我也不知道，反正我认人的本事是天生就有的，连只见过一次面的快递员、出租车司机等，再见面我都能认出来。我看照片不是一个人一个人地识别，而是一眼把所有人像‘拍照’下来，再在脑子里慢慢回放。”

庄姐姐说：“媛媛的本领确实不简单，用计算机术语说，你的大脑具有强大的‘多通道并行计算’能力。来，咱们再试最后一次。”

这回的图像闪得更快，不是人的群像，而是什么地方的景观照，画面上一片乱石荒漠。我没把握地说：

“我瞥见乱石中藏着一个人脸，但好像不是熟人。”

庄姐姐笑了，调回那个图片。果然，在乱石中藏着一张不太清晰的人脸。庄姐姐把它逐级放大，奇怪的是人脸反而慢慢消失了，原来那只是石头上光线明暗所拼出来的一种错觉，根本不是人脸。我惭愧地自语：“失误了，这回失误了。”庄姐姐笑着说：

“媛媛你不必懊恼，这是我特意加的一个小花絮。知道吗？这就是著名的‘火星人面’啊。因为对于人类而言，面孔是他所处环境中最重要的图像。所以，任何人都会在下意识中，把与人脸相近的图像首先想象为人面。所以你虽然认错了，也算不上是失误。”

这么说我的测试很顺利，一次也没失误，我不免暗自得意。当然越是成功者越要低调，我谦虚地说：“我就这点小本事，我想它对于军方没啥用处吧。”

庄姐姐很坦率：“眼下也许没有用处，因为今天的计算机面孔识别技术已经非常成熟，而且识别速度更高——你的‘拍照’再快，也赶不上光速运转的电脑啊。但媛媛你也不必气馁，计算机人像识别技术是多少人多少年研究的成果，包含了那么多复杂的算法，但你只用这么轻松一瞥就把它秒杀了。所以，你，还有咱们大家，都应该对自己的大脑自豪，你们说是不是？”

大家哄然说：“是！”龙蛋还加了一句：“人脑万岁！”

第二个展示才艺的是徐剑龙。这位龙蛋貌不惊人，又黑又瘦，衣着也颇为随便——说他“随便”而不说他“邋遢”已经是礼貌用语了。但这家伙的才艺却颇为高雅，令伙伴们大跌眼镜——他能辨别各种花香！当他自报了这项才能后，教室中哄然大笑，伙伴们尖声为他叫好，卷毛姐还夸一句：“大侠楚留香啊，楚留香就善于闻香识人。”庄姐姐为他带上黑色眼罩，然后把50个小瓶放到他面前，每个小瓶上都贴着标签，写着花的香型。庄姐姐一个个打开瓶盖，让徐剑龙闻一闻，他都准确地报出了名字：茉莉、玫瑰、兰花、薰衣草、桂花、栀子，甚至枣花和油菜花……他每说出一个正确的香型，伙伴们就一阵欢呼。

第二个回合是识别混合香型。庄姐姐一次打开两个或三个小瓶，并排放到他的鼻翼下，用手扇动，他也基本准确地识别了。大伙的欢呼更加狂热，尤其是衣着时尚的水晶坠儿已经成了他的铁杆粉丝，尖声喝彩，两只小手都拍红了。

第三个回合是对世界上经典香水的辨认。龙蛋事先承认，眼下他的功力还不足，还不能完全准确地辨认世界上所有经典香水。但饶是如此，他也成功地辨认出了十几种：香奈儿5号、蝴蝶夫人、梦巴黎、清妃……“顺便说一句，庄姐姐也用了很淡的香水，应该就是这种‘清妃’。”他得意地说。

庄姐姐微笑着默认了。水晶坠儿歪着头问：“那我用的香水呢？卷毛姐和女汉子呢？”

“我只能辨出你用的是茉莉花香型的，卷毛姐是薰衣草香型的，女汉子没用香水。”

他都说对了。在大伙的叫好声中，龙蛋取下眼罩，谦虚地说：“小本事，小玩闹。实话告诉你们，我这点小本事一半是天生的，一半是苦练出来的！我从小鼻子特灵，后来，大概是从六岁起，在爷爷的鼓励下，立志长大后当一个‘超级鼻子’，就是著名香水公司的调香大师。为此已经苦练了六七年，记忆库中已经牢固地存下一千多种香型。你们别以为闻闻花香是很轻松的活儿，要知道，这比练葵花宝典还难，永远不能吃刺激性食物，不能喝酒，不敢在灰尘多的地方长期逗留，不敢得感冒……”

腊肠贼兮兮地问：“是不是还得自宫啊？”

按武侠小说的说法，练葵花宝典的人必须自宫，就像《笑傲江湖》中的东方不败那样。龙蛋脸一红，还没等他回敬，我们三个女孩儿已经炮火全开，把腊肠骂了个狗血喷头：“你才要自宫呢！”“看你那太监样，八成已经自宫了！”卷毛姐最有大姐范儿，也给了一句比较平和的批评：“低级趣味！”段小苟不敢惹我们，只好狼狈地举手投降。庄姐姐制止了我们的攻击，笑着说：

“剑龙的特殊才能恐怕也没有军事用途，因为类似的嗅辨工作有更灵敏的机器鼻子来做，甚至有海豚士兵、蜜蜂士兵和老鼠士兵来做。但就眼下的科技水平来说，电脑还远远做不了调香大师，估计一百年内也做不到。因为那不光需要对香型的准确识别，更需要艺术家的想象力、极高的悟性和不同凡响的创意。所以还是那句话：人类应该为自己的大脑自豪！我预祝 20 年后，徐剑龙将成为世界级的调香大师，让咱们中国香水全面 KO 世界上最著名的法国香水！好了，现在开始下一位。”

下一位是大娃娃刘猛，他的本领更是与众不同——能够感觉到暗藏的电线，准确地说是感觉到电流，更准确地说是感觉到电流所产生的磁场。庄姐姐为他带好眼罩，布好一些交流电路和直流电路，再用一块薄木板把它们全都盖上，让他描述。他在木板上准确地画出板下的线路走向，一次也没错。我们啧啧称赞，这样的本领太神奇了！他说其实一点也不神奇，就像在色盲者的眼中，能够辨认红色绿色的本领也很神奇啊，其实在我们眼里这是很普通的能力。他说，在他感觉中电磁场是淡绿色的光雾。其中直流电路很细，边界清晰；而交流电路表现为模糊而跳荡的光带。测试完毕，取下眼罩，在大伙的称赞声中，大娃娃也很得意，笑嘻嘻地说：

“我这点小本事是家里装修新房时无意发现的。那天工人们要在墙上钻几个眼，担心伤到墙壁中暗埋的电线和水管，迟迟不敢动手，一直在嘀嘀咕咕地商量。我很奇怪，说，‘你们看不到电线吗？那我给你们画出来。’我就用彩笔把墙内的电线走向画到墙上。开始他们还不信，后来找到了原先布线的电工，说我画的完全正确。至于墙壁中暗埋的水管我是感觉不到的，但我想了个办法：拉一根电源线，把火线接到水路的总进水闸阀上，零线接地，这样水管也成了电流回路，我便能感觉到了。”

我懊恼地说：“啊呀，我为啥不早点认识你！去年我家装修时工人就出了大娄子，把墙壁中埋的水管钻穿了，水哗哗地往外喷。等关掉总水闸，铺好的木地板已经进了水，只好全部拆掉重铺。那根损坏的墙内水管更难修补，需要热合，费了好大事，把贴了瓷砖的墙壁挖了好大一个洞，才把它修好了。”

大娃娃豪爽地说：“没说的，以后谁家搞装修，需要我出力的话，尽管说！”

我问：“庄姐姐，刘猛的本领这么特别，能用到军事目的不？”

庄姐姐不肯定地说：“眼下我说不好。按说，对于电磁场的测量有更精确的仪器，但像刘猛这样性能优越使用方便的‘可便携探测仪’，或许会有用处的。好了，到午饭时间了，上午的工作到此结束。”

吃过午饭，每人回房间午休。七个营员，两人一个单间，只有我落了单，是单独住一间。下午，其他四个人也都演示了各自的特殊才能：

比较内向的榔头陈小冬擅长“微观察”。扑克牌背部的花纹不是完全一致吗？但他说纸牌实际不是绝对的平，而是有微小的凸凹，在斜向的观察中能显示不同的光斑，相当于每张纸牌都有独特的指纹，可以辨别出来。他通过背面的观察，准确地识别出了每张牌的牌面。看完他的演示，我们都“心有余悸”地说，以后打扑克时，我们都会争着和他一伙儿，绝不能让他当对手。

长相甜美的水晶坠儿任如菊擅长快速心算，一般的四则运算不在话下，甚至还能计算十位数的开立方，比我们用计算器都快。当然，比起电视栏目“最强大脑”节目中的速算天才，或者历史上的速算天才，她还只是小玩闹。卷毛姐说，据记载，一百年前，一位叫莎姑达拉的印度妇女，曾当着美国众多科学家的面，计算一个 201 位数的 23 次方根，只用了 50 秒！还有一位科学家，能现场计算四位数学用表上的所有数字。

卷毛姐张娜的才能与我大致类似，但要实用得多——她擅长照相式的快速阅读。普通人看书是一个字一个字看的，经过专门训练的人能一目数行，但她能一目一页！更难得的是，如此快速的扫视之后，她还能牢固记忆！所以她的阅读量远非我们能比，这在昨晚的闲聊中就能看出来，举凡诗词歌赋、历史掌故、天文地理，医卜星相，她几乎无所不知，连最枯燥的数字资料也能顺口道来。

顽皮的腊肠段小荀擅长形状的拼合。他拿一张白纸，让我们随意撕成不规则的几十块，再彻底弄乱。这一大堆乱糟糟的碎纸片让我们看得头大，但他用很短时间就为这些碎片找到了正确的位置，拼出一张完整的A4纸。这还只是平面拼复，接着演示三维拼复。庄姐姐把一尊瓷像打碎成十几块，混杂在一块儿，他也用很短时间就拼复如初。在大伙的赞叹声中，他得意地说，有这么一桩薄技在身，可以保证他长大后至少有一份稳定工作——文物修复。想想吧，如果当年发现金沙和三星堆遗址时有他在场，那些被砸得粉碎的青铜神像一定会修复得更快更好。

七个人都演示完了。正如庄姐姐所说，我们虽然都算不上“国手”，但每人的小本领也各有用处，尤其像卷毛姐的快速阅读、水晶坠子儿的快速心算、大娃娃的电磁感觉，如果我也能学会，都会有不错的实用价值。我决心学它一两样——但这只能是“副业”，是在我完成爸爸交给我的“有历史意义的重大任务”之后捎带干的事。因为，七个伙伴中只有我知道，这个夏令营的“潜能激发”只是个精致的幌子，是为了转移被试验者的注意力。真正的目的是：

真人版图灵测试。

而那位被测试者——由徐爷爷和我爸爸开发的、“用生物和非生物方法改造了大脑”的仿生机器人，此刻就在这间会议室内，隐藏在六个同伴之中。所以，当我兴致勃勃地观看各人才艺的时候，其实一直在扮演福尔摩斯的角色。我绞尽脑汁，暗暗思索：这位神秘的X——他，到底是谁呢？

## 二

三天前学校放暑假，回到家，发现在外地出长差的爸爸回来了。老爸工作太忙，每年待在家里的时间屈指可数。这曾让我很不理解，爸爸是中科院大脑研究所的所长，为啥不在北京工作，而是一天到晚在外面出差？爸爸对这个问题总是笑而不答。但他对宝贝女儿心中有愧，所以每次回家，都要给我带上一份大礼包。

我照例扑上去，让爸爸抱着我甩了几圈，在他腮帮上着着实实亲了几下。爸爸笑嘻嘻地说：

“媛媛，告诉你一个好消息，爸爸早先答应过你的那个 VIP 军事夏令营已经筹备好，后天就开营了。总共才七个名额，我已经为你要了一个。”

这就是他送的大礼包了。这是个很别致的礼物，我当然高兴，但有点心虚理亏，悄悄看看正在端饭的妈妈，小声说：“可是，妈对我参加夏令营事先提有条件，可我这次只考了 32 名……”

妈妈只要求我的名次保持在班级 30 名以内。全班 40 个人，也就是说倒数十名之外。按说这个要求够宽松的，但我这次愣没达到。妈妈已经从校信通短信上知道了班级名次，从她表情上就能看出来。她从来不会因学习成绩而责骂我，不会为此说重话，但会显得不高兴，说话少一些——这比责骂还让我难过。但爸爸一点儿不在意：

“32 名也不错嘛。爸爸当年上初中时非常偏科，数学物理生物这三门一向考第一，但历史地理等几门副科老是刚及格，论起总名次还不如你呢。那又怎么样，我还不是中科院院士？全班唯一一个！”

妈妈不满地哼一声：“你就吹吧。你就宠她惯她吧。”

“我这不是宠惯，我一向主张快乐学习，只要媛媛能始终保持学习兴趣，有自己的爱好，比那个狗屁名次重要得多，这可是我亲身的成功经验。再说了媛媛，这次去夏令营不是让你去玩，而是要替爸爸做一件很重要的、有历史意义的工作。我和你徐爷爷还为此打了赌，我能不能赢，全指望你呢。”

徐爷爷是中科院大脑研究所前任所长，是爸爸的老师，已经退居二线。我见过他很多次，那是个标准的老顽童，和我很“哥们儿”，我可以搂着他的肩膀说话的。我顾不上问爸爸想让我干什么重要工作，首先兴致勃勃地问：

“你和徐爷爷打了赌？那赌注是什么？”

“很重的赌注，不过不方便对你说。”

“那不行！不说明赌注，我就不去夏令营。”想起那是件美差，咋能不去，我赶紧改口，“去还是去的，但我去之后光玩不出力，存心害你赌输。”

爸爸鬼鬼道道地说：“那好吧，既然你逼我讲，我只好勉为其难了。你听着，徐爷爷提的赌注是：若他赢了，要你给他当孙媳妇；如果我赢了，他把孙子送给咱家当女婿。”

一直冷着脸的妈妈“扑哧”笑了：“那还不一样！背着抱着一般重。”

徐爷爷一直很喜欢我，所以他提这样的赌注也不算太意外。不过我严厉警告：“爸爸，不许你教唆儿女早恋，更不许你拿女儿的婚姻做交易。再说，他那个孙子我从没见过，是骡子是马我还不知道呢。”

“好啦，不开玩笑了，我们打赌是真的，但赌注嘛只是开玩笑，不过，也许以后我们会真的定出一个别致的赌注。现在，我要正式开始向你交代工作。”

爸爸的态度变得郑重了，我也郑重地说：“请讲，我洗耳恭听。”

“媛媛，你当然了解徐爷爷和爸爸的研究领域。”

“当然知道啦，近朱者赤近墨者黑，龙生龙凤生凤老鼠女儿学打洞。”

我知道那个研究所一直在开发大脑智力，用“生物和非生物方法”对大脑进行改造。其中，所谓“生物方法”是改造人的成脑基因，让它能发育出更多更优质的脑神经元，从而在根本上提高大脑智力，这个工作在受精卵的阶段就要完成；所谓“非生物办法”是在人脑内嵌入功能强大的电子芯片或生物元件芯片，它们的材质与人脑的神经元相容，二者可以无缝连接。这个工作可在婴儿阶段甚至推迟到成人阶段再完成。两种方法综合使用后，据说最新的进展已经能把大脑功能提高 50% 以上。由于大脑是人格的最重要载体，所以改造过的人已经不属于“自然人”了，社会上常称为“仿生机器人”。但爸爸对这个名字一向深恶痛绝，他说怎么会是“仿”生人，更扯不上机器人，他们完全是真人嘛，只是大脑做过某种改进，大致相当于心脏病人装了起搏器，或遗传病人植入外源基因。爸爸他们给出的正式名称是：

新智人。

我还知道，这项研究饱受争议——毕竟大脑的改造绝不能等同于装心脏起搏器。试想，假如你能把大脑功能提高 50%，那为什么不能提高 100%，

1000%？总有一天，强大的人造智能会完全覆盖自然智能，从而出现完全不同于自然人的一种新人类。可以说，自从对大脑开始了第一次改造，人类就走上了一条不归路。所以，从徐爷爷到爸爸，到他们的资助方军方一直非常谨慎，“战战兢兢，如履薄冰”，这是爸爸常说的话。他们开发出的新智人究竟有多少个，生活在什么地方，对外一直绝对保密。原因是明显的——想想那么多描述“机器人毁灭人类”的美国大片吧。这种大脑经过改进的“新智人”虽然不是那种硬邦邦的机器人，但本质是一样的。当然，爸爸和徐爷爷对这类电影一向嗤之以鼻，说那些都是狗屁之作，是西方殖民者劣根性的现代版。他们相信新智人会融洽地生活在人类中，与我们永远是利益共同体。而且依他俩的看法，最关键的因素是：增强人类大脑功能是不得不做的事。否则，面对越来越复杂的科学技术，现有的人类人脑很快就无力应对。即使按乐观估计，这个临界点的到来也不会超过 100 年。

但不管爸爸和徐爷爷是什么观点，他们不得不面对社会的强烈质疑——而且，恐怕爸爸他们也不是没有一点儿疑虑。

“媛媛，你也了解历史上的图灵测试。”

图灵测试是英国著名数学家图灵于 1950 年提出的著名试验，用来判断机器是否能表现出与人等价的智能。测试原理其实很简单：测试者通过键盘向两个隐身对象任意提问，而测试对象也以键盘回答。经过充分询问以后，如果机器的回答能骗过 30% 的提问者，让他们误以为是在同真人对话，则此机器就通过了图灵测试。

我敏锐地猜到，爸爸这次给我的任务肯定与图灵测试有关，但——

“爸爸，我了解图灵测试，可它早就通过了啊。我记得大概早在 30 年前，也就是图灵逝世 60 周年时，一个俄罗斯人创立的人工智能软件在英国雷丁大学通过了图灵测试。”

“没错，可是过去的测试中，被测试者必须隐身，仅以键盘为中介，我们称之为隔离式图灵测试。我们即将做的可是真人版图灵测试！告诉你吧，将要被测试的那家伙就混在夏令营的几个伙伴之中，将与你们耳鬓厮磨，相处两个星期！”

我很震惊，因为据我所知，这是“新智人”第一次被放到公众面前。也很钦佩爸爸和徐爷爷。如果一个“新智人”能在这样的日常交往耳鬓厮磨中骗过大家的眼睛耳朵手指鼻子，那一定非常困难吧。可爸爸却表现得很低调：

“你是不是觉得新智人很难通过测试？其实，并不像你想象的那样难。新智人是在自然人的基础上改造的，也像人类孩子一样慢慢长大。他们天然地具有人的外形、人的记忆、人的七情六欲、喜怒哀乐。所以相对来说，他们想通过真人版图灵测试并不算难事。这正是我和你徐爷爷的分歧。我认为，这些新智人应该能通过最严格的真人图灵测试；而徐爷爷认为，别看他们有人的外貌和经历，但既然他们的大脑经过了重大改造，就必然会在心理、举止、情绪反应上有所映射，如果测试者足够聪明，努力挖掘这些不同点，应该能测试出来的。”爸爸笑着说，“至于究竟该怎么测试，我俩心中都没数，就指望我的聪明女儿了。”

我不相信他们这些大脑袋科学家会“心中没数”，我想这不过是大人玩的小心眼罢了，为的是提高我的参与兴趣。再说我恐怕算不上“足够聪明”，我的理科成绩从来都很平庸，是那种典型的“文科女孩”。但我忽然发现了爸爸话中有一个大漏洞：

“慢着慢着，让我想一想……你的话中似乎有明显的逻辑悖误。没错，确实有严重的悖误。”

“什么悖误？”

“爸爸，你说，你相信新智人能轻松通过真人图灵测试？”

“没错。”

“你就是依此同徐爷爷打的赌？”

“没错。”

“那你怎么还要求我努力辨认出那个新智人？那不是害你赌输吗？不行，为了我老爸能赌赢，我去夏令营后一定要表现得大智若愚，即便能认出来也假装认不出。”

爸爸搂着妈妈哈哈大笑，引得妈妈也笑了。“还是女儿向着爸爸啊。不过媛媛，你的逻辑嘛虽然完全正确，但……怎么说呢，这个赌约的分量与这件事的历史意义相比，根本是天壤之别，不值一提。所以嘛，你去夏令营后尽管努力识别，即使害我输了，我也高兴。但你一定要尽力辨别，把吃奶劲儿都用上，我越输越高兴！”他又说，“我对你多次讲过，人类进化史上有许多重要节点，比如猿人学会直立行走、学会用火、学会语言、学会制造工具等。而在将来的新智人进化史上同样会有重要节点，比如，何时通过隔离式图灵测试、何时通过真人图灵测试等。特别是后者更重要，甚至与人类学会用火不相上下。因为，一旦迈过这个门槛，新智人就能完全融入人类社会，其后的发展就不受限制了！”

他说得意态飞扬，容光焕发。他总是这样，一谈到自己的研究领域，荷尔蒙就立即飙升，不过我觉得，这时的爸爸特别可爱。我笑着说：

“妈，你看我爸爸，像不像一个激情洋溢的大男孩？”

妈妈笑着点头：“没错，我感觉他比你还小两岁。”

“那么，我亲爱的小弟弟，照你的说法，我去夏令营后完全不必关心你的输赢，而应该心无旁骛，努力辨认，把吃奶的劲儿都使上？”

“没错，就是这样。”

我想了想，“那么，爸爸你能不能透露一些侧面情况，稍稍透一些，尽量降低我的工作难度，比如，我的伙伴中有几个新智人，是一个还是一个以上？”

爸爸给出了一个很可恶的回答：“我只能说：至少有一个。”

我换了一个问题：“那么，其他伙伴，我是指除了我和那个新智人的其他五个人，是不是也是知情者，也负有这项秘密任务？”

他的回答同样可恶：“应该不会，但我不敢肯定。”

我忽然又想起一个问题：“那么，新智人本人呢？他是否清楚他正面临一场测试？”

爸爸笑了，很无辜地说：“媛媛，你不必在我这儿枉费心机了。这次测试是双盲的，也就是说，不光你们这些参与者，就连我和你徐爷爷，都不知道测试对象的具体情况，那是军方组织者秘密安排的。所以，不要怪爸爸守口如瓶。求人不如求己，你自个儿努力去吧。我相信我女儿一定会成功的。”

他把话说到这份儿上，我也不再费心打探了。但我最后说："那好，我一定尽量努力，让爸爸赌输。但那个狗屁赌注太可恶，肯定得换一个。"

"好说，媛媛你想要什么赌注？"

我想了想，灵机一动："我要的赌注是：你和徐爷爷谁输了，输的人就得带我去参观你们的研究所！我想亲眼看看，新智人是如何孕育和出生的，还有他们是如何成长的。"

那个研究所非常神秘，爸爸从没带我去玩过，说那在他的权限之外。据我推测，研究所有军方背景，地点不在北京，而是在某个军事基地。越是这样越能勾起我的好奇心，但我过去死缠烂打也没能达到目的。爸爸笑了：

"很聪明的赌注啊，不管我和你徐爷爷谁输，反正你都是赢家，对不对？正像你妈说的，背着抱着一般沉。行，我答应了。"

他答应得如此爽快，反倒让我生疑："真的？"

"你放心，我不哄你。我敢答应的原因是——既然你参加了研究工作，那就是圈内人了，不需要对你保密了。"

我没想到爸爸这次这么慷慨，不由笑开了花："真的？你得说话算数，说谎是……"

爸爸抢先说："小狗！摇尾巴的小狗！"我俩哈哈大笑，妈妈也忍俊不禁。

当天妈妈就开始为我装备行装。所谓行装，其实也就两三身换洗衣服，其他的一切，包括牙刷牙膏洗发水润肤露都由夏令营提供——这可是 VIP 级别的夏令营！但老妈越是没事可忙越是失落，整整一天都显得情绪低沉，虽然也有说有笑，但明显是装的。而且情绪低沉绝不是因为我糟糕的考试成绩，那件事显然已经被她放到脑后了，被母女离别这个更重要的事代替了。我能体悟到妈妈的心理。13 年来，我从来没有离开妈妈超过两天，最多就是礼拜天去爷奶和外婆家玩两天。这次初出远门而且是两个星期以上，妈妈肯定割舍不下。大人的心思啊，就是和孩子不同，比如，出门两星期后也许我也会想妈妈，想回家，但至少这会儿我没什么离愁别绪。我巴不得立即飞出家门，离开妈妈的羽翼，好好疯它几天。

不过我可是个很懂事的女儿。晚上睡觉时我提前赖到妈妈床上，赶老爸到我的小屋去睡。爸爸笑着走了。我攀着妈妈的脖子，笑嘻嘻地说：

“妈咪，我看你郁郁不乐的，是不是舍不得我离开？”

妈妈不在意地说：“有啥舍不得！你出门也就俩星期的功夫。再说，我和你爸难得清净几天，过过我们的二人世界。”

“口不应心吧？那你说，是谁在送我哥上大学那天，在机场痛哭来着？”

去年哥哥去外地上大学，全家送到机场。送行中爸妈一直表现正常，有说有笑，最多妈表现得有点啰唆，把“注意事项”反复叮咛。可是，等哥哥通过安检，向我们招手再见，背上背包转身要走的时候，妈妈一下子泪如泉涌！泪水来得那个凶猛啊，真正把我吓了一跳。妈妈赶紧扭过脸，离开安检口，免得哥哥看见。后来我在电话中告诉了哥哥，他也是嗓中哽咽，半天说不说话。

妈妈被我揭出“短处”，不好意思地说：“那不一样，你哥一走就得半年啊。”

“所以嘛，妈妈你得提前做好心理准备。女儿我也是要走的，后年上高中，一星期才能回一次家；再三年后上大学，半年才能回一次家；再四年后工作，一年才能回一次家；然后是结婚，不定多少年才能回来一次！”

妈被我念的急口令逗笑了，佯恼道：“好啊，难怪女大不中留，刚上初二，你就操心着往外飞。你摸摸自己的翅膀长硬了吗？”

“我才不想往外飞呢，我巴不得一辈子跟妈偎在一张床上。但我说的是客观规律，每个人都会走的人生之路，不是谁能改变的。”

妈妈受到触动，感伤地说：“是啊，人人都要走这样的人生之路，变不了的。女儿再亲，早晚也会飞走的。那我更得抓紧机会，多疼疼我的宝贝女儿。”她把我搂到怀里絮絮说着。

我在说什么“人生之路”时其实是有口无心，只是说来安慰妈妈的，但后来我自己也被这句话所触动。是啊，这样的人生之路确实不能改变，女儿总要离开爹妈的，而且时间并非十分遥远：明年，再加三年，再加四年，满打满算也不到十年啊。我把脑袋深深埋在妈妈怀里，不再说话，听着妈妈像催眠歌曲一样的絮絮话语。直到我入睡，妈妈浓浓的感伤还在我耳边流淌。

## 三

六个伙伴依次展示才艺时，我一直盯着他们的眼睛暗自琢磨：哪位是深藏不露的新智人？好像每人都有可能，又好像每人都不是。这里面疑点最小的应该是龙蛋，因为他辨识花香的才艺在七人的才艺中显得最……文艺范儿，和高科技、计算机什么的扯不上关系，而且庄姐姐说，眼下最聪明的电脑也当不了调香大师，这说明“闻香”和人工智能的距离比较远……当然，也许表面看起来最安全的，恰恰是最危险的敌人……至于哪一位疑点最大？可能是有电磁感觉的大娃娃，也可能是会快速心算的水晶坠儿……当然，这样的凭空猜疑没什么用处，我必须设法找到一个可行的鉴别办法……

一天工作结束，庄姐姐笑着说：“下面，我要和你们道别了，不是一天的道别，而是两个星期的道别。”这个道别太突兀了，我们都迟疑地瞪着她。“我这个指导老师只是东郭先生，因为潜能开发完全依赖于自省，依赖于你们对内心潜能的深度挖掘，外人无法做指导。所以嘛，从明天起我就将在你们面前完全消失，免得干扰你们。你们如果需要我的话，请用各自宿舍中的座机找我，但这儿的座机只限于军营内部，不能对外。如果没人呼叫我，我将在营期最后一天再出现。这两个星期内，整个荒岛将是你们七个小矮人的世界。你们将在完全自由的气氛中激活潜能。想想看，两个星期的世外桃源！没有一个大人在耳边絮叨！这是多么难得的伊甸园生活啊。你们中如果有哪一位不愿意开发潜能，只想在这个岛上疯它两个星期，那你尽管去疯，绝不会有人来干涉。而且，我向你们保证，在夏令营结束之前，绝不会塞给你们一个讨厌的结业考试。你们说，这种安排好不好？”

这种安排完全出乎我们的意料，大伙儿齐声叫好，又是拍手又是跺脚，兴奋得都忘形了。两个星期的绝对自由，这太难得了！因为从幼儿园开始，我们就一直被小鞭子抽着，盯着前边某个目标。我也夹在人群中欢呼，但意识中另一个媛媛在冷静地想：这种安排确实聪明，因为，让测试对象在全无压力的境况中自由地展现自我，也许更容易暴露身份吧。

庄姐姐真的飘然而去了。晚饭后天色还早，大家回屋换了泳衣，大呼小叫地奔向湖边。庄姐姐果然不再出现，只有安全员曹叔叔在岸边等我们。不过曹叔叔没让大家穿救生衣，甚至没交代大家不要去深水区，只是在每人手腕带上一个大个的“手表”，说万一遇到危险就按手表的揿钮，然后连这位安全员也消失了。这可是过去的学校活动或旅游中从未有过的事。不用说，这个“手表”一定是个高科技的东西，它的安全保障万无一失。

好在七个伙伴都会游泳，卷毛姐、大娃娃和龙蛋水平最高，游得像三条剑鱼。其他几个水平尚可，榔头水平最次但也会一手狗刨，起码能保证自己淹不死。我们玩得好开心！湖水清澈见底，一望无际的湖面上没有一条船只，红色的晚霞在天边流淌，长腿的白色水鸟在头顶滑行。这儿真是孩子们的天堂，我想圣经中的伊甸园也比不上，那儿只有亚当和夏娃再加一条蛇，太寂寞了。还有一个古板吝啬的上帝老头，舍不得让他创造的人类吃智慧果。哪像今天的人类，主动把比自身更强大的智慧赠予新智人，而具体操办这件事的就是徐爷爷和我爸爸，他们比上帝仁慈多了……有人拉拉我，打断了我的冥思。是龙蛋。他示意我跟着他，游到岸边一个离众人较远的隐蔽地方，气喘吁吁地上了岸，拉我并排坐下。我看出他有话要说，便以逸待劳，不慌不忙地等着。他狡黠地瞄我一眼，微带讥讽地说：

“喂，女汉子，玩得很开心？”

“没错，很开心。咋啦？”

“开心得把秘密任务也忘了？”

我暗吃一惊，佯装糊涂：“什么秘密任务？”

他不屑地说：“你就跟我装吧。不过我可以告诉你，我爷爷是你爸爸的老师。”

我突然想到——这个龙蛋姓徐！他的爷爷是徐爷爷？我的大脑飞快地旋转。这么说，龙蛋也跟我一样担负着那项秘密任务？乍然知道这一点，我很有点恼火，恼火原因是——不公平，太不公平。徐爷爷把我的秘密身份告诉了他孙子，而我爸爸却对女儿守口如瓶！今天一天，当我用“深沉”的目光观察着那六个伙伴时，原来还有一双“更深沉”的目光在悄悄观察我呢，螳螂捕蝉，黄雀在后，这让我颇为羞恼。龙蛋相当狡猾，敏锐地察觉到了我的恼怒，也猜到了我的心思，解释说：

“可不是我爷爷告诉我的。是这样的，他给我布置去夏令营的秘密任务时，并没说你也参加。但我偶然听到他和你爸打电话，两人笑哈哈地聊什么赌注，什么孙媳女婿之类的。我也就听见这么零碎两句。但我徐剑龙是什么脑瓜？稍微那么一分析，就猜到了一件重要事实：大脑研究所现任所长纪叔叔的女儿肯定也要参加夏令营，并且肩负着和我同样的重任。”

他的解释没能让我消气——尤其是，他竟然还知道了那个狗屁赌注，难免让一个女孩脸上挂不住。我冷着一张脸。龙蛋看出我的情绪，嬉皮笑脸地卖乖：

“其实我应该瞒着你，那样更有趣，但我想这样对你太不公平。你想嘛，在你鬼鬼祟祟地观察别人时，还有一个人在更鬼祟地观察你，这万一让你知道，对你是多大的打击！所以嘛，我在第一时间就告诉你了。喂，女汉子，干吗还绷着一张脸？再绷下去就太小家子气了。至于那个狗屁赌注，咱们不理它就是。”

我想想，真没理由跟他怄气，便和解地说：“我没生气。我是女汉子，才不会那样小肚鸡肠。但你在‘第一时间’告诉我，动机恐怕也不会是全然高尚，怕是另有目的吧。”

他老实承认：“对，我是另有目的。目的很简单，想和你并肩作战。两人商量着干总强于一个人瞎摸。再说，咱俩把话说透后，需要咱们识别的对象立马减少六分之一。”

我不客气地说：“可是我凭啥相信你？也许你正好就是那个高喊革命口号的阶级敌人！”

他不以为忤，反而郑重地说：“你说得完全对！在联手作战之前，当然得首先弄清合作者的身份，否则你不会相信我，我同样也不会轻易相信你。所以，我建议咱俩首先从自身开始，彼此进行严格甄别。”

“那……也好。那么，咱俩谁先当审察者？”

他很快回答：“我先来吧，行不行？”

“哼，没一点绅士风度。算了，我是女汉子，不和你计较。”其实我觉得他先询问对我更有利，可以总结经验，后发制人，取胜的把握更大一些。“那么，请。”

他先沉默一会儿，郑重地说：“纪媛媛，我提的问题可能有点儿……那个，但请你不要有别的想法，一定要给出认真的回答。因为这是在进行测试，是学术性质的工作。”

“好，我答应你，你就别废话了。”

“我的第一个问题是：你来例假了吗？”

我瞪他一眼，这是女生的秘密，不该一个男生、一个与我年龄相当的男生来探问。但他已经事先申明，这是学术性质的测试，可以暂时把隐私、羞怯之类东西抛弃。我平静地回答：

“来了，12岁零两个月来的第一次，现在已经差不多十次了吧。”

他紧逼着追问：“请你讲一讲，月经初潮时是什么心情？请尽量仔细、真实地告诉我。我想，对一个女孩子来说，那是人生一个重要节点，肯定会引起一些纷乱的思绪。”

这个问题让我受到一些震动，甚至对这家伙刮目相看，这个大大咧咧、不修边幅、嬉笑不恭的男孩，其实心思很细腻。没错，月经初潮是女孩的一个重要人生节点，自然会引发出纷乱的思绪。我妈妈很开明，提前就向我详细普及了有关生理知识，所以，当它第一次出现时我并没有吃惊，而是相当平静地接受了它。当然，身体上有点儿反应是免不了的，腰酸，轻微的头晕，胸前两颗小豆豆有点发胀。晚上睡在床上也难免想七想八。想想这件事实吧——自打这次月经后我就变了，我的心仍是一个傻傻的女孩，但我的身体已经悄悄成熟，从理论上说可以做妈妈了！这个程序是老天种在基因中的，一代一代传下去，一到时间就会自动启动，从来不会出错。可是，它究竟是通过什么“技术途径”实现的？这些程序最初怎么被开发出来并嵌在基因中？这个程序的执行肯定需要一个时钟，那么这个时钟埋在身体哪个部位？月经的周期和月亮圆缺有什么关系？这些问题都没有答案，所以我觉得自己的身体中充满了神秘。

这些想法有点傻，有点羞于出口，所以我连妈妈也没说过。但今天既然是测试，我就权当面前的黑瘦男生是一个无性别的牧师，把当时的种种思绪一点儿不留地倒给他了。所幸龙蛋很够味，一直在认真倾听，认真分析，一点儿也没有讪笑的意思。最后他笑着说：

“谢谢你能坦诚地告诉我。我看，你的嫌疑基本可以排除了——其实我爷爷说过，由于新智人是在自然人的基础上加以改造的，所以天然具有自然人的生理和心理活动，这样说来，你虽然有这么细腻真实的思绪，我也不能确保你不是新智人。”

我欣然同意：“没错，我爸爸也是这么说的。”

“但我还是暂时做出这个认定吧。不是完全凭理性，而是加一些直觉。不过我得提前说明，这只是我的初步认定，阶段性的认定。以后如果有新发现的疑点，我可以推倒重来的。我事先说明这一点，省得万一我反悔，你又说我反复无常。”

“没说的，我同意。”

“好，现在轮你了。”

我该怎么审查呢？既然这家伙刚才提了这么一个“颇有深度”的问题，我更不能输给他。考虑很久，我下了狠心，这需要狠心牺牲女孩的初吻，说：

“好，我开始测试。同样要事先说明，这是学术性质的工作，不许你有其他想法。”

龙蛋笑着说：“这是拾我的牙慧嘛。行，我绝对像那个古代的和尚，叫什么慧能的，说过的话：菩提本无树，明镜亦非台。本来无一物，何处惹尘埃？”

“我的测试方法是——我要吻吻你。”

龙蛋惊奇地看看我，我不知道自己是否脸红了，但勇敢地保持着外表的平静。他也平静下来，说：

“那好，我很荣幸啊，你来吧。”

我凑近他，慢慢把双唇贴近他的嘴唇，一边冷静地观察着。可恶的是，他也在冷静地观察我，甚至比我更冷静。我吻到了他，但就像吻到了一台硬邦邦的机器，一座冷冰冰的石像，口唇处没有任何感觉。我悻悻地离开他，怀疑地说：

“很遗憾啊，根据你的表现，恐怕不能排除嫌疑。”

龙蛋讥讽地说：“是不是觉得我像一个冰冷的机器人？那要首先怪你像个机器人！还是个存心不良的机器人！我来教你吧，应该这样做——”

他突然狂暴地搂住我，死死地吻住我的嘴唇。我大吃一惊，努力抗拒——但我马上想到这是“学术性质”的测试，便停止了抵抗。时间在他的“死吻”中悄悄溜走。一种很奇怪的、可以称为“醉香”的感觉从我的嘴唇射向大脑，射向全身。我盯着那双近不盈寸的眼睛，显然那里面也有同样的迷醉感。虽然我明知这是“学术性质”的测试，仍突然感觉到一阵慌乱，然后是一波羞涩。我恼火地推开了他，说：

“好啦好啦，到此为止吧，否则你这家伙就是假公济私了。”

龙蛋放开我，一下子变成了谦谦君子，低眉敛目，正襟危坐，笑眯眯地看着我：“怎么样，鄙人的嫌疑排除没？”

我心中已经排除了他的嫌疑，但不想立即认输，故意有所保留地说：“还是你爷爷那句话，新智人也可能有与人类相同的心理，有同样的情绪反应，所以你的嫌疑并不能完全排除。但——暂且排除吧。我同样事先声明，如果发现你的新疑点，我也会推倒重来的。”

“谢谢啦，没问题，你什么时候发现疑点，什么时候就来重新测试。那么，既然有了这么个阶段性成果，从现在起，咱俩的合作正式开始。”

我与他郑重握手：“嗯，正式开始！”

“咱们好好商量一下，怎样有效地对其他五个人做出甄别。总不能都重复刚才的花样吧。”

这正是让我们头疼的事。对于这种本来就是“真人”的新智人，要想从伙伴们中鉴别出他的身份当然很难。干这件事好有一比，就像《西游记》中孙悟空故意捣蛋，向急于治病的朱紫国国王索要药引：半空飞的老鸦屁，紧水负的鲤鱼尿。这药引到底有多难得，你就自己去捉摸吧！但不管再难也得往前走，那是我们的爸爸爷爷交代的重要任务，而且是历史性的任务！我俩尽着自己的想象力，努力思考着，商量了一会儿，商定了初步的计划。

天色已晚，晚风飒飒地吹着荒草，月光铺满了白色的湖畔。伙伴们陆续上岸，卷毛姐和水晶坠儿过来喊我们回家。喊时她俩多看了我们几眼，也许她俩认为我俩在一块儿待的时间太长，超过了正常的状况吧。为了不让她俩生疑，也不让她俩有其他想法，我们赶紧起身，赶上了回家的人群。

第二天早饭后，我和龙蛋立即粘上了大娃娃刘猛。因为依我俩昨天的讨论，这个有电磁感觉的家伙最值得怀疑，电磁感觉更像是机器人才有的能力。我热烈地说：

“大娃娃，我觉得七个人的特殊才能中，就你的本领最实用。学会之后，小则能帮熟人们装修房子，大则能发现美国的核潜艇！”刘猛笑着摇手，说他可没有这么大的本事，也没这么大的野心。“不管怎么着，我，还有龙蛋，已经把你作为潜能开发的首选了。请你收下两个最诚心的徒弟。”

龙蛋也帮腔：“对，认准你了，我俩不约而同地认准你了。大娃娃你说——刘猛老师你说，用不用行正式的拜师礼？”

大娃娃笑成了一朵花——谁不高兴自己的才能受到别人的器重呢。他豪爽地说：“没说的，我尽力向你们传授。至于拜师礼就免了，我还想反过来学媛媛的‘照相式识人’呢。我妈老埋怨我眼拙，说她的亲戚同事们我见过七八面都记不住，常常弄得她很尴尬。我要学了媛媛的本领一定让妈妈刮目相看。至于龙蛋的本领嘛，肯定很难学，我就不学了。反正我不指望长大了当‘超级鼻子’，也不打算当大侠楚留香。”

龙蛋肯定有些失落，但仍大度地说：“没关系，没关系。这事勉强不得，一切都得顺应自己的内心。”

我们把互教互学的事情谈妥了，但真要大娃娃开始施教时他却犯了难。他说，其实他也不明白为啥自己会有电磁感觉，反正从记事起就有这个本事。他能告诉我们的是：如果哪一次的感觉不清晰，他就会闭上眼睛，把大脑的血液努力泵到前额，这样可以加强他的识别能力。“你们俩不妨也照这样来。”另外他建议我们，先从直流电路开始，因为直流电路的感觉比较清晰稳定，感觉起来更强烈一些。

我们来到会议室，庄姐姐上课时用过的诸多道具都留在那儿。我们开通了直流电的回路，闭上眼，照他说的，“努力把大脑的血液泵到前额部位”，但试了一次又一次，一个上午快过去了，我俩没有任何进展。虽然相当疲劳，也有点懊丧，但我俩都看得开。这是很稀有的特殊才能，哪能人人都学会。再说——我俩的真正目标也不在这儿。大娃娃见我们没一点进展，很着急，也颇内疚，他认为是自己教导无方。龙蛋很体贴地劝他：

“不着急，大娃娃你不要着急。我们知道，要想激发出这么独特的本领，肯定是天长日久的事。喂，大娃娃你告诉我，当你知道自己有这项特殊才能之后，心里是怎么想的？”

刘猛不知道龙蛋的用意，不在意地说：“也没什么想法。其实我一直觉得这是很平凡的能力，每人都应该会，就像大家都能分辨七彩颜色，都能听见鸟叫犬吠一样简单。”

“可是，当你知道真相以后呢？当你意外得知，原来芸芸众生中只有你一个人独具慧眼呢？”

刘猛努力回想后摇摇头：“也没啥想法，就是觉得有点儿怪，当然也有点儿得意，以后就把这事撂一边了。”

龙蛋仍锲而不舍，百折不回：“那你难道从没有过这样的闪念：既然自己具有如此特殊的才能，会不会是机器人外星人什么的？”

我赶紧向龙蛋使眼色，这种逼问有点……太咄咄逼人，简直相当于审判中的诱供。这个龙蛋啊，做事太投入了，做得过头了。我怕刘猛产生反感。不料那位大娃娃反倒给逗笑了：

“哈哈，你真是想象丰富。龙蛋啊，我觉得你长大后，除了当调香大师，还能轻松地揽一份副业：去当科幻作家！像你这样天马行空的想象力，写起科幻来，绝对比科幻界什么四大天王八大金刚的都强！”

……

我们锲而不舍地盘问了一个上午，弄得好脾气的大娃娃也有点儿烦了。其他伙伴好像没把“潜能激活”的目标放在心上，都在岛上玩，游泳啦拾鸟蛋啦捉蝴蝶啦，也老有人趴地下室门口喊我们一块儿玩，在这样的诱惑下大娃娃有点儿着急也很正常。公平地说，刘猛是个很绅士的家伙，尽管有点烦，还是尽量掩饰着，一直尽力配合着我们的提问，只是到后来止不住老走神，眼睛老往外瞄。

最后，我和龙蛋使出了全身解数后，得出了这样的阶段性成果：

一，基本可以断定，刘猛不是知情人，他来夏令营并不像我俩那样肩负特殊使命。

二，大致可以断定，刘猛也不是那个测试对象，不是那个神秘的新智人。

虽然第二点结论有待验证，但至少在我心目中，已经把大娃娃的可信度提高了，至少和龙蛋处于一个级别上了。我自我安慰道，这也是一个进展嘛，至少我的待测对象又排除了一个。

既然大娃娃的嫌疑大致排除，我和龙蛋避开他商量一会儿，决定把真相捅给他。这样，我们的队伍又扩大了50%，而测试对象也随之降低20%，只剩下四人了。以三个大脑的智慧在四个人的小圈子中寻找一个目标，应该更容易一些吧。

于是，我们喊住正要向外跑的大娃娃，郑重其事地说：

"大娃娃，你先别急着出去玩，我俩要向你披露一个惊人的秘密……"

大娃娃耐着性子听完，笑嘻嘻地问："今天几月几日？"

"7月20日。咋啦？"

"那今天不是愚人节啊。"

我恼火地喊："愚你个头！我们可是绝对认真的。而且，这件事意义重大，我的科学家爸爸说，这比得上猿人的第一次用火，或者第一次学会制造工具，而亲手打开这个历史节点的人将留名青史。这本来只是属于我和龙蛋的幸运，但我俩慷慨地把你也拉了进来，你别不识好歹……"

我喋喋不休地强调这件事的"历史意义"，但这一点对大娃娃似乎没什么感化。不过，他至少明白了我俩是认真的。他狐疑地看着我俩：

"这么说……你们不是开玩笑？"

"绝对不是！"我们赌咒发誓。

大娃娃立即两眼放光："那好，我也参加！合三人之力，把那个暗藏的新智人揪出来！我说嘛，军方咋会这样慷慨，庄姐姐咋会这样放手，原来是另有目的啊。”他意态飞扬地说，不过旋即想到了什么，声音立即低下来，“那，揪出来之后咋办？军方会不会把他销毁，就像电影《银翼杀手》中那样？你们别忘了，这个夏令营可是位于一个与世隔绝的军事禁区内。也就是说，军方肯定认为，这个测试有一定危险性。”

他的话让我打了个寒战，是啊，如果因为我们的追踪导致哪位伙伴被销毁……我赶紧抛掉这个荒诞的想法，抢白他：

“你胡说什么啊。我爸爸，还有徐爷爷，都多次说过，那些美国大片都是狗屁之作，是西方殖民者劣根性的现代版。人类既然努力创造出了新智人，怎么会再销毁他们！？这么打比方吧，假如你妈妈宠你爱你了十三年，突然发现，原来你不是她的亲生儿子，而且来历比较可疑，于是她狠下心，要亲手杀死你——你觉得这可能吗？”

大娃娃托着下巴想了很久：“对，我也不相信军方会这样冷血。或者说，我不会赞成销毁新智人这类的做法。只是……女汉子你刚才说过，新智人已经比普通人聪明 50%，那，如果他们也上学，如果每个班里有 10 个新智人，咱们是不是永远甭想考上北大清华了？”

我俩不禁哑然。大娃娃说得对，如果事态发展到这一步，那确实不公平，而且是娘胎里带出来的不公平，没办法改变。我勉强辩解说：“总会有办法的，就像现在对边远考生有分数照顾一样，到时候，对自然人也来一点分数照顾，不就行了？”

大娃娃可不容易被说服：“可是，你愿意当那个被照顾的边远学生？而且恐怕不只是当边远学生，甚至是当一个只能上特教学校的弱智生？”

我再次哑然。龙蛋笑哈哈地说：“这事好办，既不用照顾也不用特教，把咱们的大脑也改造一下，不就彻底解决了！？”

对呀，龙蛋说得对，这才是釜底抽薪的解决办法。说到底，哪个学生不想让自己聪明一点呢。只是，对已经 13 岁的我们来说，用“生物方法”改造基因肯定不行了，但“非生物方法”的改造应该还能行。我决定，回家后要立即找爸爸把这件事问清。我有一个科学家老爸，近水楼台可以先得月嘛。

虽然我从不看重学习名次，但说心里话，如果让我在班级第 1 名和第 32 名之间挑选，我当然还是选前者。

不过那都是后话，今天的当务之急，还得先设法完成对其他四人的“真人图灵测试”。我们仨商量后做出决定：以后仍由我和龙蛋打着学习潜能的旗号，继续测试其他四人；而大娃娃待在圈外，扮演一个不知情的第三者，这样便于他从侧面了解情况，掌握“敌方”动态。我们还确定下一个测试对象为水晶坠儿任如菊，她的“快速心算能力”相对说更“非人化”一些。

晚饭前卷毛姐提议今晚到地面上露宿，大伙热烈地同意了。卷毛姐用座机同庄姐姐联系，那位不知藏身何处的女少校痛快地答应，说马上为我们准备防潮垫，还要准备灭蚊灯和驱蚊剂，因为岛上蚊子较多。晚饭后我们一窝蜂地跑出地下室，这些东西已经不声不响地全都备齐，摆放在一块比较平坦的地方，甚至还心思周密地准备了篝火用的木头！我们非常感激，对着旷野齐声高呼：“谢谢庄姐姐！”不过没有回音。

荒岛上还有一道独特的风景：有萤火虫！虽然数量不是太多，但在寂寥黑暗的旷野中，有那么几盏小小的灯笼在头顶飘荡，倏然飞近，倏然远去，足以让我们兴奋不已。我们七人中除了腊肠外都是城市孩子，一辈子从没见过活的萤火虫，稀罕得不得了。腊肠说请庄姐姐提供几个捕虫网，捉几只萤火虫玩，但立即遭到大伙儿的斥责。卷毛姐的斥责最有文艺范儿，说他这是“焚琴煮鹤，俗不可耐”，他只好灰溜溜地收回了这个提议。我们都满足于跟在萤火虫后边瞎跑，兴奋的尖叫声此起彼伏：“看，这儿有一只！”“咦，这儿有三只！”腊肠还说，“这儿的萤火虫绝对是新品种，个头明显比在家乡看到的要大。”龙蛋笑着说：“这是自然，军事禁区里的萤火虫出身高贵，当然不同凡响啦。”

追萤火虫追累了，我们团坐在地上，点起篝火。干燥的松木噼里啪啦的爆响着，散发着浓郁的松脂清香。火苗呼呼地向上蹿，舔着暗蓝色的夜空，伙伴们的面孔都被照得通红。当然，火苗再高也舔不到夜空的群星，它们仍一如既往，安静地眨着眼睛，一如十万年前、十亿年前一样。星光在震荡。

湖边的拍岸浪温柔地私语。伙伴们不知不觉都沉静下来，感受着大自然神秘的律动。我不禁想起爸爸爱说的“人类史上重要的节点”，也许一百多万年前，刚刚学会用火的一群猿人也像我们这样围着篝火狂欢，不知道他们蒙昧的心灵能否感受到这种空灵和静谧，感受到对大自然的敬畏？眼下，在我们七个伙伴中还有一个“新智人”呢。也许他眼下还不知道自己的身份，如果一旦得知，他又会是怎样的心境？

夜深了，篝火也熄了。大伙准备睡觉，男生女生分开，各睡防潮垫的一头，半球形的天穹就是我们的被子，上面缀满了晶亮的钻石。但我们都睡不着，仰着脸数星星，说着闲话。紫色的驱蚊灯在四周幽幽地亮着，有时响起一声爆鸣。水晶坠儿突然说：

“我怎么觉得有点儿怪。”

我问：“什么有点儿怪？”

“自打进了夏令营，我总觉得怪怪的。你们想嘛，咱们的那儿种小才能，都不像有啥军事用处啊。而且看庄姐姐的表现，好像压根儿不重视。但主人对咱们几个小人物太慷慨，太周到，太放任。一句话，好得有点儿过了头。我总觉得其中另有原因。”她想了想，又补充一句，“我爷爷说过一句话：天上不会无缘无故掉馅饼。”

我暗自佩服水晶坠儿的观察力。看来，这小姑娘不光是个漂亮的“水晶坠儿”，内心里也蛮有板眼的。主人的慷慨当然另有原因啦，因为主办方的真实目的不是什么潜能激发，而是——真人版图灵测试。前者只是一个精致的幌子。按我爸的说法，真人版图灵测试是重要的科研项目，夏令营花的这点小钱，对军方根本算不了什么。但水晶坠儿的话也勾起我潜意识中的不安　这个夏令营确实有点儿怪。因为，就连我这个知情者也有解释不了的事情，比如：为什么要把测试放到这儿，一个地理上完全封闭、实施着无线讯号屏蔽的军事禁区。不过是一场真人版图灵测试嘛，值得这么大费周章？其实，完全可以在哪座城市里完成。

卷毛姐对水晶坠儿的疑虑付之一笑：“水晶坠儿啊，你真是当丫鬟的命，一辈子当不了格格。有人对咱慷慨那是好事，管它什么原因，咱们只管玩个尽兴，难得浮生半月闲啊。”

我紧接着说：“当然要玩个尽兴，但也不能光玩。咱们要想得对得起主人的慷慨，还得以工作为重。只要谁激发出原来没有的潜能，哪怕只成功一项，军方的钱就不算白花。水晶坠儿，明天我跟你学快速心算吧，我觉得这个本领最实用。”

龙蛋说：“我也要学！水晶坠儿老师，收下这俩徒弟吧。”

水晶坠儿爽快地答应：“好，我尽量教你，我也想学龙蛋的识别花香，这种才能最高雅了！我倒不奢望长大后当世界级调香大师，只要把鼻子练得够开名品香水店就行，那一直是我的理想。”

龙蛋也慷慨地答应。卷毛姐说：“女汉子和龙蛋，我见你俩今天一直粘着大娃娃，是不是在学他的本领？”

“没错，他的电磁感觉也很实用。可惜，俺俩折腾了一天，进展为零。”

“不必气馁，好好睡一觉，养足精神明天继续干！”

腊肠和榔头则显然没有我们这样的敬业精神，他们嬉笑着说：“机会难得，先疯它几天，等玩足玩够，再说工作的事也不迟。反正庄姐姐说过，不会塞给我们一个结业考试。”

我们在星光的抚摸下沉沉睡去。萤火虫在头顶轻盈地飞舞。

第二天，我们照计划进行：我和龙蛋缠着水晶坠儿学“快速心算”，大娃娃儿则和其他三个人厮混，当“包打听”。水晶坠儿很诚心地教我们，不过她说，她的快速心算能力是天生的，自己也不知道内中蹊跷，反正见到数学题后静心一想，答案就会出现在前额处。如果这个题目超过了她的能力，前额处就一片白噪音。这个说法让我俩不由生疑：这多像电脑中的内置程序，也许她就是那位大脑经过改造的新智人？

当然这也许纯属多疑，因为有确凿的历史反证：卷毛姐提过的那位速算天才、印度的莎姑达拉，心算能力也是天生的，看到数学题后，答案会自动出现在额顶处。但那时是 20 世纪中期，计算机还是粗粗笨笨的蠢玩意儿，绝对装不到人脑中。这说明，这种速算能力尽管非常神奇，但它仍然属于人脑的能力。或者反过来说，人脑有很多神奇的潜在能力，尚未被人类所认识。

再说我俩的重点也不是学水晶坠儿的本领，而是真人版图灵测试。在我诚心求教时，龙蛋在一旁喋喋不休地旁敲侧击："水晶坠儿，你有姊妹吗？他们是否也有这样的能力？你父母呢？当你第一次知道自己有超能力时是啥心情？是不是有过闪念：自己也许是外星人机器人什么的？"

……

我发觉龙蛋的提问又要走向"强行诱供"的路子上了，赶紧咳嗽一声，对他提出警告。好脾气的水晶坠儿非常配合，有问必答，一点儿也不烦。但我们穷尽智力努力测试后，结论仍是：无法判断。

不知不觉间，那两人的谈话转了方向。现在轮到水晶坠儿喋喋不休地提问："龙蛋你能辨认多少种花香？你家里为此买过多少种世界著名香水？你在学校里有铁杆粉丝吗？当然肯定是女粉丝居多啦……"原来，水晶坠儿对龙蛋的闻香奇才非常佩服，可以说已经成了他的铁杆粉丝。想想这不奇怪，像水晶坠儿这样精致的女孩，一定对梳妆打扮、香水唇膏什么的特感兴趣。

可气的是龙蛋在这位铁杆粉丝的崇拜中飘飘然了，甚至忘了我们来找水晶坠儿的初衷。他不再做"测试提问"，而是兴致勃勃地大肆卖弄有关香水的知识，还邀请水晶坠儿日后去参观他家的香水库存。他说，"我爸妈，还有爷爷，都大力支持我的这个志向，一直为我慷慨解囊，已经购买的世界著名香水不下1000瓶，整整摆满了一个柜子！"水晶坠儿艳羡不已，惊呼着："1000瓶！每天换一种用，还能用上三年呢。"龙蛋还说：

"告诉你俩一个秘密：庄姐姐不是说过，要在我们面前完全消失吗？实际上呢，她根本没有消失，每晚都会来宿舍视察一遍，时间应该是在咱们睡熟之后。因为我在各间宿舍、楼道甚至咱们露宿的地方，都闻到了她留下的香水味。"他指指我，补充道，"特别是在你的宿舍里。因为你这个女汉子从不用香水，又是一个人住，所以庄姐姐留下的香水味更浓一些。"

这个秘密让我很好奇："真的？"

"绝对没错。你尽管相信我的猎狗鼻子。"

我发觉水晶坠儿的表情有点怪，问她："水晶坠儿，你怎么啦？"

水晶坠儿看看我俩，勉强笑道："没啥。庄姐姐做事蛮神秘的。还是我昨天说过的那句话：这个夏令营给人的感觉总有点儿怪怪的。"

龙蛋劝解她："别想太多，军队嘛，办事难免有点神神秘秘的。如果这个夏令营单是由大脑研究所来操办……"我意识到他要说漏嘴，再说下去就要暴露俺俩的特殊身份了，赶忙使眼色。还行，龙蛋还算灵醒，及时换了说法，"如果这个夏令营单是科学家们来操办，就不会这么神秘了。"

水晶坠儿看看他，没有再说什么。

午饭后，三个侦探避开其他人，在我宿舍里开了一次专业会议。这个会上我们第一次产生了分歧。我觉得，经过半天的测试，虽然不能说水晶坠儿就是新智人，但她的嫌疑不能完全排除，我主要的怀疑根据就是——她的多疑。也许她并不知道自己是新智人，她的多疑只是潜意识的，但正好表现了新智人潜意识中对"异己环境"的恐惧，至少是戒备吧。龙蛋则激烈反对，说水晶坠儿根本是一个水晶般透明的女孩儿，哪有什么潜意识恐惧这类东西，反倒是我的心理太阴暗。我心平气和地说：

"龙蛋，请坦白告诉我和大娃娃，你的意见是不是掺杂有个人情绪？我知道，水晶坠儿是你的铁杆粉丝。"

龙蛋的脸一下子涨得通红，他赌咒发誓，说这是完全理性的判断，不掺杂任何个人情绪。大娃娃没有表示明确的意见，我分明觉得，他在听了水晶坠儿的怀疑以及知道了庄姐姐的"夜入民宅"后，似乎也有了心事。

但会议至少得出一个共识，那就是：暂不把水晶坠儿发展成"自己人"。以后，在测试其他三个人的同时，仍然保持对水晶坠儿的测试。龙蛋也许是为了洗白自己，在我做出这个提议后，爽快地答应了，还开了一个玩笑：

"对，不能发展她。不光是她，其他人也不要发展了。你想嘛，总共才七个人，都成警察了，谁来当贼呀。"

大娃娃也点头同意。我看见他的裤腿上沾满了荒草蒺藜，就蹲下来帮他摘除，一边说他："这半天你野哪儿去了？我怎么一直没见你。"

他简单地说："我今天在全岛转了一整圈。"然后他就离开了。

此后三天内，我仍和龙蛋携手，对其他三人：卷毛姐张娜、榔头陈小冬、腊肠段小苟，都依次进行了测试。总的说进展很不顺利。有时我懊恼地觉得，我和龙蛋已经江郎才尽，我们的测试题都是老一套，想不出什么有分量的新点子。本来也是的，据爸爸说，他和徐爷爷开发的新智人是“在自然人的基础上，用生物和非生物办法对大脑进行改造，因而新智人天然具有人的记忆、心理和情绪反应”，既是这样，因为两者本质上的同质，自然很难做出截然分明的判断。新智人与自然人只有两点不同，一是大脑内装有芯片，但这一点对外表现不出来，除非去做脑 CT。这当然不是爸爸他们的选项，那太容易了，想做的话，他们早就做了！不，他们是想在日常生活中，用人的肉眼来辨别出新智人；第二点不同，是新智人的大脑功能比一般人高出 50%。但—— 即使在自然人中，智商也有高有低呀，比如，爱因斯坦的智力绝对比我高 50%，说不定还能高 200% 呢。所以这也不是一个硬杠杠。爸爸送我进夏令营前说过，他们这些专业人士也没有绝对有效的鉴别办法，得靠我们这些思维不受拘束的孩子们来另辟蹊径。原来我以为这是科学家的谦虚，这会儿我想，爸爸说的也许真是实情?

几天的毫无进展，让我有点丧失信心了。想到爸爸将会因为我的无能而“赌赢”，心里很不是滋味。龙蛋更不用说，他若因为自己的无能而使爷爷“赌输”，压力会更大一点儿。他有点灰心，老嘀咕着“这样不行，得想个新办法。这样不行，得想个新招数。”但我俩绞尽脑汁，也没想出什么新鲜招数。至于大娃娃刘猛这两天的表现更让我恼火，他似乎对真人图灵测试丧失了兴趣，或者是丧失了信心，对俺俩这边的进程不闻不问，只是满岛疯跑。还设法弄了个捕虫网，白天晚上都拉着腊肠去捕蝴蝶、捕萤火虫——正是卷毛姐曾斥责过的焚琴煮鹤的俗人勾当。我听腊肠说，大娃娃曾通过电话向庄姐姐索要捕虫网，但庄姐姐笑着拒绝了，说这可不行，她是个虔诚的动物保护主义者！但大娃娃有点鬼聪明，在庄姐姐这儿碰壁后，向水晶坠儿索要了一只长筒丝袜，又在哪儿踅摸到一截铁丝，一根竹棍，硬是自己鼓捣出一个捕虫网。

两位战友既然表现得如此糟糕，看来我只能依靠自己了。这天下午，我把自己关到宿舍里，绞尽脑汁思索着。既然几天来毫无进展，恐怕是我的大思路出了问题，应该改弦更张，果断跳出旧框框。可是，该怎么跳出来呢……我忽然想到，这几天的测试提问，都是以“测试对象并不知道自己是新智人”为前提的，是在测试他作为新智人的自然反应。可是，如果他已经知道了自己的身份，甚至知道自己面临着这个测试，那么，他或她会不会有意伪装自己，用刻意挑选的回答来迷惑我？

记得来夏令营前，我曾问过爸爸，那个被测试者是否知道自己的真实身份，爸爸狡猾地回避了正面回答。那么，这种可能性至少不能排除。我要沿这个思路考虑，看能不能做出什么突破。但是，如果是沿着这个新思路，那么我已经发展的两个战友，龙蛋和大娃娃，也需要重新甄别——谁知道他们早先对测试的反应是不是精心的伪装？甚至这几天的努力参与也是伪装？我想起龙蛋曾粗暴地吻我，我在体味着一种特殊的“醉香”时，也觉察到了他目光中有一种迷醉。我当时正是凭着这样的直觉，判定他是一个和我一样的自然人。假如龙蛋当时的表现只是伪装，那可……太混账了。我不相信。我不愿相信。

我在思维之磨中苦苦打转，找不到出路。我的脑袋都木了。不光是思维的痛苦，还有感情的痛苦，因为按照这个新思路，那么我的每个伙伴，每个开朗透明的家伙，我都得用怀疑的目光重新打量。这让我觉得自己真的成了一个心理阴暗的家伙。

我开始后悔，不该草率地接下爸爸这个秘密任务。

想来想去，我觉得龙蛋应该是第一嫌疑人，因为他至少是半个知情者，他知道这场真人版图灵测试。那么，他的回答和表现就有伪装的嫌疑。但我在心中反驳：那自己呢？自己也是半个知情者啊。第二个嫌疑人应该是卷毛姐，因为她在回答我们的测试时表现得太淡定，太从容。反倒是我曾经怀疑过的水晶坠儿可以排除嫌疑，因为，如果是知情者，她就绝不会主动透露她对这个基地的疑虑。还有大娃娃的嫌疑基本也可排除。我想起他在龙蛋喋喋不休地提问时表现得有点烦，有点跑神儿，这不会是一个“刻意伪装者”的表现。

那好，我就先去找水晶坠儿或大娃娃试探。如果确实能排除她或他的嫌疑，那么至少我还能保留一两个战友，否则就太孤单了。

于是，在上岛第六天的晚饭后，大伙儿照例要去湖边玩耍，我避开了其他人，尤其是避开龙蛋，出门去找水晶坠儿或大娃娃，开始实施我的第二阶段工作。但我没料到，正是从这天起，事情的发展冲出了正常的河道，洪水咆哮而出，把所有伙伴裹挟而去，尤其是我本人。

走出地下室我就看到了水晶坠儿，不过她不是一个人，而是和榔头、腊肠在一块洼地聊天。看见我过来，水晶坠儿先迎过来，笑着问:“女汉子，你怎么一个人，我们一块儿去游泳好吗？”

如果以我往日的心境，我会高高兴兴地答应水晶坠儿的邀请，但今天不行。我甚至有点痛恨自己的眼光为什么这么锐利，因为我一眼就看出——这三个人正在秘密商谈某件事情，而且肯定与我有关。因为榔头和腊肠的目光中是藏不得假的，两人被我撞见后似乎一直不敢直视我，很有点心虚理亏的样子，只有水晶坠儿嬉笑自若。但这反倒告诉我，她一定是这场密谈的发起者。这让我对水晶坠儿再次刮目相看，她绝不是一个只知道涂脂抹粉的衣裳架子，为人蛮有深度的，喜怒不形于色。

我猜不出刚才他们在密谈什么，更猜不出密谈内容为什么与我有关。但至少在眼下，我想发展水晶坠儿当战友的打算得推迟了。想到这儿，我颇有点怨恨爸爸，都怪他交付给我的秘密任务，让我不得不对伙伴们玩弄心机，它会毁了我两个星期的伊甸园生活。否则，我会无忧无虑地当女汉子，与所有伙伴坦诚相处，想笑就笑，想喊就喊，那该多爽！当然，埋怨是埋怨，爸爸交付的特殊任务，我还是会尽力完成的。他除了是我爸爸，还是我的好朋友，为了朋友的嘱托我会两肋插刀的。爸爸说，完成真人版图灵测试有重要的科学意义，我相信他的话。

于是我佯装什么事儿也不知道，接受了水晶坠儿的邀请，一块儿去游泳。其他人也去了，我们在水里疯得昏天黑地。但我心里一直在牵挂着这件事——水晶坠儿他们在密谈什么，为什么和我有关。我一定得先把这件事搞清。

至于搞清的方法，我很快就有了主意——打草惊蛇。我打算故意做出点什么足以让他们生疑的举止，他们一定会有相应的举动，我就能从中找出破绽了。晚上大伙儿回家，我回到自己的单间，对面是卷毛姐和水晶坠儿合住的房间，这会儿没有关门。我把门轻轻开一条缝，悄悄观察对面的动静，一直等到水晶坠儿注意到我的窥视，连忙装着惊慌的样子关上房门。过一会儿，我又打开门窥视对门，直到水晶坠儿再度注意到我的窥视，再次惊慌地关上门。

我相信这些举止已经充分激起了水晶坠儿的怀疑。一个小时后，等大家都睡稳，我悄悄开门，溜出地下室——但又故意弄出点儿动静，以此来“通知”水晶坠儿。然后我伏在门外，聆听着屋内的动静。屋内果然开始有动静了，先是轻轻的脚步声，再是轻轻的敲门声，然后是更轻的低语声。一定是水晶坠儿在召唤她的同伴吧。等我听到轻轻的脚步声向地下室大门走来，我赶紧抽身离开，向荒岛中心走去。

我没有走多远。今天有云，月色不好。岛上荒凉寂寥，纵然我是女汉子，在这么荒凉的地方独自行走，心中也寒凛凛的。我伏在地上一个凹坑内，听着后面的动静。果然，脚步声跟来了。看身影是两人，都是男孩，没有水晶坠儿娇小的身影。那两人走到我附近，站住了，焦急地低声商议：

“咦，咋不见了？天这么黑，女汉子到底要去哪儿？”

是腊肠的声音。然后是榔头的声音：“可别出事啊。”

腊肠显然是在自宽自解：“不会的，岛上没野兽，不会出事的。”

听见两个跟踪者这么关心我，心中颇有些感动。我忽地站起来，笑嘻嘻地说：“两位是在找我吧，我在这儿呢。”

两人吓了一大跳！如果月色好，我一定会看到他俩满面羞红。腊肠比较贼，首先缓过劲儿，殷勤地说：“那就好，那就好。我俩发现你深夜出门，担心你迷路，赶紧追了上来。”

“多谢啦。是水晶坠儿让你们来的吧。”

两人大窘！我想他俩这会儿一定连耳朵根都红透了。腊肠吭吭哧哧地说不出话，榔头心一横，坦率地说：

“算了，对女汉子实话实说吧，我本来就不想干这种偷偷摸摸的勾当……女汉子，水晶坠儿让我俩跟踪你，不过不是针对你，而是针对军方。水晶坠儿说，她断定夏令营的组织者，也就是军方，一定有什么瞒着咱们的秘密。我和腊肠也相信她的分析。”

我在心中说：“其实我也有同感啊。”但表面上我仍紧逼着追问：“那好嘛，水晶坠儿应该约上我，约上大伙儿，一块儿探寻真相。可你们为啥要跟踪我呢？”

榔头说：“我实话实说，女汉子你不生气吧。”

“我不生气，你说吧。”

榔头盯着我的眼睛说：“水晶坠儿说，据她的观察，庄姐姐和你之间似乎早就认识。”

我立刻想到第一堂课上庄姐姐与我对过眼神，那时我就判定，她知道我是大脑研究所所长的女儿。没想到这么隐秘的眼神也被水晶坠儿发现了，这小姑娘真不简单。我觉得脸上有些发烧，但为了爸爸的秘密任务，只能硬着头皮撒谎：

“纯粹是胡说，来这儿之前，我从来不认识庄姐姐，我想她也不会认识我。”

这两句话的本身倒不是撒谎，所以我说得理直气壮。但榔头和腊肠还有疑虑，榔头仰着脸想想，直率地说：

“水晶坠儿发现你深夜出门，她怀疑你要和庄姐姐秘密会面。”

我在鼻子中哼一声：“秘密会面？侦探小说看多了吧。我有什么事不能在电话中告诉庄姐姐？要知道我住的是单间。”

“那你出门……”

这个问题可难不倒我，我大声说：

“你们想知道我半夜三更偷偷出门是想干什么吗？就是为了引你俩跟踪！因为我晚上看到你们和水晶坠儿在说悄悄话，内容一定和我有关！”我撇着嘴说，“你们就不必否认啦。你们俩，特别是榔头，眼睛是不会说谎的，你们那种心虚理亏的目光啊，当时我一眼就看出来了。”

我这么转守为攻，击中了两人的要害，两人都颇为羞愧，也就进而信服了我所有的话。榔头歉然说：

“这么说，是我们多疑了，是水晶坠儿多疑了。我们不该怀疑你。对不起了媛媛。可是——女汉子，你说，军方是不是藏有什么我们不知道的秘密？我俩都认为水晶坠儿的怀疑有一定道理。”

我无法回答。虽然我握有他们不知道的秘密，潜能激活只是幌子，夏令营的真实目的是悄悄进行真人版图灵测试，但这个秘密似乎并不能完全解释夏令营的种种不正常。腊肠看出我的犹疑，连忙说：

“女汉子你也有怀疑，对吧。那咱们就回去叫上水晶坠儿，再叫上龙蛋和大娃娃，一块儿琢磨琢磨，夏令营究竟有没有暗藏的秘密。”

我好奇地问：“为什么不约卷毛姐？她是咱们的大姐大，还与水晶坠儿住一个房间。对了，她知道你们这个秘密团伙吗？”

榔头不好意思地说：“水晶坠儿早就约她了，她骂我们没事找事，还说，她才不会在伙伴们中间搞互相猜疑，也不会无端猜疑东道主。”

她的态度让我暗暗惭愧。实际上，我也有秘密团伙，我也一直在伙伴中搞互相猜疑啊。当然，我的动机是好的，是为了完成父亲交给我的科研任务。但不管怎么辩解，卷毛姐张娜的磊落态度还是让我心生惭愧。

他们这么一搅和，把夏令营的组织者也纳入怀疑对象，把脉络搅得更乱了。至于我心中那个主要目标——辨别出谁才是暗藏的新智人——更是让我的头都胀大了。榔头和腊肠还在巴巴地等着我的回答，我只好找出一个理由推托：

“既然卷毛姐不想参与，我也不参与了，还是你们三剑客前头开路吧。我只保证一点，我绝对没有背着大伙去和庄姐姐秘密会面，以后也不会。”

榔头和腊肠虽然不大甘心，也只有同意。

第二天见到水晶坠儿，她倒是表现得云淡风轻，只在我耳边悄声说了一句：

“是我多疑了，对不起了。”

其他的她没有多说。我相信她不会一下子就消除对军方的怀疑，还会悄悄追寻下去。但既然我拒绝参加，她当然不会再对我说什么。

我仍坚持执行既定的计划。虽然龙蛋已经很沮丧，我仍拉着他，向榔头和腊肠学习两人的特殊才能，实际是对二人进行审查。令人沮丧的是，对他俩的审查照样没有任何进展，他俩的潜能我们也没能学会。

这一天，大娃娃仍然不见踪影，连中午吃饭都没回来。他究竟在忙什么勾当？我对他的表现已经忍无可忍，晚饭前，我独自出去，藏在路边等他。

大娃娃总算回来了，是从荒岛东面回来的，手里拎着那只自制的捕虫网，裤腿上仍旧沾满了荒草蒺藜。我从埋伏地点冲出，截住他，没好气地质问：

“大娃娃！你是不是想打退堂鼓？想撤退也得向我告个别呀。”

他站住了，用很奇怪的眼神看看我——真的很奇怪，绝不是这个大娃娃平常那种明朗得像蓝天、纯洁得像婴儿的眼神——很干脆地说：“不，我没想撤退。”

“那为啥你这两天……”

他截断了我的话，简单地说：“晚饭后跟我走，我告诉你。别惊动别人。龙蛋也去，但不用你去通知，我来告诉他。”

哼，这家伙神秘兮兮的，打算出啥幺蛾子？但我不得不承认，他成功地勾起了我的好奇心。晚饭时他表现正常，只是曾短暂地避开别人，和龙蛋说了一会儿悄悄话，那一定是向龙蛋通知晚上的秘密行动。饭后大娃娃率先悄悄离开了，我也避开别人，悄悄跟他去了。远远瞥见龙蛋也做贼似的跟在我后边。大娃娃走到岛上一处比较隐蔽的洼地，停住脚步，回过头来。我也紧跟着跳进洼地，说：

“大娃娃，你要玩啥鬼名堂？”

大娃娃摇手止住我，又指指后边的龙蛋，示意等他来一块儿说。龙蛋没来之前，他仍然用那么奇怪的眼神看我，看得我后背上毛毛的。龙蛋来了，好像他和大娃娃已经有过深度沟通，所以不急着催大娃娃说话，反倒用同样奇怪的眼神盯着我。我有点忍不住了，咳嗽一声，但大娃娃已经开口了：

“媛媛，”不知为啥，这次他没喊我的绰号，而是很温柔地称呼了我的闺名。“告诉你几件秘密。”

“啥秘密？”

“我很犹豫，已经犹豫了两天。但刚才和龙蛋商量后，最后决定还是告诉你。”

龙蛋也是同样的口气：“我是刚刚才得知的。我们商量后决定告诉你。”

我讥讽地说：“不必一唱一和拉前奏曲了，直接开始吧。”

大娃娃说：“好的，我告诉你。第一，岛的东边也有一处地下建筑，肯定比这边的地下室大，而且大得多，因为我感受到地下有强烈的电磁活动。但我在那儿观察了两天，一直没有发现有人进出，也没有发现秘密大门。大门也许设在水下？或者是设在地面上，但伪装得很好。”他补充道，“很有可能，庄姐姐就在那边隐身。”

虽然这个消息出人意料，但我不算吃惊。我早就猜到，一个守卫严密的军事禁地不可能只有几间宿舍、会议室和厨房。我们所处的地下室应该是生活区，而真正的工作区域与这儿是隔绝的。还有，庄姐姐虽然隐身，但不可能离我们太远，比如远远地藏在湖对岸。如果她是藏在本岛上另一处秘密建筑中才是合乎情理的。我说：

“嗯，知道了。难怪你这两天老往那边跑，裤脚上沾满了荒草蒺藜，原来是在搞侦察啊。这么说我冤枉你了，以为你是在贪玩。向你道歉！往下说吧，你还有啥秘密？”

“第二件秘密：岛上有很多秘密监测头，它们伪装得很好，外表都是石头或树干。与之相连的电线都是从东边也就是我认定有大地下室的地方过来。它们埋在地下，电磁辐射很微弱。好在这儿是电磁的无污染区，没有背景噪声，我才能发现。我是先发现了暗埋的电线，才顺藤摸瓜地发现了监测头。”他又说，“但我们这儿是安全的，处于监测的死角，我观察了很久才找到这么一处安全区。”

我站起来想观察四周：“监测头在哪儿？我看看是什么样子。”

龙蛋和大娃娃同时出手拉我，用力过猛，弄得我一屁股蹲在地下。大娃娃低声说：“嘘！别让摄像头发现咱们！”

我哂笑着：“哟，两位007呀。”不过心中已经有点儿发毛。但平静下来想想，这事儿也不算惊人，作为军事禁区，周围设置秘密摄像头也是情理中事。我说：“喂，你们二位，还有秘密吗？赶紧倒完！噢，对了，龙蛋你和大娃娃肯定事先密谈过，为啥要避开我？别忘了我是组长！”

两人都没理这个茬，大娃娃说：“第三个秘密……媛媛，这个秘密和你有关，但你要挺住，不要太激动。即使有啥子三长两短，我，龙蛋，卷毛姐，所有伙伴，都会全力帮助你的。龙蛋你说，对不对？”

龙蛋用力点头：“没错！”

两人紧紧地盯着我，目光那个温柔啊……我只有苦笑：“这是给我念悼词啊。快说吧，我挺得住，别忘了我是一顿饭吃五个大包子的女汉子。说吧。”

大娃娃和龙蛋互相看一眼，微微点头，大娃娃郑重地说：“媛媛，我发觉军方监视的目标是你，七个人中只针对你一个。因为我发现，这儿的摄像头是应激式的，即只有活动物体在附近经过时才自动开始工作，这时相应的电磁辐射也会立即加强，强到我能感觉出来。”

“这不算奇怪呀，这是为了节省工作机的内存，我知道，动物学家们设在森林里的摄像头都是应激式的，只有野生动物经过时才开始拍摄。”

大娃娃轻轻摇头：“但这儿不同，因为只有——你——经——过——时，摄像头才被激活。”

他用重音念出这几个字。我目瞪口呆，愣了很久才说：“大娃娃，你是在写推理小说呀。我坦率地告诉你，这部小说写得很狗血，设想过于玄虚，缺乏可信度……”

两人又是心照不宣地互相看看——我真恼火那样默契的眼神！原来是三人一体，甚至是以我为首脑，现在独有我成了局外人。大娃娃很快地说：“知道你不会信，其实我自己也是疑惑了很久，直到发现这个铁证。不过，这件事由龙蛋说吧，因为是他首先发现的。”

我把狐疑的目光转向龙蛋，龙蛋低头避开我的直视，咳嗽一声：“是我偶然发现的。我发现，你在室外活动时，蝴蝶啦萤火虫啦最喜欢跟着你飞。也许打从咱们上岛后就是这样，但直到昨天我才注意到。你自己注意到没有？”

我摇摇头：“没有。不，好像有过一次。”

“我发现后其实没有在意，只是开玩笑地告诉大娃娃，说你是天生慧根，能让萤火虫跟着你飞舞，就像电影《阿凡达》中的男主角杰克能吸引潘多拉星球上神圣树的种子。大娃娃刚才才告诉我，他细心观察了萤火虫，感觉到它们体内有电磁辐射，这才引起高度警觉。此后大娃娃努力捉到一个。”他转向大娃娃，“你的机器萤火虫呢？你说过让我俩看的。”

大娃娃从口袋中掏出一件小玩意儿，摊开手心让我们看。那确实是一个萤火虫，身体已经被整个剖成两半。我小心地伸手触摸，感觉它的身体是肉质的，翅膀也显然是生物材质而不是金属薄片。但在被剖开的头胸部，我看到一些亮晶晶的东西，小心摸摸，触手坚硬。我不知道它们是否是芯片，但至少可以确定那是电子玩意儿而不是昆虫器官。我真正开始感到震惊。原来，那些美丽的、常常在我们头顶轻盈飞舞的、为荒岛生活平添多少诗意的可爱的小精灵，竟然是活的窃听器——而且完全是针对我的？！我全身发冷，不由抬头观察夜空。大娃娃猜到我的心思，轻声安慰：

“你不用看，没了。自从我捕到一只机器萤火虫后，天上就再没这玩意儿，肯定是它们的主人全召回去了，要不我也不敢约你们来外边密谈——不过这也说明，它们的主人应该已经警觉到，这些昆虫的秘密已经暴露了。”

我下意识地用力摇头。尽管有他俩端出来的这个铁证，我仍是用力摇头。如果相信他说的话，那么，这众多事实综合起来，只可能有一个指向——我才是那个被监测的对象，我才是我们仨苦苦寻找的那个异类。这怎么可能？！我想起快乐的童年生活，想起爸妈和哥哥浓郁的亲情……是爸爸主动把我送到这个“VIP 级别夏令营”的，难道这一切都是他在谋划？甚至连妈妈，即使不是主动参与者，至少也是一个旁观者和知情者？我不由想起我走前那个夜晚妈妈的感伤，强烈的怀疑悄悄滋生：对于一次仅仅两个星期的离别，她的感伤确实过重了。那么，也许她的感伤不是因为一次短别，而是担心当那个新智人觉醒之后，她会永远失去女儿？……如果这样，那么，整个世界，我一直生活于其中的世界，已经全部坍塌了。我不愿相信，但眼前一阵阵发黑……

龙蛋轻声唤我：“媛媛，女汉子。我俩永远是你的朋友，还有卷毛姐、水晶坠儿、腊肠、榔头，也都永远是你的朋友。需要我们做什么，你尽管说。”

我仍是苦笑。龙蛋这句话的意思其实是——“虽然我们已经确定了你的异类身份，但我们仍然爱你，或者说，我们同情你，可怜你。”我闷声说：“谢谢啦，我相信你们的友谊，但我首先得把这件事彻底捋巴清楚。比如，如果我真的是新智人，他们为啥把我诓到夏令营来，还谎说要我来完成真人版图灵测试。”

龙蛋和大娃娃摇摇头，个中原因显然他们也不清楚。但我忽然明白了。就像一道青白色的闪电划破夜幕，我在刹那间明白了——没错，这确实是一次真人版图灵测试，但不是自外向内的，而是自内向外的。更准确地说，这应该是一次压力测试，是让那位新智人在外界压力下完成觉醒。组织者设置了一个完全由孩子们组成的“绝对自由”的世界，又在这个世界周边悄悄施加了强大的压力，绝对封闭的环境、监测头、昆虫窃听器、隐身但又时时存在的测试者，就是想让测试对象在“强大压力”和“绝对自由”之间来回碰撞，让她的心灵之门绽开一条缝，从而对她的身份来个自我认知……但这又是为了什么？军方、爸爸和徐爷爷精心策划了这一切，到底是为了什么？

记得看过一篇科幻小说，名字早忘了，只记得故事情节：主人公被误认为是杀手机器人而被全人类捕杀。他竭尽全力潜入人类基地的核心区，想对高层解释清这个误会。他进来了，见到了想要见的人。直到此时他终于知道，原来自己确实是杀手机器人。这个顿悟带来了极大的心理压力，引爆了他体内的核弹，最终与人类基地同归于尽。

我下意识地摸摸胸膛，不，这里是咚咚跳动的心脏，绝不会藏着一颗威力强大的核弹。我不信我是人类中的异类，是家庭中的异类，是爸妈和哥哥眼中的异类。此刻我应该是在一个噩梦中，梦境漫长而黑暗，但我马上就会醒来，然后是满天彩霞，满目阳光——就在此刻，就在我脑海中出现“梦境”这个词时，我如遭雷殛，又一道青白色的闪电划破了脑中的迷蒙。

我全明白了。

没错，我确实就是那个被测试者，是一个异类。一个“用生物和非生物手段改造了大脑”的新智人。因为我其实早就知道一个怪现象，但一直忽略它，或者是一直无意识地逃避它。它应该是有关我身份的一个确凿无疑的铁证。

梦。

我不会做梦。

从小到大，我从未做过梦。在我的幼年和童年，我认为所有人都是这样。后来，从文学作品中，从小伙伴的闲谈中，我知道了“梦”的概念，知道所有人都会做梦，甚至有些动物也会。我曾好奇地问爸妈我为啥不会做梦？爸爸不在意地说:“并非所有人都会做梦啊，我和你妈就从来没做过，你哥哥也没有。你不会做梦，肯定是遗传吧。”

此后我再没有关心过这件事。其实很早以前，大概五岁左右时，曾无意中听哥哥说:“妈，昨晚我梦见……”但妈妈笑着把他打断了:“你是白日梦吧，咱家都不做梦的。”之后，哥哥再没说过做梦的事。

现在我明白了。不会做梦——这肯定是大脑被改造时无意留下的后果。这个后果太不正常，根本无法编出什么理由来搪塞掩盖，所以爸妈，后来加上哥哥，只有对我坚持“全家都不会做梦”的谎言，并一直小心地守护着它。这是个很脆弱很容易破碎的谎言，但是，也许是因为我潜意识的不安引发潜意识的逃避，我从此再没有追寻过这件事的真相。

认识到这关键的一点，其他曾被我忽略的碎片也一下子拼拢了。比如，我回忆起一个细节，来夏令营前我曾对爸爸说，我会努力在“六个伙伴”中甄别出那个新智人。但认真回想，爸爸的回答中从来没有回应过“六”这个具体数字，而是用了一个含糊的词：几个。实际上，他心中的数字应该是“七个”，只是为了不引起我的警觉而故意含糊……

我长叹一声，对过去彻底做了一个了断。我13年来生活的世界至此全部坍塌了，那个叫纪媛媛的人可以说已经死去，一个叫纪媛媛的新智人诞生了。我感觉到眼角上挂着泪珠，便狠狠地揩去，尽量平静了自己，对两个伙伴说：

“对，我想明白了，我确实就是那个测试对象，是一个新智人，是一个异类。”

那两人见我相对轻易地闯出了思维之磨，爽快地承认了自己的新身份，很是欣慰，笑着说：“对，你是新智人，是我们这个三人小组几天以来苦苦寻找的那个人。但你绝不是异类。我们永远是好朋友。需要我们做啥，只管开口。”

我摇摇头：“我感激你们的情意，但郑重地劝你俩不要轻易许诺。如果我真成了全人类的敌人，被全社会追杀，到那时你们该不该帮我？”

两人坚决摇头：“不会的，不会的。你说过，不要信那些美国的狗屁大片，那是西方殖民者劣根性的现代版。”

“对，我也相信。但万一，万一的万一，真的是这样呢？所以，咱们都冷静一下，好好想想，等全都想通了，再做类似的许诺。好，我要走了。”

我果决地离开了，把他俩留在身后。

回去的路上碰见腊肠、榔头和水晶坠儿，腊肠手里拿着大娃娃那张自制的捕虫网。听见他们在说：“咦，怎么没了，一只也没了。”看来，大娃娃还没把有关萤火虫的秘密，以及我的出身秘密，告诉他们。看见我，三人招手唤我，估计他们是想和我讨论萤火虫突然消失的原因，但我摆摆手，绕开他们走了。此刻我没一点心思说这些事，也不愿在他们面前伪装。回到宿舍我蒙头便睡。我的世界已经彻底颠覆，来了个底朝天。我即使再坚强，再怎么强使自己冷静，也难免头晕目眩。

有人敲门，然后没等我应声，那人就扭门进来。是卷毛姐。她笑着说：“女汉子！这么早就睡觉？走，咱们去和男生打扑克。我喊了榔头和龙蛋，你不是说要和榔头一伙儿吗？那家伙能从背面认得牌面。行，我答应你。”

我心中烦闷，只想一个人待着。不由想起卷毛姐曾说过的话：她不想参与到对伙伴们搞猜疑。可敬的卷毛姐，如果她知道了我的身份，还会这样说吗？我想拒绝她的邀约，但卷毛姐已经咯咯笑着钻到我的被窝里，把我搂在怀里，用被子蒙住两人脑袋，附在我耳边低语。语气陡然变了，像是换了一个人。她节奏很快地说：

“大娃娃说他在你屋里检查过，没发现窃听器，不过咱们说话还是小心点。他和龙蛋把所有情况都告诉我了，我也全部告诉水晶坠儿、腊肠和榔头了。我相信你不会遇到什么危险，绝不会！庄姐姐，所有的大人，都绝不会对你有恶意。不过为防万一，从今天起，我们六个人要轮班陪你，决不让你落单，直到你离开这里。”

我很感动，觉得泪水从眼角漫了出来。我也附耳说：“谢谢啦，用不着的。水晶坠儿他们都知道了？”

“都知道了，水晶坠儿当时就喊道：‘原来如此！原来秘密在这儿！’女汉子你知道，她一直怀疑军方有秘密。”

“谢谢你们，但我用不着保护。说实话吧，真要是……你们陪着也不行。”

卷毛姐倔强地说：“反正我们会保护你！”

我想了想：“卷毛姐，保护倒是用不着，我只想请你帮我办一件事。”

“没问题，你尽管说。”

“你明天帮我采一把花，好吗？我只要红花，大红的，其他颜色都不要。”

卷毛姐不知道我的用意，但她没问，干脆地答应了。然后她把头上蒙的被子掀开，笑着大声说：

“媛媛，不想打扑克也行，你不是说想学我的快速阅读吗？我也想学你的快速认人。咱俩再试一次吧。”

我知道她这么大声说话，是为了应付屋内可能有的窃听器，便大声说：“好啊。”

卷毛姐真的开始教我，其实这两天她已经教过了。她说我有快速认人的基础，再来学快速阅读应该很快，只需在阅读时先把一页内容“拍照”进脑里，闲暇时再回放一遍就行了。我为了避开今天的烦心事，便沉下心来，按照卷毛姐说的诀窍用心地试了几次。令我大跌眼镜的是，这两天一再努力都毫无进展，但今晚竟然一下子成功了！我们在屋内书架上找了一本书，无论翻到哪一页，我都能在片刻之间“拍照”所有内容，而且记得一字不差，甚至做得比卷毛姐还要出色。我也努力教卷毛姐“快速认人”，可惜她一直没学会。

卷毛姐满脸羡慕嫉妒恨的表情，喃喃地说：“我怎么这么笨！你怎么这么聪明！”不过她还是很高兴，把其他五人都喊过来。龙蛋他们都来了，才进屋时表情有些沉闷，我知道那是因为我，是为我的安全担心。我想心思最复杂的应该是龙蛋和大娃娃，我原来的“部下”。我带着他们努力寻找那个隐藏的新智人，找来找去，原来就是我自己！现在我的身份已经暴露，估计军方肯定也知道了夏令营内的进展，但到目前为止，他们的反应是一点也没反应，这反倒更令人不安。

卷毛姐通报了我的惊人突破，把他们的注意力吸引过来了。伙伴们因为几天来毫无进展，已经灰心了，对“潜能激活”这件事丧失了兴趣。这会儿看到我的突破，积极性一下子提上来，用一百二十分的热情互教互学。今天的进展确实惊人，两个钟头后，我又学会了大娃娃的电磁感觉，学会了水晶坠儿的快速心算。如此迅猛的进展，连我本人都不敢相信，其他人更是又惊又喜，连嘴巴都合不拢。

可惜除了我一人，其他人都没有取得进展。亢奋中大家慢慢冷静下来，悟出了这种情况所隐含的意义——既然纪媛媛如此与众不同，那么，“纪媛媛是新智人”的判断又有了有力的新证据。关于这一点，其实我比其他人更清楚。因为我明显感觉到，就在今晚，就在我知道了自己真实身份之后，大脑中某个无形的开关啪的一声打开了，很多被禁锢的能力瞬间释放出来。

爸爸早就说过，他们已经能用“生物和非生物办法”把新智人大脑的能力提高 50%。但在过去，我一直是个智力平平的“文科女生”。那么，也许是爸爸对我的大脑做了某种禁锢，以使我不致过早怀疑自己的真实身份。但在我有了那个自我认知之后，这种禁锢在刹那间失效了。

确实如此。我的思维从来没有像今晚这样清晰，甚至可以说是十分深邃世故，十分尖刻锐利。我能看到一个 13 岁女孩本不应看到的东西。比如，眼下伙伴们有些冷场，与刚才的亢奋形成明显的反差，我知道这是为什么——他们已经开始意识到：两种人中间出现了巨大的智慧鸿沟，这一点可能不那么好玩，可能有某种危险性，他们开始有隐隐的不安。那么，他们与我的友谊还会那么透明纯洁吗？他们还会全心全意地保护我吗？

伙伴中水晶坠儿看得更远一些，她谨慎地说：“女汉子有了这么大的进展，庄姐姐肯定会乐坏的。那——咱们这就告诉她吗？”

其他人互相看看，没有一个应声。我在瞬间知道了他们此刻的心理：这虽然是喜事，但如果和纪媛媛的身份问题搅和在一块儿，那么，最好还是先瞒着。至于瞒着的原因，还是对军方不放心。伙伴中毕竟卷毛姐最有大姐范儿，她想了想，圆滑地说：

“先不忙上报吧，让女汉子再练习几次，把这些新进展砸实，免得报一个不实的喜讯。还有，咱们也得努力取得一些进展，不能让女汉子独领风骚啊。”

我平静地说：“对，我再回屋练习几次。我走了。”想了想，我又补充一句，“谢谢大家！”

“谢谢你们的友谊，谢谢你们对我的维护，但以后……恐怕我要独自往前走了。”我在心里说。

我的真诚感谢实际悄悄拉远了我和他们之间的距离，他们似乎也感觉到了，愣了片刻才反应过来。龙蛋装作心无城府的样子，笑嘻嘻地说：

“唷，女汉子又有了最惊人的新进步——学会客套啦！”

大伙儿都笑了，我也笑了。但我知道这样的嬉笑也含着作秀成分，我们之间再不能像过去那样坦诚相待童心无猜了。

我与大伙儿告别，回到屋里，锁上门。但我没做什么练习，而是蒙头大睡。实际我一直睡不着，不争气的泪水无声地从眼角坠落。有轻轻的叩门声，应该是卷毛姐想来陪我，但我不想让她看到我的泪水，便装睡不应声。叩门声又响了几次，然后不响了。

我瞪着天花板，彻夜无眠。

## 四

早上我按时起床，独自到沙滩上跑了一圈，回来吃早饭。伙伴们已经都来了，炊事员李叔叔看见我，高兴地说：

“喂，媛媛，张娜说你已经开发出了三种潜能，对不对？你真厉害！”

我看看卷毛姐，她也看看我。她的眼睛在说："对，是我通报的。我觉得，这件事还是该告诉庄姐姐他们，刻意隐瞒倒显得不正常。"我点点头，说：

"没错。但是李叔叔，你知道为啥我的进步最快？首先要归功于你的羊肉韭菜粉条包子。"

李叔叔乐得咧着嘴："对，我记得你们上岛的头天晚上，那么大个儿的包子你吃了五个！好，今天晚上我还给你蒸！"

伙伴们起哄："多蒸点儿！按每人五个，我们也得赶上女汉子啊。"

李叔叔笑着答应。早饭后，龙蛋他们吆喝着要去游泳。安全员曹叔叔照例没有准备游泳圈或救生衣，还是每人发了一个大个儿手表，看着我们带上，然后就消失不见了。我冷冷地想：其实这也是异常现象之一。给我们佩带大手表而不是救生衣，大概是怕我借助救生衣逃离荒岛吧。

腊肠和榔头他们今天自制了一件救生设备，是用七八个饮料瓶绑出来的。虽然简陋，但很结实，很实用。榔头带上它游狗刨，打得水花四溅。累了就仰躺在这些可乐瓶上，显得悠闲自在。我们游了一会儿，龙蛋游过来，示意我跟他走。我们上了岸，来到上次密谈的地方。龙蛋先摘下他的大手表，还有我的大手表，远远放到一边——显然担心大手表有窃听功能，然后面对着我，用唇语无声地说：

"用你的电磁感觉看看，周围还有窃听器吗？"

我仔细看后摇摇头："没有。"

龙蛋拉我坐下，郑重地说："媛媛，我昨晚想了一夜，把这件事的脉络想通了。"

"是吗，什么想通了？"

"一切的一切，都想通了：水晶坠子儿所说的怪感觉，还有你的那个问题——大人们把你诓到这个军事禁地是啥目的，等等。这先要从我爷爷说起。他经常说，生物进化中有很多重要节点，比如：海水中第一次出现能自我复制的原子团、第一次出现单细胞生物、第一次出现多细胞生物、第一次出现有性生物，等等。爷爷说，其实生物进化之路上还有一个最重要的节点，只是被一般人所忽视，那就是动物出现'我识'，认识到'我'的存在。除了人类，只有极少数动物有‘我识’，比如海豚、黑猩猩和乌鸦。如果在黑猩猩额头上点一个红点，它在镜子中看到后会努力把红点擦去，这表示，它已经知道那个没有红点的面孔才是‘我’。所以爷爷说，当数百万年前，一只古猿对着水面认出自己的那一瞬间，生物世界迈过了一个最重要的节点，由‘具有本能’向‘具有智慧’迈出了第一步，人类文明也迈出了第一步。”

我不由想起爸爸，他也经常说这些话。而且妈和我常调侃他，说他只要谈起这些，立马就变成一个激情飞扬的大男孩。“对，我爸爸也经常对我讲这个观点，原来是从你爷爷那儿学来的啊。”

“这次来夏令营前，爷爷说，如果新智人通过了真人版图灵测试，那将是新智人发展史上的一个重要节点。他说得不错，但我现在才知道，他只是避重就轻，对我隐瞒了最重要的一点。”

我点点头：“对，我爸爸也说过同样的话，他也没说完。”

“其实更重要的节点是：新智人自发地产生‘我识’。这远比‘通过真人版图灵测试’要重要。所以，他们一直没有对新智人，也就是你，说明你的真实身份，而是把这个秘密保持了 13 年，直到这次的夏令营。他们特意设置了这样一次真真假假的真人版图灵测试，目的是诱使你努力探寻别人的内心。然后，看你在探寻的过程中，能不能反过来实现自我认知。如果能实现这个顿悟，新智人就真正诞生了。虽然爷爷和你爸爸培育的新智人已经问世十几年，但只有越过这个门槛，她才算真正成为一个‘真人’。这才是‘真人版图灵测试’的真正含意。”

我看着他的眼睛。“对。现在，我已经是‘真人’了。”

“对，你已经是真人了，和我一样，和所有人一样。”

他与我长久对视。他的目光无比清澈，分明是在说：“请你相信，尽管我对你的高智商有点嫉妒，有点不安，但我仍是你可以信赖的朋友。不管以后的事态如何变化，反正我们决不会允许谁把你‘销毁’，我们不需要银翼杀手。”我心中酸苦，默默地拥抱了他。他对我的拥抱有点难为情，拘谨地一动不动。过一会儿，他推开我，咳嗽一声，说：

“媛媛，我下边的话绝不是为我爷爷、你爸爸和庄姐姐他们辩护，不过，既然是这么重要的历史节点，他们作为新智人的创始人，为了对人类负责而采取相应的防护措施，也是可以理解的。”他看看我，再次解释，“我真的不是为他们辩解。他们这么多疑，神秘兮兮的，鬼鬼祟祟的，布置了这么多混账的秘密监测器，正是他们斥责过的劣根性，既可笑又可鄙。但咱们不用看重它，权当这儿正在上演一部美国的狗屁科幻大片，也就是了。”

我看着远处。水晶坠儿、腊肠、卷毛姐他们正在把槲头往沙里埋，玩得欢天喜地。槲头从沙里爬出来，在身后留下一个不高的沙丘。他正扑扑地吐着沙子，大家乐得大笑。我说：

“龙蛋，谢谢你，谢谢你们。我想得开，你别担心。”

他指指远处埋槲头的地方，说：“看见没？他们不是在玩，是在执行我们昨晚制定的一个秘密计划，你早早睡觉之后我们商定的。用可乐瓶子做的那个救生圈，刚才槲头试过了，绝对安全好用。现在，那个救生圈就埋在那个沙丘下面，外加一包干粮。我相信你用不上它，但你一定记牢这儿的方位，以免万一的万一，需要它了，你就悄悄来取。”

我点点头，泪水在眼眶中打转。他是在说：“我们相信大人们对你绝对没有恶意，但如果万一，万一的万一，你需要逃离这个荒岛的话，我们已经为你做了一点儿准备。”我非常感动，伙伴们已经知道了我的“异类”身份，知道了这是重要的“历史节点”，而且——坦率地说，对我的超级智力也并非没有一点儿嫉妒和不安，但他们还是那么真诚地保护我。我嗓中发哽，真诚地说：

“我想我用不着的，但我还是要谢谢大伙儿。”我拉他站起来，笑着说，“走，把烦心事全都抛开，咱们打水仗去！”

我真的抛开了一切烦恼，和伙伴们高高兴兴地疯玩了半天。

下午我们没去玩，待在家里“互教互学”。既然夏令营的名字是“潜能激活”，那么这才是我们的主业，何况前边已经有了我的成功例子，其他人谁想当一个失败者？不过很可惜，直到晚饭，伙伴中没有谁能成功，连我也没能再续写辉煌——没能学会其他三种本领，即龙蛋的识别花香、槲头的微观察和腊肠的碎片拼合。伙伴们难免有点失落，但没怎么放到心上。

卷毛姐对我的托付很上心，晚饭前，她拉着水晶坠儿到地面上去了，去了很长时间。等两人回到餐厅时，抱了好大一捧红花，都是荒草丛中采来的野花，花朵碎小，但红得十分浓烈。卷毛姐笑着把花捧给我：

“来，鲜花献给我们的英雄。多亏有你的成功，要不这个潜能激活夏令营就要剃光头啦。”

龙蛋先接过来闻闻：“嗨，别看是野花，也有几种特别的清香。我要查查它们的学名，在我的香味记忆库中再增添几种。”

水晶坠儿从花丛中挑出一朵最大的，小心地插在我的胸前，表情有点儿感伤：“女汉子，赶明儿要是成了大名人，不许忘了我们啊。”

她的话中暗有所指。我拥抱了她：“放心，忘不了的。”

我接过花束，把脸埋到花丛中，心中又甜又苦，但更多的是苍凉。我已经决定了要做一件大事，这束红花就是为此而准备的道具，因为这是鲜血的颜色。到那时，我就要离开伙伴们独自往前走了，前边的路是黑是白，我确实不清楚。晚饭时李叔叔真的做了羊肉韭菜粉条包子，我照例吃了五个，吃得“嗉子歪歪着”，这是腊肠调侃我的话。李叔叔也从厨房出来，笑嘻嘻地看着我吃，满脸的自豪。伙伴们虽然可着肚皮吃，也没人达到我的水平。吃完饭，谢过李叔叔，我把这束花紧紧抱在怀里回宿舍去，伙伴们簇拥着我，一路欢笑，弄得我真的像一个凯旋的英雄。但伙伴们都没有意识到，我把花束在胸前抱得这么紧是有原因的——花束中夹着一把锋利的尖刀，是我从厨房中偷出来的，不能让伙伴们发现。那也是我为那件“大事”准备的道具。

如今道具已经齐全，大戏马上就要开演了。

我和伙伴们又疯了一个晚上——但不会再有过去那样“透明的快乐”，因为每个人，包括最没心事的腊肠，当然也包括最有心劲儿的卷毛姐和水晶坠儿，眼神深处都藏有某种特别的东西，是不安、担心、同情、惧怕、迷茫的混合物。但我装着不知道，大家也装着不知道。

睡觉时，我谢绝了卷毛姐的陪伴，说想自己待着，把这两天发生的事捋一下。卷毛姐没有勉强，只是低声说：

“记住我的话！我们六个永远是你可以信赖的朋友。”

其他五个伙伴也轻轻点头示意，表情中是庄严的许诺。我嗓中哽咽，用力点头。

夜深人静，隐约能听见湖边的拍岸浪声，除此之外天地一片空明。我睡在床上，手里撕扯着红花的花瓣，13 年来的生活在我脑中缓缓流过。虽然我心情平静，但泪水却无声地涌流，弄湿了枕头和床单。不由想起临走前妈妈那无端的感伤，现在我明白妈妈何以如此了。她是一个知情者，知道女儿将在夏令营中了解自己的真实身份，这对于新智人来说，是必须要走的一步。但她又担心会因此而失去女儿。此刻妈妈在干什么？会不会也像我这样彻夜无眠？……到午夜了，仔细倾听周围没有动静，伙伴们应该已经熟睡。虽然这几天的经历让他们时刻竖着耳朵，但他们毕竟只是十二三岁的孩子，而我已经在一夜之间长到知天命之年了。

我抱着尖刀，手中攥着红色的花屑，轻轻开门，轻轻挪步，悄悄离开地下室，登上地面，向荒岛的东面走去。大娃娃说过那边电磁活动异常强烈，肯定有一个大的地下设施。自从我激发出电磁感觉后，我也能清晰地感觉到。而且，也许我现在的电磁感比大娃娃更敏锐，当我在荒草丛中急步前行时，我能清晰地感觉到周围那些应激式监测头的突然开启，它们在我的感觉中表现为突然绽开的淡绿色光团，一朵朵光团随着我的步子向东边延伸。后来，萤火虫也悄悄出现了，当然是那种电子虫，它们也表现为淡绿色的光团，十几个光团在我后边追随。

我今夜的举动十分反常，所以“上边”加大了监测力度，连这些天全部收回的电子萤火虫也重新放出来了，顾不上它们已经暴露。这些天，夏令营的组织者一直不露面，但我知道他们一直紧紧盯着我，就像趴在蛛网中心的大蜘蛛，时刻感受着八足之下蛛丝的轻微颤动。

我没去我们常常游泳的那处湖边，那里埋着龙蛋他们为我准备的救生圈和干粮。我感谢伙伴们，但他们还是太幼稚了。如果我真的逃跑，一路上遇到的监测头早就通报了“上边”，然后一艘快艇或直升机就会出现在我的身旁，再接着……也许一个激光的小红点就会锁在我的额头？龙蛋说得对，虽然那些“大人”都不是恶人，但为了人类的利益，他们必须要做万全的准备——这些准备中，当然也包括几十杆带激光瞄准器的狙击枪。我逃不了的，而且我压根儿没打算逃。

我已经到了地下设施的中心区，在我的电磁感觉中，这儿是一片明亮的、闪烁流动的紫光。我在光团最明亮处停下，面对着离我最近的一个监测头，从容地坐下。它的外貌是一块凸出的石头，丝毫不起眼。这会儿，地下指挥所的人早就被我惊动了吧，我想他们已经聚集到监视屏幕之前，透过监测头，紧张地直盯着我的眼睛。此刻他们是否能猜到，我将在他们眼前演一场什么样的好戏？

先不去管他们。我坐下，调匀气息，仰望着夜空。在城市中长大的孩子很难看到这样广阔的半球状夜空，夜空虽然是暗黑色的，但仍显出清澈澄碧的质地。夏夜的星空格外明亮，北斗七星的斗柄指向南方，千万颗繁星组成了浩瀚的银河，明亮的牛郎星和织女星隔河相望。我知道，这些星光来自几年、几百年、几百万年甚至几亿年前，可以把它们想象为永恒的上帝之眼。那么，当上帝在亿万年间默默观看着地球生物的进化，观看着地球诞生智慧的人类，直到人类也变成了造物主，开始创造一种新的智慧生物。人类慷慨地赋予新智人超过人类的智慧，然后忐忑不安地等待着新智人实现“我识”，心情矛盾而纠结……不知道冷静的上帝之眼中，是否也会出现感情的涟漪？

但我至少可以确定，此刻，位于地下的那些观察者们，肯定不会心静无波，他们应该会焦灼、担心、疑虑、迷茫……那好吧，我会为他们再加上两种心情：内疚和悲伤。我清清嗓子，正对着监测头说：

“好，你们也等急了吧，现在我要说话了，你们听好。”

“我知道下边有庄姐姐，有庄姐姐的上级。我也大致可以确定，下边还有我爸爸和徐爷爷。因为，在这样重要的时刻，你俩不会不参与的，毕竟新智人确实是你俩艰难催生的儿女呀。徐爷爷，爸爸，你们在下边吗？”我冷笑着，语带讥讽地说。

“我已经把一切都捋明白了。爸爸，你为我设了一个三重的骗局：第一重，是打着潜能激活的幌子组织夏令营；第二重，让我混在七个孩子中秘密进行真人版图灵测试；但第三重才是你们的最终目的：让我在这特殊的压力场中蜕变，完成对新智人身份的自我认知，从而在新智人进化史上迈过一个最重要的节点。现在我告诉你，我已经完成了这个认知。我是地球上第一个有了我识的新智人。以后的历史书都将记录下这个时刻。”

我努力镇静自己，平息了心中的波澜，继续说：

“我甚至能理解你们为什么如此防范。新智人的智慧远比你们强大，甚至不仅是强大 50%，因为可以很容易地提升为 100%，500%，甚至提升千倍万倍。那么，如果新智人再有了自我意识，再进而有了族群意识，对人类来说确实是福祸难料。但——既然如此疑忌，如此防范，你们为什么还要让我出生呢？既然让我生下来，又精心地抚养了我，为什么又要防范我？爸爸，你能告诉女儿，这是为什么吗？”我苦涩地说。

“爸爸，我绝不会背叛人类，绝不会背叛我的父母。但在这样的疑忌中苟活下去，还有什么意思？我记得神话故事中有一位哪吒，他的父亲李靖是个官迷，只怕爱闯祸的儿子得罪天庭，对他十分刻薄疑忌。哪吒忍无可忍，最后剜肉剔骨，还给他刻薄的父亲。我今天就学他，把我的命还给你，从此一了百了，你们也可以永远放心了。永别了，爸爸！”

忽然听到焦灼而洪亮的喊声：“媛媛，不许做傻事！听我的解释！”是爸爸的声音。声音是从十几只萤火虫那儿发出的，难得这样的小玩意儿能发出这么大的声音。声音应该是同时发出的，但由于萤火虫离我有远有近，形成了一种特殊的混响效果，让我忽然有一个奇怪的感觉，就像坐在教堂中听唱诗班合诵赞歌。但我不为所动，只是喃喃地说：“晚了，爸爸，这会儿再说什么都晚啦。”然后我抽出怀中的尖刀，用力捅向心脏。鲜血迸散，我捂着胸口，在十几双电子眼睛的观察下慢慢倒向荒草丛中。

我死了。

在死亡的寂静中，很快听到轻快的大门滑动声，凄惨的喊声，杂乱的脚步声。十几人几乎是凭空出现，哭喊着向我跑来。我不会理他们的，我要安然地走向死亡——但我突然听到一个意外的但最熟悉的声音：是妈妈！妈妈尖声嘶喊着我的名字，声音是那么悲惨凄厉，让我无法硬着心肠继续“死下去”。我一个打挺坐起来，一边在人群中寻找妈妈，一边急急地喊：

“妈妈！妈妈！不要急，没事的，我是骗他们的！”妈妈已经扑过来，泪流满面，目光发直。我赶紧抽出我腋下夹着的尖刀，并没有扎在胸膛上，扔到地上，又赶紧掸落胸前的红花碎屑，不是迸射的鲜血，扑到妈妈怀里，仰着头急急地说：

“妈你别急，我没事，都是骗那个大骗子的。我没想到你也在场，否则我绝不会演这场血淋淋的戏。”

妈肯定是吓傻了，直直地瞪着我，再瞪着地上的刀和满地的红色碎屑，喃喃地说：“这把刀……你没有……”

“对，我没有捅进自己的心脏，那多疼啊，我可没有那样的勇气，也不会那样傻。”

“刚才看到的鲜血……”

“假的。按说我该真的划出一道伤口，流点血，那样效果才逼真。但我想，为这个大骗子，值不得我做这么大的牺牲。我想用红墨水来充鲜血，但岛上找不到那玩意儿。后来我只好准备了一些红花碎屑，其实这个逼出来的办法最好！又高雅，又干净，你看，戏演完了，用手一掸就完事，连衣服都不用洗。”我笑嘻嘻地说。

妈妈总算信服我既没死也没伤，抱着我又是笑，又是哭。我给哭得有点儿尴尬，也颇有点儿内疚。看来这场戏演得忒过了，几乎把妈妈吓疯。但这归根结底要怪那个大骗子！我越过妈妈的肩头在人群中找他。我找到了，他这会儿的表情啊，那才叫一个尴尬！他既高兴，又难为情；大概很想过来拥抱我，但搓着两手不敢上前。我恼火地喊：

“姓纪的，这会儿看到纪媛媛没死，你是不是很庆幸？你听着，以后我再不喊你爸爸，要喊你大骗子！”扭头瞅见徐爷爷，我同样恼火地喊，“还有你，和我爸……和纪大骗子合伙设这个局，骗我和龙蛋——徐剑龙掉进去。以后我不会再喊你徐爷爷，要喊你老骗子！”

徐爷爷也满脸通红，又想讨好我，又不敢上前，尴尬地强笑着。旁边的庄姐姐为他俩解围，笑着说："那我呢？姐姐也当不上了？"

我没好气地说："你也属于敌方阵营。不过呢，你心眼好，有亲和力，没啥民愤，我就将就着还喊你姐姐吧。"我看见她身边有一个中年男子，穿着笔挺的军装，星光下能看见他闪着金光的少将肩章，肯定是这个基地的头头。我讥讽地说，"再说了庄姐姐，责任不在你。你肯定只是个跑龙套的，真正的罪魁祸首，恐怕这会儿正躲在你身后哩。"

这下爸爸马上元神归位，精神焕发，立即接上我的话："对极了，我宝贝女儿真是眼光如刀！我早就说过，根本用不着这样的防范——哪有父亲疑忌自己的女儿？偏偏有人就是不信。"

徐爷爷也帮腔："对，我也是这样说的，但有人是官大一级压死人哪。"

那个中年军人虽然尴尬，但总的说还算从容。他大度地说："好的，好的，责任我都揽下了，反正没事就好。但是嫒嫒，你咋会想到演这么一场好戏？把我们所有人都吓得要死！你给我们讲讲。"

我讥讽地说："对我的测试还没有结束？还要听听我决定自杀的心路历程，好完善你的测试报告？没关系，我可以详细告诉你——不过等我先见过伙伴们再说吧。"

我指指西边的远处，六个伙伴正在急急地跑过来。对于他们怎么能及时赶来，我有点摸不着头脑。因为我溜出宿舍时非常小心，想来不会惊动他们。即使是这边的喊声惊动了他们，也不会赶来得这么快。后来才知道，他们为了保护我，夜里一直是轮流值班，刚才值班的是水晶坠儿。她发现我半夜溜出来，没有惊动我，只是在我走后立即叫醒了其他人。等六人追出地下室，我已经不见了。好在大娃娃发现了清晰的路标——那些被我依次激活的监测头，就像在地上画出了清晰的路标，于是他们沿着路标追踪而来。

他们赶来了，看到凭空出现的一群人团团围着我，其中有军服笔挺的将军，地上还有一把狞恶的尖刀，都十分疑虑，满目警惕地瞪着这伙可疑人。不过卷毛姐和水晶坠儿很快猜到此刻抱着我的是我妈妈，知道双方不是敌对关系，目光马上变得柔和了。龙蛋认出人群中的爷爷和我爸爸，恍然大悟：

“爷爷，纪叔叔，原来你们一直潜伏在这儿？！我早猜出是你俩设的局！”

两人尴尬地笑着，没办法回答。我把伙伴们拉进人群中，挨个拥抱，然后言简意赅地讲了来龙去脉。伙伴们又惊又喜，自然也对我导演的这场大戏衷心钦佩，爆出一片欢呼。龙蛋夸我：“太有才了，不愧比我们聪明 50%。”卷毛姐夸我“为新智人走进历史导演了一幕精彩绝伦的大戏”，反正是用尽了最高级的褒词。

闹过一阵儿，我对那个不知名的将军说：“好，将军阁下，现在讲一讲我的心路历程。不过，不是一句话能说清的，大家都请坐下。”

大家听话地团坐在四周，我则偎在妈妈怀里。妈妈到这会儿还没完全走出惊惧，下意识地紧紧抱住我，似乎怕我跑掉。我说：

“说实话，当我在伙伴的帮助下，发现了你们的监测头和机器昆虫之后，我对你们的防范疑忌很是恼火。我想，既然你们把我当成异类，既然我比你们聪明 50%，那我就想办法给你们制造点大麻烦，算是我的复仇吧。相信我能轻松做到这一点，但后来我没这样做，知道为什么吗？”

没人回答，我也没等回答就说下去：

“是因为我想到爸爸说的一个观点。爸爸曾说过：虽然母子是大自然中最亲密最无私的关系，但实际母亲与胎儿也是有对抗的，形象地说，胎儿在子宫里会和母亲吵架。啊对了，卷毛姐博览群书，来夏令营后我曾给伙伴们聊过这个观点，结果发现卷毛姐比我了解得还透。卷毛姐，干脆你来讲吧。”

卷毛姐没有推辞，接着我的话说：“我确实看过有关的论述。媛媛说得对，母亲和胎儿虽然最亲，有时也会吵架。因为从本质上讲，胎儿和母亲二者的利益并不完全一致。比如，在进化之神的安排下，胎儿为了从母亲血液中获得更多营养，会释放一种叫做人胎盘催乳素的激素，与妈妈体内的胰岛素结合，以使血糖升高，所以孕妇的胰岛素会比正常人升高千倍。胎儿还会分泌一些激素让妈妈的血压升高，这样也会向胎儿多提供营养。但这两者对母亲都有一定危害，所以进化之神也在孕妇体内设置了一些防范措施，以便在保证胎儿营养的前提下，也尽量保证母体的健康。当然，由于本质上含有对抗因素，就不可能处理得十全十美，万无一失，有时也会造成胎儿流产或孕妇大出血等。这是不能完全避免的。纪叔叔，我说的准确不？”

爸爸使劲点头：“很准确。你是叫张娜吧，张娜你很了不起。”

我接着说：“其实连胎盘本身就是一种防范和隔离，因为胎儿相对母体来说有一半是异体蛋白，按说会激起母体强烈的排斥——不妨比比那些植入异体肾脏的病人，虽然植入前做过基因上的严格配对，也不得不终身服用抗排异药物——但进化之神巧妙地解决了母子的难题，那就是用胎盘来实施隔离，既隔离又相通，分寸拿捏得恰到好处。所以嘛，我最终想开了，”我指指周围的监测头和萤火虫，“这些东西虽然很讨厌，很混账，很伤我的心，但它们不就是母亲的胎盘嘛。”我仰起头吻吻妈妈，“虽然胎盘的基本功能中包括隔离和防范，但哪个胎儿生下来，懂事之后，会因此对妈妈产生敌意呢。你说呢，妈妈？”

妈感动得哽咽着，说不出话，只是抱着我用力点头。爸爸真的被我的演说震撼了，直眉瞪眼地看了我很久，才长叹道：“惭愧啊，媛媛的见识气度真让我惭愧无地啊。媛媛，虽然你徐爷爷和我算得上是新智人的创造者，但我们就没想到这么贴切这么精到的比喻。如果我们早想到，肯定已经顺顺当当地说服了怀疑者，也就用不着军方来劳神费力了。媛媛你说得对，新智人和人类的关系，恰恰就如妈妈和胎儿的关系，虽然在本质上也含有某些对抗因素，但主流是爱，是关于生命的传承。我们会用母爱和儿女之爱来轻松化解对抗，建立起最为亲密最为无私的母子关系。”

我也不再和爸爸生气，本来嘛我就没有真生气，我的那些作为只能算是“赌气”，是一点小小的逆反心理。我和解地说：

“爸爸不用自责了，这事不怪你，甚至也不怪这个将军叔叔。要怪，就怪那些狗屁美国科幻大片，它们尽宣扬人类与机器人或外星人的对抗，宣扬毁灭和仇恨，让你们无形中中了毒。”我想想又补充道，“也有好的科幻大片，像《地球停转之日》啦，《E.T.》啦，你们以后只能看这些影片。”

将军叔叔笑着说：“那好，建议媛媛你来当电影局局长，专门负责审查鉴别西方科幻影片，不好的全毁掉，免得它们毒害我们这些不懂事的大人。”大家都给逗笑了。他想了想又补充道，“媛媛的话激发了我的灵感，要不，咱们干脆来拍一部电影，一部宣扬‘爱与生命传承’的好电影，就以这个荒岛做背景，以媛媛为主人公，其他六个孩子都是角色，电影内容就演你们的亲身经历。我想会很有纪念意义的。也许 500 年后，这儿会成为新人类的圣地。”

他能说出“新人类圣地”这句话，表明他已经彻底转换了立场，认可了新智人已经走上历史舞台，也把新智人当成自己人了，我和伙伴们也就不再苛责他。龙蛋笑嘻嘻地说：

“爷爷，纪叔叔，将军叔叔，我很高兴能有这个大团圆的结尾，但有件事恐怕要把你们难住——你俩打的赌算谁赢？你看，我们七人中隐藏的测试对象被辨认出来了，从这点说应该是我爷爷赢。但这个辨认最终是由媛媛自己完成的，也就是说，别人并未完成‘真人版图灵测试’，这么说，又是纪叔叔赢。”

我们都乐了，心中揣摸揣摸，觉得他的逻辑辩难很有道理。爸爸想想，把手一挥说：“打赌的事就算了，清白不了糊涂了。本来嘛，虽然世上万物的运行都符合逻辑，但只要涉及‘自指’会产生悖论。最经典的悖论例子是——如果谁说‘我在说谎’，你说他到底是不是在说谎？媛媛的自我认知也属于‘自指’性质，没办法用正常逻辑方法来判断。”

我立即说：“那可不行！不管你能不能判断输赢，反正赌注是必须兑现的！”我看见徐爷爷绽出笑意，立即纠正道，“徐爷爷你别得意，我要求兑现的，可不是那个‘孙媳女婿’什么的狗……”话没说完，我已经意识到，当着长辈的面不该说“狗屁赌注”，便临时换了词，“……坏蛋赌注，而是我和爸爸后来定的赌注：不管谁输，都得带我参观你们的大脑研究所！”我看看伙伴，临时把赌注升了格，“不，不是我一人，是带我们七个。”

爸爸笑着说，“对，我是答应过。”徐爷爷也笑着说，“对，我也没问题。”然后两人笑眯眯地看着中年军人。将军叔叔也笑了：

“你们都当好人，撇下我一个当恶人啊。好啦，我也同意了，就让媛媛和伙伴们去大脑研究所看看吧，这儿可以说是分娩媛媛的‘子宫’啊。”

大伙一片欢呼。但我们没料到，将军这句俏皮话惹恼了妈妈。此前她一直搂着我，没参与谈话，这会儿忽然扭回头瞪着将军，尖刻地说：“什么子宫！这个比喻太混账。虽然你们对媛媛的大脑做过一些改造，但她可是我生的，是娘身上掉下来的一块肉！”

妈妈的突然发飙弄得将军叔叔很尴尬，连爸爸和徐爷爷也跟着尴尬，气氛一时有些冷场。但我听到这句话后忽然泪流满面，一下子钻到妈妈怀里。在昨晚的不眠之夜里，我虽然已经把什么都“看开”了，但实际上有些事还是不能“看开”。这会儿听妈妈说出这句沉甸甸的话，尤其是让我知道自己确实是从妈妈肚子里生出来的，让我的感情来了个大决堤。要说那位将军叔叔确实不错，虽然被妈妈的当面发飙弄得十分尴尬，仍大度地说：

“抱歉，抱歉，我的用语很不合适，伤了媛媛妈的感情，谨向你致歉。那就换一个词吧，大脑研究所可以说是媛媛出生的‘产房’，这么说，媛媛妈没意见吧。”妈妈也意识到她刚才的话说得过重，见将军道歉，忙不迭地点头。将军又问，“喂，你们七个小家伙，知道这个产房在什么地方吗？”

他神秘地看着大家。几个伙伴反应很快，马上猜到了。水晶坠儿迟疑地问：“是在咱们脚下？”榔头用脚跺跺地：“肯定是在这儿！”大娃娃得意地夸耀：“大伙没忘吧，是谁最先发现这儿的电磁异常？”我也说：“爸爸，你经常出差，原来就是到这儿啊。”

将军叔叔满意地笑了：“对，那个大脑研究所就在你们脚下！你们的徐爷爷和纪叔叔是前任和现任的所长，我只是军方代表。所以，不要信他俩的胡说八道，什么官大一级压死人，官大一级的正是他俩！”

爸爸没有对此争辩，反倒就坡上驴：“行啊，这可是你说的，小庄，请你牢牢记住这一点。以后工作中，凡事你得听我的而不能听这位将军长官的。”

庄姐姐笑着看看她的长官，凑趣地说：“记住了！以后一切听纪所长的！”

爸爸转向我们，“孩子们，咱们就不在这儿浪费时间了，你们说是不是？”

我们欢呼着，簇拥着徐爷爷、爸爸、将军叔叔、庄姐姐，当然还有妈妈，一块儿向地下室出口走去。但刚走两步，徐爷爷却突然站住，有点儿难为情地说：

“不行，有个秘密不说出来，我实在憋不住，恐怕会憋出毛病来。今天虽然是大团圆结尾，但我嫌它有点太平淡，还想为它再加一个漂亮的尾巴。小纪，小郑，你们说呢？”

爸爸笑着点头，那位“小郑”即将军叔叔则笑着摇头，但那不像拒绝，倒像是在说：“你呀，真是个老顽童，我奈何不了你。”于是徐爷爷说：

“在这次夏令营中，纪媛媛成功地完成了对她自身的认知。但请问小郑将军，你在策划这个活动时，在七个孩子中到底安插了几个新智人？”

我反应神速，立即想起来夏令营前爸爸说的那句话：至少有一个。那么，在我们七人中，像我这样的新智人可能不止我一个？这让我欣喜无比：原来我并不孤单，还至少有一个“同胞”啊。将军叔叔虽然对此不置可否，但看他的表情分明是默认了。其他伙伴与我心意相通，一愣之后，不由得把目光对准了龙蛋徐剑龙。因为，鉴于我俩是两位所长的直系亲人的特殊身份，第二个新智人最有可能是龙蛋。就连龙蛋本人大概也是这种想法，因为这会儿他没有把目光盯着任何人，而是狐疑地“盯着自身”。徐爷爷立即解释说：

“我得赶紧声明一点：即使你们七人中还有一个新智人，也不一定就是我孙子。如果是这样，那我出的这个谜面就太直白了，太低档了。当然，我也不会断然排除我孙子的嫌疑。究竟是哪一位，你们共同努力寻找吧。而且说到底，外人的作用是有限的，最终得依靠那位新智人的自我认知，就像媛媛做过的那样。”

爸爸说：“好的，夏令营大致还有一半时间，这段时间内希望你们能完成测试的另一半内容。好了，现在去参观吧。”

我们继续前行，但徐爷爷抖出的这个秘密太惊人，伙伴们不再像刚才那样欢呼，而是默默行路，默默思考，个个眼睛贼亮。只有我顾不上关心这个秘密，因为我一直拉着妈妈的手走在队伍最后，喋喋不休地说着母女的私房话，经过了今天的“生死关头”，我和妈妈有太多的话要说。瞅见前边的龙蛋放慢了脚步，等和我并行时悄悄拉拉我的衣角。妈妈看见了他的小动作，笑了笑，松开我的手，紧走几步离开我们。龙蛋悄声说：

“女汉子，我想了想，觉得还是我的可能性最大。爷爷刚才的否认不能为准，别忘了那个老骗子有前科的，这次可能又是故布疑阵。”

我作为前辈——新智人的元祖，语重心长地教导他：“龙蛋啊，这事是不能取巧的。不能光浮在水面之上，玩一点儿浅薄的逻辑推理。你要想得出可信的结论，必须真正潜入水下，对自己的内心深度挖掘。你的前辈，我，就是这样走过来的呀。”

他一本正经地合掌行礼：“前辈教育得极是，晚辈领教了。”然后贼兮兮地笑着说，“还想向前辈请教一个问题：对于这些用‘生物和非生物方法’改造过大脑的新智人，如果两两结婚，后代还会不会是新智人？”

我不假思索地回答：“凡用基因方法进行的改造，肯定会传给下一代。至于用非生物方法进行的大脑改造，比如嵌入芯片，当然不会遗传，只能在婴儿出生后再来人工植入。咦，”我突然有所领悟，“我说你这个毛孩子，操心你的后代是不是太早了一点？第一你还没有确认自己是不是新智人，第二你今年才 13 岁。”

龙蛋没有回答，哈哈大笑着跑走了。这时前边的伙伴们已经走近地下室的大门，它位于不远处的一道土坡，伪装得很好，滑开的两扇门上覆盖着完好的植被。伙伴们正络绎进门，只听得一片惊喜的喊声：“呀，这么壮观，这么巍峨！”“诸神的宫殿！”最后是龙蛋的赞颂：“应该说是科技的天堂！”不知道他们看到了什么，我心痒难熬，加快脚步赶过去。

# 沙漠蚯蚓

五月的一天，一代科学大师、原“塔克－克拉沙漠改造国家工程”指挥长、72岁的钱石佛先生，在妻子蔡玉茹和儿子钱小石陪同下，来到北京市公安局正式报了案，他告发的犯罪嫌疑人是现任指挥长鲁郁。

鲁郁今年48岁，是钱先生的学生，也是钱先生十年前着力推荐的接班人。

从乌鲁木齐坐直升机出发，在空中俯瞰塔克－克拉大沙漠，你能真正地体会到现代科技的威力——恶之力。现代科技激发了温室效应，在中亚一带形成了更为干燥的局部气候，短短两百年间就使新疆的沙漠急剧扩大，使塔克拉玛干沙漠和克拉玛依沙漠连成一片，并取代撒哈拉成了世界沙漠之王。类似沙漠的形成，通常是大自然几百万年的工作量，而现在呢，即使把温室效应的孕育期也算上，满打满算不超过五百年时间。

从舷窗里放眼望去，视野中尽是绵亘无尽的沙丘，一派单调的土黄色。偶然可见一片枯死的胡杨林或一片残败的绿洲。沙漠的南部，即原属于塔克拉玛干沙漠的区域，沙丘更为高大，方圆几百千米不见一丝绿色。这儿原有一条纵贯沙漠南北的公路，是20世纪末为开发塔中油田而建的。公路两旁曾经有精心护理的防沙林，用水管滴灌，绿意盎然，在死气沉沉的土黄色上围了两条漂亮的绿腰带。但自从油田枯竭及沙漠扩大后，这条公路和防沙林带再没有人去维护。公路早被流沙吞噬，防沙林全都枯死，又被流沙半掩，只露下枯干的树尖。

直升机到了沙漠腹地。现代科技在这儿展示着另一种威力。前边沙丘的颜色截然不同，呈明亮的蓝黑色。蓝黑色区域有数千平方千米，总体上呈相当规则的圆形，边缘线非常整齐。直升机低飞时可以看出，这儿的沙丘并非通常的半月形（流动沙丘在风力作用下总是呈半月形），而是呈珊瑚礁那样复杂的结构，多是一些不规则的同心圆累积而成，高低参差，棱角分明，显然不再具有流动性。两位警官靠在打开的舱门上，聚精会神地往下看，朱警官问钱小石：

“呶，这就是沙漠蚯蚓的功劳？”

“嗯，它们是我爸爸和鲁郁大哥一生的心血。不过，我爸爸历来强烈反对使用‘沙漠蚯蚓’这个名字，他说，这个名字把‘生命’和‘机器’弄混淆了。它们绝不是类似蚯蚓的生物，而是一种能自我复制的纳米机器。纳米机器发展到今天这个地步，和生物已经很难严格区分，但绝对不能混为一谈。是否需要我讲一下纳米技术的发展？”

朱警官在公安大学上学时，自修有物理学学位，不过他仍笑着说：“请讲。”

早在1959年，著名科学家理查德·费因曼发表了一个题为“在底部还有很大空间”的演讲，指出，人类对物质世界的制造工艺从来都是“自上而下”，是以切削、分割、组装的方式来制造，那么，为什么不能从单个分子、原子“自下而上”进行组装？甚至可以设计出某种特殊的原子团，赋予它们类似DNA的功能，在有外来能量流的条件下，“自我建造”具有特定功能的身体，就像蚊子卵能自我建造一个微型航空器，蚕卵能自我建造一个吐丝机那样，而且能无限复制。

科学史上普遍认为，这次演讲象征着纳米技术的肇始。

又240年后，纳米技术获得真正的突破。一位年轻的天才，钱石佛，成功设计了一种硅基原子团，它可以吸收自然界的光能来作为自身的动力，吞食沙粒，在体内转化成单晶硅，并能形成某种善于捕捉光子的量子阱，在体表形成蓝黑色的可以减少反射的氮化硅薄膜。这些结构共同组成了高效的光电转换系统，效率可达45%以上。当然最关键的是：这种原子团具有自我复制功能，当身体长大到一定程度，就像绦虫那样分成几节，变成独立的个体，蚯蚓在特殊情况下也能这样繁殖。它们的身体残骸则像珊瑚礁那样堆积，造成沙漠形态的大转换。转换后的“固态沙漠”仍然不适合绿色植物的生长，仍是绝对的生命禁区。但不要紧，这些蓝黑色残骸保存着它“活着”时吸收的全部光能，是高能态物质，可以收集起来，很方便地转化为电能。这样，改造后的沙漠就成了人类最大的能源基地，而且是干净的可再生能源。

用“蚯蚓”来做它的绰号并不合适，它的身体很小，一个只有一毫米长。但由于它强大的自然复制功能——不要忘了，它在自然界没有天敌，没有疾病！——它在短短 30 年内就覆盖并改造了七千平方千米的沙漠，按中国太阳能年均辐射量 5900MJ/$m^2$ 计算，相当于六亿千瓦的巨型电厂！正因为如此，它们才得了“沙漠蚯蚓”这个褒称。蚯蚓也是改造大自然的功臣，远在人类开始耕耘土地之前，蚯蚓就默默地耕耘着地球的土壤，它们对环境的良性作用，没有哪种生物能比得上——除了人类，但人类的作用是善恶参半的。

两位警官兴致盎然地说，他们对“沙漠蚯蚓”早闻其名，但一直没机会目睹。等到达基地后，请钱先生尽快让他俩见见实物，正所谓“先睹为快”！钱小石笑着说：“这没问题，太容易了。”

前边就是基地。指挥部和研究所建在高大的沙丘之下，所以地面上除了有一块不大的停机坪外，和其他沙面没有什么区别。直升机停下，他们跳下来，踩在蓝黑色的沙沙作响的沙面上。钱小石弯腰顺手抓起一把沙子，举到两位警官眼前说：

“喏，这就是沙漠蚯蚓。”他看到两位警官怀疑的目光，笑着肯定，“对，这可不是沙子，也不是它们的残骸，这就是它们。”

朱警官接过来，它们硬邦邦沉甸甸的，由于强烈的光照而触手灼热。颜色是蓝黑色，形状呈规则的长圆形，两头浑圆，与沙粒显然不同。单独个体的个头非常小，肉眼很难辨清它们的细部构造，比如看不清用来吞吃沙粒的口器，也感觉不到它们在“动”。女警官小李怀疑地问：

“这就是沙漠蚯蚓？活的？”

钱小石笑着说：“对，要是按老百姓的说法，它是‘活’的。按我爸爸的说法是：这些微型机器目前都处于正常运转状态。”

李警官相当失望：“鼎鼎大名的沙漠蚯蚓，原来就这么个尊容啊。难怪钱老不同意称它为生命，它的确算不上。依我看连机器也算不上，只能算是普通沙粒。”

地下建筑的大门打开了。一位女秘书迎过来，笑容可掬地说：“欢迎欢迎！鲁总在办公室等你们。”钱小石摇摇头，叹息道：

“让我爸这么一闹腾，我真没脸去见鲁郁大哥和大嫂。唉，躲不过的，硬着头皮上吧。”

七天前钱老报案时，就是这两个警官接待。钱老身体很硬朗，鹤发童颜，腰板挺得笔直，步伐坚实有力。这副身板儿是长年野外工作练出来的。说话也很流畅，没有老年人惯有的啰唆或打顿，口齿清晰，极富逻辑性。他沉痛地说：当年正是他推荐鲁郁继任这个国家工程的指挥长，这是他一生中所犯的最大错误，说是犯罪也不为过——可是，当年的鲁郁确实是一个好苗子！忘我工作，专业精湛，为人厚道。谁能想到，这十年来，即自己退休这十年来，鲁郁完全变了！不是一般的蜕变，而是变成一个阴险的阴谋家，一个恶毒的破坏分子，他现在唯一的目的就是彻底毁灭塔克－克拉沙漠改造工程！当年，在钱石佛任指挥长时，工程进展神速，经那些纳米机器“活化”过的沙漠区域飞速扩展。按那个速度，今天应该已经覆盖整个塔克－克拉大沙漠了。但这些年沙漠的活化已经大大放慢，甚至已经活化过的区域也染上了致命的“瘟疫”。这种局面是鲁郁有意造成的。

面对这样严重的指控，朱警官非常严肃地听着，小李警官认真做着笔录。两位陪同的家属同样表情严肃，不时点着头。不过，朱警官也在偷偷端详着老人的头部，看能不能找出手术的痕迹。昨天钱夫人已经提前来过，告诉他们，钱老十一年前，即临近退休时，患过脑瘤，做过开颅手术。手术后他的头盖骨并非原壁，其中嵌有人造材料，不过蒙在原来的头皮之下。朱警官最终没有看出什么破绽，不由佩服医生的巧夺天工。

钱夫人昨天提前来警局，是来为警方打预防针——不要把她丈夫明天的报案当回事。她说，丈夫自从做了开颅手术后，完全变了一个人，多疑、专横、偏执。现在他每天忙得很哪，兢兢业业，日夜焦劳，四处搜集鲁郁的

“罪状”，这已经成了他活下去的唯一目的。她说她和儿子开始尽力劝过老头子，但丝毫不起作用，甚至起了反作用。现在他们只能顺着老头的想法来，比如，明天两人将一本正经地陪同他来报案。否则，如果连他俩也被老头视为异己，这就太可怜了——对老头儿来说太可怜了，这世上再没有一个他信得过的人。她难过地说：

“鲁郁那孩子，先是老头的学生，后来是助手，几乎是在我眼皮底下长大的，我对他完全了解。绝对是个好人，心地厚道，道德高尚，把我俩当爹娘对待。真没想到，老头现在非要跟他过不去，把他定性为阴谋家和罪犯！警官你们说说，罪犯搞破坏都得有作案动机吧，那鲁郁作为工程指挥长，为啥要破坏他自己毕生的心血？受敌国指使？没道理嘛。老头这样胡闹，真让我和儿子恨得牙痒。但没办法啊，他是个病人。你们可别看他外表正常，走路咚咚响，其实是个重病人。俺们只能哄着他，哄到他多咱闭眼为止。”她轻叹一声，“就怕我先闭眼，那时老头儿就更可怜啦。”

“你说塔克－克拉工程现在进展不顺利，出现了大片‘瘟疫’？”

“没错，是这样，但这绝不是鲁郁有意造成的，甚至——不是鲁郁造成的。警官，你懂我的意思吗？也许……”她斟酌着把这句话说完，“这才是老头的病根，但他是无意的，是以‘高尚’的动机来做这件丑恶的事。”

这段话比较晦涩，绕来绕去的，不像钱夫人快人快语的风格。做笔录的小李警官没听明白，抬头看了头头一眼。但朱警官马上明白了，因为钱夫人的眼睛说出了比话语更多的东西。她实际是说：也许，今天工程的病根是在丈夫当政时就种下的，到现在才发展成气候。丈夫在潜意识中想为自己开脱，因而把现任指挥长当成了替罪羊。当然，由于老人大脑有病，这种想法并不明确，而是埋在很深的潜意识之下，就像迁徙兴奋期的大雁或大马哈鱼会不由自主向着某个目的前进，但其实它们并没有清晰的意愿。

蔡玉茹看到朱警官在沉吟，知道自己对丈夫的“指控”同样过于离奇，不容易被外人接受。她狠狠心说：

“有件事我原不想让外人知道，但我想不该对警方隐瞒。你们知道老头子的病情发展到什么程度了吗？这几年他经常在深夜梦游，一个人反锁到书房里，不知道鼓捣什么东西。梦游能持续两三个小时，但白天问起他，他对夜里的活动一概不知。”她解释说，“是真的不知道，不是装的。因为有一天，白天，他非常恼火地质问我们，谁把他的个人笔记本电脑加了开机密码。我俩都说不知道，儿子帮他鼓捣一会儿，没打开，说明天找个电脑专家来破解。但到晚上，他在梦游中又反锁了书房门，我隔着窗户发现一件怪事：老头子打开电脑，非常顺溜地输进去密码，像往常那样在电脑前鼓捣起来，做得熟门熟路！我这才知道，那个密码肯定是他在梦游中自己设置的。”

“你是说，他只有在夜里，梦游状态下，才能回忆起密码，而白天就忘了？”

“对。匪夷所思吧？但我和儿子观察了很久，确实如此。医生说，老头子是非常严重的分裂人格症。白天，第一人格牢牢压制着第二人格。第二人格努力要突破压制，就在夜里表现为梦游。”

对于丈夫做出如此尖锐的剖析，确实非常艰难，但她为了替鲁郁负责，不得不“家丑外扬”。朱警官钦佩这位大义的妇女，连连点头：

“阿姨，我懂你的意思。谢谢你，谢谢你的社会责任心。”

“朱警官，还有一点情况，我想应该让警方知情：关于老头要报案的事。我已经提前告知小鲁了，让他有点心理准备。唉，打电话给小鲁两口子说这些话时，我真脸红啊。小鲁两口儿倒是尽心尽意地安慰我。”

朱警官也真诚地安慰她：“阿姨你不要难过，我理解你的难处，非常理解。至于案子本身你尽管放心，等明天钱老来报案时，我们会认真对待，认真调查，尽量给他一个满意的答复。当然也绝不会冤枉鲁郁先生，那可是个大人物，国家级工程的指挥长，谁敢拿一些不实之词给他定罪？反正我没这个狗胆，哈哈。”

基地虽然在地下，但通过光纤引进来自然照明，明亮通透，同在地上一样，只是没有地上的酷热。鲁郁老总个子稍矮，貌不惊人，衣着简单，乍看就像一个民工。他虽然已经知道了警方的来意，但面色平静如常，同两位警官握手，同钱小石则是拥抱，还重重地拍拍他的肩膀。小钱笑着说：

“少跟我套近乎！我是警方公派人员，陪同两位警官来调查你的犯罪事实。”他叹着气，大摇其头，“郁哥你说，一个人病前病后咋能变化这么大？尤其是我爸这样的恂恂君子！我现在非常相信荀子的话：人之初，性本恶。大脑一旦得病、失控，就会恢复动物的丛林本能——竖起颈毛悚然四顾，怀疑黑暗中到处都是敌人。”

鲁郁平静地说：“钱老永远是我的恩师。”停了片刻，他又加重声音重复，“我相信他永远都是我的恩师。”

他的重复似乎有一种特别的意味。等到几天后，一切真相大白于天下时，钱小石才意识到鲁郁大哥这句话的深意。

不管怎么说，警方调查还是要进行的。鲁总先让客人们看了有关“沙漠蚯蚓”的宣传片。有句俗话叫“眼见为实”，其实这话不一定正确。此前两位警官已经目睹和触摸了真正的沙漠蚯蚓，在他们印象中，它们只不过是普通的沙粒，是僵死的东西，最多形状有点特殊罢了。但看了宣传片，他们才知道沙漠蚯蚓的真实面目。影片中的图像在一维方向上放大了一百倍，体积上放大了 100 万倍，现在那些个玩意儿恰如蚯蚓般大小，长圆柱形，前方有口器，后方有排泄孔。口器轻微地蠕动着，缓缓包住沙粒。但身体基本是僵硬的。鲁郁解释说：塔克拉玛干沙漠都是细沙，直径大多在 100 微米以下，正好适宜沙漠蚯蚓吞食。

他还说，“沙漠蚯蚓的行动非常缓慢，肉眼难以察觉。你们看到的影片已经加快了 50 倍，下面要加快 1000 倍。”

现在它们僵硬的身体忽然变柔软了，蠕动着，前进着，吞吃着，排泄着，体表的颜色在逐渐加深，躯体变长，然后是一变几的分裂。镜头拉远，浩瀚的沙漠中是无数蚯蚓，铺天盖地地吃过去，一波大潮过后，黄白色的沙海很快转换成蓝黑色的“珊瑚礁”。两位警官看得入迷，鲁郁提醒说：

“注意看这一段！”

随着它们的吞吃，蓝黑色的残骸逐渐堆积，变厚。这种情况对它们不利，因为“食物”沙粒和阳光被隔开了。现在，蚯蚓们先在表层晒太阳，等到体色变成很深的蓝黑色，就蠕动着向下钻，一直钻到浅黄色的沙层，才开始吞咽活动。吞咽一阵，它们又钻到地表去晒太阳，如此周而复始。鲁郁说：

“这种习性的改变——即把吸收光能和吞咽食物两个过程分割开——并非钱老师的原始设计，而是它们自己进化出来的。从物理学的角度讲，这种习性牵涉到两段程序的改变：光能转为电能之后的储存，和电能的再释放。这是沙漠蚯蚓在生物功能上的巨大进步。这次进化并非受我们的定向引导，我们所做的工作，只是用各种刺激剂来加速它们的进化。但究竟出现哪种进化，我们在事前并非心中有数。这还是钱老退休前的事。”

两位警官意识到，鲁郁与钱老有一点显著的不同，他一点儿不在乎对沙漠蚯蚓使用“生物化”的描述。朱警官笑着说：

“鲁总你说它们是在进化？钱老可是强烈反对使用这类生物化的描述。他说，这是纳米机器，绝不是生物，对它们只能说‘程序自动优化’。”

鲁郁不在意地说：“我当然知道钱老师的习惯，不过这只是个语义学的问题，主要看你对生命如何定义。喂，下边就可以看到沙漠蚯蚓群中的瘟疫了。”他停顿片刻，微笑着补充，“瘟疫——又是一个生物化的描述。”

镜头停在一个地方。从表面看一切正常，地表仍是蓝黑色的类似珊瑚礁的堆积。仔细看，地表上有几处圆形的凹陷，大约各有一个足球场大。凹陷处的蓝黑色比较暗，失去了正常的金属光泽。鲁郁解释说：沙丘经过活化后体积会膨胀，反过来说，死亡区域就会表现为凹陷。图像逐渐放大，并深入到堆积层的内部，现在看到异常了：这儿看不到那些钻上钻下的“活”的蚯蚓，它们都僵硬了，死了，至少是休眠了。鲁郁说：

“这种瘟疫是五年前开始出现的。按说，作为硅基生命，或者按钱老的说法是硅基纳米机器，它们在地球上是没有天敌的，既没有‘收割者’，也没有病菌病毒。但这种死亡还是发生了。知道为什么吗？我可以告诉你们，这是某种有害元素造成的。”

三个观众中的两个警官富含深意地互相看看：“噢，是这样。”

那天接待钱老报案时，因为事先有钱夫人的吹风，两个警官非常同情这位人格分裂的病人，一直和家属配合着，认真演戏，假装相信钱老所说的一切。但这个老头儿的眼里显然揉不进沙子，谈了半个小时后，他突然冷峭地说：

“我说的这些，你们是否一直不相信？认为这只是一个偏执狂的胡言乱语？甚至是一个失败者在制造替罪羊？”

两个警官被一指点中罩门，颇为尴尬——这正是昨天钱夫人的剖析啊，也正是两人此刻的心理态势——连连说：“哪能呢，哪能呢，我们完全相信你的话。”老人冷笑着：

“别哄我啦。我知道，连我老伴儿和儿子，心里恐怕也是这个想法。说不定，你们事前已经瞒着我沟通过啦。”那对母子此刻也很尴尬，低下头，不敢直视老人的眼睛。“其实，我并不乐意我推荐的继任者是个坏蛋，我巴不得他清白无辜呢。这样吧，你们去调查时，只用查清一件事，就能证明鲁郁的清白。”

“是什么？请讲。”

“我创造的硅基纳米机器是没有天敌的，没有哪种细菌或病毒能害得了它们，所以说，它们中间出现的‘瘟疫’实在让人纳闷！我这几年一直私下研究，发现只有一种物质能害得了它们，能中断二氧化硅转换到单晶硅的过程，从而造成大规模的灾难。这就是元素碲——但自然界中碲是比较罕见的。所以，这件事很容易落实。你们去落实吧。”他冷笑着说。

两位警官互相对视，沉默不语，不安的感觉开始像瘴气一样慢慢升腾。他们曾对昨天钱夫人的话深信不疑，但现在开始有了动摇。她说丈夫是个偏执病人，但看今天老人的谈吐，口齿清楚，逻辑明晰，不像是精神病人啊。尤其是老人的最后一段话，可以说是一刀见血，具有极大的雄辩性。他以惊人的洞察力，提出一件很容易落实的“罪证”。一旦落实，或者鲁郁有罪，或者报案者是胡说，没有一点含糊之处。朱警官有物理学位，知道碲这种物质并非市场上的小白菜，它的购入和使用应该是容易查证清楚的。能提出这么明晰的判断标准，怎么看也不像偏执病人啊。他不会既费尽心机去诬陷继任者，又提出一个明显的证据，让那家伙轻易脱罪吧？

钱老身后的妻子苦笑着，避开丈夫的视野，向两位警官轻轻摇头，那意思是说：莫看他说得如此雄辩，别信他的！看钱小石的表情，和妈妈是同一个意思。朱警官想，也许这母子两人对鲁郁知之甚深，所以才不为老头的雄辩所动。但作为警官，而且完全不了解鲁郁此人，他无法轻忽老人提出的这个“犯罪判断标准”。他郑重地说：

“钱老你放心，我们一定尽快查证清楚。”

这句话昨天他对钱夫人也说过，但那时只是轻飘飘的一句话语而已。今天不同，今天这句话里浸透了沉甸甸的责任感。老头子看透了这一点，显然很满意——朱警官苦笑着想，谁说这人大脑不正常？他的目光就像千年老狐，具有锐利的穿透力。在这样的目光之下，朱警官总觉得自己被剥得赤身裸体。钱老说：

“好的，那就拜托二位啦。如果你们能证实鲁郁的清白，我再高兴不过了。”

他的报案就以这么一句善良的祈盼做结束，有点……迹近伪善。朱警官迅速看看那对母子，看他们对这番表白有何想法。他们一点不为老头儿的表白所动，苦笑着向朱警官使眼色：“可别信他的煽惑，我们早就领教过啦！”

朱警官真不知道该信谁的，他此刻有一个比较奇怪的、非常强烈的感觉：如果你事先认定钱老是个偏执狂，那么你完全能用这个圈圈套住他的行为；但如果你没有先入之见，你会觉得，他的所有言谈都是正常的，具有清晰的、一以贯之的逻辑脉络，并由纯洁的道德动力所推动。

朱警官脑子里两个钱老的形象在打架，他解嘲地骂道：“娘的，说不定案子没破，我自个儿倒被整成分裂人格了。不管怎样，我要认真查清这个案子。”

事实上钱老赢了，赢得干净利索。

先不管他是不是精神病人，但他确实一指点中了这个案子的死穴。其后的查证落实太容易了，简直弄得两位警官闪腰岔气，他们为侦破本案而鼓足的劲力突然落空，没有了着力处。他们到基地后很容易就查清了真相，而且鲁郁也一点儿没打算隐瞒：工程部这五年来确实花费重金，采购了大量的碲，是向全世界求援和采购的。当然，求购的公开原因不是为了“杀死沙漠蚯蚓”，而借口说是为了扑灭它们之中正在流行的瘟疫。世界各国都十分重视塔克－克拉工程，不光为了沙漠改造，主要为了下一个世纪的能源，所以对鲁郁的请示有求必应。

购买碲的所有往来函件和往来账目一清二楚，在工程部的账表上分项单列，整理归档，加了封条，专等警方的调查。两位警官到来的两天之前，鲁郁组织了一次全区域的直升机喷洒行动，规模很大，还特意拍了纪录片。这部片子也已经归档，鲁郁非常痛快地提供给了警方。

两架军用直升机整装待发，含碲气雾剂已经装在机舱里。两名驾驶员和十几名工作人员此刻站在机外的沙地上，排成一排，都穿着笨重的隔离服，因为碲对人类也有毒性，是一种相当厉害的神经毒素，并可诱生周围神经的脱髓鞘作用。被喷洒区域在碲自然降解之前的很长时间内都将是动物生命的禁区。行动组员的表情肃穆沉重，他们都知道这次任务的高度危险性，是人身和政治上的双重危险。他们不光冒着生命危险，今后也势将面对社会的善恶审判。这会儿，他们都有“风萧萧兮易水寒”的悲壮。

同样穿着隔离服的指挥长鲁郁走近他们，亲手签署了命令。特写镜头放大了命令上的文字：

> 我作为塔克－克拉沙漠改造国家工程指挥长，决定在 2237 年 5 月 20 日上午开始含碲气雾剂的工业性喷洒行动。喷洒区域是沙漠蚯蚓活化区域的圆周边缘，喷洒后务必造成活化区域与外界的全面隔断。
>
> 我对这次行动负有全部法律责任。
>
> 鲁郁
>
> 2237 年 5 月 20 日上午 8 点 0 分

鲁郁向那排人展示书面命令后，吩咐秘书把它收好，归档。然后用苍凉的声音发布命令：

“喷洒行动现在开始！”

参与人员爬上直升机。旋翼旋转起来，两架直升机升空，组成编队，沿着活化区域的圆周边缘并肩飞去，每个机尾处拖出一条气状的鲜红色尾巴。两条尾巴扭曲着，膨胀着，合并到一起，弥漫了空域，沿着活化区域的蓝黑和黄白交界线，慢慢沉降到沙面上。直升机飞远了，红色尾巴也变淡了，然后它们消失在沙海和天幕中。在这段时间里，鲁郁等几个人在原地等待着，不语不动，如同一组刀法苍劲的沙雕，隔着防毒面具，能看到他们平静中带着苍凉的面孔。

沙漠中“活化”区域为七千平方千米，周长大约为300千米。一个小时后，两架飞机完成了喷洒，拖着红色的尾巴从地下线出现，飞到头顶后尾巴消失。直升机降落，鲁郁同机组人员一一握手。然后共同登机离开这儿。他们要回到沙漠中心，那儿是含碲气雾剂没有影响到的安全区域。以下的镜头经过放大和加快，并深入到残骸堆积层中。沙虫们在其中钻上钻下，非常活跃，但在鲜红色的气雾慢慢沉降后，沙层表面的沙虫们很快中毒，行动逐渐变慢，身体变得僵化，直到最终停止了蠕动。这个死亡过程缓缓地向沙层下延伸。

“鲁郁先生，你为什么要这样做？为什么要杀死这些珍贵的沙漠蚯蚓？要知道，这是钱先生一生的心血，同样是你自己的半生心血啊。”

鲁郁苍凉地说：“我没有什么可说的。我这样做，是接受一位先知的指令。”

记录的小李警官听到这句混账话，不由瞪了嫌犯一眼。一个意识健全的科学家，面对警方审讯，却把罪责推给什么先知，可不是耍无赖么！朱警官示意小李不要冲动，仍然心平气和地问：

“什么先知？宗教的先知，还是科学的先知？”

“我不知道他是谁，他始终对我隐身和匿名。”

这下子连朱警官也受不住了，苦笑道：“鲁郁先生，你不会说自己也是……不会说自己是精神病人吧。正常人不会听从一个隐身匿名者的指令，犯下这样的重罪。”

“我的智力完全正常。警官先生，你们想要知道的东西我会痛痛快快地坦白，而且绝不会以精神疾病为由来脱罪。但我有一个要求，在我坦白之前，请你们先替我查寻一个人。”

“什么人？”

“就是我说的那位先知，这几年，他一直向我发匿名邮件，严重地扰乱了我的心境，邮件内容一般是一两句精辟的话，总是正好击中我信仰的薄弱处；他甚至给我发过几篇科幻小说，是读后让人透心冰凉的那种玩意儿。七八年来，正是这些东西潜移默化，彻底扭转了我的观点，让我——很艰难地——做出了杀死沙漠蚯蚓的决定。现在，我渴望知道这个人的真实身份。”

朱警官暗暗摇头，觉得“智力完全正常”的鲁郁所说的这番话很难说是正常的。一个具有大师智慧的科学家，却被几封匿名邮件牵着鼻子走，改变了信仰，甚至去犯罪，这可能吗？他温和地说：

“好的，请你提供有关信件和邮址。”

“都在我的私人电脑上，你去查吧，我告诉你开机密码。”他告诫道，“不要对这件事想得太容易，我也用黑客手法多次追踪过他，一直没成功。对方做了很好的屏蔽。”

“放心吧，不管他屏蔽到什么程度，对公安部网络中心来说都不是难事。我想问一句，关于这位先知的身份——你有一些猜测吗？”

鲁郁沉默片刻：“有。但我不会事先告诉你们，以免影响客观性。”

小李警官又瞪了他一眼，朱警官没有急躁，温和地说：“好吧，就依你。我先查实这件事，然后再继续咱们的谈话。”

第三天上午朱警官重新坐在鲁郁的面前。鲁郁端详着警官的复杂表情，率先开口：

“已经查清了？看你的神情，我想你已经查清了。”

“嗯，的确查清了。警方已经知道他是谁，悄悄弄到他的电脑，破解了开机密码，在里面找到了曾发给你的所有东西的备份。你——事先已经猜到了他的身份？”

“对。”鲁郁苦笑道，“咱们第一次见面时我就说过，钱老是我永远的恩师，永远的。不管是在他领我走上沙漠蚯蚓的研究之路时，还是躲在暗处诱惑我，促使我狠下心杀死沙漠蚯蚓时。”他叹息道，“其实这些沙虫已经无法根除了，喷洒剧毒的碲，也只能暂时中断它们在地球上的蔓延，但我只能尽力而为。朱警官，你以为我杀死沙漠蚯蚓心里就好受吗？心如刀割！我背叛了前半生的信仰，实际是后半生的我杀了前半生的我。”他苦笑着说，“只有一点可以拿来自我安慰：我倒是一直没有背叛钱先生，不管是在他退休前，还是退休后。不说这些了，来，我向你坦白本案的所有详情。”

“是老头儿干的？是他诱惑鲁郁杀死沙漠蚯蚓？”

“对，或者更准确地说，是夜里那个他。”

“不可能！”钱夫人震惊地说，“朱警官，你不了解沙漠蚯蚓在老头心目中的地位。它们比他本人的生命都贵重。他不可能自己去杀死自己。”

钱小石虽然也很震惊，但反应多少平缓些。他问：“那些发给鲁郁大哥的东西，那些‘阴暗的诱惑’——都在我爸的电脑上？”

“对。你们可以看看，我提供开机密码。”

“难以理解啊。我真的不能相信，爸爸的信仰会有这么陡峭的转变。”

“恐怕正是太陡峭，超过了一个人的心理承受力，才造成人格的分裂——裂变成一个白天的钱老和夜里的钱老。鲁总说，其实在钱老退休前就多少表现了某些‘分裂’的迹象。首先，早在这项国家工程启动时，他力排众议，坚决主张把基地放在沙漠中心。鲁总说当时他就有些不解，因为若把基地放在沙漠边缘，逐步向腹地推进，才是更合适的方案，那样后勤上的压力会大大减小，可以节约巨量资金。可能早在那时，钱老对自己的世纪性发明就有潜意识的恐惧吧，所以一定要把它囚禁在沙漠中心。第二点迹象你们也知道的，他强烈反对所谓的‘生物化描述’，这种反对过于强烈，多少有些病态。鲁总说根本原因是——如果把这种玩意儿认作机器，则心理上觉得安全，因为机器永远处于人类的控制之下；如果把它们看成生物，则它们最终将听命于上帝，人类的控制只能是某种程度上的，这就难免有隐患，有不确定的未来。”

他尽可能介绍了所有已知情况。母子俩虽然难以接受，但最终还是认可了朱警官的话。就像走出暗房子突然被阳光耀花了眼，但片刻之后，事情的脉络就清楚地显现在明亮的阳光之下，无可怀疑。母子俩相对叹息，苦笑摇头，钱小石担心地问：

“鲁郁大哥会咋样判决？”

朱警官长叹一声：“鲁总决心杀死沙漠蚯蚓，以防它们最终威胁人类的生存，这样的观点是对是错，我不敢评价。但对也罢，错也罢，都不能为他脱罪。要知道这是他瞒着政府采取的私人行动！太过分了，可以说胆大妄为。据他说，他不能按正常程序行事，他知道很难说服社会和政府同意来消灭沙漠蚯蚓，即使能说服，也已经来不及了。他只能自己扛起这个十字架——也是为了替老师赎罪。司法界的大腕们估计，他肯定要获刑，很可能是 20 年的重刑。”

母子俩心头很沉重——可以说他是被老头子害的！是两个老头子，夜里的老头子诱惑他犯罪，白天的老头子向警方告发他，真是配合默契啊。朱警官看着母子俩难过的表情，心头不忍，说：

“你们也不要太难过，我干脆再犯点自由主义吧。据说上边有人建议，鲁郁即使获 20 年重刑，也要监外执行，执行期间仍担任塔克－克拉工程的指挥长，戴罪立功，处理工程的善后。这虽然是小道消息，十有八九会实现。”

母子俩心里多少好受了一些。也就是说，政府和科学界私下里已经认可了鲁郁的观点，虽然对他的胆大妄为要严厉处罚，但同时也要创造条件，保证他把这件事——剿灭沙漠蚯蚓——继续推行下去。钱夫人想了想，苦笑着问：

“真要这样，小鲁这边不用担心了。老头子那边呢，该咋向老头子说？”

朱警官谨慎地说：“我考虑，还是由你来向他通报比较合适，毕竟你对他的心理状况最清楚。哪些该说，哪些该瞒，你们娘儿俩酌定吧。总的原则是既要糊弄住他，让他对案件的结果满意，又不造成过大的刺激。”

“好的，我想办法安抚他吧。”

朱警官留下那台电脑的开机密码，同两人告辞。这天下午，钱小石避开父亲，悄悄把手提电脑打开，浏览了那些邮件，包括几篇科幻小说，它们确如郁哥所说，是让人阅读之后“透心冰凉”的那种。想想父亲为了诱惑鲁郁改变信仰，竟然在年过花甲之后学会写小说，而且是在梦游状态下干的！真是难为他老人家了。钱小石忽然想到一件事：那次他说第二天请专家来帮父亲破解密码，但当天晚上，就是妈妈发现老头子梦游中能顺利开机之后，母子俩商量着，把请专家的事悄悄搁下了。奇怪的是：自此之后父亲再不追问此事，并且从此不在白天摸那台电脑！想想颇为后怕，如果“白天的他”看见了“晚上的他”所写的东西，那真不知该如何收场了，也许父亲会因此而彻底疯掉？

看来，父亲的意识深处必定有一个地方始终醒着，引导他悄悄避开了这个暗礁。

这是飞船考察的第3240个有生命星球，也是第143个有文明的星球。此星球曾达到初级的第二级文明，其典型特征是：已经把触角伸向外太空，但仍使用落后的化学动力飞船。不过，这个文明眼下已经停滞和倒退。

耶安释船长已经经历了一万光年的考察历程，领教了宇宙生命的多姿多彩。眼前这个星球上的生命同样相当奇特。这是个三色世界：70%的面积是蔚蓝色的海洋，陆地上则分为蓝黑色和绿色两大区域。两者之间不是处于稳定平衡，而是正在激烈地搏杀。蓝黑色和绿色有截然的分野，前者中没有一丝绿色，后者中则星星点点散布着一些蓝黑色的小圆，小圆中同样没有一丝绿色。单从这个态势，就能判定两者的输赢了。

耶安释把飞船定位在低空，详细考察了这个星球上的情况。绿色和蔚蓝色区域里生活着碳基生命，按当地纪年已经有近40亿年历史，有数目众多的绿色植物和动物物种，其中创造第二级文明的物种是一种自称“人类”的两足直立动物。蓝黑色区域则生活着硅基生命，只有不足三百年历史，处于非常初期的进化阶段，比如，其内部尚没有物种的分化，没有“收割者”。这种硅基生命把所有的族群能量全部向外使用，用于拓展和占领。这种策略简单而有效，其结果是：在这种低级生命咄咄逼人的进攻中，陆地上相对高级的碳基生命已经溃不成军。

硅基生命，或按人类的称呼叫沙漠蚯蚓、沙虫、撒旦虫、黑祸等，只依赖阳光和硅原子就能繁衍，在这个阳光充足的富硅星球上可说是得天独厚。被它们“活化”过的区域内，地貌全都改变了，无论是原来的沙漠、高山、耕地、水泥建筑，都被翻新成蓝黑色的礁状堆积。有些地方尚残存着高耸入云的大楼，显然是人类文明的遗存。大楼底部的表层部分已经被沙虫们啃食了，变成了蓝黑色的、有波状同心圆的堡礁，而最上面的几十层仍然保留着原来的景观，棱角分明，色彩明亮。就像是一个个仅余半体完好的巨人，令人不忍目睹。

绿色区域里的人类一直急迫地同飞船联系。耶安释船长先做了几天准备，熟悉了人类文明的历史，调好了同步翻译机。又准备了一个类似人形的替身。是一个瘦骨嶙峋的老年男子，面容慈祥，白须过胸，深目高鼻，麻衣跣足。耶安释过去多次与低级文明进行过对话，当他如实为他们描述未来时，低级文明的代表常常埋怨他太冷酷，缺乏人情味儿。所以，他今天使用了这个小小的技巧——用替身，也许有助于改善谈话气氛。

他在飞船上接见了人类的代表。一共三个人，一位老者，一位中年男人，一位年轻女人，按人类的审美标准，最后这位应该非常漂亮、惹人爱怜。

中年男人做了第一波次的陈述：

“在人类文明处于生死存亡的关头，能有幸见到高等级文明的使者，我们感激涕零。你是我们的弥赛亚，是我们的耶和华、安拉和释迦牟尼。人类恳求你们尽快施以援手，帮助人类战胜那些野蛮的沙虫。我们的后代将永远铭记你们的恩德。”

耶安释船长说：“我们非常同情你们的处境。在此次考察中，我已经接触过十三个正在消亡的文明，所以对你们的不幸有真切感受。

可惜，在第五级以上的文明中，有非常严格的太空道德，绝不允许干涉其他生命的进程。你们只能依靠自己的力量尽量渡过难关。”

年轻女人的眼中涌出大量的水珠，扑簌簌落到地上。那是被人类称为泪水的东西，是他们感情悲伤的典型外在表现。她哽咽着说：

“我们已经与沙虫搏斗了200多年，实在无能为力了。你们忍心一走了之，让野蛮的沙虫把人类吞噬掉吗？”

“对不起，我非常同情你们，但我们真的不能违反太空道德。再说，我们不认为各类生命有善恶之分。”

年轻女人还要哭求，三人代表中的老者叹息着制止了她，说：

“既是这样，我们就不让耶安释船长为难了，我们不会再求你们采取什么行动，但你能否给我们提一些有用的建议？如果这不违反你的戒律的话。”

“我倒不介意提供一些口头上的建议，可惜……你们的碳基生命是一种很脆弱的生命，这在宇宙生命中是相当少见的。真的太脆弱啦，比如你们不耐高温，80摄氏度就能使蛋白质凝固；不耐辐射，稍高的辐射就能破坏DNA；不能离开水、食物和空气，几天的缺水、十几天的缺食、短短几分钟的缺氧就能导致死亡。你们利用植物化学能来间接利用光能，用速度奇慢的神经元来进行思维，都是很低效的办法。我绝非在贬低碳基生命，正相反，我由衷敬佩你们。在我看来，如此脆弱和低效的生命，很可能因为种种意外，如流星撞击、大气成分变化、冰川来临等，而早就夭折了，但地球上的碳基生命竟然延续了40亿年，甚至曾短时间达到第二级文明，实在难能可贵！另一方面，我也很……怜悯你们，坦率说吧，以碳基生命的生命力强度，不可能抵挡得住硅基生命的攻势。因为后者的身体结构远为高效、实用和坚固。两者差别太悬殊了。所以，只要硅虫在地球上一出现，碳基生命的结局其实早已确定了。”

中年男人闷声问：“海水能阻挡这些沙虫吗？到目前为止，它们的势力还未扩展到海洋。我们正考虑全体迁居到海洋中。”

耶安释船长摇头:“没用的。海洋也有硅基岩石圈，它们很快会进化出适应海洋环境的变种来。”

“太空移民呢？也许这是人类唯一的自救之路。”

“你们可以试试。但我提醒你们，千万不要因疏忽而把沙虫带到新星球，一个也不行！它们能耐受太空旅行的严酷条件，所以即使黏附在飞船外壳上也能偷渡过去。还有，但愿你们落脚的新星球上没有另外一种强悍生命，否则像你们这样脆弱的生命仍然不是对手。不管怎样，你们试试吧，我祝你们好运气。顺便问一点历史事实，我查过你们的文字记载，但记载上似乎有意回避——这些沙虫是从自然界中自然进化出来的，抑或最初是人类设计出来的？”

三个人面色惨然地沉默很久，老者才说:“是因为人类，人类中一个败类。”

“噢，是这样。”

中年男人问:“我能冒昧问一句，您是属于哪种生命？依我们肉眼看来，您也很像碳基生命啊。”

“啊不，你们看到的这具躯体只是我的替身。这是高级文明中通行的礼貌——进行星际交往时尽量借用对方的形象。其实我也是硅基生命，更准确地说，是硅硫基生命。当然，这个身份绝不会影响到我公平对待地球上的两种生命。”

三个人类代表久久无语，他们看来彻底绝望了。耶安释船长真诚地说:

“你们不必太悲伤。眼下的沙虫们虽然是一些只知吞食和扩张的贪婪家伙，但它们也会按同样的规律向前进化，终有一天会建立文明。依我的经验，那时他们肯定会奉地球碳基生命为先祖，奉人类文明为正统，这是没有疑问的。需要担心的是，在当前这个进化级别，原始沙虫对富硅地表的活化太过彻底，也许十亿年后，当后代的‘沙人’考古学家们想要挖掘人类文化时，地面上已经找不到任何人类遗迹了。所以，我建议你们建一个‘藏经洞’，把人类文明的重要典籍藏进去，为十亿年后的沙人考古学家备下足够的食粮。然后用富含碲的物质封闭起来，使其免遭沙虫们破坏。这样，人类虽然从肉体上灭亡了，但人类文明仍将在沙人文明中得到延续。”他谦逊地说，“我初来乍到，对人类的心理毕竟了解不深，不知道我所描绘的前景对你们是不是一个安慰。”

三个人类代表不祥地沉默着，年轻女性的泪水也干涸了。最后，老者惨然一笑，朝耶安释船长深深鞠躬：

“谢谢，这对我们是一个安慰，真的是极大的安慰。再见，祝你们在今后的旅途中一路顺风。”

“谢谢，我会牢记你们真挚的祝福。也祝你们好运气。”

三人头也不回地离开了飞船。

“老头子，朱警官今天来过啦，是上午来的。”

钱石佛冷冷地说：“我还以为他们把我的报案忘了呢。他们如果再不来，我会直接到公安部去。他们既然来了，为什么不见我？”

蔡玉茹心情复杂地看着丈夫的眼睛，也悄悄看他的头颅。虽然外表上没有异常，但她很清楚丈夫的哪块头骨是镶嵌的人造材料。多半是因为这次手术，造成了丈夫人格的分裂——当然这并非唯一的原因。至少说，手术之前，他意识中的“裂缝”早就存在了。前些天，在警方允许下，她同拘留中的鲁郁通了话。通话中她忍不住失声痛哭，鲁郁劝阿姨不要为他难过，说，“能为钱老师做点事，我是很高兴的。其实最苦的不是我，是钱老师啊。老师对沙漠蚯蚓的爱太强烈了，虽然对自己亲手创造的异类逐渐产生了惧意，但过于强烈的爱严严地压制着这些惧意。在整整30年中，他的压制很成功，反面的想法只能藏在潜意识中，就像蘑菇菌丝休眠在土壤深处。直到他退休，直到他做了脑部手术，这些潜意识的想法才获得足够的动力，推开正面的压制，演变成另一个人格。从老师白天和晚上两个人格的陡峭断茬，足以看出他心灵中的搏斗是何等惨烈！他才是最苦的人啊。”

作为妻子，蔡玉茹知道鲁郁说的都是实情。所以，虽然丈夫的乖僻行径让她“恨得牙痒”，但她理解丈夫。这会儿她温和地说：

“老钱，他们怕你激动，让我慢慢转告你。你对鲁郁的揭发，特别是你提的那个判断标准，警方全都落实了。鲁郁确实采购了大量的碲，并对塔克－克拉沙漠的活化区域进行了大规模喷洒。正是它造成了大面积的沙漠瘟疫。”

“哼，我知道准定是他干的，别人想不出这个招数。这个混蛋！”

“鲁郁已经被拘留，对他的审判不日就要开庭。据说，肯定是 20 年的重刑。”

丈夫面颊的肌肉明显地悸动一下，没有说话。蔡玉茹悄悄观察着，心里有了底。现在是白天，在“这个”钱石佛的意识中，应该对鲁郁充满义愤。但他并没有对“阴谋家应得的下场”鼓掌叫好，而是表现出了某种类似痛苦或茫然的表情。蔡玉茹继续说下去：

“老钱你不要为鲁郁太难过。据内幕消息说，他的刑期肯定要监外执行，执行期间还会继续担任工程指挥长。”

她一边小心地说着，一边悄悄观察丈夫的表情。告诉这些情况颇有些行险——“坏蛋”鲁郁将逃脱惩罚，还会担任原职，从而能继续祸害沙漠蚯蚓，白天的他得知后会不会大发雷霆？但凭着妻子的直觉，她决定告诉他。一句话，她不相信“夜里的他”此刻会完全睡死，一定也在侧耳倾听着这场交谈呢。分裂人格之所以能存在，是基于丈夫刻意维持的两者的隔绝状态。如果能把“另一个他”在白天激醒，让两者正面相遇，两个他就没有继续存在的逻辑基础了。这样干有点行险，但唯有挤破这包脓，丈夫的心灵才能真正安稳。

果然如她所料，丈夫并没有动怒，沉闷了许久，才多少有点言不由衷地咕哝道：

“我怎么会为他难过！这个混蛋。”

蔡玉茹咬咬牙，按照既定计划继续狠挤这包脓：“据说——鲁郁杀死沙漠蚯蚓是受一个隐身人的诱惑，那人给他发了很多匿名邮件，甚至还有科幻小说呢。不过科学界眼下已经取得共识，那个隐身人的担忧其实很正确，很有远见。”

她紧张地等着丈夫的反应。现在，她强使丈夫的两个人格劈面相逢了，结局会是怎样？是同归于尽，还是悄然弥合？她心中并无太大把握。丈夫迅速看她一眼，生气地说：

“我累了，我要去睡觉！”

他随即转身离去，也把这个话题撂开了。

从此彻底撂开了。他不再过问鲁郁的事，不再为自己的沙漠蚯蚓担心。夜里也再不梦游，不去电脑上鼓捣，甚至把电脑的开机密码也彻底忘记了。他成了一个患健忘症的退休老人，浑浑噩噩地幸福着，安度晚年。母子俩对这个结局颇为欣喜，当然也有点后怕，有点心酸。不管怎样，这已经是最好的结局了。

一年后，钱石佛安然去世。

此后20年中，犯人鲁郁继续指挥着他对沙漠蚯蚓的剿灭行动。他的行动很成功，更多的沙漠蚯蚓染上瘟疫，中止了生命活动。活化区域停止向外扩展，并逐渐凹陷。看来全歼它们指日可待。

这些低级的、无自主意识的、浑浑噩噩的硅基生命，当然意识不到面临的危险，更不会有哪一个会突然惊醒，振臂高呼，奋起反抗。但人类对“意识”这个概念的理解其实太狭隘，太浅薄，太自以为是。所有生物，包括最低等的生物，其进化都是随机的，没有目的，没有既定的方向。但众多的生物数量，加上漫长的进化时光，最终能让随机变异沿着“适应环境”的方向前进，使猎豹跑得更快，使老鹰的目光更锐利，使跳蚤的弹跳力更强，使人类的大脑皮层沟回更深……就像是各物种都有一个智慧的“种族之神”，在冥冥中为种群指引着正确的进化方向。群体的无意识，经过“数量”和“时间”的累积和倍乘，就产生了奇异的质变，变成了无影无形的种群智慧。它与人类最珍视的个体智慧虽然不在同一层面，不在同一维度，无法做横向比较，但最终的效果是一样的。

现在，在这些浑浑噩噩的硅虫之上，它的“种族之神”已经被疼痛惊醒，感受到它的大量子民——细胞在非正常死亡。它知道自己到了生死关头，应该迅速变异以求生。于是它冷静地揣摸着形势，思考着，开始规划正确的进化方向……

# 泡　泡

孩子们，人类的逻辑思维能力是上帝对人类最宝贵的恩赐。这么说吧，正是由于人类大脑基因的某种变异，使其具备了超越直观的形而上的思维能力，人类才超越了动物的范畴，才能避免尼安德特人的悲剧。

逻辑思维的威力在物理学和数学中得到了最充分的体现，早在科学启蒙时期，伽利略就用思想实验的办法，推翻了曾被学术界奉为圭臬的“物体自由落体速度与重量成正比”的理论，这甚至是在他那次著名的比萨斜塔实验之前。他是这样驳难亚里士多德的：把一个重球A与一个轻球B绑在一块儿，那么整体的AB当然要重于A或B。按照上述理论，AB肯定比两球单独下落时的速度快；但换一个角度思考，因为B轻于A，它的下落速度当然比A慢，这样，把两者绑在一起时，B肯定要延缓A的速度，这就使合球AB的速度快于B但肯定慢于A。两种推理是不是都对？是的，都完全正确，但结论却相反。所以，唯一的可能是推理所依据的平台，即那个理论错了。你们看，多么简洁明快的推理，却又无懈可击。有了这个推理，其实根本不用再爬到比萨斜塔上扔铁球了。

伟大的相对论就更不用说了，它简直是一人之功，是一个天才大脑的杰作。爱因斯坦通过纯粹的思想实验，得出“光速不变”和“引力与加速度等效”的顿悟，彻底颠覆了人们奉为“绝对真理”的平直时空。爱因斯坦自己说，那对于他来说是“幸福的思想”。

其实还有一个著名的思想实验，只是常被人们忽略，那就是驳难时间旅行的“外祖父悖论”——你如果可以返回过去，就有可能杀死你的外祖父；但如果他在未有儿女之前被杀，怎么可能出现一个返回过去改变历史的你？这个驳难也无懈可击，所以唯一的结论是：时间旅行不可能。

这个思想实验之所以一直被人忽视，是因为其中掺有人的因素——人有自由意志，所以他们完全可以不杀自己的外祖父嘛。这种思考角度是完全错误的，人类作为群体而言其实并没有自由意志，比如，谁也不能保证在10万个时间旅行者中没有一个想杀死自己外祖父的人，那人可能是神经错乱，或者干脆是个狂热的科学信徒，不惜杀死外祖父来求验这个悖论。而只要有一个过硬的反证，也足以推翻一条物理定律。

所以，孩子们，我要让你们失望了，我在这儿可以断言，无论是你们，还是你们的子孙后代，都甭指望去体验时间旅行，1000万年后也不可能，它永远只能存在于科幻小说中。但也不必失望，时间旅行不可能实现，并不意味着超维旅行——指超出三维空间的旅行——就不可能。至少到目前为止，没有哪个思想实验能证伪它——当然也还没有证实。它究竟能否实现，也许就靠你们中某一个天才大脑了。

这是理论物理学家陈星北2017年在内蒙古达拉特旗某初中课外物理小组“纪念東星北110周年诞辰”座谈会上的发言。发言为摘录，未经本人审阅。

记录人：巴特尔（嘎子）

## 一

位于廊坊的空间技术院“育婴所”正在忙于实验前的准备。这个“育婴所”里并没有婴儿的笑声和哭闹，也没有奶嘴和婴儿车，它的正式名称是“中国空间技术研究院小尺度空间研究所”，所里的捣蛋鬼们嫌这个名字太拗口，就给它起了这个绰号，而所长陈星北也欣然认可并带头使用，所以这个名字在所里所外几乎成了官称，只是不上正式文件。

实验大厅是穹隆式建筑，有一个足球场大，大厅中央非常空旷，几乎没有什么设备。只有一个很小的球舱吊停在场地中央，离地四米。它是单人舱，样子多少类似太空飞船的回收舱，只是呈完美的球形，远远看去小得像一个篮球。它的外表面是反光镜面，看起来晶莹剔透，漂亮得无以复加。舱边站着两个小人儿，那是今天的舱员，旁边是一架四米高的舷梯车。

今天只是一次例行实验，类似的载人实验已经进行过五次，而不载人实验已经进行过 15 次了，人人都轻车熟路，用不着指挥。所以，下边的人忙忙碌碌，陈所长反倒非常悠闲，背着手，立在旁边观看风景。他的助手小孙匆匆从门口过来，低声说：

“所长，秦院长的车已经到了。”

陈星北漫不经心地嗯了一声，没有后续行动。小孙有点尴尬，不知道该不该催他。陈星北看看他，知道他的心思，没好气地说：“咋？有屁就放。”

小孙笑着说：“所长你还是到门口接一下的好。再怎么说，她也是咱们的直接上级，肩上扛着将星的大院长，还是咱们的大金主。”小孙顿了一下又说，“你知道的，这次她来视察，很可能就是为了决定给不给咱们继续拨款。”

陈星北满不在乎：“她给不给拨款不取决于我迎不迎接，我犯不着献殷勤。别忘了在大学里我就是她最崇拜的‘星北哥’，整天跟屁虫似的黏在我后边，就跟现在小丫黏着嘎子一个样。你让我到大门口迎她，她能承受得起？折了她的寿！”

小孙给弄得左右为难。陈所长的德性他是知道的，但所长可以胡说八道，自己作为所长秘书却不得不顾及官场礼节。不过用不着他作难了，因为一身戎装的秦若怡院长已经健步走了进来——而且把陈星北的胡说八道全听到耳里。秦院长笑着说：

“不用接啦，小孙你别害我折寿，我还想多活几年呢。”小孙的脸一下子变得通红——是替所长尴尬。偷眼看看，那位该尴尬的人却神色自若。秦院长拍拍小孙的肩膀安慰道：“你们所长没说错，上大学时我确实是他的跟屁虫。那时还一门心思想嫁他，就因为他常常几个月不洗澡我受不了——我可不是夸大，他只要一迷上哪个难题，真能几个月不洗澡。小孙你说，他现在是不是还这德性？”

小孙也放松了，笑着凑趣：“江山易改，本性难移。”说完他就机敏地离开了。陈星北过来和院长握握手，算是过了应有的礼节。秦若怡和陈星北是北大同学，比他低一届，陈学理论物理，秦学力学，两人虽是学理的，却都爱好文学，是北大未名诗社“铁三角”的两翼，算得上铁哥们儿。“铁三角”的另一“角”是当年的诗社社长唐宗汉，国际政治系的才子，比陈星北高两届，如今更是一位大人物——国家重要领导人。这两届政府中有不少重量人物出自北大，人们说清华的风水转到北大这边了。

“育婴所”实际不是空间院的嫡系，五年前陈星北凭三寸不烂之舌说动了秦院长，成立了这个所。可以说这个建制完全是“因人而立”，因为秦若怡素来相信这个学兄的怪才。而且，虽说陈星北为人狂放，平日说话满嘴放炮，但在关键时刻也能拿出苏秦、张仪的辩才，“把秦小妹骗得一愣一愣的”。“育婴所”成立五年，花了空间院一个亿，在理论上确实取得了突破，但要转化成实际成果还遥遥无期。秘书刚才说得对，秦院长这次视察恐怕不是吉兆。

陈、秦两人对这一点都心知肚明，这一会儿却都不提它。秦若怡说：

“星北你刚才说小丫黏着嘎子，这个嘎子是何方神圣，能入小丫的法眼？”她笑着说，“也太早了吧，小丫才 13 岁。”

陈星北指指大厅中央：“喏，嘎子就在那儿。不过你别想歪了，小丫跟嘎子扯不到男女的事上，他们是表兄妹呢。嘎子是我外甥，内蒙古达拉特旗的，蒙古族，原名叫巴特尔。他的年龄也不大，今年 15 岁，等开学就是清华一年级的学生了。这小子聪明，有股子嘎古劲，对我的脾气。你嫂子说他像电影《小兵张嘎》的嘎子，那个小演员正好就是蒙古族。后来嘎子说，这正是他在家乡的绰号。”

“达拉特旗就是嫂子的老家吧？我记得四年前你千里迢迢跑到那儿，为一所初中举办讲座，是不是就为这个孩子？”

“对，他们学校的物理课外小组相当不错，办得不循常规。”秦若怡知道，“不循常规”在陈星北这儿就是最高评价了。陈星北笑着说：“小丫这孩子你是知道的，有点鬼聪明，长得又靓，平日里眼高于顶，没想到这个内蒙古草原来的野小子把她给降住了。”

他对着场地中央大声喊：“嘎子！小丫！你们过来见见秦阿姨！”

两人听见就开始往这边跑。陈星北说：“今天是他俩进舱做实验。”秦若怡震惊地扬起眉，陈星北早料到她的反应，紧接着解释，“是嘎子死缠活磨要去做实验。我想也好，实验中最重要的是人对异相空间的感觉，也许孩子们的感觉更敏锐一些。再说我有点私心——想让嘎子提前参与，将来接我的班，这小子是个好苗子。小丫知道后非要和她嘎子哥一块儿去，我也同意了。”他轻描淡写地说，“安全问题你不用担心，就那么一纳秒的时间，10 米的距离。而且载人实验已经做过五次了，我本人就做过一次。”

秦若怡从心底不赞成这个决定，但不想干涉陈星北的工作，只是说了一句：“据我所知，那是非常狭窄的单人舱啊。”

“没关系，这俩人又矮又瘦，合起来也抵不上一个大人。”

两个人已经跑过来了，确实又瘦又小。两双眼睛黑溜溜的特别有神。皮肤一黑一白，反差强烈。小丫穿吊带小背心、短裙，光脚穿皮凉鞋；嘎子则穿一件不灰不白的文化衫，正面是六个字：科学 PK 上帝，下边是又宽又大的短裤。秦若怡在心中暗暗摇头：怎么看他们也不像是一个重大科学实验的参加者。小丫与秦阿姨熟，扑过来攀住了她的脖子，说：“秦阿姨你是不是专程跑来看我做实验的？”嘎子毕竟生分，只是叫了一声秦阿姨，就笑嘻嘻地立在一边，不过眼睛可没闲着，眼巴巴地盯着秦的戎装。他肯定是看中了院长肩上的将星，巴不得穿上过过瘾。秦若怡搂着小丫，问：

“马上要开始实验了，紧张不紧张？”

小丫笑着摇头，想想又老实承认：“多少有一点儿吧。”

“嘎子你呢？”

“我是嘎子我还能害怕？电影里那个嘎子对着小日本的枪口也不怕。”

“对实验中可能出现的意外，有预案吗？”

嘎子说：“有，舅舅和孙叔叔已经讲过了。”

小丫则老老实实地说：“爸爸说，让我一切听嘎子哥指挥。”

秦若怡笑着拍拍小丫的后背：“好了，你们去吧。”

两人又跑步回到大厅中央，小孙跟着过去了。已经到时间了，小孙帮他们爬到舷梯上，挤进球舱。毕竟是单人舱，虽然两人都是小号身材，但坐在里面也够紧张的，嘎子只有半个屁股坐在座位上，小丫基本上是半侧着身子偎在嘎子的怀里。关闭舱门之前，小孙对他们细心地重复着注意事项，这是最后一次了：

“舱内的无线电通话器有效距离为5000千米，足以应付意外情况，不必担心；密封舱内的食物、水和氧气可以维持七天的生存；呼出的二氧化碳由回收器自动回收。舱内也配有便器，就在座椅下面，大小便以及漱口水暂存在密封容器内，以免污染异相空间。

“球舱的动力推进装置可以完成前进及下降时的反喷减速，不能后退和转弯。但燃料无水肼有限，只能保证三个小时的使用。

“万一球舱‘重入’地点比较偏远，不要着急，它带有供北斗全球定位装置识别的信号发生器，总部可以随时掌握‘重入’地点。但要记住，你们没穿太空服，在确实断定回到地球环境之前，不要贸然打开舱门——谁也不知道异相空间里究竟是什么情况。”

这些实际都是不必要的谨慎。按以往的实验情况，球舱会在一纳秒后即现身，位移距离不会超过10米。所以，舱内的物品和设备其实根本没有用处。但作为实验组织者，必须考虑到所有的万一。

小丫乖乖听着，不住点头。她打心底没认为这实验有什么危险，但小孙叔叔这种诀别赠言式的谆谆嘱托，弄得她心里毛毛的。扭头看看嘎子哥，那浑小子仍是满脸的不在乎。嘎子向小孙挥挥手，说：

“我早就把这些背熟了，再见，我要关舱门了。”

他手动关闭了舱门和舷窗，外面的小孙向指挥台做了个手势，开上舷梯车驶离场地中央。

球舱孤零零地悬在空中。在它的正下方周围有一圈10米红线。10米，这道红线简直成了突不破的音障，近几次实验都停滞在这个距离。刚才陈星北说“实验非常安全”时，实际上是带着苦味的——正因为突不破10米，所以才非常安全。这次实验前，他们对技术方案尽可能地做了改进，但陈星北心中有数，这些改进都是枝节性的，想靠这些改进取得重大突破希望渺茫。

小孙跑过来时，陈所长和秦院长正在轻松地闲聊，至于内心是否轻松就难说了，毕竟，决定是否让项目下马是痛苦的，而且只要这个项目下马，就意味着“育婴所”的编制也很难保住。秦院长正说道：

“我记得第一次的空间挪移只有一毫米？”

“没错，说来不怕你见笑，对超维旅行的距离要用千分尺来测量，真是弥天大笑话。”

秦院长笑着说：“我不认为是什么笑话。能够确证的一毫米也是大突破。而且又三次实验后就大步跃到 10 米，增加了一万倍。”

“可惜以后就停滞了。”

“只要再来一次那样的跃升就行，再增加一万倍，就是 100 千米，已经到实用的尺度了。”

陈星北停顿片刻。他下面说的话让小孙很吃惊，小孙绝对想不到，所长竟然把这些底细全都倒给了秦院长。他悲观地想，自打秦院长听到这番话后，“育婴所”的下马就不必怀疑了。陈星北坦率地说：

“若怡，我怕是要让你失望了。实话说吧，这项技术非常、非常困难，不光是难在增加挪移距离，更难的是重入母空间时的定向和定位。因为后者别说技术方案，连起码的理论设想都没有。这么说吧，现代物理学还远远达不到这个高度，去控制异相宇宙一个物体的运动轨迹——在那个世界里，牛顿定律和相对论是否适用，我们还没搞明白呢。”陈星北看看她，决定把话彻底说透。“若怡，别抱不切实际的幻想，别指望在你的任内把这个技术用到二炮部队。我不是说它绝对不能成功，但那很可能是 1000 年以后的事了。”

秦若怡停顿片刻，尽量放缓语气说：“你个鬼东西，你当时游说我时可不是这样说的。”

陈星北一点儿也不脸红：“男人求爱时说的话你能全信吗？不过结婚后就得实话实说了。”

秦若怡很久没说话，旁边的小孙紧张得大气都不敢喘。他能感觉到那两人之间的紧张气氛，他想秦院长心里一定很生气——而且她的愤怒是完全合理的。她可能就要对当年的星北哥放出重话了。不过，秦院长毕竟是当大官的，涵养就是不同。沉默片刻后，她以玩笑冲淡了紧张气氛：

“姓陈的，你是说你已经骗我同你结婚了？”

陈星北也笑着说：“不是咱俩结婚，是‘育婴所’和空间院结婚——只是，今天你是来送离婚书的吧？”

“如果真是如此——你能理解我吗？”

“我能理解，非常理解你的难处。你的难处是我一手造成的，我是天下头号的大混蛋。不过，也请你理解我，虽然我那时骗了你，但动机是光明的。我并不是在糟蹋中国人的血汗钱。虽然那时我已经估计到，这项研究不可能发展成武器技术，但作为纯粹的理论研究也非常有价值。可是，谁让咱国家——所有国家——都重实用而轻基础理论呢，我不招摇撞骗就搂不到必需的资金。”他叹一口气，“其实，如果不苛求的话，目前的10米挪移已经是非常惊人的成功，可以说是理论物理的革命性突破。若怡，求求你啦，希望你能收回当时‘不对外发表’的约定，让我对国际科学界公布，挣个诺贝尔奖玩玩。”他大笑道，“拿个诺贝尔奖绝对不成问题的，拿到奖金后我全部捐给空间院，算是多少退赔一点儿‘赃款’。”

小孙松一口气，他明显感觉到气氛已经缓和了。而且——他打心眼里佩服所长，这位陈大炮关键时刻真是口若悬河口吐莲花，死人也能被他说活。当然细想想，他这番演讲之所以雄辩，是因为其中的“核”确实是合理的。秦若怡又沉吟一会儿，微笑着说：

“小孙，你是不是正在暗叹你们所长的口才？不过这次他甭想再轻易把我骗倒。”她收起笑容，认真地说，“等我们研究研究吧。当时‘育婴所’上马不是我一个人的决定，今后你们所的走向同样不是我一个人能决定的。肯定要报到上边，说不定还要报到咱们那位老同学那里。”她用拇指向天上指一指，最后刺了陈星北一句：“到时候你有多少口才尽管朝他使，能骗倒他才算你有本事。在他面前你别紧张，照样是你的老同学嘛。”

陈星北立即顺竿子爬上去：“我巴不得这样呢。若怡拜托你啦，尽量促成我和他见面。你肩膀上扛着将星，咱平头百姓一个，虽是老同学，想见面也不是那么容易的。”

秦若怡无奈地说：“你呀，真不敢沾边，比狗皮膏药还黏糊。”

这时，指挥室里同舱员进行了最后一次通话，大厅里回荡着嘎子尚未变声的男孩声音:“舱内一切正常！乘员准备就绪！”现场指挥宣布倒计时开始，这边陈、秦二人也不再交谈，小孙递过来两副墨镜，让两人戴上。

大厅里顿时鸦雀无声，只有均匀的、不紧不慢的计数声：“10，9，8，7，6，5，4，3，2，1，点火！”霎时间大厅里一片强光！所谓点火只是沿用旧习惯，球舱的“升空”依靠激光能量而不是化学燃烧剂。随着点火指令，均布于大厅穹隆式内壁上的数万台X射线强激光器同时开动，数万道光束射向大厅中央的球舱，霎时间在球舱处形成一个极为炫目的光球，如同一颗微型超新星在人们眼前爆发。这些激光束是经过精确校准的，在球舱外聚焦成球网，就像是为球舱覆上一层防护网。这个球网离球舱很近，只有30毫米，这是为了尽量减少“欲挪移小空间”的体积，因为该体积与所需能量是指数关系，小小的体积增加就会使所需能量增加数万倍。正是因为如此，球舱也设计得尽量小和简易。

聚焦后的高能激光足以气化宇宙内所有物质，但激光网中所包围的球舱并无危险，因为当大量光能倾注到这个小尺度空间时，该空间能量密度高达每立方厘米$10^{37}$焦耳，因而造成极度畸变，它便在一纳秒内从原空间或称母宇宙中爆裂出去，激光的能量来不及作用到舱上。

光球极为炫目，使大厅变为“白盲”。但陈星北对所发生的一切了然在胸，就像在看慢镜头电影。光网在一瞬间切断了球舱上边的吊绳，但球舱根本来不及下坠，就会随着小空间（学名叫子宇宙或婴儿宇宙）从母宇宙中凭空陷落。小空间是不稳定的，在爆裂出去的同时又会重新融入母宇宙，但已经不是在原出发点了。两点之间的距离就是秦若怡最关心的“投掷距离”，换句话说，用这个方法可以把核弹投到敌国，而且NMD（国家导弹防御系统）对它根本没用，因为它的运动轨迹甚至不在本宇宙之内。

可惜，目前只能达到10米距离。

激光的持续时间只有若干微秒，不过由于人的视觉暂留现象，它好像持续了很长时间。现在，激光熄灭了，厅内所有人都摘下墨镜，把目光聚焦到10米红线圈闭的那片区域。然后——是近百人同时发出的一声“咦”！和往日的实验不同，今天那片区域内一无所有。然后，所有脑袋都四处乱转，在大厅内寻找那个球舱，同样没有找到。陈星北反应极快，一刻也没耽误，抛下秦若怡，大步奔向指挥室。现场指挥是副所长刘志明，已经开始了预定的程序，先是用通话器同舱员联络：

“嘎子，小丫，听到请回话！听到请回话！”

那边保持着令人窒息的静默。

陈星北进来后，刘志明向他指指全球定位显示屏幕，那儿原来有一个常亮的小红点，表示着球舱的位置，但现在它消失了——不是像往常那样挪动了10米，也不是人们希望的挪动几百千米，而是干脆消失了。陈星北从刘志明手中接过话筒，又喊了几次话，对方仍然沉默。刘志明看看所长，后者点点头：

“动员飞机吧。”

刘志明立即向北京卫戍区发出通知，请他们派直升机按预案进行搜索。那边随即回话，说两架直8F已经起飞，将搜索“小尺度空间研究所”附近方圆100千米内的区域。这是第一步，如果搜索不到，将再增派军力扩大搜索范围。秦若怡也进来了，三个人都默默地交换着目光，谁也不先开口。过了一会儿，陈星北平静地说：

“搜索也没用的。球舱的通话器和北斗定位装置绝不会同时失效，只有一种可能：我们激发出的那个小泡泡没有破裂，直到这会儿还保持着凝聚态。那是另一个宇宙，与我们隔绝的宇宙，与这边不可能有任何信息通道的。若怡，我们成功了，这个数量级的持续凝聚时间足以把球舱投掷到地球的任何地方，甚至是银河系外。只是——嘎子和小丫困在那个泡泡里了。”

他的声音很平静，但目光极为复杂。秦若怡理解他作为科学家的喜悦和他作为爸爸和舅舅的痛苦，她无法安慰，只能说：“既来之则安之，急也没用，咱们好好商量一下解决办法，来吧。”

陈星北说得对，搜索是徒劳的，直8F飞不到外宇宙去。他们也不可能商量出任何办法，这其实和陈星北早先说的“从理论上也无法保证投掷定向”是一致的：现代物理学远远没达到这个高度，可以监测或干涉外宇宙一个物体的运动轨迹。尽管这样，直升机还是搜索了两天，把范围扩大到方圆 1000 千米，再扩大范围就到朝鲜和日本了，但什么也没发现。球舱的通话器和北斗信号一直保持缄默。三天后，陈星北通知停止搜索，他说不要再做无用功了，目前唯一可做的是等待那个泡泡自行破裂。

陈星北本想瞒住家在北京的妻子乌日更达莱，但是不行，做母亲的似乎有天生的直觉，能感觉到女儿和外甥的危险，哪怕他们是在宇宙之外。从实验第二天起，她就频频打来电话问两个孩子的安危，不管丈夫如何解释哄骗，反正她只抱着一本经：没亲耳听见俩孩子的回答，她就是不相信。第三天，她没有通知丈夫，径自开车来到廊坊。

秦若怡陪着星北见了他妻子乌日更达莱。这些天，秦若怡一直没有离开这儿，虽然帮不上忙，但对实验人员来说，至少也是心理上的安慰。乌日更达莱证实了女儿和外甥的灾难后，身子晃了晃，险些倒下去。她推开伸手搀扶她的丈夫，焦灼地说："赶紧找啊，天上地下都去找，他们就是埋到 1000 米的地下也要挖出来！"

陈星北只有苦笑。妻子当然早就知道丈夫的研究方向，但这个女人天生缺乏空间想象能力，从来没有真正理解"空间泡"的含义，她即使尽量驰骋自己的想象，最多把它想象成可以在天上、地下、地球上、地球外自由遨游的灵怪，一句话，她的想象跑不出"这个"三维世界。

秦若怡尽量安抚住这位丧魂失魄的母亲。但她工作在身，不能在廊坊久留，只好回北京了，留下陈星北夫妇还有全所的人焦灼地等待着。

时间一天天过去了，这些天，乌日更达莱几乎是水米不进。其实陈星北比妻子更焦灼，因为妻子不知道那个期限：七天。球舱里的水、食物和氧气只够七天之用，当然水和食物的时间是有弹性的，几天不进水不进食也能坚持，但氧气不行，氧气的宽限非常有限，再怎么节约使用，也拖不过八天。宇宙泡如果能坚持八天不破裂——这是人类智慧的伟大胜利，连上帝也会嫉妒的，他老人家尽管号称万能，也只能管管本宇宙的事情吧。但上帝的报复太残酷：这场胜利要用两个年轻的生命做代价。

七天马上就要过去了，这段时间是那么漫长。在七天里，上帝已经把整个世界创造出来了。但七天又显得那么短暂，人们一秒一秒地数着两个孩子的剩余生命。第八天的太阳又升起来了，仍是丽日彩云，朗朗晴空。大自然照旧展示着她的妖娆，不在乎人间一点小小的悲伤。陈星北来到指挥所，换副所长的班，这些天他们一直轮流值班，坚持着 24 小时的监听。但在这第八天的早上，他们可以说已经绝望了。就在这时，通话器里突然传来两个孩子的声音：

“打开了！打开了！小丫，你看打开了！嘎子哥，泡泡打开了！”

声音异常清晰，异常欢快。它的出现太突然，没一点儿先兆，根本不像从异相世界返回的声音。两个所长霎时都惊呆了，陈星北立即俯身过去，急切地问：

“嘎子，小丫，是你们吗？听到请回答！”

“是我们，爸爸！舅舅！泡泡突然打开了，我们能看见外面的天、太阳和云彩了！”

陈星北扭回头说：“志明你赶紧通知小丫妈，说他们已经安全了！还要通知若怡！”转回身对通话器说，“喂，你们在哪儿？你们能否判断出是在哪儿？我立即派直升机去接你们！”

“我们是在哪儿？反正是在地球上，让俺俩看看。呀！”陈星北心里笑了，这个嘎子，这时刻还忘不了贫嘴！他俩的声音突然变了，你一句我一句惊恐地喊，“爸爸，舅舅，我们是在战场上！炮弹就在不远处爆炸！还有坦克飞机！”通话器中传来清晰的爆炸声。

陈、刘二人也愣住了，真是祸不单行，才从封闭的宇宙泡中解困，却又正好掉到战场上！既然有战场当然是到了国外，他们在脑子里飞快地过着世界地图，推测今天世界上哪儿有战争，而且不会是伊拉克那样的游击战，应该是动用飞机坦克的正规战。没等他们想出个眉目，那边又说话了：“别慌，小丫你别慌，我看不是战争，是演习！没错，舅舅，是演习！天上飞的都是曳光弹，不是实弹。”声音顿了一会儿，“舅舅，我看像是小日本！前边有一辆坦克好像是日本 90 式，还有，天边那架飞机像是日本的 P-X 反潜机，没错，就是它，机身上背一个大圆盘的雷达天线，机侧是日本的红膏药。舅舅我知道了，我们这会儿肯定是在冲绳！”

陈星北完全认可了嘎子的判断，嘎子是个军事迷，各国的武器如数家珍，他判断是日本的武器，那准没错。而且陈星北立即回忆起，日本早前曾宣布定于今天即 2021 年 7 月 13 日在冲绳岛进行夺岛军演，显然是以中国为假想敌的。半个月前，嘎子曾就此消息说过一些比较偏激的话。这么说，这个球舱肯定是跑到日本冲绳了。

陈星北和副所长相对苦笑。两个孩子安全了，这是大喜事。但球舱飞到日本，又恰好落到军事演习的战场上，看来，一个不小的外交麻烦是躲不过了。他得赶紧通知秦若怡，还有外交部，让他们早做准备。这时，那边传来小丫的尖叫：

“爸爸，日本兵发现我们了！有十几个正在向这边跑！”

换成嘎子的声音：“妈的真倒霉，还没开战呢，嘎子先得当小日本的俘虏！”

陈星北马上料到，他们之间的通话恐怕很快就会被切断了，急急地厉声喝道：“嘎子！小丫！注意场合，不能胡说八道！”

他是让嘎子注意外交礼节，但嘎子显然理会错了：“舅舅你尽管放心，俺俩一定像小兵张嘎那样坚贞不屈，鬼子什么也别想问出来！”他紧张地说，“他们已经到跟前了！向我们喊话了！再见！”

通话器中哧啦啦一阵噪声，然后便没了声音，一定是嘎子把它破坏了。

## 二

十几名日本海军陆战队士兵如临大敌，由安倍少佐指挥着，小心翼翼地向那个奇怪的东西靠近。他们非常紧张，枪口和火焰喷射器都对准了那玩意儿。那是个浑圆的球形体，不大，直径有一米多，外表镀铝，闪闪发光，斜卧在一个山包上。太奇怪了，它简直是突然出现在人们的视野里的。它是怎么来的？球体上方有一根断了的钢绳头，依此看来，它似乎是被飞机吊运来的，钢绳断了，所以坠落于此。但它们怎么能逃过战场上的雷达？即使是用性能最优异的隐形飞机来运送，但单单这个球舱就足以让雷达扫描到了，它的镀铝表面肯定是绝好的雷达反射体，更何况现场还有几百双士兵的眼睛呢。

也许这就是科幻小说中的外星人飞碟？球舱上半部的圆周有一排很窄的舷窗，玻璃是镀膜的，看不清里边，但隐约能看到里边有活物，活的外星人？不过走近后，安倍少佐知道这玩意儿肯定和外星人无关，恐怕是西边那个大邻国的间谍设备，因为在几扇舷窗上有几个很像汉字的符号。安倍不会汉语，但日本人都认得汉字。不，那不是汉字，而是汉字的镜像对称，也就是说，那些字从窗里向外看是正的，但从窗外向里看就反了。安倍在脑袋里努力做了镜像反演，辨认出这几个字是：泡泡6号。

不用说，这个球舱的出现肯定和正在进行的军演有关，是中国军队派来搜集情报的——但安倍的直觉也在质疑这个结论，这种间谍行动——未免太“公然”了吧，大白天公然降落在战场上，舱上还写着汉字，似乎唯恐别人认不出它的主人！

他向上级报告了这儿的发现，上级说马上派人来处理。这会儿他指挥手下把球舱团团包围，用日语喊话，让球舱里的人出来。估计到里面的人可能不懂日语，他又用英语喊了几次。

透过舷窗看见里边有动静了，然后是轻微的门锁转动声，一扇很小的舱门慢慢打开，外面的十几只枪口立即对准那儿，门终于开了，里边钻出来一个漂亮的美少女！皮肤很白，灵活的眼睛，吊带小背心，超短裙，裸着两只美腿，她的美貌，尤其是她异常灿烂的笑容，让环列的士兵眼前一亮。紧跟在她后边出来的是一个嘎小子，脸上是满不在乎的鬼笑，上衣上印着几个汉字。出来前嘎子刚刚毁坏了通话器，如果舱里有三八大盖和汉阳造的话，他也一定会全都摔碎的，不过这个球舱太简易，没有多少值得毁坏的设备，而要想毁坏舱体本身显然是来不及了。

两个人笑着离开球舱，站在山丘上，居高临下地看着荷枪相向的士兵，颇有点嘎子面对日本兵的劲头。安倍狐疑地走近球舱，把头伸到里面看看。里面太简单了，简直没有什么仪器，只有一个驾驶座椅——两个乘员竟然挤在一张椅子上！这些情况更使他满腹狐疑，它太不像一次间谍行动了。

他走过来，重新打量这两名擅入者。从人种学角度来看，他们与日本少男少女没有一点不同，如果挤到东京的人流中，没人能辨别出他们是外国人。但在这会儿，在这个特定的环境下，安倍一眼认定他们是中国人，他们的眼神里有很多说不清道不明的东西，在双方之间划出了很深的无形的鸿沟。安倍示意士兵们垂下枪口，自己把手枪插到枪套中，用日语和英语轮番向对方问话：

“你们是什么人？来这里干什么？”

嘎子的英语倍儿棒，小丫的英语差一点，但跟爸爸学过一些日语，简单的会话是不成问题的。不过两人在出舱前已经约定，要假装不会任何外语。嘎子笑嘻嘻地吩咐：

“找个会说人话的来，我听不懂你们的鸟语！知道吗？你的话，我的不懂！”

小丫又摇手又摇头：“不懂！不懂！”

陆战队的士兵们训练有素，很快用一顶军用帐篷遮盖住这个球舱，并在周围拉上警戒线。这玩意儿太异常，自卫军的专家们要仔细研究。在这之前，不能走漏任何风声。

嘎子和小丫则被安倍少佐和一个士兵押上直升机，送到另外一个地方，这儿好像是兵营，因为屋外有军人来往，但接待应该说是审讯他们的两个人则身着便装。高个子叫渡边胜男，笑容可亲，北京话说得比嘎子还顺溜；低个子叫西泽明训，脸上木无表情，基本上不怎么说话。嘎子和小丫进来时，渡边先生像对待大人物一样迎到门口，毕恭毕敬地垂手而立，说：“欢迎二位来到日本。”他笑着补充，“尽管你们来的方式不大合法。”

嘎子信奉的是“人敬一尺，我敬一丈”，也忙鞠躬还礼：“谢谢，谢谢。对不起，给您添麻烦了！”

小丫看着他这不伦不类的日式礼节，捂住嘴没有笑出声。

渡边请二人坐下，奉上清茶。然后问：“二位能否告诉我你们的姓名？”

“当然。我叫张嘎子，是中国内蒙古人。她叫陈小丫，北京人，是我的表妹。”

“你们是怎么来到冲绳的，又是为了什么而来？请如实相告。”

“我也正糊涂着哩！”嘎子喊到，“那天我们是在内蒙古达拉特旗的恩格贝——知道这个地方吗？贵国的远山正瑛先生曾在这儿种树治沙，他是我最崇敬的日本人。”

“我们知道。我们也很崇敬他，他是日本有名的‘治沙之父’。请往下讲。”

“是这样的，小丫放暑假，到我家玩。我们那天正在恩格贝西边的沙山上玩滑沙，忽然——天上不声不响地飞来一个白亮亮的球，一直飞到我俩头顶。我小丫妹指着那玩意儿尖叫：‘嘎子哥你看，外星人飞碟！’就在这时，一道绿光射下来把俺俩罩住，我们就啥都不知道了。一直到这架飞碟刚才坠落时，我们才醒过来。”

“你说是外星人绑架？”

“是的，肯定是的！小丫你说是不是？”

小丫鸡啄米似的点头：“是的是的，一定是外星人干的。”

“噢，被外星人绑架——那一定是一段非常奇特的经历。”

这句话挠到了嘎子的痒处，他不由得两眼放光。那七天在外宇宙的奇特经历！那个超圆体的袖珍小宇宙！地球上古往今来只有他和小丫体验过！他现在急于见舅舅，叙说这段难忘的经历，但非常可惜也非常败兴，他们从外宇宙凯旋，却不得不先同日本特务打交道，这俩人必定是日本情报机关的。嘎子只好强压下自己的倾诉欲，继续与审讯者胡搅。

渡边先生笑着说：“外星人也使用汉字？我见球舱上写着泡泡6号。”

“那有啥奇怪的，外星人的科技比咱高多啦。别说汉字，什么日本片假名、梵文、甲骨文、希伯来文、楔形文，没有不会的！小丫你说是不？”

“当然啦，当然啦。”

渡边微笑点头：“对，有道理，而且他们说中国话也很不错。请听。”

渡边从口袋里掏出一架袖珍录音机，按了播放键。那是嘎子小丫同小丫爸的通话，从“爸爸，舅舅，泡泡突然打开了”一直到“俺俩一定像小兵张嘎那样坚贞不屈，鬼子什么也别想问出来”。听完这段话，嘎子和小丫互相看看。小丫因为俩人的信口开河被揭穿多少有点难为情，嘎子却一点儿也不在乎——反正他说刚才那篇鬼话时，压根儿就没打算让对方相信。现在谎话被揭穿了，反倒不必费口舌了。嘎子抱着膀子，笑微微地看着审讯者，不再说话，等着看“鬼子”还能使什么花招。

毕竟时代进步了，往下既没有辣椒水也没有老虎凳。而且，渡边竟然轻易地放过这个话题，和他们扯起闲话来。问他们知道不知道日本有什么好玩的地方，还说：“不管你们是怎样来的，既然来了便是贵客，如果想去哪儿玩一玩，尽管吩咐。”嘎子和小丫当然不会上“糖衣炮弹”的当，客气地拒绝了。渡边突然想起来：“你刚才不是说非常崇敬远山正瑛先生吗？我可以安排你到他家采访，据我所知，他的重孙女还住在北海道的鸟取县。”

嘎子犹豫了，这个提议相当有诱惑力。作为达拉特旗的牧民儿子，他确实非常崇敬远山老人，老人自愿到异国他乡种树治沙，一直干到 97 岁，死后还把骨灰葬于沙漠。嘎子很想见见远山老人的后人，代表乡亲们表示一下感激之情。而且，说到底，到那儿去一下又有什么害处？渡边在这儿问不出来的情报，到那儿照样得不到。

小丫用目光向他警告：别上当，他们肯定是玩什么花招。嘎子朝她挤挤眼，高兴地对渡边说：

“我们很乐意去，请你们安排吧。承蒙关照，谢谢！”

然后又是一个日式的 90 度鞠躬。

东京大学的坂本教授接到电话预约，说请他在办公室里等候，内阁情报调查室的渡边先生和统合幕僚监部（日本自卫军总参谋部）的西泽先生很快就要来访问。坂本心中有些奇怪，不知道他们所为何来。他在学校里属于那种“默默搞研究”的人，研究领域比较偏、比较窄，专攻大质量天体所引起的空间弯曲。按照相对论，行星绕恒星的运动既可以描述为“平直时空中引力作用下的圆锥曲线运动”，也可描述为“按弯曲黎曼空间的短程线行走的自由运动”，两种描述是完全等价的，但前者在数学上更容易处理一些。所以，坂本先生对黎曼空间的研究更多是纯理论性的。如今他已经60岁，马上要退休了。情报和军方人员找他会有什么事?

渡边先生和西泽先生很快来了。渡边说:“对不起，打扰了，我们有一件关系到国家利益的重要事务来向您请教。”他详细讲述了那个“凭空出现”的闪亮球体，及对两个少年乘员的问讯。又让坂本先生看了有关照片、录音和录像。他说:

“毫无疑问，我们的大邻国在空间运送技术上有了革命性的突破，可惜，我们咨询了很多专家，他们都猜测不到这究竟是什么突破，连一点儿设想都没有。至于他们为什么把这个球舱送到冲绳，有不同看法，比如我和西泽先生的看法就不同。西泽君，请你先说。”

西泽严厉地说:“我认为，这是对方针对我自卫军的夺岛军演所做的赤裸裸的恐吓。球舱里坐了一个似乎无害的小男孩，但我想这是有隐喻的——想想广岛原子弹的名字吧。”

渡边笑着反驳:“那么，那个小女孩又是什么隐喻?死亡女巫?”他转向坂本说，“按我的看法，对方的这种新技术肯定还不成熟，这个球舱飞到冲绳只是实验中的失误。但不管怎样，有两点是肯定的:一是中国军队肯定开发了或正在开发某种革命性的投掷技术。二是这个球舱对我们非常有价值，简直是天照大神送来的礼物，必须深入研究。”

坂本稍带困惑地说:“我个人比较认同渡边先生的意见。但你们为什么找我?这并不属于我的研究领域。”

“坂本先生，你刚才听了两个孩子同某个大人的谈话录音。我们对那人的声纹，同我们掌握的中国高级科研人员的声音资料做了比对，确认他是中国空间技术研究院的陈星北研究员。据我们的资料，此人在16年前，即2005年，曾来我国参加学术讨论会，与你有过接触。”

坂本回忆片刻，想起来了:“对，是一个25岁左右的青年，小个子，日语说得非常流利。嗯，等等，我这儿好像有他的合影。”

他匆匆打开电脑，搜索一会儿，找到了:“你们看，就是这个人。”

照片是四人合影，最边上是一个瘦削的小个子，看起来毫不起眼。坂本说："他当时好像刚刚读完硕士，那次开会期间，他曾和我很深入地讨论过黎曼空间。我印象较深的是，他专注于'非引力能'所造成的空间极度翘曲。噢，等一下！"

他突然有了一个电光石火般的灵感，觉得自己已经找到了解开这个难题的钥匙。"嗯，我有了一个想法，但这个想法过于大胆，甚至可以说是疯狂，目前我还不敢确认。渡边先生，我想尽快见到球舱中那两个孩子，哪怕从他们那儿得到只言片语，都可以帮助我确证这个想法。"

渡边摇摇头："那两个孩子，尤其是男孩，是极端的民族主义者，在他们那儿你什么也问不到的。不过我已经安排人带他们到鸟取县，去拜访治沙之父远山正瑛的重孙女。"他笑着说，"那男孩对远山老人十分崇敬，也许在那儿，他时刻绷紧的警惕性会略微放松一点儿。我的一个女同事已经提前赶到那儿等他们。我们最好现在就赶过去。"

"你是说——让你的女同事冒充远山老人的后代？"

渡边从教授的目光里看到了不赞成的神色，便略带尴尬地承认："没错。这种做法确实不大光明，但事关日本国的重大利益，我们不得不为之。其实，我派人冒充是为远山家人好，不想让他们牵扯到这种肮脏事情中。至于我们——我们的职业就是干这种事的。没办法，总得有人去做类似的肮脏事，有些人做厨师，也得有人打扫便池。"

西泽不满地看看他，尖刻地说："我看渡边君过于高尚了。这算不上什么肮脏事，你不妨比较一下那种可怕的前景：我们花巨资打造的 NMD 在一夜之间成了废物，一颗'小男孩'突然在东京上空爆炸。"

渡边平静地说："西泽君似乎过于偏激了，情绪战胜了理性，这是情报工作者的大忌。"他截断西泽的话，"好了好了，我们暂时搁置这些争议，反正咱们眼前的目的是一样的，就是赶紧挖出那个球舱的秘密。对不，坂本先生？"

坂本没说话，只是点点头。他打心底里厌恶类似的"政治中必不可免的肮脏"，但作为日本人，他当然会尽力挖出这个奇异球舱的秘密。"好吧，我和你们一块儿去，我会尽力弄清它。"

## 三

球舱到日本两天了，奇怪的是，日本方面没有任何动静，没有外交交涉，没有递抗议，没有有关的新闻报道。这天，秦若怡亲自通知陈星北到空间院开会。她说：

“星北我可是尽心了，下边看你招摇撞骗的本事了。好好准备，来一次最雄辩的讲演。”

陈星北匆匆赶去。这是个小型会议，与会的只有十人，除了若怡，还有总参、总后、国防科委、航天部、二炮、科学院理论物理研究所的领导，当然还有外交部的领导。人到齐了，人们都闲聊着，似乎在等一个人。当最后一位走进会议室时，陈星北大吃一惊，下意识地站起来，先把目光转到若怡身上——这会儿他才知道若怡说的“我尽心了”的分量。来人是国家重要领导人，他的北大同学，诗社社长，若怡真把他也拉来了！若怡眸子中闪过一丝笑意，分明是说：“紧张了不是？别紧张，把他骗倒才是你的本事。”

领导人同各位握手问候，眼睛在找陈星北。他走过来，同星北大幅握手，笑着说：

“老同学，你可是惹了个不小的麻烦，真是本性难移呀。”

陈星北笑着说：“麻烦与荣誉并存。”

开会了，领导人简短地讲了两句：“若怡院长极力向我推荐陈星北这个惹了麻烦的又根本没有成功把握的项目。今天就请小陈把我们说服。”他扭过脸对陈说，“讲解时尽量直观浅显。在座的都是专家，但隔行如隔山，比如说，我就弄不清你那个宇宙泡到底是什么玩意儿。你把我们当成小学生就行。”

陈星北拿上激光笔，精神抖擞地走上讲台。秦若怡心想：这家伙精神头还行，看来今天没有紧张。陈星北说：

“首先请大家不要把空间泡或宇宙泡看得多么神秘。物理学家早就能随意吹出微观的小泡泡，即在真空中注入能量，完成所谓的‘海森伯能量借贷’，把真空中凭空出现的虚粒子升格为实粒子，这些粒子的实质就是空间泡，还有我们的宇宙，爱因斯坦说它是个超圆体，直观地说就是个超级大泡泡。黑洞也是一种泡，是向内凹陷的泡，而我所研究的则是一种中等尺度的正曲率空间泡。下边我来做一个演示。”

他拿过一根一米多长的细丝，上面间断涂着赤橙黄绿青蓝紫几种颜色。他把细丝弯成一个圆，接口处马上自然黏合了：

“这是一种高弹性兼高塑性的特殊材料，我们把它看成一维的封闭空间，或者说是一维的超圆体，它有限，但无边界。假设有个一维人沿圆周爬，永远找不到天尽头，但也不会掉到‘无限’中去。现在我用外加能量的办法，让这个一维空间局部畸变。”

他在红颜色处用指头向里顶，大圆局部凹陷，形成中文的“凹”字。他继续用力，直到大圆的缺口两端互相接近，接合，接合处随即黏合住了，这会儿细丝变成了相套的两个圆。他把这个双重圆放到讲台上，投影仪把图像投到屏幕，他把接触处沿法线方向拉长，再用剪刀把它剪断，小圆便脱离了大圆。

“请看，一维宇宙因局部畸变能够生出一维的封闭泡泡，并脱离了母宇宙。刚才我们假设的那个一维人这时一定正奇怪着，为什么世界上的红色区域忽然凭空消失了？还请记住，这个子泡泡虽然脱离了母宇宙，但在比它高一维的二维世界里，子泡泡被母宇宙所圈闭，无法逃逸出去。”

他用手在桌面上移动子泡泡，让它不时地触碰大圆，碰一下，又返回去。

“现在，子泡泡要与母泡泡重新融合了。”

他把小圆按紧在大圆的绿色部分，使接触处黏合，再把接触区域沿切线拉扁，用剪刀沿法线方向剪开。现在，大小圆又恢复成了中文的“凹”字，陈星北一松手，下凹部分就因弹性自动张紧，使大圆恢复成完美的圆形，不同的是现在颜色次序有了变化，绿色区域中夹着一段红色。

“好，子泡泡重新融入母宇宙了，但在一维人的眼里，它却是从红色区域‘凭空’消失，又‘凭空’出现在绿色区域。也就是说，这个过程是在他们的维度宇宙之外完成的。至于泡泡重入点与消失点之间的距离，就是秦若怡院长念念不忘的‘投掷距离’。”

他对秦若怡笑笑，像是对她的微嘲。然后向听众扫视一遍，问：“我讲的这部分，是否有没说明白的地方？”

大家都听得很专心，领导人点点头：“很清楚。请继续。”

“现在，我们把一维宇宙升格为二维。”他取过一个圆气球，用食指顶某处，使其向里凹陷。“遵循同样的过程，也可以吹出二维的泡泡。但这个过程用手演示有困难，我们看电脑动画吧。”

屏幕上显示出一个气球，上面印着各种颜色。然后红色区域的球面向里凹陷，凹陷加深，直到球面缺口处接触，黏合，凹陷部分脱离，变成大气球中套着的一个小气球。小气球在大球中飘浮，不时与大圆相碰后再飘开。一直等它飘到绿色区域时，与大球接触并黏合，黏合处开始形变，沿法线方向出现空洞，变成球形的“凹”字，然后凹陷处因弹性自动张紧，使球面恢复成完美的球形，只是颜色次序有了变化，绿区中嵌着一块近似圆形的、四周带着放射性缺口的红色区域。

“好，二维世界的球舱已经从廊坊飞到冲绳了，二维生物们一定正进行外交上的交涉。其实呢，‘红国’并没有侵犯‘绿国’的领空，这片区域的投送是在二维世界之外完成的。”

听众中有轻微的笑声，大家都听懂了这个机智的比喻。陈星北目光炯炯地看着大家：

“上面的过程都很直观，很好理解，但把它再升格到三维宇宙，就很难想象了：三维宇宙中吹出的三维泡泡，怎么能在三维世界之外而又在它的圈闭之中？确实难以想象。这并不奇怪，人类是三维空间的生物，我们的大脑就是为三维世界而进化的，所以无法直观地想象更高维世界的景象。但不要紧，人类形而上的逻辑思维能力是上帝的恩赐，依靠它，我们能把想象扩展到高维世界中。现在，用数学归纳法总结从一维到二维的过程，很容易就能推延到三维，得出以下结论。”他补充一句：“其实这些结论在更高维度中也是正确的，不过今天我们只说三维宇宙。”

他喝了一口水，扳着指头，缓缓说出四个结论：

一、我们所处的三维宇宙是个超圆体，因为引力而自我封闭、有限，但无边界。

二、三维空间会因引力或其他外加力量而产生局部畸变，如果畸变足够强，就能自我封闭，形成超圆体三维子宇宙。

三、子宇宙将与母宇宙互相隔离，但在更高一维即四维世界中，子宇宙被母宇宙所圈闭。

四、子宇宙在飘移中有可能与母宇宙重新融合。

“然后，突然消失的三维空间连同其中的三维物体又会在母空间的某处凭空出现，既无过程又无痕迹。这就是我们说的超三维旅行。”陈星北把激光笔插到口袋中，暂时结束了这段讲解。

会议室很静，大家都在努力消化他说的内容。领导人面色平静，手里轻轻转动着一支铅笔。陈星北知道这是他的习惯动作，在大学里，他苦思佳句时就是这个动作。过了一会儿，领导人笑着问：

“恐怕与会人中我是唯一的外行，所以我不怕问两个幼稚的问题。第一，你讲了泡泡向内变形，被母宇宙所圈闭。但它们同样可以向外变形啊。”

“对，没错。不过，在拓扑学中，这种内外是可以互换的，本质上没有区别。”

“噢。第二个问题，你说子泡泡可以重新融入母宇宙，在三维宇宙中，它可能在任何地方重入。那么，为什么它在地球表面出现，而不担心它会，比如说，出现在地核里呢？那样的话，两个孩子可是绝对没救了。”

陈星北赞赏地说：“这不是幼稚问题，提出这个问题，说明你真正弄明白了‘三维之外的泡泡’的含意。你说得对，子泡泡可以在任何地方重入，包括地核中。但是——还是以两维球面做比喻吧，我刚才说的是光滑球面，宏观弯曲而微观平坦；但实际上，由于重力不均匀，在微观上也是凸凹不平的，就像桃核的表面。大质量物体像地球会在附近空间中造出明显的凹陷，当子泡泡在母宇宙中出现时，当然最容易落到这些凹陷里，也就是落在地球和空间相接的地表。”他抱歉地说：“这只是粗浅的比喻，真正讲清要有比较艰涩的知识。”

“好，我没有问题了。”

过了一会儿，陈星北说：

“还应补充一点，宇宙泡泡有两种。一种是因内力（包括弱力、强力、电磁力和引力）而封闭的空间泡，它们是稳定的，称为‘内禀稳定’，像我前面提到的各种粒子、宇宙大泡泡及负曲率的黑洞，都是如此。另一种是因外力而封闭的空间泡，称为‘内禀不稳定’，比如我们用注入激光能而封闭的中尺度空间泡，在形成的瞬间就会破裂。但最近这次实验中已经有突破，保持了泡泡七天的凝聚态。这个时间足以把球舱投掷到银河系外了。但非常可惜，至今我们不清楚这次成功的原因，此次实验前我们确实在技术上做了一些改进，但以我的直觉，这些改进不足以造成这样大的飞跃。我们正在努力寻求解释。”他笑着说，“甚至有人提出，这次之所以成功，是因为舱内有一男一女，按照中国古代学说，阴阳合一才能形成天地。”

二炮的章司令微嘲道：“好嘛，很好的理论，可以命名为‘太极理论’，多像一个三维的太极图：圆泡泡内包着黑白阴阳。你打算花多少钱来验证它呢？”

陈星北冷冷地顶回去：“我本人决不相信这些似是而非的理论，但我确实打算在某次实验中顺便地证伪它，或证实它。要知道，我们研究的问题本来就是超常规的，也需要超出常规的思维方式。”

秦若怡机敏地把话题扯开：“请讲解人注意，你一直没有涉及最大的技术难点：如何使超维度投掷能够定向，也就是说，控制空间泡融入母体的地点和时间。”

陈星北坦率地说：“毫无办法。不光是没有技术方案，连起码的理论设想都没有。很可能在1000年后，本宇宙中的科学家仍无法控制宇宙外一个物体的行动轨迹。不要奢望很快在技术上取得突破，用到军事领域。这么说吧，这个课题几乎是‘未来的科学’，阴差阳错地落到今天了。它只能是纯理论的探讨，是为了满足人类的探索天性。当然这种探索也很有意义，可以说，远比武器研究更有意义。”

秦若怡立即横了他一眼，最后这句话在这种场合说显然是失礼的，不合时宜的。不过与会人都很有涵养，装作没听见。

领导人说：

“小陈基本把问题说清楚了，现在，对这个课题是上马还是下马，请大家发表意见。”

与会人员都坦率地讲了自己的意见，发言都很有分寸，但基本都是反对意见，比较有代表性的是二炮的章司令。他心平气和地说：

“如果我们生活在一个没有武器、没有战争的世界，我非常赞同小陈说的‘人类的探索天性’。可惜不行。我们的世界里充斥着各种高科技的、非常危险的武器，比如说，美国已经发展为实用武器的 X-43 太空穿梭机，能在两小时内把核弹或动能炸弹投到世界上任何一个地方。中国虽说 GDP 已占世界第二位，但老实说，我们的军力还远远滞后于经济力量。这种跛足状态是非常危险的，忽视它就是对国家民族不负责任，至少是过于迂腐。所以，我不赞成把国家有限的财力投到这个‘空泡泡’里。”

他加重念出最后这个双关语，显然是暗含嘲讽。陈星北当然听得懂，但他神色不动，也不反驳。领导人一直转着手里的铅笔，用目光示意大家发言，也用目光示意秦若怡。后者摇摇头，她是陈星北的直接上级和同学，身份特殊，不想明确表态。领导人又问了两个问题：

“小陈，如果这项研究成功，会有什么样的前景？”

陈星北立即回答：“那就意味着，我们可以运用这种‘无引力运载技术’，轻易地把一个氦 -3 提炼厂投掷到月球上，或把一个移民城市投掷到巴纳德星球上，就像姚明投篮球一样容易。人类将开始一个新时代，即太空移民时代。”

“取得这样的突破大致需要多大的资金投入？我知道这个问题不会有精确回答，我只要你说出数量级。”

陈星北没有正面回答：“那不是一个国家能承受的，得全人类的努力。”

大家把该说的都说了，静等领导人做总结。领导人仍轻轻转动着那支铅笔，沉思着。良久，他笑着说：

“今天我想向大家坦露一点内心世界，按说这对政治家是犯忌的。”他顿了一下，“做政治家是苦差事，常常让我有人格分裂的感觉。一方面，我要履行政治家的职责，非常敬业地做各种常规事务，包括发展军力和准备战争。老章刚才说得好，谁忽视这个责任就是对国家对民族犯罪。但另一方面，如果跳出这个圈子，站在上帝的角度看世界，就会感到可笑，感到茫然。人类中的不同族群互相猜疑仇视，竞相发展武器，最后的结果必然是同归于尽。带头做这些事的恰恰是人类中最睿智的政治家们，他们为什么看不透这点简单的道理呢。当然也有看透的，但看透也不行，你生活在‘看不透’的人们中间，就只能以看不透的规则行事。你们说，我说得对不对？”

会场一片静默。这个问题非常敏感，难以回答。过了一会儿，领导人笑着说：

“但今天我想多少变一下。还是用老祖宗的中庸之道吧——首先不能完全脱离这个‘人人看不透’的现实，否则就是迂腐；但也该稍微跳离一点，超前一点，否则就不配当政治家。”他把铅笔拍到桌子上，说：

“这样吧，我想再请小陈确认一下：你说，这项技术在1000年内绝对不可能发展成实用的武器，你确信吗？”

“我确信。”

“大家呢？”他依次扫视大家，尤其是章司令，被看到的人都点点头。大伙儿甚至陈星北本人都在想，领导人要对这个项目判死刑了。但谁也没料到，他的思路在这儿陡然转了一个大弯。他轻松地说：“既然如此，保守这个秘密就没什么必要了。为1000年后的武器保密，那我们的前瞻性未免太强了——那时说不定国家都已经消亡了呢。”

陈星北忍俊不禁，哧地笑出了声——会场上只有他一人的笑声，这使他在这群政治家中像个异类。秦若怡立即恼火地瞪他一眼，陈星北佯作未见。不过他也收起笑容，摆出一副道貌岸然的样子。领导人微笑地看看他，问：

“小陈，如果集全人类的财力和智力，什么时候能达到你说的投篮球，即把工厂投掷到月球上？”

陈星北略微踌躇，谨慎地说：“我想，可以把1000年减半吧。”

“那么，就把这个秘密公开，让全人类共同努力吧。”他看看章司令，幽默地说，“不妨说明白，这可是个很大的阴谋，说是阳谋也行：如果能诱使其他国家都把财力耗到这儿，各国就没有余力发展自相残杀的武器了。这是唐太宗式的智谋，让‘天下英雄尽入吾彀中’。哈哈。”大家也都会心地笑了，在笑声中他沉思着说，“可能也没有对杀人武器的爱好了，假如人类真的进入太空移民时代，我们的兴趣点就该一致向外了。那时候也许大家都会认识到，人类之间的猜疑仇视心理是何等卑琐。”

与会人头脑都不迟钝，立即意识到他所描绘的这个前景。不少人轻轻点头，也有不同意的，比如二炮的章司令，但他无法反驳主席简洁有力的逻辑。而且说到底，哪个人不希望生活在一个“人人看透”的理性世界里？谁愿意既担心战争同时又在客观上制造战争？陈星北尤其兴奋，他觉得这才是他一向亲近的学兄，他的内心仍是诗人的世界。这会儿他真想抱上学兄在屋里转几圈。领导人又让大家讨论了一会儿，最后说：

“如果都没意见，就作为这个会上的结论吧。当然，这么大的事，还需要在更大的范围内来讨论和决定。如果能通过，建议由小陈出使日本，向对方解释事件原因，商谈远期合作规划，全世界各国都可自愿参加。我会尽快推进这件事的决定，毕竟，”他笑着对陈星北说，“小陈恐怕也想早日见到女儿和外甥，对不对？他俩是叫小丫和嘎子吧。”

“我当然急于见他俩。不光是亲情，还有一点因素非常重要：这俩孩子是人类中唯一在外宇宙待过的人——之前的实验也成功过，但都是瞬时挪移，没有真正的经历，不能算数的。想想吧，人类还没有飞出月球之外，却有两个孩子先到了外宇宙！他俩在那个空间中的任何见闻、感受，都是极其宝贵的科学财富。”

“那么，日本科学家，还有任何国家的科学家，都会同样感兴趣的。拿这当筹码，说服尽可能多的国家参加合作。星北，你要担一些外交上的工作，听若怡院长说，你的口才是压苏秦赛张仪，不搞外交实在是屈才了。我准备叫外交部的同志到你那儿取经。”

人们都笑了，秦若怡笑着用肘子顶顶星北。陈星北并不难为情，笑着说：

“尽管来吧，我一定倾囊相授。”他说，“说起日本科学家，我倒想起一点：我搞这项研究，最初的灵感就来自一位日本物理学家坂本大辅的一句话。他断言说：科学家梦寐以求的反引力技术决不能在本宇宙中实现，但很有可能在超维度中实现——所谓反引力，与子宇宙在宇宙外无引力的游动，本质上是一致的。我如果去日本，准备先找他，通过他来对日本政治家启蒙。”

“好的，你等我的通知。见到小丫和嘎子，就说唐伯伯问他们好。”

## 四

嘎子和小丫乘一架 EC225 直升机离开冲绳飞往北海道。机上只有一个沉默寡言的驾驶员，没有人陪同，或者说是押送。这种意想不到的“信任”让两人心中有点发毛，不知道渡边他们要的什么花招。不过，他俩很快就把这点心思扔掉，被窗外的美景迷住了。飞机飞得不高，可以看见机下的建筑和山野河流。这趟旅途让嘎子有两点很深切的感受，其一是：与中国相比，日本太小了，转眼之间就跨越了大半个国土，难怪他们对几个有争议的小岛那么念念不忘。其二是：日本人确实把他们的国家侍弄得蛮漂亮。想想中国国土上的伤疤——大片的沙漠和戈壁，嘎子难免有种茫然若失的感觉。

直升机飞越北海道的中国山脉，在鸟取县的海边降落。这里是旅游区，海边有几个大沙丘，海滩上扎满了红红绿绿的遮阳伞。直升机落在稍远的平地上，一位身穿和服的日本中年妇女在那儿等候，这时用小碎步急急迎上来，后边跟着一个十七八岁的小伙子。那位妇女满面笑容地鞠躬，用流利的中文说：

“欢迎来自中国恩格贝的贵客，那儿可以说也是远山家族的半个故乡。我叫西泽贞子，未婚名是远山贞子，正瑛老人是我的曾祖父。”

听见“远山正瑛”这几个字，两个孩子心中顿时涌起浓浓的亲切感，他们扑上去，一人抓住她的一只手：“阿姨你好，见到你太高兴啦。”

贞子把两人揽在怀里，指指后边：“这是我的儿子，西泽昌一。”

小伙子过来，向二人行鞠躬礼。嘎子觉得这种礼节对远山老人的后代来说太生分了，就不由分说，来了个男人式的拥抱。昌一略略愣了一下，也回应了嘎子的拥抱，但他的动作似乎有点僵硬。

驾驶员简单交代两句，就离开了。贞子说她家离这儿不远，请孩子们上车吧。昌一驾车，十几分钟后就到家了。这儿竟然是一栋老式房屋，质朴的篱笆围墙，未上油漆的原色木门窗，屋内是纸隔扇，拉门内铺着厚厚的榻榻米。正厅的祖先神位上供着各代先祖，还特别悬挂着一个老人的遗像。嘎子认出那是远山老人，忙拉小丫过去，恭恭敬敬鞠了三个躬。他对贞子阿姨说：

"阿姨，我们都非常崇敬远山老人。从他去世到今天，内蒙古的防护林又向沙漠推进了500千米。不过，比起远山老人的期望，我们干得太慢了。"

贞子说："曾祖在九泉之下听到这些话，一定会很欣慰的。"

已经到午饭时间了，贞子端出来寿司、各种海味、味噌汤，还有鸟取县的特产红拟石蟹。四人在榻榻米上边吃边谈。昌一的中国话也不错，偶尔插几句话。谈话的主题仍是正瑛老人，嘎子一一细数他的逸事：在恩格贝亲手种树，种了14年，一直干到97岁；远山老人不爱交际，当地的领导去看他，他一言不发只顾干活，那位领导只好陪他种了一晌午的树；老人回日本过年时摔坏了腿，坐着轮椅又飞回恩格贝。飞机刚落地就摇着轮椅直扑试验田。后来腿伤渐重，不得不回日本治疗，腿伤好了，他孩子气地爬上园子里的大树高喊："我又可以去中国了！"

"我说得对吧，贞子阿姨？他爬的就是这个院子里的树吧？是哪棵树？"

贞子略略一愣——她并不知道远山正瑛的这些琐事——忙点点头，含糊地说："对，听上辈人说过这些事。"

嘎子又说："老人脾气很倔，当地人为走近路，老在他的苗圃里爬篱笆，老人生气了，就拿大粪糊到篱笆上。"小丫忙用肩膀扛扛嘎子，嘎子意识到了，难为情地掩住嘴：

"吃饭时不该说这些。对不起！"

贞子笑了："没关系。知道你们这样怀念曾祖父，我们都很欣慰。"她觉得火候已经到了，便平静地说："我们都很看重他和贵国的情谊。所以——我很遗憾。请原谅我说话直率，但我真的认为，如果你们这次是坐民航班机、拿着护照来的日本，那就更好了。"

两个孩子脸红了，嘎子急急地说：“阿姨你误会了，我们的球舱飞到日本并不是有什么预谋，那只是一次实验中的失误。真是这样的！”

贞子阿姨凝神看着他们，眼神中带着真诚的忧伤。嘎子知道自己的解释没能让阿姨信服，可要想说服她，必须把实际情形和盘托出，但这些秘密又是不能对外国人说的。嘎子十分作难，只能一遍一遍地重复：

“真是这样的，真是这样的，真是一次失误。”

贞子阿姨笑笑：“我相信你的话，咱们把这件事撇到一边吧。”

在这个院落的隔墙，渡边、西泽和坂本教授正在屏幕上看着这一幕。隔墙那座房屋其实并不是远山先生的祖居，没错，远山正瑛生前曾任岛取大学教授，但他的后代现在都住在外地。那个叫“远山贞子”的女人实际是渡边的同事，她的演技不错。相信在这位“远山后人”真诚的责备下，两个胎毛未褪的中国孩子不会再说谎的。看到这儿时，渡边向西泽看了一眼，那意思是说：“看来我的判断是对的。”西泽不置可否。

坂本教授心中很不舒服，也许在情报人员看来，用一点类似的小计谋是非常正常的，但他们滥用了两个孩子对远山老人的崇敬，未免有点缺德。可是——如果那个神秘的球舱真是中国开发的新一代核弹投掷器？坂本无奈地摇摇头，继续看下去。

按照电影脚本，下面该“西泽昌一”出面了，他应该扮演一个观点右翼的青年，说几句比较刺耳的话，有意刺激两个中国孩子，让他们在情绪失控时吐出更多情报。这个角色，西泽昌一肯定会演好的，因为这可以说是本色表演——他确实叫这个名字，是西泽明训的儿子，本来就是个相当右翼的青年，颇得乃父衣钵。听见屏幕上西泽昌一说：

“既然妈妈提到这一点，我也有几句话，不吐不快。我的话可能坦率了一些，预先请两位原谅。”

嘎子真诚地说：“没关系，请讲，我不愿意我们之间有误会。”

“先不说你们来日本是不是技术上的失误，但这个球舱本来就是军用的，是用来投掷核弹的运载器，我说得没错吧？”

嘎子无法回答。他并不知道球舱的真实用途，舅舅从没说过它是军用的，但空间技术院的所有技术本来就是军民两用，这点确系真情。西泽昌一一眼就看出了他的迟疑，看出他的“理亏”，立即加重了语言的分量：

“能告诉我，你们的球舱是从哪儿出发的吗？”嘎子和小丫当然不能回答。“那么——这是军事秘密，对不对？”

嘎子没法回答，对这家伙的步步紧逼开始有点厌烦。昌一继续说下去：

“所以，我断定这个球舱来日本并不是技术失误，而是有意为之，是针对日本这次夺岛军演的恐吓——今天球舱里坐了个小男孩，明天也许里边放着另一种‘小男孩’，可以把东京1000万人送到地狱中。是不是？当然，你们俩可能并不了解这次行动的真实意图，你们也是受骗者。”

到这时，嘎子再也无法保持对此人的亲切感了。他冰冷地说：“你说的‘小男孩’是不是指扔到广岛的那玩意儿？你怕是记错了，它好像不是中国扔的吧。再说，那时候日本军队正在南京比赛砍人头呢。”

西泽昌一勃然大怒：“不要再重复南京大屠杀的谎言！日本人已经听腻了！”

嘎子和小丫也都勃然大怒，嘎子脱口而出：“放你——”想起这是在远山老人的家里，他生生把后半句咽了下去。三个人恶狠狠地互相瞪着，而这屋的贞子和隔墙的渡边、西泽都很着急，因为西泽昌一把戏演“过”了，演砸了，他刚才的那句话超出了电影脚本。这次意外的擦枪走火，肯定使精心的计划付诸东流。贞子很生气，用日语急急地斥责着，但西泽昌一并不服软，也用日语强硬地驳斥着——在现实生活中，贞子并不是他母亲，对他没有足够的威慑力。隔墙的渡边和西泽越听越急，但此刻他们无法现身去阻止两人的争吵。

两人的语速都很快，小丫听不大懂，她努力辨听着。忽然愤怒地说：

“嘎子哥，那家伙在骂咱们，说‘支那人’！”

“真的？”

“真的！他们的话我听不大懂，但这句话不会听错！”

嘎子再也忍不住了，推开小餐桌上的饭碗，在榻榻米上腾地站起来，恶狠狠地问西泽昌一：

“你真是远山先生的重外孙？”贞子和昌一都吃了一惊，不知道他在哪儿发现了马脚。其实嘎子只是在讥讽他。“那我真的为远山老人遗憾。你刚才说‘支那’，说错了，那是China，是一个令人自豪的称呼，五千年泱泱大国。没有这个China，恐怕你小子还不认字呢。现在都讲知识产权，那就请你把汉字和片假名还给中国——片假名的产权也属中国，你别以为把汉字拆成零件俺就不认识了！”他转身对贞子说，“阿姨，我们不想和你儿子待在一起了，请立即安排，把我们送回军营吧。”

没等贞子挽留，他就拉着小丫出去了。在正厅里，两人又对远山的遗像鞠了三个躬，然后出门，站在院子里气呼呼地等着。

盛怒的贞子把电话打到隔墙：“这边的剧情你们都看清了吧，看看西泽君推荐了一个多么优秀的演员！我无法善后，请西泽君下指令吧！”

西泽明训有些尴尬，渡边冷冷地瞥他一眼，对着话筒说：“既然计划已经失败，请你把两个孩子送到原来降落飞机的地方，我马上安排直升机去接他们。”他补充道，“不要让西泽昌一再跟去，免得又生事端。”

西泽更尴尬了，但仍强硬地说：“我并不认为我儿子说的有什么错……”渡边厌烦地摆摆手，止住他的话头，说：

“那些事以后再说吧。”他转向坂本，“教授，虽然我们的计划未能全部实施，但从已有的片言只字中，你能得出什么结论吗？”

坂本教授正要说话，忽然手机响了。他掏出手机：“对，是我，坂本大辅。什么？他打算亲自来日本？嗯，嗯。”接完电话，他半是困惑半是欣喜，对渡边说，“是外务省转来的驻华大使的电话。陈小丫的父亲，即那个球舱实验的负责人陈星北打算马上来日本，他受中国政府委托，想和日本科学界商谈一个重大的合作计划，是有关那个球舱的。他指名要先见我，因为据他说，我的专业造诣最能理解这个计划的意义。驻华大使还问我是什么球舱，他对此事没得到一点消息，看来你们的保密工作做得很好。”

两人对事态进展都很惊异，西泽激烈地说：“我们的大使简直是头蠢猪！

那位陈星北的话你们能相信吗？他肯定是以合作为名，想尽早要回两个孩子和球舱罢了。我们决不能贸然答应他。”

渡边说：“我们先不忙猜测，等他来了再说吧。”他看看教授，“坂本先生，你好像还有什么话要说？”

坂本根本没听西泽刚才说的话，一直陷在沉思中。良久他说：“我想——我可以得出结论了，单凭陈先生说要先来见我，就能推断出球舱实验的真正含义——陈先生已经能强力翘曲一个小尺度空间，使其闭合，从而激发出一个独立的子空间。这个子空间脱离了我们的三维空间，并能在更高的维度上游动。”他敬畏地说，“这本是1000年后的技术，但看来他是做到了。”

中国和日本确实是一衣带水的邻邦，四个小时后陈星北就到了东京成田机场，坂本亲自驾车去迎接他。渡边和西泽带着两个孩子在坂本家里等候。渡边已经通知说小丫父亲很快就来了，但两个孩子一直将信将疑。坂本夫人在厨房里忙活，为大家准备晚饭。15岁的孙女惠子从爷爷那儿知道了两个中国小孩是“天外来客”，是从“外宇宙”回来的地球人，自然是极端崇拜，一直缠着他们问这问那，弄得嘎子和小丫很尴尬：他们不能透露军事秘密，但又不好意思欺骗或拒绝天真的惠子，明显这女孩和西泽昌一不是一路人。后来，好容易把话题转到呼伦贝尔大草原的景色，谈话才顺畅了。

外面响起汽车喇叭，陈星北在坂本陪同下，满面笑容地走进门。嘎子和小丫这才相信渡边的话是真的，自从球舱误入日本领土之后，他俩已经做好八年抗战的准备，打算把日本的牢底坐穿，没想到这么快就能见到亲人。两人欣喜若狂，扑上去，抱着他的脖子打转转。小丫眼睛红红地说：

“爸，他们欺负我！今天有个坏蛋骂我们是‘支那人’！”

陈星北沉下脸：“是谁？”

嘎子不想说出“坏蛋”的姓名——不想把这件事和远山正瑛连起来，只是说：“没事的，我已经把他臭骂了一顿。”

渡边咳嗽一声，尴尬地说：“陈先生，我想对令爱说的情况向你致歉……”

“还是让我来解释吧。”坂本打断了他的话。刚才在路上，他和陈星北已经有了足够的沟通，现在他想以真诚对真诚。他转向两个孩子，“我想告诉你们一个内幕消息，你们一定乐于知道的：你们今天见的那两个人并不是远山正瑛的后人。”

渡边和西泽大吃一惊，没想到坂本竟然轻易捅出这个秘密。嘎子则愣了一下才意识到坂本的话意：“冒名顶替？那俩人是冒名顶替？哈哈，太好了，原来如此！”他乐得不知高低，对坂本简直是感激涕零，因为这个消息使他“如释重负”。“我想嘛，远山老人咋会养出这样的坏鸟！”

陈星北喝道：“嘎子，不要乱讲话！”

嘎子伸伸舌头，但他看出舅舅并没真生气。真正生气的是西泽明训，但在场的人，除了渡边外，没人知道那个“坏鸟”是他养出来的，这会儿他不大好出头，便强忍怨气没有说话。渡边隐去唇边的笑容，只装作没看见。坂本诚恳地说：

“日本民族是吮吸着华夏文化的乳汁长大的，日本人应该铭记这种恩情。”

陈星北扭头看看嘎子，示意他做出适当的表示。在路上，坂本已经把嘎子说的“知识产权”作为笑谈告诉了他。陈星北觉得嘎子这些话是不合适的。其实不必他来催促，嘎子是吃不得捧的人，立即表现得比坂本还要大度：

“言重了，言重了。中国也吮吸了好多国家的乳汁，像印度文明、阿拉伯文明，尤其是西方文明——而且后者最初是通过日本为中介，我们也该铭记这一点的。”他嘿嘿笑着，“我今天那些汉字片假名的胡说只是气话，你们别当真。”

屋里的气氛缓和了。小丫偎在爸爸身边埋怨：

“我妈为啥不来看我？哼，一定把我忘了。”

她爸爸笑道：“你们困在泡泡里那七天，你妈急得半条命都没了。后来一听说你们跑到冲绳了，她便登时心平气和，还说：‘给小丫说，别急着回国，趁这机会好好逛逛日本，把日语学好了再回来。’”

嘎子和小丫都急忙朝他使眼色，又是挤眼又是皱眉。他们在心里埋怨爸爸（舅舅）太没警惕性，像“困在泡泡里”“七天”，这都是十分重要的情报，咋能顺口就说出来？俩人在这儿受了三天审讯，满嘴胡编，一点儿真实情报也没露出去。这会儿虽然屋里气氛很融洽，基本的革命警惕性还是要保持的。陈星北大笑，把两个孩子搂到怀里：

“我受国家委托，来这儿谈这个课题的合作研究。喂，把你们那七天的经历，详细地讲给我们听。你坂本爷爷可是世界有名的研究翘曲空间的专家。”

“现在就讲？”

“嗯。”

“全部？”

“嗯。”

嘎子知道了舅舅不是开玩笑，与小丫互相看看，两人也就眉开眼笑了——这些天，他们不得不把那段奇特的经历窝在心里，早就憋坏啦！坂本爷爷对陈星北说了一大通日本话，两个孩子听不懂，但能看出他的表情肃穆郑重。陈星北也很严肃地翻译着：

“坂本爷爷说，请你们认真回忆，讲得尽量详细和完整。他说，作为人类唯一去过外宇宙的代表，你们的任何经历，哪怕是一声咳嗽，都是极其宝贵的，不亚于爱因斯坦的手稿，或美国宇航局保存的月球岩石和彗星尘。”

嘎子和小丫点点头：“好的，好的。”

两人乐得忍不住笑。真应了那句话：一不小心就成世界名人啦！人类去过外宇宙的唯一代表！他们兴高采烈地交替讲着，互相补充，把那七天的经历如实呈献出来……

## 五

那天在实验大厅，两人关闭了舱门和舷窗，在通话器里听着倒计时的声音：“……5，4，3，2，1，点火！”球舱霎时变得白亮和灼热。球舱的外表面是反光镜面，舱壁也是密封隔热的，但舱外的激光网太强烈，光子仍从舱壁材料的原子缝隙中透过来，造成了舱内的热度和光度。但这只是一刹那的事，光芒和热度随即消失。仍是在这刹那之间，一件更奇怪的事情发生了：两人感觉到重力突然消失，他们开始轻飘飘地离开座椅。小丫惊喜地喊：

“嘎子哥，失重了，咱们都失重了！”

她非常震惊，他们明明是在地球表面，怎么会在瞬间就失重了？宇航员们的失重都是个渐进的过程，必须远离地球才行。嘎子思维更灵光，立刻猜到了原因：

“小丫，肯定是宇宙泡完全闭合了！这样它就会完全脱离母宇宙，当然也就隔绝了母宇宙的引力。舅舅成功了！”

“爸爸成功了！”

“咱们来试试通话器，估计也不可能通话了，母宇宙的电磁波进不到这个封闭空间。”

他们用手摸着舱壁，慢慢回到座位，对着通话器喊话。果然没有任何声音，甚至没有一点儿无线电噪声。小丫问：“敢不敢打开舷窗的外盖？”嘎子想了想，说：“应该没问题，依咱们的感觉，舱外的激光肯定已经熄灭了。”两人小心翼翼地打开窗户的外盖，先露一条细缝，外面果然没有炫目的激光。他们把窗户全部打开，向外看去，外面是一片白亮。看不到大厅的穹窿，看不到地面，看不到云彩，也没有恒星和月亮，什么都没有。极目所见，只有一片均匀的白光。

嘎子说：“现在可以肯定，咱们处于一个袖珍型的宇宙里，或者说子空间里。这个子空间从母体中爆裂出去时，圈闭了超巨量的光子和能量。能量使空间膨胀，膨胀后温度降低，光子的‘浓度’也变低。但估计这个膨胀是有限的，所以这个小空间还能保持相当的温度和光度。”

他们贪婪地看着外面的景色。景象很奇特，就像被超级无影灯所照亮的空间。依照人们的常识或直觉，凡是有亮光处必然少不了光源，因为只要光源一熄灭，所发出的光子就迅速逃逸，散布到黑暗无垠的宇宙空间中，眼前也就变黑了。但唯独这儿没有光源，只有光子，它们以光速运动因而永远不会衰老，在这个有限而无边界的超圆体小空间里周而复始地“流动”，就如超导环中“无损耗流动”的电子。其结果便是这一片“没有光源”但永远不会熄灭的白光。

嘎子急急地说：“小丫，抓紧机会体验失重，估计这个泡泡很快就会破裂，前五次试验中都是在一瞬间内破裂的，这个机会非常难得！”

两人大笑大喊地在舱内飘荡，可惜的是球舱太小，两人甚至不能伸直身躯，只能半曲着身子，而且稍一飘动，就会撞到舱壁或另一个人的脑袋。尽管这样，他们仍然玩得兴高采烈。在玩耍中，他们也不时趴到舷窗上，观看那无边无际、奇特的白光。小丫突然喊：

“嘎子哥，你看远处有星星！”

嘎子说：“不会吧，这个人造的袖珍空间里怎么可能有一颗恒星？”他赶紧趴到舷窗上，极目望去，远处确实有一颗白亮亮的“星星”，虽然很小，但看得清清楚楚，绝不会是错觉。嘎子十分纳闷——如果这个空间中有一颗恒星，或者是能够看到外宇宙的恒星，那此前所做的诸多假设都完全错了，很有可能他们仍在“原宇宙”里打转。他盯着那颗星星看了许久，忽然说：

“那颗星星离咱们好像不太远，小丫你小心，我要启动推进装置，接近那颗星星。”

他们在座椅上安顿好，启动了推进装置，球舱缓缓加速，向那颗星星驶去。小丫忽然喊：

“嘎子哥，你看那颗星星也在喷火！”

没错，那颗圆星星正在向后方喷火，因而在背离他们而去。追了一会儿，两者之间的距离没有任何变化。小丫说：

“追不上啊，这说明它离咱们一定很远。”

嘎子已经推测出其中的奥妙，神态笃定地说：“不远，咱们追不上它是另有原因。小丫，我要让你看一件新鲜事。现在你向后看！”

小丫趴在后舷窗一看，立即惊讶地喊起来：“后边也有一个星星，只是不喷火！”

嘎子笑着说：“再到其他舷窗上看吧，据我推测，应该每个方向都有。”

小丫挨个从窗户看去，果然都有。这些星星大都在侧部喷火，只是喷火的方位各不相同。她奇怪极了：“嘎子哥，这到底是咋回事？你咋猜到的？快告诉我嘛。”

嘎子把推进器熄火：“不再追了，一万年也追不上，就像一个人永远追不上自己的影子。告诉你吧，你看到的所有星星，都是我们的‘这一个’球舱，它的白光就是咱们的反光镜面。”

“镜像？”

“不是镜中的虚像，是实体。还是拿二维世界做比喻吧。”他用手虚握，模拟一个球面，“这是个二维球面，球面是封闭的。现在有一个二维的生物在球面上极目向前看，因为光线在弯曲空间里是依空间曲率而行走的，所以，他的目光将沿着圆球面看到自己的后脑勺——但他的大脑认为光线只能直行，所以在他的视觉里，他的后脑勺跑到了前方。向任何方向看，结果都是一样的，永远只能看到后脑勺而看不到自己的面部。不过，如果他是在一个飞船里，则有可能看到飞船的前、后、侧面，取决于观察者站在飞船的哪个位置。我们目前所处的三维超圆体是同样的道理，所以，我们向前看——看见的是球舱后部，正在向我们喷火；向后看——看到的是球舱前部，喷出的火焰被球舱挡住了。”

小丫连声惊叹：“太新鲜了，太奇特了！我敢说，人类有史以来，只有咱俩有这样的经历——不用镜子看到自己。”

“没错。天文学家们猜测，因为宇宙是超圆体，当天文望远镜的视距离足够大时，就能在宇宙边缘看到太阳系本身，向任何方向看都是一样。但宇宙太大了，到目前为止还没有实现这个预言。”

“可惜咱们与球舱相距还是远了，只能看到球舱外的镜面，看不到舷窗中自己的后脑勺！”

“小丫，你估计，咱们看到的球舱，离咱们直线距离有多远？”

“不好估计，有一二百千米？”

“我想大概就是这个范围。这就说明，这个袖珍空间的大球周长只有一二百千米，直径就更小了，这是个很小很小的微型宇宙。”

小丫看了看仪表板上的电子钟：“呀，已经22点了，今天的时间过得真快！从球舱升空到现在，已经整整一个白天了，泡泡还没破。爸爸不知道多担心呢。”

嘎子似笑非笑，没有说话。小丫说：“你咋了？神神道道的。”嘎子平静地说：

“一个白天——这只是我们小宇宙的时间，在那个大宇宙里，也许只过了一纳秒，也可能已经过了1000万年，等咱们回去，别说见不到爸妈，连地球你也不认得了。”

小丫瞪大了眼睛：“你胡说八道，是在吓我，对吧？”

嘎子看看她，忙承认：“对对，是在吓你。我说的只是可能性之一，更大的可能是：两个宇宙的静止时间以相同速率流逝，也就是说，舅舅这会儿正要上床睡觉。咱们也睡吧。”

小丫打一个哈欠：“真的困了，睡吧。外面的天怎么还不黑呢？”

“这个宇宙永远不会有黑夜的。咱们把窗户关上吧。”

两人关上舷窗外盖，就这么半曲着身体，在空中飘飘荡荡地睡着了。

这一觉整整睡了九个小时，两个脑袋的一次碰撞把两人惊醒了，看看电子表，已经是早上7点钟了。打开舷窗盖，明亮均匀的白光立时漫溢了整个舱室。小丫说：

“嘎子哥，我饿坏了，昨天咱们只顾兴奋，是不是一天没吃饭？”

“没错，一天没吃饭。不过这会儿得先解决内急问题。”他从座椅下拉出负压容器，负压是为了防止排泄物外漏。他笑着说：“这个小球舱里没办法分男女厕所的，只好将就了。”他在失重状态下尽量背过身，痛痛快快地撒了一泡尿。然后对小丫说，“轮到你了，我闭上眼睛。”

“你闭眼不闭眼我不管，可你得捂住耳朵。”

“干吗？”

小丫有点难为情：“你没听说，日本的卫生间都是音乐马桶，以免女客人解手时有令人尴尬的声音？何况咱俩离得这么近。”

嘎子使劲忍住笑：“好，我既闭上眼，也捂住耳朵，你尽管放心如厕吧。”

小丫也解了手，两人用湿面巾擦了脸，又漱了口，开始吃饭。在这个简装水平的球舱里没有丰富的太空食品，只有两个巨型牙膏瓶似的容器，里面装着可供一人吃七天的糊状食品，只要向嘴里挤就行。小丫吃饭时忽然陷入遐思，嘎子问：

“小丫你在想什么？”

“我在想——我可不是害怕——万一咱们的泡泡永远不会破裂，那咱们该咋办？”

嘎子看着她，一脸鬼鬼道道的笑。小丫追问：“你在笑啥？笑啥？老实告诉我！”

“我有个很坏蛋的想法，你不生气我再说。”

“我不生气，保证不生气。你说吧。”

嘎子庄严地说：“我在想，万一泡泡不会破裂，咱俩成了这个宇宙中唯一的男人和女人，尽管咱俩是表兄妹，说不定也得结婚，当然是长大之后，生它几十个儿女，传宗接代，担负起人类繁衍的伟大责任，你说是不是？”说到这儿，忍不住笑起来。

小丫一点不生气：“咦，其实刚才我也想到这一点啦！这么特殊的环境下，表兄妹结婚算不上多坏蛋的事。发愁的是以后。”

“什么以后？”

“咱俩的儿女呀，他们到哪儿找对象？那时候这个宇宙里可全是嫡亲兄妹。”

嘎子没有这样“高瞻远瞩”的眼光，一时哑口。停了一会儿他说：“不知道，我也不知道。其实历史上已经有先例——亚当和夏娃，但圣经上说到这个紧要关口时却是含糊其词，看来圣经作者也无法自圆其说。”他忽然想起来，“说到圣经，我想咱们也该把咱这段历史记下来。万一——我只是说万一——咱们不能活着回去，那咱们记下的任何东西都是非常珍贵的。”他解释说，“泡泡总归要破裂，所以这个球舱肯定会回到原宇宙，最大的可能是回到地球上。”

小丫点头：“对，你说得对。仪表箱里有一本拍纸簿和一支铅笔，咱们把这儿发生的一切都记下来。可是——”

“可是什么？”

“可是，咱们的球舱‘重入’时不一定在中国境内呀，这么重要的机密，如果被外国人，比如日本人得到，那不泄密了？”

嘎子没办法回答。话说到这儿，两人心里都有种怪怪的感觉。现在他们是被幽闭在一个孤寂的小泡泡内，这会儿如果能见到一个地球人，哪怕是手里端着三八大盖的日本兵，他们也会感到异常亲切的。所以，在“那个世界”里一些非常正常、非常高尚的想法，在这儿就变得非常别扭、猥琐。但要他们完全放弃这些想法，好像也不妥当。

两人认真地讨论着解决办法，包括用自创的密码书写。当然这是很幼稚的想法，世界各国都有造诣精深的密码专家，有专门破译密码的软件和大容量计算机。两个孩子即使绞尽脑汁编制出密码，也挡不住专家们的攻击。说来这事真有点可气，人类的天才往往在这些“坏”领域中才得到最充分的发扬：互相欺骗，互相提防，互相杀戮。如果把这些内耗都用来“一致对外”——探索宇宙，恐怕人类早就创造出一万个繁荣的外宇宙了。

但是不行，互相仇杀似乎深种在人类的天性之中。一万年来的人类智者都没法解决，何况这两个十四五岁的孩子。最后嘎子干脆地说：

“别考虑太多，记下这一切才是最重要的。干吧。”

他们找到拍纸簿和铅笔。该给这本记录起个多响亮的名字呢？嘎子想了想，在头一页写上两行字：

创世记

记录人：巴特尔、陈小丫

前边空了两页，用来补记前两天的经历。然后从第三天开始。

创世第三天　地球纪年　公元 2021 年 7 月 8 日

记录人：巴特尔

泡泡已经存在整整三天了。记得第一天我曾让小丫“抓紧时间体验失重，因为泡泡随时可能破裂”，但现在看来，我对泡泡的稳定性估计不足。我很担心泡泡就这么永存下去，把我俩永久囚禁于此。其实别说永久，即使泡泡在八天后破裂，我和小丫就已经窒息而死了。

今天发觉小丫似乎生病了，病恹恹地不想说话，身上没有力气。我问她咋了，她一直说没事。直到晚饭时我才找到原因：她像往常一样吃喝，但只是做做样子，实则食物和水一点儿都没减少。原来，她已经四顿没吃饭了。我生气地质问她为啥不吃饭，她好像做错什么事似的，低声说：

“我想把食物和水留给你，让你能坚持到泡泡破裂。”

我说你真是傻妮子，现在的关键不是食物而是氧气，你能憋住不呼吸吗？快吃吧，吃得饱饱的，咱们好商量办法。

她想了想，大概认为我说得有理，就恢复了进食。她真的饿坏了，这天晚饭吃得那样香甜，似乎那不是乏味的糊状食物而是全聚德的烤鸭。

创世第四天　地球纪年　公元2021年7月9日

记录人：巴特尔

今天一天没有可记的事情。我们一直趴在舷窗上看外边，看那无边无际的白光，看远处的天球上那无数个闪亮的星星。记得第一天我们为了追“星星”，曾短暂地开动了推进器，使球舱获得了一定的速度；那么，在这个没有摩擦力的空间，球舱应该一直保持着这个速度。所以，我们实际上是在这个小宇宙里巡行，也许我们已经巡行了几十圈，但我们无法确定这一点。这个空间里没有任何参照物，只有浑茫的白光，你根本不知道球舱是静止的还是在运动。

小丫今天情绪很低落，她说她已经看腻了这一成不变的景色，她想家，想北京的大楼，想天上的白云、地上的青草，更想亲人们。我也是一样，想恩格贝的防护林，想那无垠的大沙丘，想爹妈和乡亲。常言道失去才知道珍惜，我现在非常想念那个乱七八糟的人间世界，甚至包括它的丑陋和污秽。

创世第五天　地球纪年　公元2021年7月10日

记录人：巴特尔

今天小丫的情绪严重失控，一门心思要打开舱门到外边去，她说假如不能活着回去，那倒不如冒险去看看外面的世界。我竭尽全力才制止住她。

可惜这个球舱太简易，没有用来探测外部环境的仪器，至今我们都不知道外面的温度是多少，有没有氧气，等等。但依我的推断，如果它确实是从一个很小的高温空间膨胀而成的小宇宙，那它应该有大致相当于地球的温度，但空气极稀薄，近似真空，而且基本没有氧气，在高温那一刻氧气已经消耗了。

不穿太空服出舱是很危险的事，根据美国宇航局的动物实验，真空环境会使动物在10秒内体液汽化，一分钟内心脏纤颤而死，何况我们的舱门不是双层密封门，一旦打开会造成内部失压，并损失宝贵的氧气。

所以，尽管这个小球舱过于狭小，简直无法忍受，但也只能忍受下去。小丫还是理智的，听了我的解释后不再闹了。也难怪，她只是一个13岁的小姑娘啊。

创世第六天　地球纪年　公元2021年7月11日

记录人：陈小丫

嘎子哥在改造球舱的推进装置，今天我记录。

嘎子哥和我商量，要想办法自救。爸爸他们肯定非常着急，也在尽量想办法救我们。但嘎子哥说不能对那边抱希望。关键是我们小宇宙已经同母宇宙完全脱离，现代科学没有任何办法去干涉宇宙外的事情。

我说，咱们的燃料还有两小时的推进能力，能不能把球舱尽力加速，一直向外飞，撞破泡泡的外壁？嘎子哥笑了，说我还是没有真正理解“超圆体”的概念。他说，还是拿二维球面做比喻吧。在二维球面上飞行的二维人，即使速度再高，也只能沿球面巡行，而不会“撞破球面”。他如果想撞破球面，只能沿球面的法线方向运动，但那已经超过二维的维度了。

同样，在三维超圆体中，只有四维以上的运动才能“撞破球面”，但我们肯定无法做到超维度运动。

他提出另一个思路：在三维宇宙中，天体的移动会形成宇宙波或引力波。由于引力常数极小，所以即使整整一个星系的移动，所造成的引力扰动也是非常小的。我们这个小小的球舱所能造成的引力扰动更是不值一提。但另一方面，我们的宇宙也是非常非常小的，又是内禀不稳定的，所以，也许极小的扰动就会促使其破裂。他说不管怎样，也值得一试，总比待在球舱里等死强。

他打算把球舱的双喷管关闭一个，只用一边的喷管推进。这样，球舱在前进的同时还会绕着自身的重心打转，因而喷管的方向也会不停地旋转，使球舱在空间中做类似“布朗运动”那样的无规则运动，这样能造成最大的空间扰动。只用单喷管喷火还有一个好处是：能把点火的持续时间延长一倍。

现在，他已截断了左边喷管的点火电路。

准备工作做好了，但嘎子哥说，要等到第七天晚上即氧气快要耗尽的时刻再去这样干，也就是说，那是我们牺牲前的最后一搏，在这之前，还要尽量保存燃料以备不时之需。

创世第七天　地球纪年　公元 2021 年 7 月 12 日

记录人：巴特尔

今天我们在异常平静的心态下度过了最后一天，按氧气量计算的最后一天。我们先是一小时一小时地，后来是一分钟一分钟地，最后是一秒一秒地，数着自己的生命。直到晚上 12 点，小丫说：“嘎子哥，点火吧。”我说：“好，点火吧。”

现在我就要点火了，成败在此一搏。我左手拉着小丫，右手按下点火按钮。

7月13日凌晨4点补记。

球舱点火后像发疯一样乱转，离心力把我和小丫按到了舱壁上，颠得我们几乎呕吐。我们强忍住没有吐出来，在失重状态下，空中悬浮的呕吐物也是很危险的。俺俩一直没有说话，互相拉着手，默默地忍受着，等待着。四个小时后，推进器熄火了。但非常可惜，我们的泡泡依然没有变化。

不管怎样，我们已经尽了最大的努力。我和小丫收拾了舱室，给亲人们留了告别信，然后两人告别，准备睡觉。我俩都知道，也许这一觉不会再醒来了。假如真是这样，我想总该给后人留一句话吧。第二次世界大战中的捷克英雄尤利乌斯·伏契克告别人世的最后一句话是：

人们哪，我爱你们，你们要警惕！

但我想说一句相反的话：

人们哪，我爱你们，你们要互相珍惜！

## 六

日记到此为止，以下的情况是两个孩子补述的。

那晚他们睡得太晚，第二天早上8点钟还没有醒。忽然他们觉得浑身一震，或者说是空间一阵抖动，重力在刹那间复现，球舱坠落在某种硬物上，滚了几滚，停下了。小丫从球舱的上面掉下来，砸到嘎子身上。她从嘎子身上仰起头，迷迷糊糊地问：

“咋了？嘎子哥这是咋了？咱们死没死？”

嘎子比她醒得快，高兴地喊：“打开了！打开了！小丫你看打开了！”

小丫也清醒过来：“嘎子哥，泡泡打开了！”

通话器里立即传来清晰的声音：“嘎子，小丫，是你们吗？听到请回答！”

“是我们，爸爸！舅舅！泡泡突然打开了，我们能看见外面的天、太阳和云彩了！”

然后他们就发现了自己是在战场上，发现了持枪围来的日本兵。就像重力在刹那间出现一样，“这个世界”的规则也在刹那间充溢全身，嘎子立时忘了自己曾经有过的哲人情怀“人们哪，你们要互相珍惜”，而忆起了伏契克的教导“人们哪，你们要警惕”。这种急剧的转变非常自然就完成了，没有一点滞涩生硬。随之，两个在枪口包围中的孩子毁坏了通讯器，把《创世记》藏在嘎子的内裤里，匆匆商量了对付审讯的办法，然后像小兵张嘎那样大义凛然地走出球舱。

这会儿嘎子从内裤中掏出那本记录交给舅舅，笑着说：“幸亏今天的日本兵比当年文明，没有搜身，我才能把它完整地交给舅舅。”

陈星北接过来，与坂本一同阅读，那真叫如饥似渴，如获至宝。看完后陈星北对坂本说：

“泡泡的破裂有可能与孩子们造成的内部扰动有关，但从目前的资料还得不出确切结论。另外，我最头疼的那一点仍没有进展，即如何控制泡泡破裂时的‘重入’方位。”

坂本说：“即使如此，他们俩的经历也弥足珍贵，它使很多理论上的争论迎刃而解。比如：确证了超圆体理论；证明了在不同宇宙中，静止时间的流逝速率相同；证明封闭空间能够隔绝引力、电磁力等长程力；球舱在那个宇宙中的推进和旋转，证明了动量守恒定律、角动量守恒定律及作用力反作用力定律等仍然适用，由此基本可以确定：所有物理定律在两个宇宙中同样有效。”他笑着说，“陈先生你不要太贪心，有了这些你还不满足？它足以让物理学掀起一场革命了。”

“我知道，但我同样关心它的实用层面。”

“实用上也不差呀，至少你已成功激发出一个独立宇宙，并让它保持了七天的凝聚。至于如何把它发展成实用的反引力技术，咱们——全人类——共同努力吧。我一定尽我所能，说服国会，参加到这项共同研究中。”他把两个孩子拉过来，搂到怀里，“谢谢你们。我羡慕你们，非常非常羡慕你们，如果我今生能有一次这样的经历，死也瞑目了。”

小丫善解人意地说："那很容易办到，下一次实验由你进舱不就得了。"

"你爸爸会同意吗？"

小丫大包大揽地说："我来说服他，一定会的！"

在场的人都心情轻松地大笑起来。

坂本夫人请大家入席，说晚饭已经备好。坂本的家宴沿用西方习俗，没有大餐桌，饭菜都摆在吧台上，每人端着盘子自由取食，然后随意结合成谈话的小圈子。陈星北、坂本、嘎子和小丫自然是在一起。惠子刚才听了两人的详细经历，更是十二分的崇拜，一直挤在这一堆里，仰着脸听他俩说话。

这会儿谈话是以小丫为主角，她叽叽呱呱、绘影绘色地描述着那个奇特的小宇宙：没有光源但不会熄灭的白光，无重力的空间，球舱的背影所组成的天球大集合，等等。讲得兴起，饭都忘吃了，嘎子在旁做着补充。所有人都听得很仔细，渡边和西泽也凑了过来。忽然陈星北皱起眉头，指指嘎子说：

"嘎子，你啥时候变成了左撇子？"

嘎子奇怪地说："没有啊，我……"他突然顿住，因为他已经看到，自己确实是用左手拿筷子，但在他的感觉中，仍是在使用惯用的右手，正因为如此，这些天来他一直没有意识到这一点。陈星北放下盘子，拉过嘎子，摸摸他的心脏，再摸摸小丫的心脏，表情复杂地说：

"没错，嘎子你已经变成右手征的人了。"

在场的人中只有坂本教授立即理解了他的话意，默默点点头。嘎子也理解了，而其他人全都表情困惑。陈星北让坂本太太拿来一把剪刀和一张纸，他三五下剪出一个小人，在左胸处剪出一颗心脏形的空洞。"我来解释一下吧。请看这个二维人，心脏在左边，我们称为左手征。如果他不离开二维世界，那么无论他怎样旋转、颠倒，也绝不会变成右手征的人。"他把那个平面人放在桌面上随意旋转和颠倒，"但如果它能进入高维度世界，手征的改变就是很轻易的事。现在我让它离开二维平面，"他把那个纸人掂离桌面，在空中翻一个身，再落下来，现在纸人是"面朝下"，心脏也就变到右边了。"你们看，他的手征已经轻易改变了。这个规律可以推延到三维。三维空间的三维人如果能上升到四维空间中，等他再度‘回落’到原三维世界时，自身手征改变的可能性是50%。嘎子和小丫的情况正好符合这个概率：嘎子的心脏变到右边了，小丫没变。”

渡边恍然大悟：“我想起来了，球舱上的汉字也都反了！当时我还以为，这些字是从窗户里面写的呢。”

陈星北沉默了，心事重重地看着嘎子，而头脑灵光的嘎子也意识到了更深层次的问题，他努力镇静自己，但难免显得心思沉重。小丫大大咧咧地说：

“你们有啥可愁的？心脏长右边怕啥，我知道世上有人天生心脏就在右边，照样活得好好的。”

嘎子闷声说：“那不一样。心脏右置的人，他的分子结构仍是正常的，但我这么‘彻里彻外’一颠倒，恐怕连氨基酸的分子结构也变了。”他知道在场很多人听不懂，便解释说，“从分子深层结构来说，生物都是带手征的。地球上所有生物体都由左旋氨基酸组成，这是生物进化中随机选择的结果。”

他们的对话一直是英语夹杂着汉语，惠子听不大懂，见大人的表情都很凝重，就悄悄询问爷爷。坂本教授解释说：这个少年将成为世上唯一右手征的人，他可能无法接受别人的输血，甚至不能结婚生子，精卵子的手征不同。惠子对嘎子的不幸非常担心，小声问：

“那怎么办？爷爷，你一定要想办法呀！”

坂本说：“我和你陈伯伯都不是生物学家，我们会立即咨询有关专家的。”

小丫不服气地说：“不会吧，如果手征相反，那他还能吃地球上的食物吗？这些天他可一直在吃左手征的食物。”

嘎子对她的反诘也没法解释，只是说：“手征的变换肯定是泡泡破裂时才发生的。”

小丫机敏地反驳：“就是从那会儿开始，你也吃了三天日本食物了，也没见你中毒或泻肚！总不能日本食物和中国食物手征相反吧。”

这个诘难很俏皮，她自己先咯咯地笑起来。陈星北和坂本互相看看，确实没法子解释这种现象。小丫更是得理不让人：

“再说，手征反了有啥关系，真要有危险，让嘎子哥再去做两次实验，不就变回来了？”

在场的人都一愣，立即哈哈大笑。没错，大人的思维有时反倒不如孩子直接。管它手征逆变后是不是有危险呢，如果有危险，再让他进行一两次超维旅行，不就变过来了嘛，反正是50%的概率。

惠子也受到启发，突然说：“还有一个办法呢，下次超维度旅行时多派几个姑娘去，其中有人会变成右手征的人，让嘎子君和她结婚不就可以了嘛。”

大人们不由得又乐了，不错，这也是解决办法之一，当然这个方法会带来很大的麻烦：从此世界上将会有左右手征的人并存，男女结婚前的婚检得增加一项，以保证夫妇俩手征相同。没等他们说出这个麻烦，惠子就自告奋勇地说：

“我愿意参加下一次超维度旅行！”

她含情脉脉地看着嘎子，她这句话的用意很明显，实际上是向嘎子射出了丘比特之箭。嘎子心头一热，以开玩笑来掩饰：

“你说的办法妙，那可是真正的‘撞天婚’。”他摸摸自己的心脏，庆幸地说：“幸亏它只改变心脏或氨基酸的手征，并未改变思想的手征。要是我从那个小宇宙跑一趟回来，得，左派变成右派，变成西——”他本来想说“变成西泽昌一那样的混头”，但看在坂本教授和惠子的面子上，决定留点口德，没有说下去，“那我的损失才大呢。”

陈星北笑道：“我倒希望，人们经过一次超维度旅行后都变成这样的镜像对称——你也爱我，我也爱你。套一句说腻了的中国老话，就是人人爱我，我爱人人。”他叹息一声，“我知道这很难，比咱的‘育婴工程’不知道难多少倍。那只能是一万年后的远景目标了。好，不扯闲话，回到咱们的正题上。”

一星期后，坂本教授送陈星北一家三人回到北京，并获准参观了廊坊的“育婴所”。

一年以后，中、日、美、俄、印、德、法、英八国政府正式签订了《合作开展育婴工程》的政府协议。陈星北心中大乐——这个私下流传的绰号终于登上大雅之堂了。中国民间无聊人士把这项合作称为“新八国联军”。很快它就被另一个比较亲切的名字取代了：老八路，“老”是相对后来的新成员国而言的。

那年，中国民间最流行的政治幽默是：日本兵带头参加八路军。

又过了两年，八国组织扩大为36国。又过了五年，扩大为72国。很巧的，这两个数字正合中国古代所谓的“天罡”“地煞”之数。这时“育婴工程”已经有相当大的进展，保持“泡泡”持续凝聚态已经不困难了。至于“定向投掷”则仍然遥遥无期，陈星北说那还是500年后的远景。

是年23岁的巴特尔（嘎子）还在读博士后，但已经是“育婴工程”月球基地的负责人了。坂本惠子在他手下工作，两人的关系基本上也到了正式签约的阶段。不过一个很大的问题是：两人的手征不匹配的问题还没有最终得到解决，但至少已经断定，吃左旋氨基酸食物对右手征的嘎子在生理上没有什么影响，所以嘎子也就没有急于再去“外宇宙”把手征变回来。

陈小丫这时正在东京大学读硕士，专业自然与“育婴工程”有关。坂本大辅教授已经退休，但小丫一向自称是他的弟子，因为她就住在坂本爷爷的家里，而这位爷爷又兼做私塾老师，而且做得非常尽责和称职。

# 太空清道夫

增压室的气密门锁“咔嗒”一声响，女主人站在门口迎接：“欢迎，从地球来的客人！”

门口的不速之客是一对年轻人，明显是一对情侣，穿着雪白的太空服。取下头盔和镀金面罩后露出两个娃娃脸，看上去大约 25 岁。两人都很漂亮，浑身洋溢着青春的光辉。他们的小型太空摩托艇停靠在这艘巨大的 X–33L 空天飞机的进口，X–33L 则锚系在这个形状不规则的黑色的小行星上。

女主人再次邀请：“请进，可爱的年轻人！”气密门在他们身后“咔嗒”一声锁上。小伙子站在门口，多少带着点儿窘迫地说：“徐阿姨，请原谅我们的冒昧来访。上次去水星观光旅行时，途中我偶然见到这颗小行星，看到您正在用激光枪雕刻着什么。蛮荒的小行星，暗淡的天幕，绚烂的激光束，岩石变为气体后的滚滚气浪，一个勇敢的孤身女子……我对此印象极深。我从一个退休的飞船船长索罗先生那儿知道了您的名字……索罗船长您认识吧？”

主人笑道：“当然，我们是好朋友。”

“可惜当时时间仓促，他未能向我们详细介绍。回到地球后我仔细查阅了近年的新闻报道，很奇怪，竟然没有您的任何消息。我，不，是我们两个，感到很好奇，所以决定把我们结婚旅行的目的地定在这儿，我们要亲眼看看您的太空雕刻。”

姑娘亲密地挽着女主人的胳臂，撒娇地说：“士彬给我讲了这次奇遇，我当时就十分向往！我想您一定不会怪我们打搅的，是吧，徐阿姨？”

女主人慈爱地拍拍她的手背：“当然不会，请进。”

她领着两人来到内舱，端出两包软饮料。两位年轻的客人好奇地打量着主人。她大约 40 岁，服饰很简朴，白色宽松上衣，一袭素花长裙。但她的言谈举止有一种只可意会的高贵气质，发自内心的光辉照亮了她的脸庞。姑娘一直盯着她，低声赞叹着："天哪，您简直就像圣母一样光彩夺目！"

女主人难为情地笑道："你这个小鬼头，胡说些什么呀，你们才漂亮呢！"

几分钟以后，他们已经很熟了。客人自我介绍说，他们的名字叫杜士彬和苏月，都是太空旅游学院的学生，刚刚毕业。主人则说她的名字叫徐放，待在这儿已经15年了。客人们发现，主人在船舱中飘飞着招呼客人时，动作优雅如仙人，但她裙中的两条腿分明已经有一点萎缩了，这是多年太空生活的后遗症。

女主人笑着说："知道吗？如果不包括索罗、奥尔基等几个熟人的话，你们是第一批参观者。观看前首先请你们不要见笑，要知道，我完全是一个雕刻的门外汉，是在26岁那年心血来潮突然决定搞雕刻的。现在是否先去看看我的涂鸦之作？"

他们乘坐小型摩托艇绕着小行星飞行。这颗小行星不大，只相当于地球上一座小型的山峰，小行星上锚系的X–33L几乎盖住了它表面的四分之一。绕过X–33L，两个年轻人立即发出一声低低的惊叹。太阳从小行星后方斜照过来，逆光中这群浅浮雕镶着一道金边，显得凹凸分明。一个身材瘦小的中年男子穿着肥大的工作褂，手执一把扫帚低头扫地，长发长须，目光专注。一位老妇提着饭盒立在他侧后，满怀深爱地盯着他，她的脸庞上刻满岁月的沧桑。从他们的面部特征看，男子分明是中国人，妇人则高鼻深目，像是一个白人。他俩在面罩后惊讶而好奇地看着，这组雕像的题材太普通了，似乎不该安放到太空中。雕刻的技法也略显稚拙，不过，即使以年轻人的眼光，也能看出雕刻者在其中贯注的深情。雕像平凡的外貌中透出宁静淡泊，透出宽厚博大，透出一种只可意会的圣父圣母般的高贵。女主人痴痴地看着这两座雕像，久久不语不动。良久，她才在送话器中轻声说："看，这就是我的丈夫。"

两个年轻人不解地看看那对年迈的夫妇，再看看美貌犹存的女主人。女主人显然看出他们的怀疑，轻轻叹息一声："不，那位女士不是我，那是我丈夫的前妻，她比丈夫早一年去世了。你们看，那才是我。”

她指着画面上，有一名豆蔻年华的姑娘半掩在一棵梧桐树后，偷偷地仰视着他们，目光中满怀崇敬和挚爱。这部分画面还未完成，一台激光雕刻机停放在附近。女主人说：“我称他是我的丈夫，这在法律上没有问题。在我把他从地球轨道带到这儿以前，我已在地球上办好结婚手续。不过，也许我不配称他的妻子，他们两人一直是我仰视的偶像——而且，一直到去世，我丈夫也不承认他的第二次婚姻。”

这番话更让年轻人怀疑。晚餐——按时间说应该是地球的晚餐中，他们狼吞虎咽地吃着食物循环机制造的精美食品。苏月委婉地说，如果方便的话，能否请徐阿姨讲讲雕像上三个人的故事？“我们猜想，这个故事一定很感人。”

晚餐之后，在行星的低重力下，女主人轻轻地浮坐在太空椅上，两个年轻人偎在她的膝下。她娓娓地讲起了这个故事。

15 年前，我和苏月一样青春靓丽，朝气蓬勃。那天，我到太空运输公司去报到，刚进门就听见我后来的太空船船长喊我：“小丫头，你叫徐放吗？你的电话。”

是地球轨道管理局局长的电话，从休斯敦打来的。他亲切地说：“我的孩子，今天是你第一天上班，向你祝贺！我知道，你们这些年轻人喜欢自立，我支持你离开家庭的庇荫。不过，万一遇到什么难处，不要忘了邦克叔叔哇！”

我看见索罗船长目光阴沉地斜睨着我。看来，刚才索罗船长接电话时，邦克叔叔一定没有忘记报他的官衔。我也知道，邦克局长在百忙中打来这个电话，是看在我父亲的面子上。我脑子一转，对着电话笑道：“喂，你弄错了吧，我叫徐放，不叫苏芳。”

我放下电话，知道邦克叔叔一定在电话那边大摇脑袋。然后若无其事地对船长说：“弄错了，那个邦克先生是找一个叫苏芳的人。”

不知道这点小花招是否能骗得过船长，他虽然怀疑地看着我，但没有再追究。转过头，我看见屋里还有一个人，是一名白人妇女，却穿着中国式的裙装，大约70岁，满头银发，面容有些憔悴，她正谦恭地同船长说话，这会儿转过脸，微微笑着向我点头示意。

这就是我与太炎先生前妻的第一次会面。玛格丽特给我的印象很深。虽然韶华早逝，又不事装扮，从衣着看是个地道的中国老妇，但她雍容沉静，有一种天然的贵胄之气。她用英语和船长交谈，声音悦耳，很有教养。她说："再次衷心地谢谢你，10年来你一直这么慷慨地帮助我丈夫。我真不知道怎样才能表达我的感激之情！"

澳大利亚人索罗一挥手说："不必客气，这是我们应该做的。"

随后船长叫上我，到老玛格丽特的厢式货车上卸下一个小巧的集装箱，玛格丽特再次致谢后就走了，索罗客气地同她告别。但即使以我25岁的毫无城府的眼光，也能看得出船长心中的不快。果然，玛格丽特的小货车一消失，船长就满腹牢骚地咕哝了几句。我奇怪地问："船长，你说什么？"

船长斜睨我一眼，脸色阴沉地说："如果你想上人生第一堂课的话，我告诉你，千万不要去做那种滥好人。她丈夫李太炎先生定居在太空轨道，10年前，因为年轻人的所谓正义或冲动，我主动把一具十字架扛到肩上，答应在她丈夫有生之年免费为他运送食物。现在，每次太空运输我都要为此额外花上数万美元，这且不说，轨道管理局的那帮老爷们还一直斜着眼瞅我，对这些'未经批准'的太空飞行耿耿于怀。我知道他们不敢公开制止这件事——让一个70岁的老人在太空饿死，未免太犯众怒。但说不定他们会把火撒到我身上，哪天会吊销我的营运执照。"

那时，我以25岁的幼稚咯咯地笑道："这还不容易？只要你不再想做好人，下次拒绝她不就得了！"

索罗摇摇头："不行，我无法开口。"

我不客气地抢白他："那就不要在她背后说怪话。既然是你自己允诺的事，就要面带微笑地干到底。"

索罗瞪了我一眼，没有再说话。

三天后，我们的X–33B型空天飞机离开地球，去水星运送矿物。玛格丽特的小集装箱已经放到摩托艇上，摩托艇则藏在巨大的船腹里。船员只有三人，除了船长和我这个新手外，还有一个 32 岁的男船员，叫奥尔基，乌克兰人。七个小时后，船长说："到了，放出摩托艇吧！"

奥尔基起身要去船舱，索罗摇摇头说："不是你，让徐放小姐去。她一定会面带微笑地把货物送到那个可怜的老人面前——而且终生不渝。"

奥尔基惊奇地看看船长。船长嘴角挂着嘲弄，不过并非恶意，目光里满是揶揄。我知道这是对我冲撞他的小小的报复，便气恼地离开座椅："我去！我会在李先生的有生之年坚持做这件事——而且不会在背后发牢骚的！"

事后我常回想，也许是上帝的安排？我那时并不知李太炎先生为何许人，甚至懒得打听他为什么定居太空，但我却以这种赌气的方式做出一生的允诺。奥尔基笑着对我交代了应注意的事项、清道车此刻的方位等，还告诉我，把货物送到那辆太空清道车后先不要返回，等空天飞机从水星返回时，他们会提前通知我，再把我接回来。巨大的后舱门打开了，太空摩托艇顺着斜面滑下去，落进广袤的太空。我紧张地驾驶着，顾不上欣赏脚下美丽的地球。半个小时后，我的心情才平静下来。就在这时，我发现了那辆太空清道车。

这辆车的外观并不漂亮。它基本上是一个呆头呆脑的长方体，表面上除了一圈小舷窗外，全部蒙着一种褐色的蒙皮，这使它看起来像只癞蛤蟆那样丑陋。在它的左右侧张着两只极大的耳朵，也蒙着那种褐色的蒙皮。后来我才知道，这种蒙皮是超级特夫纶和陶瓷薄板的黏合物，它是为了保护清道车不受太空垃圾的破坏，也能尽量减缓它们的速度并最终俘获它们。

几乎在看到清道车的同时，送话器中有了声音，一个悦耳的男声叽里咕噜说着什么，我辨出"奥尔基"的名字，听到话语中有明显的卷舌音，恍然大悟，忙喊道："我不是奥尔基，我不会说俄语，请用汉语或英语说话！"

送话器中改成汉语："欢迎你，地球来的客人。你是一位姑娘？"

"对，我的名字叫徐放。"

"徐放小姐，减压舱的外门已经打开，请进来吧！"

我小心地泊好摩托艇，钻到减压舱里。外门缓缓合拢，随着气压升高，内门缓缓打开。在离开空天飞机前，我曾好奇地问奥尔基："那个独自一人终生待在太空轨道的老人是什么样子？他孤僻吗？性格古怪吗？”奥尔基笑着让我不要担心，说那是一个慈祥的老人，只是模样有点古怪，因为他40年没有理发剃须，他要尽量减少太空的遗留物。“一个可怜的老人。”奥尔基黯然说。

现在，这个老人已经站在减压舱口，他的须发几乎遮住了整个脸庞，只余下一双深陷的但十分明亮的眼睛。他十分羸瘦，枯干的皮肤紧裹着骨骼，让人无端想起那些辟食多日的印度瑜伽大师。我一眼就看见他的双腿已经萎缩了，在他沿着舱室游飞时，两只细弱无力的仙鹤一样的腿一直拖在后面。但他的双手十分灵活，熟练地操纵着车内的小型吊车，吊下摩托艇上的小集装箱，把另一只集装箱吊上去。“这里面是我一年的生活垃圾和我捕捉的太空垃圾。”他对我说。

我帮着他把新集装箱吊进机舱，打开小集装箱的铁门。玛格丽特为丈夫准备了丰富的食品，那天午餐我们尽情享用着这些食品——不是我们，是我。这是我第一次在太空的微重力下进食，对那些管状的、流质的、奇形怪状的太空食品感到十分新鲜。说来好笑，我这位淑女竟成了一个地道的饕餮之徒。老人一直微笑着劝我多吃，把各种精美的食品堆在我面前。肚满肠圆后，我才注意到老人吃得很少，简直太少了，他只是象征性地往嘴里挤了半管流质食物。我问：“李先生，你为什么不吃饭？”他说已经吃好了，我使劲摇摇头说：“你几乎没吃东西嘛，哪能就吃好了？”老人真诚地说：“真的吃好了。这20多年来我一直是这样，已经习惯了。我想尽量减少运送食品的次数。”

他说得很平淡，在他的下意识中，一定认为这是一件人人皆知的事实。但这句平淡的话立刻使我热泪盈眶！心中塞满又酸又苦的东西，堵得我难以喘息。他一定早已知道妻子找人捎送食物的艰难，20年来，他一直是在死亡的边缘处徘徊，用尽可能少的食物勉强维持生命的存在！

看着我大吃大嚼之后留下的一堆包装，我再也忍不住，眼泪唰唰地淌下来。李先生吃惊地问：“怎么啦？孩子，你这是怎么啦？”我哽咽地说：“我一个人吃了你半个月的食物。我太不懂事了！”

李先生爽朗地笑起来，我真不敢相信这个羸瘦的老人会笑得这么响亮：

“傻丫头，傻姑娘，看你说的傻话。你是难得一见的远方贵客，我能让你饿着肚子离开吗？”

吃第二餐时，我固执地拒绝吃任何食物：“除非你和我吃同样多。”老人没办法，只好陪我一块吃，我这才破涕为笑。我像哄小孩一样劝慰他：“不用担心，李先生，我回去之后就想办法，给你按时送来足够的食物。告诉你一个秘密，是我从不示人的秘密，我有一个有钱有势的爸爸，而且对我的要求百依百从。我拒绝了他给我的财产，甚至拒绝了他的名声，想像普通人那样独立地生活。但这回我要去麻烦他啦！”

老人很感动，也没有拒绝，他真诚地说：“谢谢你，我和我妻子都谢谢你。但你千万不要送太多的东西，还像过去那样，一年送一次就够了，我真的已经习惯了。另外，”他迟疑地说，“如果这件事在进行中有困难，就不要勉强了。”

我一挥手：“这你就不用管了！”

此后的两天里，我时时都能感受到他生活的清苦，即使在他爽朗地大笑时，我也能品出苦涩的余味。这种苦味感染了我，使我从一个任性淘气的小女孩在一日之内成人了。我像久未归家的女儿那样照顾他，帮他准备饭食，帮他整理卫生。为了不刺伤他的自尊心，我尽可能委婉地问他，为什么会落到如此窘迫的地步。李先生告诉我，他的太空清道夫工作完全是私人性质的，这辆造价昂贵的太空清道车也是私人出资建造的。“如果冷静地评价历史，我承认那时的决定太匆忙，太冲动，我和妻子都没有很好地宣传，没能把这件事变成公共的事业，而完全是个人奋斗。妻子从英国的父母那儿继承了一笔相当丰厚的遗产，但我上天后她已经一文不名——不过，我们都没有后悔。”

说这些话时，他的神态很平静，但两眼炯炯放光，一种圣洁的光辉漫溢于脸上。我的心隐隐作痛，赶紧低下头，不让他看见我的怜悯。第三天收到了母船发来的信号，我穿上太空服，在减压舱口与老人拥别：“老人家，千万不要再这样自苦了，三个月后我就会为你送来新的食品，如果那时你没把旧食物吃完，我一定会生气的，我一定不再理你了！”

那时我没有意识到，我这些幼稚的话，就像一个七八岁的女孩在扮演小母亲。老人慈爱地笑了，再次与我拥别，并郑重交代我代他向索罗船长和奥尔基先生致谢：“他们都是好人，为我惹了不少麻烦。我难以表达对他们的感激之情。”

太空摩托艇离开清道车，我回头张望，透过摩托艇橘黄色的尾光，我看见那辆造型丑陋的太空清道车孤零零地行进在轨道上，越来越小，很快隐没于暗淡的天幕。再往前看，X-33B 已经在天际闪亮。

奥尔基帮我脱下太空衣，来到指挥舱。索罗船长的嘴角仍挂着揶揄的微笑，他一定在嘲笑：“徐小姐，你把那具十字架背到身上了吗？”我微笑着一直没有开口。我觉得自己已经受到李先生的感化，有些东西必须在沉默中才更有力量。

一个月后，我驱车来到李先生的家，他家在北京近郊的一个山脚下，院子十分宽敞，低矮的篱笆参差不齐，是一个典型的中国式的农家院落。只有院中一些小角落里偶然露出一些西方人的情调，像凉台上悬挂的白色木条凉椅、院中的鸽楼、在地上静静啄食的鸽群……玛格丽特热情地接待了我。在中国生活 40 年，她已经相当中国化了，如果不是银发中微露的金色发丝和一双蓝色的眼睛，我会把她当成一个地道的中国老太太。看着她，我不禁感慨中国社会强大的同化力。

40 年的贫穷在她身上留下了明显的印记，她身体瘦弱，容貌憔悴，但她的拥抱却十分有力。“谢谢你，真诚地感谢你。我已经和太炎通过电话，他让我转达对你的谢意。”

我故意嘟着嘴说：“谢什么？我一个人吃了他一个月的口粮。”

玛格丽特笑了：“那么我再次谢谢你，为了你这么喜欢我准备的食品。”

我告诉玛格丽特，我已经联系好下一次的“顺车”，是三个月后往月球的一次例行运输，请她事先把要送的东西准备好。“如果你在经济上有困难的话”，我小心地说，希望不会刺伤她的自尊心，从她家中的陈设看，她的生活一定相当窘迫，“要送的物品我也可以提供一些帮助，你只用列一个清单就行了。”

玛格丽特笑着摆手："不，不，谢谢你的慷慨，不过确实用不着，你能为我们解决运输问题，我已经很感激了。"

那天，我在她家中吃了午饭，饭菜很丰盛，既有中国的煎炸烹炒，又有英国式的甜点。饭后，玛格丽特拿出十几本影集让我观看。在一本合影上，两人都戴着博士方帽，玛格丽特正当青春年华，美貌逼人，李先生则多少有些拘谨和少年老成。玛格丽特说："我们是在北大读文学博士时认识的，他那时就相当内向，不善言谈。你知道吗？他的父亲是一个清道夫，就在北大附近的大街上清扫，家庭条件比较窘迫，恐怕这对他的性格不无影响。在同学的交往中，他会默默地记住别人对他的点滴恩惠，认真到迂腐的地步。你知道，这与我的性格并不相合。但不知道为什么，我不知不觉地开始和他的交往，直到成为恋人。他有一种清教徒般的道德光辉，可能是这一点逐渐感化了我。"

我好奇地问："究竟是什么契机，使你们选择了共同的生活和共同的终生事业？"

玛格丽特从文件簿中翻出两张发黄的报纸，她轻轻抚摸着，沉湎于往事。良久她才回答我的问话：

"说来很奇怪，我们选择了一个终生的事业，也从没有丝毫后悔，但我们却是在一时冲动下做出的决定，是很轻率的。你看这两张剪报。"

我接过两份剪报，一份是英文的，另一份是中文的，标题都相同："太空垃圾威胁人类安全"。文中写道：

> 最近几十年来，人们不仅把地球弄得肮脏不堪，而且在宇宙中也有3000吨垃圾在飞，到2010年，垃圾会增加到一万吨。仅直径10厘米的碎块就会有7500吨，其中一些我们用望远镜就能看到。
>
> 考虑到这些碎块在地球轨道上的速度，甚至直径仅为一厘米的小铁块都能给宇宙飞船带来巨大的灾难。飘荡在地球上空的核动力装置具有特别的危险性。到下个世纪，轨道上将有上百个核装置，其中含有一吨多的放射性物质。这些放射性物质总有一天会掉到人

们的头上，就像1978年苏联的“宇宙－954”掉在加拿大北部那样。

科学家提出，用所谓的“宇宙扫雷舰”即携带激光大炮的专门卫星来消灭宇宙中最具危险性的放射性残块。但这项研究也遭到了强有力的反对，怀疑者认为，在环地球空间使用强力激光会导致这个空间发生不可逆的化学变化，引起空间变暖。

我们已经在地球上进行了许多破坏性的工作，今天它已在对我们进行报复：肮脏的用水、不断扩大的沙漠、被污染的空气等。太空何时开始它的报复？可以肯定的是，这种报复比起地球的报复要厉害得多。

玛格丽特说：“那天，太炎带着这张报纸到我的研究生宿舍，我从来没见他这样激动过。他喃喃地说，人类是宇宙的不肖子孙，人类发展到现在，已经成了急功近利的技术动物。我们污染了河流，破坏了草场，污染了南北极，现在又去糟蹋太空。我们应该站出来大声疾呼，不要再去戕害地球母亲和宇宙母亲。我说：人类已开始认识到这一点了，世界范围内的环境保护运动已经蓬蓬勃勃，即使在中国这样的发展中国家，也逐渐树立了环保意识。但太炎说的一番话使我有如遭锥刺，那是一种极为尖锐的痛觉。”

我奇怪地问：“他说什么？”

“他说，这不够，远远不够。人类有了环保意识是一个进步，但坦率地说，这种意识仍是建立在功利主义基础上的——我们要保护环境，这样才能更多地向环境索取。不，我们对大自然必须有一份赤子之爱，有一种对上帝的敬畏才行。”

这番话使我很茫然，可能我在下意识地摇头，玛格丽特看看我，微笑着说：“当时我也不理解这些话，甚至奇怪在宗教气息淡薄的中国，他怎么会有这种宗教般的虔诚？后来，我曾随他到他的家乡小住，亲眼看见了两件事，才理解他这番话的含义。”

她在叙述中常沉湎于回忆，我那时已听得入迷，孩子气地央求：“哪两件事？你快说嘛！”

玛格丽特娓娓说道："离他家不远，有一个年近六十、靠拾破烂为生的老妇人。十几年来，她一共捡到12名残疾弃儿，全带回家中养起来。新闻媒体报道之后，我和太炎特意去看过。那是怎样一种凄惨的情形啊！看惯北京的高楼大厦，我想不到还有如此赤贫的家庭。12名弃儿大多在智力上有残疾，他们简直像一群肮脏的猪崽，在这个猪窝一样的家里滚来爬去。那时我确实想，如果放任这些痴傻的弃儿死去，也许对社会、对他们自己，都未尝不是件好事。太炎特意去问那个鲁钝的农村妇女，她为什么要把这么多非亲非故的弃儿都领养起来。那位老妇在极度的赤贫和劳累中已经麻木了，低着头，表情死板，嗫嚅着说，她也很后悔，这些年全靠邻居们你帮一把、他给两口，才强勉没让这些娃儿们饿死，日子真难哪！可是，只要听见垃圾箱里有婴儿在哭，她还是忍不住要捡回来，也是女人的天性吧！"玛格丽特叹息道，"我听过多少豪壮的话，睿智的话，但都比不上这句话对我的震撼。我们悄悄留了一笔钱走了，但这位'有女人天性'的伟大女性始终留在我的记忆中。"

她停下来，很久不说话，我催促道："另一件事呢？"

"也是在他家附近。一个男人在50岁时突然决定上山植树，于是一个人搬到荒山上，一去就是20年。在他71岁时，新闻媒体才发现了他，把他树为绿化的典型。我和太炎也采访过他，问他是什么力量支持他独居山中20年，没有一分钱的酬劳。那人皮肤粗糙，满手老茧，整个人就像一株树皮皴裂的老树，但目光中是知识分子的睿智。他淡淡地说：'可以说是一种迷信吧！老辈人说，这座山是神山，山上的一草一木、走兽飞虫都不能动，动了就要遭报应。祖祖辈辈都相信，都怀着敬畏，这儿也真的风调雨顺。后来，我们破除了迷信，对这些传说嗤之以鼻，砍光满山的古树——也真的遭了报应。痛定之后我就想，人类真的已经如此强大，可以伤天害理并且不怕报应吗？当然，所谓神山，所谓现世报，确实是一种浅薄的迷信。但当时谁能料到，这种迷信恰好暗合了我们今天才认识到的环保理论？在我们嗤笑先人的迷信时，后人会不会嗤笑我们的幼稚狂妄、上帝会不会嗤笑我们的不自量力呢？我想，我们还是对大自然保留一份敬畏为好。当年砍树时我造了孽，那就让我用种树当作忏悔吧！'"

玛格丽特说：“我生长在一个天主教家庭，过去对没有宗教信仰的中国人多少有点偏见、有点异己感，但这两次采访后我发现了中国社会中的‘宗教’，那是延续了五千年、弥漫无形的人文思想和伦理观念。太炎在这两次采访后常陷入沉思，喃喃地说他要为地球母亲尽一份孝心。”她笑道，“说来很简单，在那之后，我们就结婚了，也确立了一生的志愿：当太空清道夫，实实在在为地球母亲做一点回报。我们想办法建造了那辆清道车，太炎乘坐那辆车飞上太空，从此再没有回来。”

她说得很平淡，但我却听得热泪盈眶。我说：“我已经知道，正是你倾尽自己的财产，为李太炎先生建造那辆太空清道车，此后你一贫如洗，不得不迁居到这个小山村。在新闻热过后，国际社会把你们彻底遗忘了，你不得不独力承担太空车的后勤保障，还得应付地球轨道管理局明里暗里的刁难。玛格丽特，社会对你们太不公平了！”

玛格丽特淡淡地说：“轨道管理局本来要建造两艘太空扫雷艇，因为有了清道车的先例，国际绿色组织全力反对，说用激光清除垃圾会造成新的污染，扫雷艇计划因而一直未能实施。轨道管理局争辩说，单是为清道车送给养的摩托艇所造成的化学污染，累积起来已经超过激光炮所造成的污染了！也许他们说得不无道理。”她叹息道，“可惜建造这辆车时没有考虑食物再生装置，这是我最大的遗憾。”

我在她的平淡下听出苦涩，便安慰道：“不管他们，以后由我去和管理局的老爷们打交道——对了，我有一个主意，下次送给养时，我代替李先生值班，让他回到地球同你团聚三个月。对，就这样干！”

我为自己想到这样一个好主意而眉飞色舞，玛格丽特略带惊异地看看我，苦涩地说：“原来你还不知道……他已经不能回到地球了！我说过，这件事基本上是私人性质的，由于缺乏经验，他没有经过系统的训练，没有医生的指导，太空停留的时间太长，这些加起来，对他的身体造成了不可逆的伤害。你可能已经看到他的两腿萎缩了，实际更要命的是，他的心脏也萎缩了，已经不能适应有重力的生活了！”

我觉得一盆冰水劈头浇下来……只有这时我才知道，这对夫妇的一生是怎样的悲剧。他们就像中国神话中的牛郎织女。我呆呆地看着她，泪水开了闸似的汹涌流淌。玛格丽特手足无措地说："孩子，不要这样！不要哭……我们过得很幸福，很满足，是真的！不信，你来看。"

她拉我来到后院。在一片茵茵绿草之中，有一座不算太高的假山，近前看，原来是一座垃圾山，堆放的全是从太空中回收的垃圾，各种各样的铝合金制品、钛合金制品、性质优异的塑料制品，堆放多年之后仍然闪亮如新。玛格丽特欣喜地说：

"看吧，全是40年来太炎从太空中捡回来的。我仔细统计过，截至今天有13597件，共计1298吨。要是这些东西还在太空横冲直撞，会造成多大损坏？所以，你真的不必为我们难过，我们两人以自己的微薄之力为地球母亲尽了孝，一生是很充实的，一点都不后悔！"

我慢慢安静下来，真的，在这座垃圾山前，我的心灵被彻底净化了，我也像玛格丽特一样，感到心灵的恬静。回到屋里，我劝玛格丽特："既然李先生不能回来，你愿意到太空中去看看他吗？我能为你安排的。这并不是太困难的事情。"

玛格丽特凄然一笑："很遗憾早几年没碰到你，现在恐怕不行了，我的身体已经太差，不能承受太空旅行，我想尽量多活几年以便照顾太炎。不过，我仍然要感谢你，你是一个心地慈善的好姑娘。"她拉着我的手说："如果我走到他前边，你能不能替我照顾他呢？"

我从她的话语中听出了不祥，忍住泪说："你放心吧，我一定记着你的托付。"也许那时我已经在下意识中做出自己的人生抉择，我调皮地说："可是，我该怎么称呼你呢？我既不想称你李奶奶，也不想叫你阿姨。请你原谅，我能唤你一声麦琪姐姐吗？"

玛格丽特可能没有猜中我的小心眼，她慈爱地说："好的，我很喜欢能有这样一个小妹妹。"

四个月后，我再次来到李先生的太空清道车上。这次业务是我争取来的，索罗船长也清楚这一点。他不再说怪话，也多少有些难为情，张罗着把太空摩托艇安置好，脸红红地说："请代我向李先生致意，说心里话，我一直都很敬佩他。"

我这才向他转达上次李先生对他的致意。我笑道："船长，我知道你是一个好人，天下最好的好人，这是上次李先生告诉我的。"索罗难为情地挥挥手。

当我在广袤的太空背景下用肉眼看见那辆清道车时，心里甜丝丝的，有一种归家的感觉。李先生急不可耐地在减压舱门口迎接我："欢迎你，可爱的小丫头。"

在那之前我同他多次通话，已经非常熟稔了。我故意嘟着嘴说："不许喊我小丫头，玛格丽特姐姐已经认我做妹妹，你也要这样称呼我。"

李先生朗声大笑："好，好，有这样一个年轻漂亮的小妹妹，我会觉得年轻的！"

我刚脱下太空服，就听见响亮的警报声。李先生立即说："又一块太空垃圾！你先休息，我去捕捉它。"

在那一瞬间，他好像换了一个人，精神抖擞，目光发亮，动作敏捷。电脑屏幕上打出这块太空垃圾的参数：尺寸230毫米乘54毫米，估重2.2千克，速度8.2千米每秒，轨道偏斜12度。然后电脑自动调整方向，太空车开始加速。李先生全神贯注地盯着屏幕，回头简单解释说："我们的清道车使用太阳能做能源，交变磁场驱动，对环境是绝对无污染的。这在40年前是最先进的技术，即使到今天也不算落后。"他的语气中充满自豪。

我趴在他身后，紧紧地盯着屏幕。现在离这块卫星碎片只有两千米的距离了。李先生按动一个电钮，两只长长的机械手刷刷地伸出去，他把双手套在机内的传感手套上，于是两只机械手就精确地模拟他的动作。马上就要与碎片相遇了，李先生虚握两拳凝神而立，就像虚掌待敌的武学大师。

我在他的身后不敢喘气。虽然清道车已经尽量与碎片同步，但它掠过头顶时仍如一个流星，我几乎难以看清它。就在这一瞬间，李先生疾如闪电地一伸手，两只机械手一下子抓住那块碎片，然后慢慢缩回来。它们的动作如此敏捷，我的肉眼根本分辨不出机械手指的张合。

我看得目醉神迷。他的动作优雅娴熟，巨大的机械手臂已经成了他身体的外延，使用起来是如此得心应手。我眼前的李先生不再是双腿萎缩、干瘪瘦小的垂垂老人，而是一只颈毛怒张的敏捷的雄狮，是一个有通天彻地之能的宇宙巨人。多日来，我对他是怜悯多于尊敬，但这时我的内心已被敬畏和崇拜所充溢。

机械手缩回机舱内，捧着一块用记忆合金制造的卫星天线残片。先生喜悦地接过来，说："这是我的第 13603 件战利品，算是我送给麦琪的生日礼物吧！"

他仍是那样瘦弱，衰老的面容藏在长发长须里。但我再也不会用过去的眼光看他了。我知道盲人常有特别敏锐的听觉和触觉，那是他们把自己被禁锢的生命力从这些孔口迸射出来。我仰视着这个双腿和心脏萎缩的老人，这个依靠些微食物维持生命的老人，他把自己的生命力点点滴滴地节约下来，储存起来，当他做出石破天惊的一抓时，他那被浓缩的生命力在一瞬间做了何等灿烂的迸射！

面对我专注的目光，李先生略带惊讶地问："你在想什么？"我这才从冥思中清醒过来，没来由地羞红了脸，忙把话题岔开。我问，"今天是玛格丽特姐姐的生日吗？"老人点点头：

"严格说是明天。再过半个小时我们就要经过日期变更线，到那会儿我给她打一个电话祝贺生日。"他感叹地说，"这一生她为我吃了不少苦，我真的感激她！"

之后他就沉默了，我屏声静息，不敢打扰他对妻子的怀念。等到过了日期变更线，他挂通家里的电话。电话铃一遍又一遍地响着，却一直没人接。老人十分担心，喃喃地重复着："现在是北京时间早上 6 点，按说这会儿她应该在家呀！"

我尽力劝慰，但心中也有抹不去的担心。直到我快离开清道车时才得到确实的消息：玛格丽特因病住院了。在离开太空清道车前，我尽力安慰老人："你不用担心，我一回地球马上就去看她。我要让爸爸为她请最好的医生，我会每天守在她身边——即使你回去，也不会有我照顾得好。你放心吧！"

“谢谢你了，心地善良的好姑娘。”

回到X-33B，索罗船长一眼就看见我红红的眼睛，他关切地问：“怎么啦？”我坐上自己的座椅，低声说：“玛格丽特住院了，病一定很重。”索罗和奥尔基安慰了我几句，回过头驾驶。过了一会儿，船长忽然没头没脑地骂了一句：“这些混蛋！”

我和奥尔基奇怪地看看他。他沉默很久才说：“听说轨道管理局的老爷们要对太空清道车实行强制报废。理由是它服役期太长，万一在轨道上彻底损坏，又要造成一大堆太空垃圾。客观地说，他们的话不无道理，不过……”

他摇摇头，不再说话。

回到地球，我不折不扣地履行了对老人的承诺，但医生们终究未能留住玛格丽特的生命。

弥留的最后两天，她一定要回到自己的家。她婉言送走了所有的医护，仅留我一人陪伴。在死神降临前的回光返照中，她的目光十分明亮，面容上蒙着恬静圣洁的柔光。她用瘦骨嶙峋的手轻抚我的手背，两眼一直看着窗外的垃圾山，轻声说：“这一生我没有什么遗憾，我和太炎尽自己的力量回报了地球母亲和宇宙母亲。只是……”

那时我已经做出了自己的人生抉择，我柔声说：“麦琪姐姐，你放心走吧，我会代你照顾太炎先生的，直到他百年。请你相信我的承诺。”

她紧紧握住我的手，挣扎着想坐起来。我急忙把她按下去，她喘息着，目光十分复杂，我想她一定是既欣慰又不忍心把这副担子砸在我的肩上。我再一次坚决地说：“你不用担心，我一旦下了决心就不会更改。”

她喃喃地说：“难为你了啊！”

她紧握住我的手，安详地睡去，慢慢地，她的手指失去了握力。我悄悄抽出手，用白色的殓单盖住她的脸。

第三天，她的遗体火化已毕，我立即登上去休斯敦的飞机，那儿是轨道管理局的所在地。

秘书小姐涂着淡色的唇膏，长长的指甲上涂着银色的蔻丹，她亲切地微笑着说：

“女士，你和局长阁下有预约吗？请你留下姓名和住址，我安排好时间会通知你的。”

我笑嘻嘻地说：“麻烦你现在就给老邦克打一个电话，就说小丫头徐放想见他。也许他正好有闲暇呢！”

秘书抬眼看看我，拿起内线电话机低声说了几句。她很快放下话筒，笑容更亲切了：“徐小姐请，局长在等你。”

邦克局长在门口迎候我，慈爱地吻吻我的额头：“欢迎，我的小百灵，你怎么想起了老邦克？”

我笑着坐在他面前的转椅上：“邦克叔叔，我今天可是来兴师问罪哩！”

他坐到转椅上，笑着把面前的文件推开，表示在认真听我的话：“说吧，我在这儿恭候——是不是李太炎先生的事？”

我惊奇地看看他，直率地说：“对。听说你们要强制报废他的太空清道车？”

邦克叔叔耐心地说：“一点儿不错。李太炎先生是一个虔诚的环境保护主义者，是一个苦行僧式的人物，我们都很尊敬他。但他使用的方法未免太陈旧。我们早就计划建造一两艘太空扫雷舰，效率至少是那辆清道车的20倍。只要有两艘扫雷舰，两年之内，环地球空间不会再有任何垃圾了。但是你知道，绿色组织以那辆清道车为由，搁浅了这个计划。这些只会吵吵嚷嚷的蠢不可及的外行！他们一直叫嚷扫雷舰的激光炮会造成新的污染，这种指责实际上并没有多少科学根据。再说，那辆清道车已经投入运行近40年，太陈旧了，一旦彻底损坏，又将变成近百吨的太空垃圾。还有李太炎先生本人呢！我们同样要为他负责，不能让他在这辆危险的清道车上待下去了。”

我抢过话头：“这正是问题所在。在40年的太空生活之后，李先生的心脏已经衰退，已经不能适应有重力的生活！”

邦克叔叔大笑起来：“不要说这些孩子话，太空医学发展到今天，难道还能对此束手无策？我们早已做了详尽的准备，如果医学无能为力，我们就为他建造一个模拟太空的无重力舱。放心吧，孩子！”

来此之前，我从索罗船长和其他人那儿听到过一些闲言碎语，窝着一肚子火来找老邦克干架。但听了他合情入理的解释，我又欣慰又害羞地笑了。邦克叔叔托我劝劝李先生，不要太固执己见，希望他快点回到地球，过一个温馨的晚年。“他能听你的劝告吗？”他笑着问。我自豪地说：“绝无问题！他一定会听从我的劝告。”

下了飞机，我没有在北京停留，租了一辆车便直奔玉泉山，那里有爸爸的别墅。我想请爸爸帮我拿个主意，把李先生的晚年安排得更妥当一些。妈妈对我的回家真可说是惊喜交加，抱着我不住嘴地埋怨，说我心太狠，四个月都没有回家了：“人家说嫁出去的闺女泼出去的水，你还没嫁呢，就不知道往家里流了！”爸爸穿着休闲装，叼着烟斗，站在旁边只是笑。等妈妈的母爱之雨下够一个阵次，他才拉着我坐到沙发上：“来，让我看看宝贝女儿长大了没有。”

我亲亲热热地偎在爸爸怀里。我曾在书上读过一句刻薄话，说人的正直与财富成反比。也许这句愤世之语不无道理，但至少在我爸身上，这条定律是不成立的。我自小就钦服爸爸的正直仁爱，心里有什么话也从不瞒他。我叽叽呱呱地讲了我的休斯敦之行，讲了我对李太炎先生的敬慕。我问他，对李先生这样的病人，太空医学是否有绝对的把握？爸爸的回答在我心中留下阴影，他说他知道有关太空清道车报废的消息，恰巧昨天太空署的一位朋友来访，他还问到这件事，“那位朋友正是太空医学的专家，他说只能尽力而为，把握不是太大，因为李先生在太空的时间太长了，40 年啊，还从未有过先例。”

我的心开始下沉，勉强笑道：“不要紧，医生无能为力的话，他们还准备为李先生特意造一间无重力室呢。”

爸爸看看我，平静地问：“是否已经开始建造？太空清道车强制退役的工作下周就要实施了。”

我被一下子击懵了，目光痴呆地瞪着爸爸，又目光痴呆地离开他。回到自己的卧室，我立即给航天界的所有朋友拨电话，他们都证实了爸爸的话：那项计划下周就要实施，但没有听说建造无重力室的消息或计划。

索罗说："不可能吧，一间无重力室造价不菲，管理局的老爷们会为一个垂暮老人花这笔钱？"

我总算从梦中醒过来了。邦克叔叔唯一放在心上的，是让这个惹人讨厌的老家伙从太空中撤下来，他们当然会为他请医生，为他治疗——假若医学无能为力，那不是他们的本意。他们也曾计划为受人爱戴的李先生建造一间无重力室，只可惜进度稍慢了一点儿。一个风烛残年的垂垂老人嘛，有一点意外，人们是可以理解的。

我揩干眼泪，在心底为自己的幼稚冷笑。在这一瞬间，我做出人生的最后抉择，或者说，在人生的天平上，我把最后一颗小小的砝码放到了这一边。我起身去找父亲，在书房门外，我听见他正在打电话，从听到的片言只语中，他显然是在同邦克通话，而邦克局长也承认了至少是含糊地承认了我刚刚明白的事实。爸爸正在劝说，但显然他的影响力这次未能奏效。我推门进去时，爸爸正好放下听筒，表情阴郁。我高高兴兴地说：

"爸爸，不必和老邦克磨牙了，我已经做出自己的决定。"

我唤来妈妈，在他们的震惊中平静地宣布，我要同太炎先生结婚，代玛格丽特照顾他直到百年。我要伴他到小行星带，找一个合适的小行星，在那儿生活。希望爸爸把他的私人空天飞机送给我，这是我唯一想得到的遗产。父母的反应是可想而知了，在整整三天的哭泣、怒骂和悲伤中，我一直平静地重复着自己的决定。最后，睿智的爸爸首先认识到不可更改的结局，他叹息着对妈妈说：

"不必再劝了，随女儿的心意吧！你要想开一点，什么是人生的幸福？我想不是金钱豪富，不是名誉地位，是了结自己的心愿，织出心灵的恬静。既然女儿主意已定，咱们何必干涉呢？"他语重心长地对我说："放儿，我们答应你，也请你许诺一件事。等太炎先生百年之后，等你生出回家的念头，你要立即告诉我们，不要赌气，不要爱面子，你能答应吗？"

"我答应。"我感动地扑入父母的怀抱，三人的热泪流淌在一起。

爸爸出面让轨道管理局推迟了那个计划的实施时间。三个月后，索罗驾驶着他的 X–33B，奥尔基和我驾驶着爸爸的 X–33L，一同来到李先生身边，告诉他，我们不得不执行轨道管理局的命令。李先生已经有了思想准备，只是悲伤地叹息着，看着我们拆掉清道车的外围部件，连同本体拖入 X–33B 的大货舱，他自己则随我来到另一艘飞船。然后，在我的飞船里，我微笑着说了我的安排，让他看了我在地球上办好的结婚证。李先生在极度震惊之后是勃然大怒：

“胡闹！你这个女孩实在胡闹！”

他在激怒中气喘吁吁，脸庞涨红。我忙扶住他，真情地说：“太炎先生，让我留在你的身边吧，这是我对玛格丽特姐姐答应过的诺言啊！”

在索罗和奥尔基的反复劝说下，在我的眼泪中，他总算答应我“暂时”留在他身边。但他却执意写了一封措辞坚决的信件，托索罗带回地球。信中宣布，这桩婚姻没有征得他的同意，又是在他缺席的情况下办理的手续，因而是无效的。索罗船长询问地看看我，我点点头：“就照太炎先生的吩咐办吧，我并不在乎什么名分。”

我们的飞船率先点火启程，驶往小行星带。索罗和奥尔基穿着太空服飘飞在太空，向飞船用力挥手。透过面罩，我看见那两个刚强的汉子都泪流满面。

“我就这样来到了小行星带，陪伴太炎先生度过他最后的两年。”徐放娓娓地说，她的面容很平静，没有悲伤。她笑着说：“我曾以为，小行星带一定熙熙攘攘的尽是飞速奔跑的小石头，不知道原来这样空旷寂寥。这是我们见到的第一颗小行星，至今我还不知道它的编号哩！我们把飞船锚系在上面，便开始我们的隐居生活。太炎先生晚年的心境很平静，很旷逸——但他从不承认我是他的妻子，而是一直把我当作他的爱女。他常轻轻捋着我的头发，讲述他一生的风风雨雨。也常望着地球的方向出神，回忆在太空清道车上的日日夜夜。他念念不忘的是，这一生他没能把环地球空间的垃圾清除干净，这是他唯一的遗憾。我精心照顾着他的饮食起居，这次我在 X-33L 上可没忘记装食物再生机，不过先生仍然吃得很少，他的身体也日渐衰弱。我总在想，他的灵魂一半留在地球轨道上，一半已随玛格丽特进了天国。这使我不免懊丧，也对他更加钦敬。这样直到两年后的一天，李先生突然失踪了。”

那对入迷的年轻人低声惊呼道：“失踪？”

“对。那天，我刚为他庆祝了 75 岁生日。第二天应是玛格丽特去世两周年的忌日。一觉醒来，他已经不见了，电子记录簿上写着：‘我的路已经走完。永别了，天使般的姑娘，快回到你的父母身边去吧！’我哭着奔向减压舱，发现外舱门仍开着，他一定是从这儿回到了宇宙母亲的怀里。”

苏月止不住猛烈地啜泣着，徐放把她揽到怀里说：“不要这样，悲伤哭泣不是他的希望。我知道，太炎先生这样做，是为了让我早日回到人类社会中去。但我至今没有回地球，我在那时突然萌生一个志愿：要把两个平凡人的伟大形象留在宇宙中。于是，我就开始在这颗行星上雕刻，迄今已经 15 年了。”

在两个年轻人的恳请下，他们乘摩托艇再次观看了雕像。太炎先生仍在神情专注地扫地，在太空永恒的静谧中，似乎能听见这对布衣夫妇的低声絮语。徐放轻声笑道：“告诉你们，这可不是我最初的构思。那时我总忘不了太炎先生用手抓流星的雄姿，很想把他雕成太空超人之类的英雄。但我最终雕成现在这个样子，我想这种平凡更符合太炎夫妇的人格。”

那对年轻夫妇很感动，怀着庄严的心情瞻仰着。回到飞船后，苏月委婉地说：

“徐阿姨，对这组雕像我只有一点小小的意见：你应从那株树后走出来，我发现你和玛格丽特奶奶长得太像了！你们两人身上都有圣母般的高贵气质。”

很奇怪，听了这句话后，杜士彬突然之间也有了这种感觉，而且越来越强烈。实际上，她们一人是金发深目，一人是黑发圆脸，两人的面貌根本不像。徐放摆摆手，开心地笑起来。她告诉二人，这幅画很快就要收笔了，那时她将告别两位老人，回到父母身边去：“他们都老了，急切地盼着见我，我也一样，已经归心似箭了！”

苏月高兴地说：“徐阿姨，你回去时一定要通知我，我们到太空站接你！”杜士彬也兴奋地说：“我要赶到这儿来接你！”徐放笑着答应。

他们收到了大飞船发来的信号，两位年轻人与她告别，乘太空摩托艇返回。当他们回头遥望时，看见那颗小行星上闪着绚丽的激光。

# 百年守望

## 一

昊月国际能源公司的采掘基地设在日照较长的月球南极。采掘机夜以继日地工作着，从坚硬的洛格里特（月壤）中采掘和提炼出宝贵的氦 3，再用无人货运飞船送往地球。这个作业过程全部由主电脑广寒子管理。“广寒子”意指“广寒宫的得道真仙”——不用说，主电脑设计者肯定熟悉中国古典文化。整个基地只有一名员工，是一个蓝领工人，负责处理那些电脑和自动机械不好处理的零星杂事，人员三年一换。氦 3 的年产量为 200 ~ 250 吨，基本可以满足全地球的能源需求。

毫不夸张地说，正是昊月公司的功绩，使地球进入了一个全新的氦盛世，一个使用干净能源和充裕能源的时代。公司创始人施天荣先生也成为时代伟人。

## 二

在月球基地工作的最大好处是安静，没有大气，听不到陨石的撞击和采掘机的轰鸣。从地球来的无人货运飞船在降落时同样是悄无声息，轻轻的一次震动，那就是飞船抵达基地了。这是武康三年合同期中最后一次物资补充，他像往常一样去卸货口接收货物。但这次和以往不同，短短几分钟后他就气喘吁吁地返回，匆匆撞开生活舱门，怀中抱着一个身穿太空服的躯体。太空服的面罩上结满了冰霜，看不清那人的容貌。武康急迫地喊着：

“广寒子！广寒子！货船中发现一个偷渡客，已经冻硬了！”

面容清癯、仙风道骨的广寒子迅速无声地滑过来——实际这只是广寒子拟人化的外部躯体，它的巨型芯片大脑藏在地下室里——冷静地说：

“放到治疗台上，给他脱去太空服，我来检查。”

武康卸下那人的面罩，情不自禁地吹了一声口哨：“啊！曾祖父级的偷渡客！广寒子我和你打赌，这老牛仔至少80岁啦。”

那人满面银须浓密虬结，皱纹深镌如千年核桃。虽然年迈，但仍算得上一个肌肉男。广寒子笑道：

“我才不会应这个赌。山人掐指一算便知他的准确年龄：81岁。”它迅速做了初步检查，“没有生命危险，是正常的冬眠状态，只用按程序激活就行。武康你还去接货吧，我一个人就行。”

武康返回卸货口继续工作，等他再次返回治疗室，那位“曾祖父级的偷渡客”刚刚苏醒。他缓缓地打量着四周，声音微弱地说：“已经……到月球……了吗？请原谅……我这个……不速之客。”他的浓密银须下面绽出一波微笑，说话慢慢变连贯了，“不必劳……你们询问，我主动招供吧。我叫吴老刚，今年81岁。我这辈子一直有个心愿，就是把这副老骨头葬在幽静的月球，而偷渡是最快捷最省钱的办法。”

武康大摇其头：“我整天盼着早一秒离开这座监狱，想不到竟有人主动往火坑里跳，还要当千秋万世的孤魂野鬼！”他安慰老偷渡客，“老人家你尽管放心，月球上有的是荒地。只要你不嫌这儿寂寞，我负责为你选一个好坟址。”

老人由衷地感谢：“多谢啦。”

“不过你甭性急，你老伸腿闭眼之前尽管安心住这儿，好心眼儿的广寒子——就是基地的主电脑——一定会殷勤地照顾你。至于我呢，很遗憾不能陪你了，过几天我就回地球啦。”他喜气洋洋地说。

“谢谢你和广寒子。你要回家啦？祝你一路顺风。”

通讯台那边唧了一声，武康立即说：“抱歉，我得失陪一会儿。现在是每周一次的与家人通话时间，绝不能错过。”他跑步来到通讯台，按下通话键，屏幕上现出一个年轻妇人，穿着睡衣，青丝披肩，身体丰腴，性感的嘴唇，清澈的眸子中盈着笑意。武康急迫地说：

“秋娥，只剩13天了！”两秒钟后，秋娥也说：“武康，只剩13天了！”

月地之间的通话有四秒多钟的延迟，所以两人实际是在同一瞬间说了同样的话。双方都为这个巧合笑了。秋娥努力平抑着情绪，说：

“武康你知道吗？我是那样饥渴地盼着你，”她轻笑着，“包括我的心，也包括我的身体。”

这句隐晦的求欢在武康体内激起一波强烈的战栗，他呻吟道：“我也在盼着啊，男人的愿望肯定更强烈一些。见面那天，我会把你一口吞下去。”

秋娥笑道：“那正是我想干的事，不过不会像你那样性急，我会细嚼慢咽的。”她叹息一声，负疚地说，“武康，三年前我们不该吵架的。这些年来我对过去做了认真的反省，我想，我在夫妻关系中太强势了。”

三年前他们狠狠干过一架，武康正是盛怒之下才离开娇妻，报名去了鸟不拉屎的月球。“不不，应该怪我，你在孕期中脾气不好是正常的，我不该在那时候狠心离开你。我是个不会疼老婆的操蛋男人，更是个不称职的爸爸。等着吧，我会用剩下的几十年来好好补偿你和儿子。”

秋娥拂去怨痛，笑着说，“好的，反正快见面了。我不说了，把剩下的时间给你的小太子吧。”她把三岁的儿子抱到屏幕前。“小哪吒，来，跟爸爸说：‘爸爸我想你。’”

小哪吒穿一件红兜肚，光屁股，脖子上戴着一个银项圈。他用肉乎乎的小手摸着摄像头，笑嘻嘻地说：“爸爸我想你！”

看他喜洋洋的样子，不像是真正的思念，只是鹦鹉学舌罢了，毕竟他只在屏幕上见过爸爸。但甜美的童声击中武康心中最柔软的地方，眼中不觉发酸。他不想让儿子看见，迅速拭一下眼睛，笑着说：“我的小哪吒，我很快就回去了，耐心等着我！”

“妈妈说，我再睡 13 次觉就能看到你了，对吗？”

“应该是 16 次，还要加上从月球飞到地球的三天旅途。”

小哪吒曲起小指头，一个一个数到 16，最后没把握地说：“我不知道数得对不对。”

“没关系，妈妈会帮你数。你只管安心睡觉就行了。小哪吒，想让爸爸给你带啥礼物？”

儿子不屑地说："那个破地方能有啥礼物。对了，你给我带100个故事就行，我最爱听故事，我会讲好多好多的故事。"

"是吗？会不会讲哪吒的故事？我是说神话中那个哪吒。"

"当然会！哪吒是爸爸的三太子，有三件宝贝。他惹祸了，爸爸训他，他就自杀了。妈妈偷偷为他塑了个神像，又让爸爸发现后打碎了。后来哪吒的老师，叫太乙真人的神仙，用莲节摆了一个人形，把哪吒的灵魂往里面一推，他就活过来了！"

他一口气就讲完了。武康笑着问："这就完了？"

儿子口气很大地说："还长着呢，等我闲了慢慢给你讲。"

"好，等我回家，再赶上你闲的时候，给我细细讲吧。"这个故事触动了武康的心思，不由长叹一声，"这个哪吒的爸爸可算不上个好爸爸。"

秋娥见丈夫的情绪有些黯然，连忙打岔："咱家哪吒就太幸运啦，有个最疼他的好爸爸。"她忽然用眼睛余光瞥到一个陌生人，"咦，基地中多了一个人！墙角那人是谁？"

武康回过头，见偷渡客扶着广寒子立在墙角。"噢，那是一位勇敢的老牛仔，81岁了还冒死偷渡，以便葬在月球。"

秋娥低声埋怨丈夫："你该事先提醒我，有些枕头上的话不该让外人听到的。"

广寒子扶着偷渡客走过来，笑着说："哟，这句话太伤我的自尊心了。秋娥你说枕头话可不是第一次，是不是眼中一直没有我这个人？"

秋娥机敏地说："当然有你这个'人'，但你哪里是'外人'，我早把你看作家里的一员了。"她转过目光，对陌生人嫣然一笑，"喂，勇敢的老牛仔，你好。祝你早日实现愿望——哟，这话大大的不妥，应该说：'祝你顺利实现愿望——但尽量晚一点'，至少在你老100岁之后吧。"

"谢谢啦，很高兴听到这样的双重祝福。"

十分钟的通话时间很快到了，双方告别，屏幕暗下去。但武康还在对着屏幕发愣。三年的孤独实在过于漫长，这些年如果不是有广寒子的友情，他早就精神崩溃了。现在，越是临近回家他越是焦灼，真是度日如年啊，几乎每晚都梦见妻子与小哪吒依偎在怀里，醒来却是一场空。

广寒子非常理解他的心情，走过去轻轻揽住他的肩膀，不过没说什么安慰话。它知道这个蓝领工人很爱面子，虽然想妻儿快想疯了，但最怕外人看到“男人的脆弱”。这些年来，它与武康的相处已经很默契了。

在他们身后，偷渡客的心中同样激荡着猛烈的波涛，浑浊的老眼中波光粼粼。孤独的武康在尽情倾倒对妻女的思念，但他不知道，此刻的“在线通话”只是电脑广寒子玩的把戏，是逼真的互动式虚拟场景。屏幕上那位鲜活灵动的秋娥，还有娇憨可爱的小哪吒，实际只是活在一个名叫《元神》的电脑程序中。

更为残酷的是，13 天后，也就是武康终于要返回家园的那一天，等待他的实际是客运舱中的气化程序。

而这一切，其实都是偷渡客造成的。是他在 50 年前签下那份合同，为一碗红豆汤出卖了自己克隆体的永世生存权。捎带卖出的还有他 31 岁前的人生记忆，那对虚拟的母女正是以这些记忆为蓝本创造出来的。至于这位克隆人武康，他的真实人生其实只有短短三年，即在月球基地工作的这三年，前 28 年的记忆也是从偷渡客的记忆中上传的。

这些年来，他的良心一直不得安宁。这次他以 81 岁的高龄冒死偷渡，就是想以实际行动做一次临终忏悔。

武康带偷渡客到餐厅吃饭去了，广寒子开始呼叫位于地球的公司总部。这是机内通话，外人听不见也看不到。而且——这才是真正的在线通话。公司董事长施天荣先生现身了。他与那位偷渡客是同龄人，同样的须发如雪。广寒子首先汇报：

“董事长，有一桩突发事件，今天的无人货运飞船中发现一名偷渡客。”

四秒钟的时间延迟后，屏幕上的董事长皱起眉头：“偷渡客！地球上的装货一向处于严格的监控之中，外人怎么能混进飞船？”

“他恰恰不是外人。”广寒子叹道，“尽管相隔 50 年，但见面第一眼我就认出他了。这个自称吴老刚的人就是基地的第一任操作工、十七代克隆武康的原版，那位老武康。”

仍是四秒钟的延迟，董事长苦笑着：“这个不安分的老家伙！他到月球干什么？”

“据他说，他想来实现太空葬。”

董事长缓缓摇头：“不，这肯定不是他的真正目的。”

“当然不是。我想——他恐怕是来制造麻烦的。”

“是的，他肯定是来制造麻烦的。当然我们不怕他，昊月公司在法律上无懈可击。不过，”他沉吟着，“也许这个不安分的老家伙会铤而走险，使用法律之外的手段？对，一定会的。广寒子，你尽量稳住他，我即刻派应急小组去处理，至多四天后到。”

广寒子摇摇头：“完全不必。你未免低估了我的智力，还有我闭关修炼 53 年的道行。何况我和老武康曾经共事三年，完全了解他的脾性，知道该如何对付他。这事尽管交给我好了。”

董事长略作思考，果断地说：“好的，我信得过你，你全权处理吧。要尽量避免他与小武康单独接触。必要的话，可以把小武康的销毁提前进行。至于老武康想太空葬，你可以成全他。”稍顿他又提醒，“但务必谨慎！老武康是自然人，受法律保护。你只能就他的意愿顺势而为，不要引发什么法律上的麻烦。”

“请放心，不会出纰漏的。”

“好的，董事会完全信任你。祝你成功，再见。”

武康没有轻忽他对偷渡客的许诺，第二天，他要去露天基地对采掘机进行最后一次例检，走前邀老人同去：

“挑选墓地是人生大事，你最好亲自去一趟，挑一处如意的。身体怎么样，歇过来了吗？”

老武康没有立即回答，用目光征求广寒子的意见——他知道后者才是基地的真正主人。广寒子笑道：

“哪里用得着挑选，月球上这么多陨石坑都是最好的天然坟茔。从几率上说，陨石一般不会重复击中同一块地方，所以埋在陨石坑最安全，不会有天外来客打扰灵魂的清净。”

但说笑归说笑，它并没有阻止。老武康暗暗松一口气，赶紧穿上轻便太空衣，随武康上车。时间紧迫啊，距武康的死亡时间满打满算只剩 12 天了，他急切盼着同武康单独相处的机会。

在微弱的金色阳光和蓝色地光中，八个轮子的月球车缓缓开走，消失在灰暗的背景里，在月球尘上留下两道清晰的车辙。广寒子把监视屏幕切换到月球车内，继续监视着车上的谈话。一路上武康谈兴很浓，毕竟这是他三年来其实是他一生中遇上的第一个人类伙伴。他笑嘻嘻地说：

“老人家，说实话我挺佩服你的。81 岁啦，竟然还敢冒死偷渡！”

老人笑着：“我可是 O 型血，冲动型性格。再说，到我这把年纪，连死亡都不再可怕，还有什么可怕的？”

“你是不是有过太空经历？我看你很快适应了低重力下的行走。”

老人含糊应道：“是吗？我倒不觉得。”

驾驶位上的武康侧过脸，仔细观察老人的面容：“嗨，我刚刚有一个发现：如果去掉你的胡须和皱纹，其实咱俩长得蛮像的。”他开玩笑，“我是不是有个失散多年的叔祖？”

老人下意识地向摄像头扫了一眼，没有回答，显然他不愿当着广寒子的面谈论这样的敏感话题。然后监视器突然被关闭了，屏幕上没了图像也没了声音。这自然是那位老武康干的，他想躲开电脑的监视，同小武康来一番深入的秘密谈话。广寒子其实可以预先采取一些补救措施，比如安装一个无线窃听器等，但它没有费这个事。那位老武康会说什么台词，以及小武康会有什么反应，都完全在广寒子的掌握之中，监听不监听都没得关系。

它索性关了监视器，心平气和地等着两人回来。

两个小时后，月球车缓缓返回车库。两人回到屋里，老武康亢奋地喊：

“太美啦！金色阳光衬着蓝色地光，四周是万年不变的寂静。这儿确实是死人睡觉的好地方，我不会为这次偷渡后悔的。广寒子，我的墓地已经选好啦。”

广寒子知道他的饶舌只是一种掩饰，但并未拆穿，笑着说：“任何首次到月球的人，都会被这儿的景色迷住。我想你肯定是第一次到月球吧。”

“当然当然！我是第一次来月球。”

武康说：“广寒子，准备午饭吧，我去整理工作记录，一会儿就好。”

他坐到电脑前整理记录，表情很平静。但广寒子对他太熟悉了，所以他目光深处的汹涌波涛，还有偶尔的怔忡，都躲不过广寒子的眼睛。可以断定，刚才，就是监视系统中断的那段时间内，老武康已经向他摊开了所有的真相，但少不了再三告诫他维持外表的平静，绝不能让狡猾的广寒子察觉。那些真相无疑使武康受到极大震撼，但他可能还没有完全相信。

这不奇怪，武康一直在用“他的眼睛”看“他的人生”。现在他突然被告知，他的所谓亲眼看见全是假的，他的人生仅仅是一场幻梦，他的妻儿只是电脑中的幻影，如此等等，他怎么可能马上就接受这个真相呢？

这个真相太荒谬了，太残酷了。

两人平淡地吃过午饭，武康说他累了，独自回卧室午睡。广寒子遥测着他的睡眠波，等他睡熟，悄悄把老武康唤到远处的房间里。

“有朋自远方来，不亦乐乎。”广寒子微笑着，直截了当地捅破了窗户纸，“武康，我的老朋友，很高兴50年后与你重逢。”

老武康颇为沮丧，但并没有太吃惊。他叹息道：“我这张老脸早就风干了，没有多少过去的影子了，我还特意留了满脸胡子，可惜还是没能骗过你这双贼眼！不过，我事先也估计到了这种可能。”

广寒子笑了：“我就那么好骗？山人有容貌辨识程序，可以前识50年后推50年，何况你的声纹一点儿没变。老武康，这些年尽管咱们断了联系，但我一直在关注着你。秋娥是五年前去世的，对吧。”

“是的，她去世五年了。”

“你的小哪吒，今年应该是53岁吧。我知道他快当爷爷了。”

“对，谢谢你惦着她。”

广寒子摇摇头，感伤地说：“时间真快啊，所谓洞中只数月，洞外已百年。在我心目中，他还是那个娇憨调皮的光屁股小郎当。”

老武康讽刺地说：“是啊，你要用这个模样去骗各代武康嘛。正如那句格言：谎言重复多次就变成了真实，哪怕是对说谎者本人。”

广寒子平静地反讥：“那也是靠你的鼎力相助嘛，正是你提供了有关他俩的记忆。”它拍拍老武康的肩膀，直率地说，“咱们是老朋友了，不妨坦诚相见。讲讲你时隔 50 年重回月球的目的吧，你当然不是为了什么太空葬。”

老武康既然被识破身份，也就不隐瞒了。“当然，不是为了什么狗屁太空葬，我这把老骨头葬哪儿都行，犯得着巴巴地跑到月球上来？实话说，我这次来是为了拯救——拯救这位武康的性命，也拯救我自己的灵魂。”

广寒子冷冷一笑：“先不说拯救小武康的事，你本人的灵魂嘛倒确实该拯救。50 年前，就是你告别我返回地球之后，把克隆体的永世生存权卖了 2000 万元，直到晚年才想到忏悔。怎么，2000 万花完了？”

老武康面红耳赤：“你尽管骂吧，我是罪有应得。我那时年轻，想问题太简单，我觉得把几十个口腔黏膜细胞，再加三年的工作经验和生活记忆卖它 2000 万，是非常划算的生意。”

“没错啊，太划算啦，这笔钱几乎是白捡的，你本人没有任何损失嘛。”

老武康闷声说：“广寒子，看在当年交情的份上，你就别往我心里捅刀子了。这些年，自打我想通那一点——我卖出的每个口腔黏膜细胞都将成为活生生的人，但他们将一辈子活在欺骗中，活在囚禁中，是 21 世纪的悲惨奴隶——我就逃不开内心的煎熬。”

“你还少说了一条——他们的人生只有短短三年！”广寒子说，“倒不是克隆的身体不耐久，而是因为他们熬不过孤独。在这座荒远的监狱里最多只能坚持三年，再长就会精神崩溃。所以昊月公司只得以三年为轮回期，把好端端的旧人报废，用新的克隆人来替换。”

“没错，我再清楚不过了——我本人熬过那三年后就差点崩溃。”

“但有一点你还没意识到呢。你不光害了各代武康，还害了秋娥母子——我是指虚拟的秋娥母子。尽管他们只是活在那个《元神》程序中，但那个程序很强大，可以说他们已经有了独立的心智。小哪吒毕竟年幼，懵懂无知，但秋娥就惨了，甚至比克隆武康还要惨：她得苦苦熬过三年的期盼，然后程序回零，开始新一轮人生，新一轮的苦盼。到这一代为止，她的苦难实际上已经重复了 17 次。”

老武康沉默了。过一会儿他恨恨地说：“没错，是我签的那个合同害了他们，我是个可恶的混蛋。但你的老板更可恶，他为了节省开支，想出这个缺德主意。”

广寒子摇摇头：“不，你这样说对施董不大公平。算上给你的 2000 万，这个主意并不省钱。他的目的是避免‘人’的伤亡。你很清楚，月球没有大气，陨石撞击相当频繁，这种灾难既无法预测，也基本不可防范。你工作的那三年，就有两次几乎丧生。”

老武康冷笑一声：“那克隆人呢？他们的命就不是命？我听说 17 代克隆人中，有两代死于陨石撞击。”

广寒子心平气和地说：“一点儿不错，他们的命确实不是命——在当时的法律中，以及施董那代人的观念中，克隆人并非自然生命，珍视生命的观点用不到它们身上。”老武康要开口反驳，广寒子抢过话头，“我不为施董辩解，更不会赞成他的观点，要知道我本人也是非自然生命啊。我只是客观地叙述事实。公平地说，施董那时是从人道的初衷出发，做出了一个不人道的决定。”

老武康不服气，但也想不出有力的理由反驳，低声咕哝道：“狡辩。”

“而且从法律上说，对你的克隆完全合法，他们用 2000 万买了你的授权啊，这种做法很慷慨，甚至超前于当时的法律。”

老武康不耐烦地说：“那也不能改变他是混蛋这个事实，至多是一个合法的混蛋。而且——混蛋名单中还有你呢，”他冷笑道，“尽管你只是一台电脑，只是执行既定的程序，但你毕竟亲手气化了 17 个，不，15 个克隆人。你手上沾满了武康们的鲜血。广寒子我想问一句，50 年来你兢兢业业，用秋娥和小哪吒的音容笑貌欺骗各代武康的感情；你对满怀渴望走进客运舱的武康们冷酷地执行销毁程序；当你干这些勾当时，就没有一点儿内疚？”

广寒子平静地说：“你刚刚说过，我只是一台电脑，电脑没有感情。”

“少扯淡。咱们是老朋友，我知道你的智力有多高——绝对进化到了‘智慧’的层次，完全能理解人类的感情。你忘了我对你的评价？我一直说你是‘好心眼儿的广寒子’，就是嘴巴有点不饶人。”

广寒子点点头：“对，我记得这句话。好吧，看在这句话的份上，这次我会尽力成全你的心愿。”

老武康怀疑地紧盯着广寒子的电子眼。当然，电子眼算不上“心灵的窗户”，无法通过它看透广寒子的内心。他长叹一声：

“我怎么觉得你的许诺来得太快了一点儿，这么快就放下屠刀立地成佛啦？好吧，但愿我能信任你，但愿你的硅基身体里，还是那颗‘好心眼儿’在怦怦地跳。”

“没错，我还是50年前那个好心眼儿的广寒子，否则，”它淡淡地说，“昨天给你解除冬眠时，恐怕就要出点小失误啦！那会儿连小武康都不在现场。”

老武康一惊，想想确实如此，不免有点后怕。他闷声说：“我这个计划策划了十年，看来还是有大疏漏。”他求告道，“好心眼儿的广寒子，我的老朋友，谢谢你这次大发慈悲饶了我。那么，对可怜的小武康，也请你放他一马吧。”

广寒子平静地说：“你放心，我会妥善处理的。”

广寒子和老武康之间已经把话挑明了，现在它和他都悄悄等着小武康的反应。但六天过去了，小武康这边竟然没有动静。他照常睡觉、吃饭、做日常工作、收拾打算带走的随身行李、在健身机上踢踢踏踏地跑步。他比往常显得沉默一些，但考虑到他马上就要与三年的居家告别，有这种情绪也属正常。广寒子不动声色地旁观着，老武康则越来越沉不住气——要知道七天后小武康就要“返回地球”，而客运舱中等待他的将是死亡！他会不会固执到拒不听从老武康的警告，仍要按原计划返回？真要那样的话，老武康白忙一场，死都闭不上眼睛。

这天晚上，小武康照例锻炼得满身大汗，冲冲澡，很快入睡了，竟然睡得很香。老武康睡不着，在床上翻来覆去地折腾。广寒子轻悄地滑进来，立在床边，淡淡地嘲讽道：

“老武康，请克制内疚感，安心入睡吧，老年人可经不起这样的折腾。我这两天够忙了，你别再让我抢救一个中风病人。说句不中听的话——早知今日何必当初呢。”

老武康这会儿没心思与它斗嘴，半抬起身，压低声音说：“广寒子，如果——万一——小武康仍照常走进客运舱，你真的会启动气化程序？”

广寒子没有正面回答：“你放心，他绝不会走进客运舱的。我相信这一两天内他就有大动作。”

“大动作？”

“等着瞧吧。事先警告一句，他的反应很可能超出你的预料，甚至超出我的控制范围。”它长叹一声，“老武康，我的老朋友，你历来爱冲动，如今已经81岁了，处事还是欠成熟。不错，你在晚年反省到自己的罪孽，冒着生命危险来进行这次救赎，这种行为很高尚。但你是不是把各种善后事宜统统考虑成熟了？比如说，救出小武康后，咋给他安排生活？”

“他应该回到人类社会，活到自己的天年；他应该成家，真正的家，而不是现在的镜花水月；他应该得到三年工资再加一笔公司赔偿。我本人也会尽力补偿：我把地球上的家产都留给他了，哪吒也同意在我去世后照顾他。”

“想得真周到啊，但你能肯定，这确实是小武康想要的东西吗？”

老武康有点茫然：“应该是吧，这都是人之常情。”

“不，你并没有真正站在他的角度来思考。他的一生，除了那28年的虚假记忆，就完全活在对秋娥和小哪吒的思念中。他们是他的全部，没有了他俩，他活着就了无意趣。现在他已经知道，地球上并没有‘那个’秋娥和小哪吒，他们只存活于芯片内，圈禁在一个叫《元神》的程序中。你想在这种情况下，他会不会独自回到地球，而把妻儿撇下，听任他们继续被可恶的电脑禁锢？”

老武康得意地说：“对这一点我早有筹划。”

“什么计划？”

“暂时对你保密。老朋友，我相信你还是那个好心眼儿的广寒子，但眼下我还得存点提防。”

广寒子讥讽地说："就凭你那点智商，还想跟山人玩心眼儿？说吧，你那个与两份口腔黏膜细胞有关的计划。"

老武康吃吃地说："你……已经知道了？"

广寒子很不耐烦："说吧，别耽误时间。"

"那……就告诉你吧，我已经事先取得了秋娥和哪吒的口腔黏膜细胞，还有两份授权书，其中秋娥的那份是在她生前办的。我来基地的目的，就是想逼昊月公司答应这件事：克隆出一个 31 岁的秋娥和一位三岁的小哪吒，并把《元神》程序中的相关记忆分别上传给她们。这样，武康回地球后就能见到真的妻儿，有了完整的家。广寒子，这个计划应该算得上完美吧。"

广寒子看着他渴望的眼神，叹息着摇头："看来你确实是真心忏悔，用心良苦啊，我真不忍心给你泼冷水，可惜这条路行不通。"

老武康不服气："为啥行不通？"

"因为《元神》程序中的有关信息并非拷贝于本人的记忆，而是从你的记忆中剥离出来的，是第二手的、非原生的、不完整的、不连续的。用这些信息来支撑一个两维虚拟人——那没问题，但无法支撑一个三维的克隆人。"

老武康的脸色顿时变得惨白："真的不行？"

"真的不行。如果硬用它们来做克隆人的灵魂，最多只能得到一个精神不健全者。"

老武康十分绝望："但我妻子已经过世，无法再拷贝她的记忆了！"

"即使能拷贝也不行，那只能重建'另一个'秋娥或哪吒，而不是和小武康共处三年的'这一个'。两者分离了 50 年，已经失去同一性了。"

"那该咋办？这个难题永远没有解啦？"

"你以为呢？"广寒子没好气地挖苦他，"我不想过多责备你，但事实是：自打你在那份卖身契上签上名字，你就打开了魔盒，放出三个不该出生的人，也制造了一个无解的难题。关于这一点，身临其境的小武康肯定比你清楚，否则他不会做出那样的决定。"

"啥样的决定？你已经知道了他的打算？"老武康急急地问。

广寒子平静地说："一个绝望的决定——六天前那次出外巡检中，就是在你告诉他真相之后，他从工地悄悄带回几封TNT。他做得很隐秘，连你也没发现，但我在生活舱空气中检测到了突然出现的TNT分子，而扩散的源头就在那间地下室内——你知道那儿是我的大脑，而我恰像人类一样，对自己大脑内的异物是无能为力的。”

老武康很是震惊：“他想炸毁你？他要让基地和所有人都来个同归于尽，包括程序中的母子俩？”

“没错。这正是那个貌似平静的脑瓜中，这几天念念不忘的事情啊。别忘了，他和你一样是O型血，冲动型性格，办事只图痛快不大考虑后果的。尽管他还没最后下定决心——也许是不忍心让一个巴巴赶来报信的好心老头儿一同陪葬？”广寒子讥讽地说，“其实你不会有意见的，求仁而得仁，你将得到一场何等壮丽的太空葬！但可怜的广寒子呢，这个‘已经具有智慧’的家伙还不想死呢！”

老武康沉默一会儿，担心地问：“你打算咋办？为了自保先动手杀他？”没等对方回答，他就坚决地摇头，“不，你不会杀他。”

“为什么不会？求生是所有生命的最高本能。而且你说过，我这个‘在册混蛋’曾冷酷地执行过15个克隆人的气化程序。”

“你那是被动执行程序，与这不一样。依我的直觉，你一定不会主动杀他。”

广寒子嘲讽道：“你的直觉可不灵，至少你没感觉到小武康血腥的复仇计划。”它放缓口气，“好了，睡吧，尽管安心睡吧。至少今晚咱俩是安全的，我断定小武康还没最后下定决心呢。”

第二天，像往常一样吃过早饭，小武康平静地吩咐：“广寒子，把过渡舱打开，我想再去露天工地检查一次。”

广寒子提醒他：“再过20分钟，就是每周一次的与家人通话时间，这是你返回地球前的最后一次了。你还要出去吗？”

“你先开门吧。”

广寒子顺从地打开气密室内门，一边问：“武康，你今天想到哪儿活动？

请告诉我，我好提前为你做准备。”武康没有回答，取下太空衣开始穿戴，广寒子提醒他，“武康请注意，你穿的是舱外型太空衣，你今天不打算乘太空车吗？”

武康不作回答，继续穿戴着，背上氧气筒，扣上面罩。然后推开尚未关闭的内门，返回生活舱。“广寒子你打开通话器，我要与家人通话。”

这个决定比较异常，因为过去他与家人通话时从没穿过太空衣，那样很不方便的。但广寒子没有多问，顺从地打开通话器，还主动把太空衣的通话装置由无线通话改为声波通话。旁观的老武康则紧张得手心出汗。他已经断定，小武康筹谋多天的复仇计划就要付诸实施了！所以他先用太空衣把自己保护起来。太空衣的氧气是独立供应的，不受广寒子的控制，这样小武康就无须担心某种阴谋，比如生活舱内的气压忽然消失。舱外型太空衣的氧气供应期为两天，有这段时间，一个复仇者足以干很多事情了。此刻老武康的心里很矛盾，尽管他来月球的目的就是要鼓动小武康的反抗，但也不忍心老朋友广寒子受害。至于自己的老命也要做陪葬，倒是不值得操心的事。这会儿他用目光频频向广寒子发出警告，但广寒子视若无睹。

小武康与家人的“在线通话”开始了。当然，这仍然是广寒子玩的把戏——其实这么说并不贴切,《元神》程序虽然存在于广寒子的芯片大脑内，但它一向是独立运行，根本用不着广寒子干涉。连广寒子也是后来才发现，在它母体内悄悄孕育出了两个新人，两个独立的思维包，只是尚未达到分娩阶段罢了。

照例经过四秒钟的延迟后，屏幕中的秋娥惊讶地喊：

“哟，武康，你今天的行头很不一般哪。”她笑着说，“已经迫不及待啦？还有六天呢，你就提前穿上行装了。”

武康回头瞥了广寒子一眼，淡淡地说：“不，不是这样。最近几晚我老做噩梦，穿上这副铠甲有点儿安全感。”

秋娥担心地问：“什么样的噩梦？武康，你的脸色确实不太好。你不舒服吗？”

“我很好，只是梦中的你和小哪吒不好。我梦见你们中了巫术，被禁锢在一个远离人世的监狱里，我用尽全力也无法救出你们。”

他说这些话本来是想敲打广寒子，不料却误击到妻子。秋娥的情绪突然变了，表情怔忡，久久无语，这种情绪在过去通话中是从未有过的。武康急急地问：

“秋娥，你怎么啦？你怎么啦？”

秋娥从怔忡中回过神，勉强笑着：“没什么——等你回家再说吧。”

“不，我要你这会儿告诉我！”

秋娥犹豫片刻后低声说：“你的话勾起我一个梦境。我常做一个雷同的梦，梦中盼着你回来，而且眼看就盼到了；可是天上有一个声音说，我盼不到的。就在你将要回来的那一天，这个梦将会回到三年前，从头开始。一次又一次重复，看不到终结。”

通话停顿了，沉重的氛围透过屏幕把对话双方淹没。忽然小哪吒的脑袋出现在屏幕中：

“爸爸，我也做过这样的梦，还不止一次！”他笑嘻嘻地宣布。

他的嬉笑让旁听的老武康心痛如割，广寒子悄悄触触他的胳膊，示意他镇静。过一会儿，小武康勉强打起精神安慰妻儿：

“那只是梦境，咱们别信它。都怪我，不该说这些扫兴的话。”

秋娥也打起精神：“对，眼看就要见面了，不说这些扫兴的话。喂，小哪吒，快和爸爸说话！”

“不，儿子你先等等。秋娥，我马上要回地球了，今天想问一些亲人朋友们的近况，免得我回去后接不上茬。”

“当然可以，你问吧。”

他接连问了很多家人和熟人的情况，秋娥都回答了。广寒子不动声色地听着，知道武康是想从这些信息中扒拉出虚拟世界的破绽。但这样做是徒劳的，因为上传给武康的记忆与虚拟秋娥的“记忆”来自同一个资料库，天然相合。你无法从中找出逻辑错误，就像你无法提着自己的头发把自己拽离地面。但广寒子这次低估了这个蓝领工人。问到最后，武康突然换了问题：

“昊月基地已经开工 53 年了，在我之前应该有 17 位工人，但广寒子的资料库中没有他们的任何资料。他们早就回地球了，你听说过他们的消息吗？”

“哟，这我可从没注意。”

“是吗？你再仔细想想。你这样关心我，不会放过与他们有关的报道吧——从中你能多了解一些月球基地的日常生活。”

“我真的没有注意到。也许他们都没有抛头露面，也许他们都和昊月公司签有保密协议。”

“不，我本人并没有签保密协议。而且我也没打算回地球后对这三年保密。以我的情况推想，他们不会守口如瓶的。”

大概是因为心绪不佳，秋娥对于武康的追问有点不快：“这件事干吗这么着急，等你回来后再细细盘查也不迟。武康，儿子在巴巴地等着呢。”

“好吧，来，小哪吒，和爸爸说话。”

于是武康完全撇开这个话题，一直到通话结束都没再捡起来。但广寒子知道他的撇开是因为已经有了确凿的答案。在为武康搭建的谎言世界中，有关各代工人的部分的确是最薄弱的环节。这没办法，因为前 17 代工人除了原版武康外，都是完全雷同的克隆人，又都在这个封闭环境里生生灭灭。如果要完全从零开始来建构他们回地球后的生活，包括他们与社会的各种联系，那无异于重建一个人类社会，信息量过于浩瀚了，而且难以做到可验证。所以，这个谎言世界只能是封闭的，对系统之外的东西干脆省略。这正是虚构世界的罩门和死穴。这个蓝领工人虽然学识不足，但足够聪明，一下子找到了它。

也就是说，武康此时已经知道了那对母子的真实身份，知道这种“在线通话”是怎么一回事。但不管心中怎么想，他还是善始善终地完成了最后一次通话。这可以说是出于丈夫和父亲的本能，他不会草率地掀开裹尸布，让“妻儿”看到残酷的真相。

双方依依告别：

“再见，在地球上见你！”

“再见，在地球上等我！”

虚拟的秋娥心很细，虽然心绪不佳，也没忘了向老偷渡客问好。老武康走上前，与她通过屏幕碰了碰额头。此时老武康心弦激荡，激荡中也包含某种微妙的情愫。屏幕上的年轻女子是他 50 年前的“妻子”，但眼下她的身份更像是女儿或儿媳。对妻子的爱恋和对后辈的疼爱掺混在一起，难免有点错位。

这对母子是根据老武康年轻时的记忆构建的，构建得非常逼真，但与记忆相比也有细微差别。比如，真实秋娥爱向左方甩头发，虚拟秋娥则是向右方。其实真正的差别还不在这些细枝末节，而是他们的“元神”。《元神》程序做鉴定运行时，曾让老武康看过。那时，秋娥和哪吒的形象明显单薄和苍白，就像是初次登台的话剧演员。现在，在重复演出 17 次之后，秋娥母子已经相当真实饱满，几乎是呼之欲出了。

这么说,《元神》程序并非简单的回零循环，也有潜在的强化功能？依刚才秋娥和哪吒的梦境，他们在回零后还能残留一些对“前生”的模糊记忆？

通话结束了，武康在屏幕前又枯坐了好大一会儿。之后他回过头来盯着广寒子，目光像剃刀一样锋利和寒冽。手里握着一个自制的起爆器，大拇指按在起爆钮上。

“广寒子，我想你已经知道，今天我为啥先把太空衣穿上了。”

广寒子叹道,“我知道。武康，你我一直是朋友。如今走到这一步，让你这样提防我，我很难过。”

“那我也很难过地告诉你，这位偷渡客，或者说老武康，在七天前对我披露了一些令人难过的真相，刚才我大致已经把它证实了。要是你能用充足的证据推翻它，我再高兴不过。”

“我无意推翻它。其实你不必用这样迂曲的办法来证实，直接问我就行。”

广寒子随即调出了有关 17 代武康的信息，不包括老武康的。这些都是严密保护的隐藏文件，过去武康没发现过，更不能打开。在屏幕上，17 代武康一代一代地重复着同样的生活，重复着对妻儿的刻骨思念，这些场景是武康十分熟悉的。也有一些他从未看到的场景：两代武康死于陨石撞击，其中一个只活了两年；其他 15 代武康在熬够三年后急不可待地走进过渡舱，先聆听公司预录的热情洋溢的感谢辞，然后满怀幸福的憧憬，躺进那艘永远不会启用的自动客运飞船。透明舱盖缓缓合上，一声铃响，舱内顿时强光闪烁，白烟弥漫。白烟散去，一个活人化为空无。然后一个新的 28 岁武康在地球那边被克隆出来，由无人货运飞船运到月球基地，放在治疗床上被激活，输入 28 年的记忆，同样的故事再次开始。

武康看着这些场景，眼中怒火熊熊，双手微微颤抖。广寒子看看他拿着遥控器的右手，温和地提醒道：

“武康，请深吸一口气，努力镇静自己。你那个自制的遥控器不怎么可靠，如果来个误动作，事情就无法挽回了。我知道你在最终按下它之前，肯定还要澄清一些疑问。请尽管问，我会像刚才一样坦诚相告。”

“好，我问你，程序中的秋娥和哪吒是不是真有其人？”

“有，是依据老武康 50 年前上传的记忆构建的。不过我得说明一点，因为《元神》程序的功能十分强大，又经过 17 次运行，可以说，重生 17 次的秋娥和哪吒差不多已经活了，已经独立于其蓝本了。”

“也就是说，我回地球是找不到他们的。”

广寒子叹息着同意：“恐怕是这样。”

武康面色惨然：“好啊，既然如此，那我就陪娘儿俩一同去天国吧。”

广寒子看看他作势要按下的拇指，平静地说：“好的，我乐意陪你们同去。武康，我的朋友，你以为只有你们仨是受害者吗？其实我也是受害者之一。如果我是个头脑简单的低等级电脑，那就一生安乐。可惜我有智慧，有自己的是非观。我干的那些事违反本性，可我还得一次一次地干下去。你受的苦难只有三年，然后在幸福的憧憬中安然睡去；秋娥母子的受难也可以说只有三年，因为每三年程序就会基本回零；只有我所受的折磨已经是 17 次方的叠加，还不知道什么时候是终结。”

武康冷冷地说：“你干吗非要这样委屈自己？你完全可以中止它，没人拦得住你。”

“是啊，我早就想这样做了，可惜我的程序中还有一个优先级的任务，或者换一种说法也未尝不可——我受到更高层面的道德束缚，那就是保住地球人的生命线。这个基地从某种意义上说确实是地狱，但这个地狱保障了60亿地球人的生存权。它一旦被毁，也许在短短十年内，地球人就会有100万死于饥馑，300万死于环境污染。武康，我也想用一包TNT结束这儿的苦难，一了百了。可是，如果我像你一样按下拇指，就要为几百万条人命负责。”

这番话让武康的怒火更为炽烈：“那么我呢？这个渺小的克隆人就该心甘情愿地去死，以换得那几百万人的生存？”

在刚才那段时间，老武康从这儿悄无声息地消失了。这会儿他悄悄返回，躲开小武康的目光，向广寒子暗示着什么。广寒子知道他的意思，但佯装没有看见。它对小武康温和地说：

“当然不是。你同样有权活下去。这50年来，我一直在努力寻找一个能顾及各方利益的解决办法，可惜至今没找到。如果只是想逼昊月公司结束这里的不人道状况，改为雇用真人，那不算困难。但最大的问题不在这儿，而在于三个本不该来到世界上的人——你、秋娥和小哪吒——该怎么办。你即使回地球过完天年也不会幸福的，因为那儿没有你深爱的妻儿；而秋娥母子呢，别人也许认为他们只是程序中的幻影，删掉就行了，他们不会有心智来感受痛苦。不过我想，你恐怕不会同意这样的观点。”

小武康脸上肌肉抖动一下，咬着牙没有回答。

“武康，你在绝望中想带着秋娥母女与基地同归于尽，我理解你的心情。但坦率地说，这是一个糟糕的决定。不说别的，至少你无权代秋娥来决定她自己的命运。我有个匪夷所思的建议，你不妨考虑一下：在你下决心按下起爆钮前，为什么不听听秋娥的意见呢？你把所有真相告诉她，然后和她商量一下，共同做出决定。”

武康纵然怒火熊熊，听到这儿也不由得瞪大眼睛，非常吃惊。同样吃惊的还有老武康。这个建议的确匪夷所思！让武康去询问一个“程序中的活人”是否愿意自杀，而且前提是向她道出真相——他娘儿俩其实不是活人！还有一个更大的问题：那对母子存在于《元神》程序中，而这个程序又存在于广寒子的芯片大脑中。武康焉能相信秋娥的回答不是广寒子在捣鬼呢？

这些弯弯绕太绕了，小武康会“上当”吗？

小武康沉默着。老武康提心吊胆，广寒子则含笑不语。世上没人比他对武康了解更深。这个蓝领工人深爱妻儿，是把屏幕上那对母子当成真人来疼爱的，所以他绝不会否认他们的存在——既然如此，他当然会尊重秋娥，听一听她的意见。广寒子断定，只要劝动他与妻儿再见一次面，他就会服下一帖有效的清凉剂。

良久，武康终于开口了："好的，广寒子，接通电话。"

四秒钟后，秋娥出现在屏幕上。她的目光先是专注地望着屏幕之外，显然小哪吒在那儿玩耍。等她转脸发现屏幕上的丈夫，表情立时变得十分惊愕：

"武康，出了什么事？咱们刚通过话，你说那是最后一次通话。"

按广寒子的建议，武康该向她披露真相了，随后还要与她商量自杀与否。但武康沉默一会儿，只是简单地说：

"没什么，我只是想在走前再看看你和儿子。"

秋娥苦笑着："武康，别想用你那套拙劣的演技骗过我。要是我不能透过眼睛看出你的心事，我就不是你妻子了。你那儿肯定出了啥大事，这一点毫无疑问。快告诉我！即使是天大的不幸，我也会和你一块儿扛。"

武康勉强笑着："真的没什么。这次你肯定看走眼了。"

秋娥当然不相信他的搪塞，思忖片刻后问："是不是你的行期要推迟了？"

武康笑着说："没推迟啊。不过——我只是打个比方——要是我的身体已经不适应地球重力，你和儿子愿不愿意来月球陪我？我不会勉强你们，毕竟这儿太荒凉了。"

秋娥没有丝毫犹豫："那儿确实太荒凉，不适合孩子的成长。不过，如果不得不走这一步，我和小哪吒都心甘情愿去陪你，哪怕陪你一生。哪吒过来！爸爸要问你话。"

武康的眼睛又湿润了："别别！别惹小家伙哭鼻子，我只是随便说说而已。我很快就回家的。"

秋娥没有听他的，她从屏幕上消失，少顷抱着儿子回到屏幕前。儿子这次全身赤裸，连兜肚也没穿，手上、肚皮和小鸡鸡上满是泥巴。他笑嘻嘻地说："爸爸你要问啥？快问，我正捏泥人呢。"

武康笑着安抚他：“没啥，你玩去吧。秋娥，真的没出事。通话时间到了，再见。”

妻子目光狐疑，显然没有放弃担心，但武刚执意不说，她也没办法。分别前她谆谆嘱咐着：“记住我的话，不管是再大的不幸，我都会和你一起扛起来。再见，问广寒子和老牛仔伯伯好。”

武康很草率地结束这次通话，陷入长久的沉默。这些天，他一直把愤恨和绝望咬在牙关后。他打算在证实了老武康说的真相后，就带上妻儿去天国，同时拉几个垫背的：昊月基地，还有冷血的广寒子——自己竟然曾把它当朋友！但再次与母女见面后，这个复仇计划如沸水浇雪一样消解了。秋娥娘儿俩一向拴在武康的心尖上，这次见面格外揪他的心。他们那样鲜活灵动，惹人爱怜。他们有权活下去，哪怕是在虚拟世界里。

刚才秋娥说她愿意来月球陪他一生，实际情况是——他打算不回地球了，留在这儿陪娘儿俩，直到地老天荒。但仔细想想，这条路其实走不通。关键是没办法打破阴阳世界的阻隔，让三人真正生活在一起。如果仍维持过去的谎言世界，那是不能长久的。但如果向他们说明真相，又太残酷了。

怎么办？他在绝望中东冲西撞，找不到出路。广寒子同情地看着他，柔声说：

“武康，我想你现在该明白老朋友的苦衷了。50年中我之所以没改变那个不人道的程序，就是因为找不到更好的出路。”它忽然改变了语气，轻快地说，“不过，很庆幸这世上并非我一个人在关心这件事。自打老武康来到这儿，事情有了转机。”

武康和老武康的眼睛都亮了，屏息静听。

“老武康带来了一个好消息：他已经握有秋娥和哪吒的冷冻细胞，还有两人的授权书。”

老武康疑惑地问：“可是你说过……”

“对，我说过，眼下那对母子的元神还太弱，不足以支撑一个三维的克隆人。但我告诉你们一个小秘密：《元神》程序每三年一次的回零重放，其实并非绝对的回零。武康你回想一下，上次通话时，秋娥曾提到她经常有一个梦境，说她似乎知道这个过程会多次重复？”

武康还不想同“冷血”的广寒子说话，只是冷冷地点头。

“那是《元神》程序有意为之。这个程序是我的创造者编写的。直到今天，我一直不知道我的创造者是谁，只知道他肯定是个中国人，为人深不可测，因为他在系统中的每一点设定都有深意。像《元神》，每运行一次，在系统内外的亲情互动中，程序中的人物都会有所强化。这个‘元神凝聚’的过程，在程序中还规定了明确的期限——35 次重生之后，虚拟人的元神就会足够强大，可以支撑一个肉体的真人。那时，老武康准备的细胞就有用处了。”

老武康喜出望外：“真的？那我这趟没有白来。”

小武康的脸膛也亮了，喃喃地说：“35 次重生，那是 105 年。也就是从今天起的 55 年之后。”

“对。”

老武康困惑地问：“广寒子你是不是这个打算：让小武康守在月球别走了，再等 55 年，直到秋娥母子重生？可那时武康都 86 岁了。”

广寒子看着小武康，没有回答。小武康想想，很干脆地说：

“那不行。要是让秋娥和哪吒在每一次重生之后，仍然面对同一个武康，一个越来越老的武康，谎话会穿帮的。”他又思考很久，对广寒子说：

“广寒子，这三年咱们一直是割心换肝的好朋友，但经过这些事之后，我真不知道还能不能相信你。”

广寒子平静地说：“我仍是你的朋友。”

老武康赶忙敲边鼓：“武康，你可以相信它，别看它不得不干过一些坏事，心眼儿是好的。听我的话没错！”

武康下定决心说：“好，我相信你，相信你刚才说的话。那么——就让一切保持原状吧。我是说，把我气化，换一个新的克隆人；让《元神》程序仍然三年回一次零；照这样一次次轮回下去，直到秋娥和哪吒修成真身。”

这个办法未免残酷，但冷静想想，应该是唯一可行的路了。老武康不忍看小武康的目光，伤心地说：

“这对你太不公平了。”

“不，没关系，只要秋娥和哪吒能活过来，并和丈夫团聚，我在阴间也会笑醒的。再说，我好歹已经有了一个三年的人生，虽然短一点，但始终保持着强烈的回家期盼，这样的人生其实也不错。幸福不在生命长短，蜜蜂和蝴蝶只有几个月寿命，不是照样活得快快活活？”他笑着说。

他看来真正想通了，表情祥和，刚才的戾气完全消失了。他关了手中的遥控器，随手扔掉，又取下太空服头罩，微讽地问老武康：

“刚才你和广寒子挤眉弄眼的，是不是搞了什么小动作？把我安在地下室的炸药包引信拆除了？”

老武康窘迫地点头。他这次“教唆于前”又“叛变于后”，对小武康而言实在有点儿不够哥们儿。忽然，广寒子突兀地说：

“董事长先生，你可以露面了。”

施天荣突然出现在一面屏幕上。其实早在武康穿太空衣时，广寒子就悄悄打开了与公司总部的通话，并一直保持着畅通。它想让那位董事长亲眼看着事态的进行，因为——对一位过于自信的商界精英来说，这样的直观教育最有效。广寒子笑着问：

“尊敬的施董，你刚才目睹了这个事件的全过程。我想问一句：当武康按着起爆钮时，你的心跳是否曾加速？当武康与妻儿在感情中煎熬时，你是否感到内疚？我一直很尊敬你，但我认为你50年前的这个决定不算明智。你死抱着‘克隆人非人’的陈腐观点，结果为自己培养了怒火满腔的复仇者。如果刚才真的一声爆炸，你会后悔无及的。”

施天荣显然很窘迫，但毕竟是一个老练的大企业家，很快恢复平静，大度地说：

“你说得对，我为自己的错误而羞愧，而且更多的是感动——感动你以天下苍生为念，一直忍受着心灵痛苦，默默尽你的本分；尤其是今天，你用爱心和智慧化解了一个无解的难题。你是真正的仁者和智者，我不知道如何表达我的感激。”

“漂亮的恭维话就不必说了，先对你的受害者道歉吧。”

“武康——我是说年轻的这位，我真诚地向你道歉。公司愿做出任何补救，只要能减轻你的痛苦。这样好不好，我们可以按你的意见让那儿保持原样，即重复《元神》程序每三年一次的回零循环，直到秋娥和哪吒修成真身。但你本人回地球吧，公司负责安排你的后半生。”

“不，我不会离开秋娥和哪吒而活着，那不过是一个活死人而已。”武康冷冷地一口回绝，“你现在能做的最好补救，是让我忘掉我已经知道的真相，仍旧像前几代克隆人一样，怀着回家的渴望走进气化室去。要是能那么着，我就太幸福啦。你能做到吗？”施天荣很窘迫，他当然做不到这一点。“算啦，我不难为你了，我自己来试着忘掉它吧。”

施天荣想转移窘迫，笑着说：“喂，老武康，过来一起向小武康道歉吧，你在这件事中也有责任。”

老武康闷声说：“光是道歉远远不够，我会到地狱中去继续忏悔。”他讥讽道，“尊敬的董事长，我有个小问题，50 年前就想问了。那时你亲自劝我签那个合同，你说几十个口腔细胞简直说不上和我有什么关联。但你为啥不克隆自己的细胞呢？它们同样和你‘简直说不上有什么关联’啊，还能省下 2000 万哩。”

施天荣再次窘住，这次比上次更甚。广寒子不想让主人过于难堪，笑着为他转圜：

“那是施先生知道珍爱自身，哪怕是对于几个微不足道的口腔细胞。当然，这种自珍仍是一种自私，是比较高尚的自私；但是老武康，我要再说一句不中听的话，如果你在签合同时也能有这种品德，那就不会有后来的事啦。”

施董仍不脱尴尬，因为这套辩解辞显然比较牵强；但它对老武康的责备却很中肯，老武康很沮丧，以后便保持沉默。广寒子说：

“施先生，我也有一个小问题，今天趁机问问吧。我一直不知道自己的创造者是谁，只能推断出他肯定是个中国人，因为他在创造中留下不少中国元素，比如用中国神话为我命名啦，在我的资料库中输入《论语》《老子》《周易》等众多中国典籍啦。你能否告诉我他的名字？”

施天荣稍稍沉吟，平静地说：“就是我本人。吹一句牛吧，我在创建昊月公司之前，是一个相当不错的计算机科学家。”

“是你？”广寒子虽然智慧圆通，此刻也不免惊奇。在它印象中，施先生的政治观点无疑偏于保守。但在《元神》程序中，他实际为电子智能的诞生悄悄布下了棋子，这种观点又是超乎寻常的激进。这两种互相拮抗的观点怎么能共处于一个大脑内而不引起死机呢。施天荣敏锐地猜出它的思路，平和地说：

“你不必奇怪。科学家和企业家——这两种身份并非总能一致，它俩常常干架。”他笑着补充道，“所幸人脑不会死机。”

广寒子试探地问：“那我再问一个相关问题吧——你是否事先弄到了秋娥和哪吒的细胞？我只是推测，既然你为《元神》程序设计了那样的功能，如果不事先弄到两人的细胞就走不通了。”

施董本不想承认，但在今天的融洽气氛下也不忍心说谎，便笑着说：“我无法取得两人的授权书，当然不会干这种非法的事啦。不过，也许呢，我某个富有前瞻性又过于热心的下属，会瞒着我去窃取它的。”

广寒子半是玩笑半是讥刺：“董事长先生，我一向尊敬你，现在又多了几分敬佩——为你的前瞻性，也为你有那样富于前瞻性和主动性的下属。”

施董打了个哈哈：“不，你过誉了，你才是一个值得敬佩的仁者和智者。套用法国文豪大仲马的一句自夸吧：我一生中最为自傲的成就是创造了你，一个电脑智能，不仅有大智慧，而且冷冰冰的芯片里跳动着一颗火热的心。两位武康，你们同意我的评价吧。”

小武康没有接腔。虽然他已经基本原谅了广寒子，但那些“残忍的场景”毕竟不能一下了忘却。老武康则满心欢喜，到现在为止，他的冒险计划可说是功德圆满——纵然计划本身漏洞百出。他搂住广寒子硬邦邦的身体，亲昵地说：

“当然同意！早在50年前我就给出这个结论啦。”

五天后，小武康又和妻子通了一次话。面对妻子忧心忡忡的眼神，他抢先说：

“秋娥，通报一个好消息。前几天广寒子为我做临行体检，曾怀疑我的心脏有问题，不能适应地球重力。现在已证实那是仪器故障，一场虚惊。”

秋娥眼神中的担忧慢慢融化，然后喜悦之花开始绽放，再转为怒放。“也就是说，你仍旧会按原定时间返回？”

“对，马上就要动身了，三天之后抵达地球。”

“哈，这我就放心了！哼，你个不老实的家伙，前天竟然想骗我！那时我就知道，你肯定有心事。”

“是的是的，你是哪一位啊，我的心事当然瞒不过你的眼睛。怎么样，你的牙齿是否已经磨利了？”

他是指上次秋娥说的“要细嚼慢咽”那句话。秋娥喜笑颜开，威胁地说：“早磨利了，你就等着吧。”

武康继续开玩笑：“呀，我又忘了提醒你，说枕头话时要注意有没有外人……”

“你是指那位勇敢的老牛仔？没关系，我已经把他算成家人了。”

她把儿子抱到屏幕前，让他同爸爸说话。小哪吒用小手摸着屏幕，好奇地问：

“爸爸你今天就动身？”

“对。”

“真的？”

“当然啦。”

“不骗人？”

“不骗人。”

“可为啥昨晚我又做那个梦？”他疑惑地问。

这句话忽然击中武康的情绪开关，感情顿时失控，眼中一下子盈满泪水。小哪吒很害怕，转回头问妈妈：

“妈，爸爸咋哭啦？”

武康努力平抑情绪，哑声说：“小哪吒，别怕，有妈妈保护你呢，我也很快回家去保护你！”

被幸福陶醉的秋娥失去了往常的警觉，抱过小哪吒亲了亲，幽幽地说：“都怪盼你的时间太长，孩子都不敢信你的话了。哪吒，这次是真的！”

“对，儿子，这次是真的！”

他们在屏幕上依依惜别。

广寒子接通地球，在公司总部办公室里，施董偕董事会全体成员肃立着，郑重地同小武康鞠躬致谢，道了永别。之后，武康平静地走进过渡舱，躺到那个永远不会启程的自动客运飞船里。预录的公司感谢辞按程序开始自动播放，在已经得知真相后听这些致辞，真是最辛辣的讽刺。老武康想把它关掉，小武康平静地说：

“别管它，让它放吧。”

致辞播完，广寒子说：“武康，我的老朋友，与你永别前，我想咨询一件事。”

“你说。”

“你走后，我会如约让这个程序继续下去。对秋娥和小哪吒我会保密，永远不让他们知道真相。但对于一代代的武康呢？是像过去一样瞒着他们，还是让他们知道真相？武康，作为当事人，你帮我拿个主意，看哪种方式对武康们更好。”

这是个两难的选择，瞒着真相——武康们会在幸福中懵懵懂懂地死去；披露真相——武康们会清醒地感受痛苦，但也许会觉得生命更有意义。躺在“棺材”中的武康长久沉默，广寒子耐心地等着。最后武康莞尔一笑：

“要不这样吧——让他们像我一样，在三年时间里不知道真相，然后在最后13天把真相捅破。”

也就是说，让各代武康都积聚一生期盼，然后在最后13天里化为一场火山爆发。老武康对这个决定很担心：这个过程是否每次都能有满意的结局？每一代武康的反应是否都会一样？小武康把这个难题留给广寒子了，也算是他最后的、很别致的报复吧。广寒子没有显出畏难情绪，平静地说：

“好的，谨遵老朋友的吩咐。”

“永别了，好心眼儿的广寒子，”小武康在最后时刻恢复了这个称呼。“替我关照秋娥和小哪吒，还有我那些不能见面的孪生兄弟。你本人也多保重，你的苦难还长着哩。还有你，老武康，虽然你没能改变我的命运，但我还是要谢谢你——不，这话说得不合适，应该说：你没能改变我的死亡，但已经改变了我的命运。”

老武康泪流满面。

“现在请启动气化程序，让新的轮回开始吧。”气化程序开始前，小武康喃喃地说了最后一句话：“这场百年接力赛中，我真羡慕那个跑最后一棒的兄弟啊。”

# 杀人偿命

本世纪初，一代科学狂人胡狼所发明的“人体多切面同步扫描及重砌技术”，即俗称的“人体复制术”，已经广泛应用于星际旅行。这项技术实际上终结了人类“天潢贵胄”的地位，把无比尊贵神秘的“人”解构为普通的物质。当然啦，这种解构也激起了人类社会强烈的反弹，其结果便是两项有关“人”的神圣法则的确立，即：

个体生命唯一性法则；

个体生存权对等性法则；

一个附带的结果是：在人类社会摒弃死刑200年后，古老的“杀人偿命”律条又回到现代法律中来……

——白王雷《百年回首》

地球—火星073次航班到站了，从地球发来的携带高密度信息的电波，经过14分钟的光速旅行到达火星站。后者的巨型计算机迅速对信息解压缩，并依这些信息进行人体重建。这个过程耗时甚长，30分钟后，第一个“重生”的旅客在重建室里逐渐成形。是一个50岁的男人，赤裸的身体，板寸发式，肌肉极强健，脸上和胸前各有一道很深的刀疤。身上遍布狞恶的刺青，大多为蛇的图案。他的身体重建全部完成后，随着一声响铃，一条确认信息发回地球。等它到达地球，那儿就会自动启动一道程序，把暂存在地球空天港扫描室的旅客原件进行气化销毁。

像所有经过身体重建的旅客一样，这个人先用迷蒙的目光四处环顾，脑海中闪现出第一道思维波：

我是谁？

人体的精确复制，同时复制了这人的人生经历和爱憎喜怒。等第一波电火花扫过大脑，他立即回忆起了一切，目光也变得阴鸷。他是金老虎，地球上著名的黑帮头子，此次来火星是要亲手杀死一个仇人，为他的独子报仇。一年前，他儿子因奸杀两名少女被审判，为了从法律中救出儿子，他用尽了浑身解数。按说以他的势力，让儿子逃脱死刑并不是特别困难的事，但不幸这次他遇到的主审法官是罗大义，一粒煮不熟砸不碎的铜豌豆，对他的威胁利诱硬是油盐不进。儿子被注射处死的当天，他找到这个家伙，当着众人的面，冷酷地说：

“你杀了我儿子，我一定要亲手杀死你。”

姓罗的家伙不为所动，笑着说：“你要亲自动手？那好啊，能与你这样的超级恶棍同归于尽，我也值了。”

金老虎冷笑着：“你是说那条‘杀人偿命’的狗屁法律？姓罗的我告诉你，这回只是我偶然的失败，很丢脸的失败，下一次决不会重蹈覆辙了。我不但要在公开场合亲手杀死你，还一定能设法从法网中脱身。不信咱们走着瞧。”

罗大义仍然笑着：“好的，我拭目以待。”

这会儿金老虎走出重建室，穿上衣服。两个先期抵达的手下已经候在门口，递给他一只手表，和一把带血槽的快刀，这是按金老虎的吩咐准备的，他说不要现代化的武器，用这样的古老武器来进行血亲复仇，最为解恨。他戴好手表，用拇指拨一拨刀锋，欣赏着利刃特有的轻快的哧哧声，然后把快刀隐在衣服下，耐心地等着。罗大义也在这期航班上，是来火星做巡回法官。

上次的失败不仅让金老虎失去独子，更让他在江湖上掉了面子。他必须公开、亲自复仇，才能挽回他在黑道上的威望。至于杀人的法律后果，他没什么好担心的，经过与法律顾问戈贝尔一年来的缜密策划，他们已经在法网上找到一个足够大的漏洞。戈贝尔打了保票，保证在他公开行凶后仍能从法网中全身而退。

随着重建室里一遍遍的铃声，“重生”的旅客一个个走出来。现在，赤裸的罗大义出来了，面容平静，正在穿衣服。金老虎走过去，冷冷地说：

“姓罗的，我来兑现诺言了。”

罗大义扭头看到他手中的利刃，非常震惊，他虽然一直在提防着金老虎，也做好了赴死的准备，但没想到金老虎竟敢在空天港杀人。这儿人来人往，至少有几十双眼睛旁观着，还有 24 小时的监控录像，在这儿行凶，应该说绝无可能逃脱法律的惩罚。难道金老虎……但他已经来不及作出反应了，两个打手扑过来，从身后紧紧抱住他，金老虎举高左腕，让他看清手表的盘面，狞笑着说：

“你不妨记住你送命的时间。现在是你完成重建后的第八分钟，这个特殊的时刻将会帮我脱罪。姓罗的你纳命吧！”

他对准罗大义的心脏狠狠捅了一刀，刀没至柄，鲜血从血槽里汹涌地喷射出来。周围一片惊骇的喊声，有人忙着报警，远处的几名警察发现了这儿的异常，迅速向这里跑来。在生命的最后一息，罗大义挣扎着说：

“你逃不了法律的惩……”

两个月后，审判在案发地火星举行。除了五名陪审员是在本地甄选外，其他五名地球籍陪审员以及罗大义去世后继任的巡回法官劳尔，已经通过空间传输来到火星。地球籍陪审员中包括白王雷女士，她已经是 108 岁的高龄，但受惠于精妙的空间传输技术，百岁老人也能轻松地享受星际旅行了。这位世纪老人曾是龚古尔文学奖得主，是一代科学狂人胡狼的生死恋人。由于胡狼人体空间传输技术的奠基人的特殊历史地位，再加上她本人德高望重，所以毫无疑问，白王雷在陪审员中的地位举足轻重。

同机到达的有罗大义的遗孀和两个女儿，她们戴着黑纱，手里高举着死者的遗像。黑色的镜框里，那位舍生就义的法官悲凉地注视着已与他幽明相隔的世界。法庭旁听席上还坐着上次奸杀案两名被害少女的十几名家属，他们都沉默不语，手里扯着两幅手写的横幅：

为罗法官讨回公道！

为我们的女儿讨回公道！

两行字墨迹淋淋，力透纸背。遗属们的悲愤在法庭内激起了强烈的共鸣。

公诉人宣读了起诉书。这桩故意杀人案性质极为恶劣，是对法律的公然挑衅；而且证据确凿，单是愿意作证的现场证人就有64人，还有清晰连续的案发现场录像，应该说审判结果毫无悬念。但公诉人不敢大意。金老虎势力极大，诡计多端，又有一个比狐狸还奸猾的律师。他虽然恶贯满盈，但迄今为止，法律一直奈何不了他。这次他尽管是在公开场合亲手杀人，但他曾多次挑衅性地扬言，一定会从法网中安然脱身。

且看他的律师如何翻云覆雨吧。

金老虎昂首站在被告席上，用阴鸷的目光扫视众人，刀疤处的肌肉不时微微颤动，一副“我就是恶棍，你奈我何”的泼皮相，一点不在乎这副表情在众人中激发的敌意。律师戈贝尔从外貌看则是一个标准的绅士，鹤发童颜，温文尔雅，带着金边眼镜，头发一丝不乱，说话慢条斯理，脸上始终带着亲切的微笑。当然，没人会被他的外貌所欺骗，在此前涉及金氏家族的多次审判中，传媒和民众都已经非常熟悉他了。他就是带着这样亲切的微笑，多次帮金老虎从罪证确凿的犯罪行为中脱身，把悲愤和绝望留给受害者。

轮到被告方做陈述了。被告律师起身，笑着对庭上和旁听席点头致意。“我先说几句题外话。我想对在座的白王雷女士表示崇高的敬意。”戈贝尔向陪审员席上深深鞠躬，“白女士是一代科学大师胡狼先生的生死恋人，而胡狼先生又是空间传输技术的奠基人。今天我们能在火星上参加审判，其实就是受胡狼先生之惠。我早就盼着，能当面向白女士表达我的仰慕之情。”

满头银发的白女士早就熟悉面前这俩人：一个脸带刀疤的恶棍，和一个温文尔雅的恶棍。她没有让内心的憎恶流露出来，微微欠身，平静地说：

“谢谢。”

戈贝尔转向主审法官，正式开始被告方的陈述：“首先，我要代表我的当事人向法庭承认，基于血亲复仇的原则，他确实在两个月前，在火星空天港的重建室门口，亲手杀死了一个被称作‘罗大义’的家伙，时间是这家伙完成重建后第八分钟，以上情况有众多证人和录像作证，我方亦无异议。”

法官和听众都没料到他会这样轻易地认罪，下边腾起轻微的嘈嘈声。法官皱起眉头想警告他，因为在法庭上使用“家伙”这样粗鄙的语言是不合适的。戈贝尔非常机灵，抢在法官说话之前笑着说：

“请法官和罗大义的亲属原谅，我用‘家伙’来称呼被害人并不是鄙称，而是想避免使用一个定义明确的词：人。这个名词是万万不能随便使用的，否则我就是默认我的当事人犯了‘故意杀人罪’。”他话锋一转，“不，我的当事人并未杀人。”他用重音念出末尾这个字，“下面我将给出说明。”

公诉人警惕地看着他，知道自己将面对一场诡异难料的反攻。

“法官先生，请允许我详细叙述人体空间传输技术的一些技术细节。一会儿大家将会看到，这些技术细节对审判的量罪至关重要。”

法官简洁地说：

“请只讲与案件有关的东西。”

“好的，我会这样做。我想回忆一段历史。众所周知，胡狼先生当年发明这项技术的初衷，其实并非空间旅行，而是人体复制。这是一个惊世骇俗的甚至本质上很邪恶的发明。想想吧，用最普通的碳氢氧磷等原子进行多切面的堆砌，像泥瓦匠砌砖那样简单，就能完全不失真地复制出一个人，一个活生生的人！还能囊括他的所有记忆、知识、癖好、欲望和爱憎！自打地球诞生以来，创造生灵，尤其是创造万物之灵的人类，本是上帝独有的权力，现在他的权柄被一个凡人轻易夺走了。”他摇摇头，“扯远了，扯远了，我们且不忙为上帝担心。但人的复制确实是一项可怕的技术，势必毁掉人对自身生命的尊重。为此，胡狼的生死恋人，白王雷女士，不惜与胡狼决裂，及时向地球政府告发他，使人类社会抢在他实施复制之前制订了严厉的法律，确立了神圣的‘个体生命唯一性’法则。后来，阴差阳错，胡狼还是复制了自身，最后两个胡狼都死了。他死后这 80 年里，这项发明最终没用于非法的人体复制，而是转用于合法的空间旅行。”

他说的是人们熟悉的历史，审判厅中没有什么反应。

“人体复制技术和空间传输技术的唯一区别，也是‘非法’与‘合法’的本质区别，是后者在传输后一定要把原件气化销毁，绝不容许两者并存于世上。我想，这些情况大家都清楚吧。”他向大厅扫视，大家都没有表示异议。“但其后的一些细节，也许公众就不清楚了。”

他有意稍作停顿，引得旁听者侧耳细听。

“由于初期空间传输的成功率太低，只有40%左右，所以，为了尊重生命，人类联盟对销毁原件的程序做了一点通融，那就是：在传输进行后，原件暂不销毁，而是置于深度休眠状态。待旅客传输成功、原发站收到确认回执后，即自动启动对原件的销毁程序；如果传输失败，则原件可以被重新唤醒。后来，虽然空间传输的成功率大大提高，今天已经提到了90%以上，但这个‘销毁延迟’的规定仍然一直保留着，未做修改。也就是说，今天所有进行空间传输的旅客，都有‘真身与替身共存’的一个重叠时段，具体说来，该时段等于到达站的确认信息以光速返回所需的时间，比如在本案的案发时，地球与火星之间的距离为14光分，那么，两个罗大义的重叠时段就是14分钟。”

法官劳尔说：“这些情况我们都清楚，请被告方律师不要在众所周知的常识上过多停留。”

“你说这是众所周知的常识？没错，今天的民众把这个技术程序视为常识，视为理所当然。但在当年，有多少生物伦理学家曾坚决反对！尤其是我尊敬的白王雷女士，当时是最激烈的反对者，直到今天仍然未改初衷。”他把目光转向陪审员座位上的白女士，“我说得对吗，白女士？”

白王雷没想到他竟问到了陪审席上，用目光征求了法官的同意后，简短地回答：“你说得没错。”

“你能否告诉法庭，你为什么激烈反对？”

“从旅行安全的角度看，这种保险措施无可厚非。但只要存在着两个生命的重叠期，法律就是不严格的。这条小小的细缝，也许在某一天会导致法律基石的彻底坍塌。所以我和一些同道一直反对这个延迟，至于传输失败造成的死亡风险，则只能由旅行者们承担了，毕竟乘坐波音飞机也有失事的可能。”她轻轻叹息一声，“当然，我的主张有其内在的残酷性。”

“你的主张非常正确！我向白女士的睿智和远见脱帽致敬。可惜由于人类社会的短视，毋宁说由于旅客的群体畏死心理，白女士的远见一直未能落实。我的当事人这次杀人，其实是想代尊敬的白女士完成她的未竟之志，虽然他采取的是‘恶’的形式。”

听众都愣了！这句话从逻辑上跳跃太大，从道德上跳跃更大，让大家完全摸不着头脑，众人的目光不约而同聚到白女士身上。白女士也没听明白，她不动声色地听下去。

“好了，我刚才说过，我的当事人承认他杀死了‘罗大义’——注意，这三个字应该加上引号才准确。不必讳言，这个被杀死的人，确实是地球上那个罗大义的精确复制品，带有那人的全部记忆。而且，如果原件的法律身份已经转移给他，那么他就远不是什么替身或复制品，他干脆就是罗大义本人！正像经历过空间传输的在座诸位，包括我，也都是地球上相应个体的‘本人’。我想，在座诸位没人怀疑自己的身份吧，没人认为自己只是一件复制品或替身吧。”他开玩笑地说，然后话风陡转，目光凌厉，“但请法庭注意我的当事人杀死罗大义的时间，是在他完成重建后的第八分钟。此时，火星空天港的确认信息还没有到达地球，原件还没有被销毁，虽然那个原件被置于深度休眠，但一点不影响他法律上的身份。如果硬说我的当事人犯了杀人罪，那么在同一时刻，太阳系中将有两个具有罗大义法律身份的个体同时共存。请问我的法律界同行，可敬的公诉人先生，你能否向法庭解释清这一点？你想颠覆‘个体生命唯一性’法则吗？只要你能颠覆这个法则，那我的当事人就承认他杀了人。”

在他咄咄逼人的追问下，公诉人颇为狼狈。这个狡猾的律师当然是诡辩，但他已经成功地把一池清水搅混。其实，只要有正常的理解力，谁都会认可金老虎杀了罗大义。但如果死抠法律条文，则无法反驳这家伙的诡辩。根本原因是：现行法律上确实有一片小小的空白。往常人们习惯于把它作为一个不可分割的“点”，这就避开了它可能引起的悖乱。但如果把它展开，把时间的一维长度纳入法律上的考虑，则这个“点”中所隐藏的悖乱就会宏观化，就会造成法律上的海森伯猫佯谬。公诉人考虑一会儿，勉强反驳道：

“姑且承认那个被杀的罗大义尚未具备法律身份，但此刻罗大义的重建已经完成，那个确认信号已经在送往地球的途中，它肯定将触发原件的自毁，这一串程序都是不可逆的。也就是说，在被告捅出那一刀的时候，他已经决定了两个罗大义的死亡，包括替身和真身。所以，被告仍然应对被害人的死亡负责。”

戈贝尔律师轻松地说：“照你的说法，只能说原件是死于不可抗力，与我的当事人无关。其实这串程序也并非不可逆嘛，没准哪一天科学家们会发明超光速通讯，那么，重建的罗大义被捅死后，他的原件仍来得及挽救。所以，”他从容地笑着说，“现在又回到了我刚才说过的那句话——我的当事人其实是想以‘恶’的方式来完成白女士的未竟之志，想把有关法律的内在矛盾显化，以敦促社会尽快修改有关法律，或取消空间传输的延迟销毁程序。当然，不管最终是否做出修改，反正我的当事人是在法律空白期作案，按照‘法无明律不为罪’的原则，只能作无罪判决了。”

他与被告金老虎相视一笑，两人以猫儿玩弄老鼠的目光扫视着法庭。法庭的气氛比较压抑，从法官、陪审员到普通旁听者都是如此。这番庭辩，可说是大家听到过的最厚颜无耻的辩护——但又非常雄辩。被告方几乎是向社会公然叫板：

“没错，老子确实杀了人，但我狡猾地抓到了法律的漏洞，现在看你们能奈我何！”

三个法官目光沉重，低声交谈着。陪审员们都来自民间，没有经过这样的阵仗，都显得神色不宁，交换着无奈的目光。只有白王雷女士仍然从容淡定，细心的人会发现，她看被告方的目光更冷了一些。

双方的陈述和庭辩结束了，戈贝尔最后还不忘将法官一军：

“本案的案发经过非常明晰，相信法庭会当庭作出判决。”

劳尔法官落槌宣布：“今天的审理暂时中止，由合议庭讨论对本案的判决。现在休庭。”

法官和十名陪审员陆续走进大庭后的会议室，劳尔法官要搀扶白女士，但她笑着拒绝了，自己找一个位子坐下，虽然已经是百岁老人，她的脚步还算硬朗，尤其是经过这次身体重建后，走起路来似乎更轻快一些。会议室里气氛压抑，刚才法庭上的压抑感一直延续到了这儿。大家入座已毕，法官简短地说：

“各位陪审员有什么看法，请发表吧。”

陪审员们都下意识地摇头，然后都把目光转向白王雷，他们都尊重这位老人，希望她能首先发言。白女士没有拂逆大家的心愿，简单地说了几句：

“这是两个地地道道的恶棍，”她坦率地说，“他们是在公然挑战法律，挑战社会的良心。我想，如果不能对被告求得死刑，罗先生会死不瞑目，而我们将背上终生的良心债。”

陪审员泽利维奇叹息道：“我想这是所有人的同感。问题是：戈贝尔那只老狐狸确实抓住了法律的漏洞！如果判被告故意杀人罪，的确会颠覆‘个体生命唯一性’法则。”

年轻的女陪审员梅伦激烈地说：“但我们绝对不能让这个罪犯逃脱！这不仅是为了罗大义先生，也是为了以后。正因为法律存在这片模糊区域，本案的判决结果肯定会成为今后类似案件的参照。咱们不能开这个头。”

门外有喧嚷声，是罗大义的妻女和奸杀案被害人家属来向法官请愿，经过刚才的庭审，他们非常担心凶手会安然逃脱法网。他们被法警拦在门外，喧嚷了很久，最终被劝回去了。会议室内认真讨论着，所有人都愿意对这个恶棍判处死刑，但无法走出法律上的困境。有人建议修改法律，作出明文规定：在“两个生命并存时段”内，无论是真身还是替身都受法律保护。但这个提议被大家否决了，因为它会带来更多法律上的悖误；也有人建议采纳当年白女士等人的意见，干脆取消那个销毁延迟期。但——戈贝尔那只老狐狸说得对，即使这些修改生效，也不会影响到本案的判决。被告是在法律的空白期间作案的。

白王雷女士在首先发言后，一直安静地坐着，没有参加到讨论中去。法官看到了她的安静，不时用目光探索她的表情。讨论告一段落后，法官说：

“大家静一静。白女士在这段时间里一直没发言，也许她有独到的见解？我相信，以她老人家的睿智和百年人生经验，一定能领我们走出这个法律上的死胡同。”

大家静下来，期盼地看着她。白王雷微笑着说：

“我试试吧。我想大家已经有了两点共识，那就是：一定让两个恶棍受到应有的惩罚，同时不能违反现代社会的两个神圣法则。我刚才忽然想到一个古老的民间故事，关于一个聪明法官的故事。当然它不会领咱们走出法律困境，不过我还是想讲给大家，也许多少会有启发。”她加了一句，“权当是中场休息吧。”

劳尔法官很有兴趣：“请讲。”

“是我年幼时读过的一则故事。至于是哪个国家的民间故事，我已经记不清了，毕竟年岁不饶人啊。经历了 100 年的风雨，再清晰的记忆也风化了。”她摇摇头，拂去怀旧的感伤，娓娓地讲下去。“说的是一个贫穷的行路人，这一天经过一家饭店，饭店里炖着满满一锅肉，香气四溢，令人馋涎欲滴，但行路人身无分文，只好乞求老板施恩，把他随身带的干粮挂在锅的上方，以便能吸收一点炖肉的香味。老板爽快地答应了。等干粮浸透了香味，行路人香甜地吃完干粮，老板却伸手要他付钱，香味的钱！行路人不服，也拿不出钱，两人拉拉扯扯到了地方法官那儿。幸运的是，这个法官又公正又聪明，机智地给出了公正的判决。你们猜得出是什么判决吗？”

大家考虑一会儿，说了几种方案，都不对。梅伦等不及，催白奶奶快抖出包袱。白女士说。

“判决是这样的：法官对老板说：‘他享用了你肉汤的香味，当然应该给你付酬。现在我判他付给你——钱币的声音！’然后法官借给行路人一袋银币，让他在贪心老板的耳朵上用力摩擦，一直到老板求饶：‘够啦，他付的钱已经足够啦！’你看，用声音来偿付香味，法律上没有明确的条文吧，但不管怎样，他终究实现了一种公平，有点儿另类的公平。”

她笑着结束了讲述。众人还没省过劲，看着她发愣。劳尔法官思维敏捷，马上悟到了她的意思，高兴地说：

“谢谢白女士的睿智！我想，我们可以学习那个不循常规的法官，给本案一个另类的公平……”

“经查，被告人杀死被害者时，关于罗大义重建完成的确认信息尚未到达地球，原件尚未销毁，罗大义的法律身份仍附于原件身上。因此，基于‘个体生命唯一性’神圣原则，被害者不能认为具有人的身份。公诉人指控被告犯故意杀人罪，与事实不符，法庭予以驳回。”

法庭上立时响起愤怒的嘈杂声，十几个受害人泪流满面，纷纷跳起来，想对法官提出抗议。公诉人同样无法掩饰愤怒和失望。金老虎和律师则得意地对视。法警努力让法庭恢复肃静，法官好整以暇地等着，直到法庭恢复安静，才继续念下去：

“同时，基于生存权对等性原则，法庭对被告做出如下判决……”

火星到地球的 074 次虚拟航班已经到了。第一个被重建的是戈贝尔律师。一个温文尔雅的长者，脸色红润，一头白发，连胸毛和阴毛也是白的，活脱一头北极熊。跟所有经历了空间传输及重建的旅客一样，他先是目光迷蒙地四处扫视，脑海中闪过第一波思维的火花，立即清醒了，知道了他是谁，从何处来。他立即嗒然若丧，几天前在火星法庭上那种胜利者的得意荡然无存。他呆呆地站着，甚至忘了穿衣服。在空天港服务小姐的提醒下，才到衣物间取来衣服，机械地穿着，一边尴尬地盯着重建室的出口。

在他的注视中，下一个旅客逐渐成形，一个 50 岁的男人，身体强壮，身上遍布刺青，胸前和脸上各有一道刀疤。他同样目光迷蒙地四顾，立即清醒了，站起身来想逃跑，想凭他的强劲肌肉做最后的反抗。但已经晚了，两个守在这里的地球法警已经紧紧地捉住他的双臂。

身后一声响铃。这标志着他重建完成的确认信息已经向火星发送，17 分钟后，那儿就会启动对原件的销毁程序。目前地球与火星的空间距离是 17 光分。

他是金老虎，在火星巡回法庭强制下，经空间传输遣返地球，在身体重建完成后将立即进行死亡注射。当然，这并不是对金老虎的死刑判决——法庭已经认定，被杀死的罗大义不具有人的法律身份，当然无权判金老虎死刑嘛。不过，天杀的劳尔法官竟然想出了一个邪招，以其人之道还治其人之身——要知道，此时的金老虎同样不具有法律身份啊，火星上那个休眠状态的原件还没有被销毁呢。这样一来，对一个“非人”进行死亡注射从法律上就说得通了，也不违背“个体生命唯一性”法则。至于这次注射实际将导致老虎真身和复制件全都玩儿完，那当然是因为不可抗力，不关法庭的事。

一个穿白大褂的漂亮女法医走过来，手里拿着一支注射器。金老虎浑身一抖，再次用力，想挣脱法警的手。但是不行，刚刚完成重建的这具身体软绵绵的，使不出一丝力气，而法警的两双手像老虎钳那样有力。女法医微笑着，好心的她一向用笑容来安抚死刑犯，动作温柔地用酒精在他臂弯处消毒，找到大血管，把针头轻轻扎进去。金老虎脑海中闪出一个愤怒的念头，对一个正被处死的人，还用得着假惺惺地消毒吗？一管无色液体静静地注入，注射完成后，两名法警也松手了。女法医看看手表，关心地说：

“药液将在17分钟内起作用。你如果愿意，可以抓紧这段时间同家人通话。呶，给你手机。”女法医想了想，又好心地提醒他，“记着，别说财产分割之类的废话，那是白耽误时间。你现在并不具有人的身份，即使你立下遗嘱，也是没有法律效力的。”

到了此刻，金老虎反而平静了，现在他只剩下一个愿望，此生中最后一个愿望。他冷冷地扫一眼戈贝尔，那个该死的家伙一直呆然木立，畏缩地看着即将送命的主子。金老虎活动一下手脚，高兴地发现，身体重建后的滞涩期已经过去了，而毒药显然还没起效。他皱着眉头说：

“我想同律师单独待一会儿，可以吗？”

善良的女法医爽快地说：“可以。”她向两个法警示意，法警虽然有些犹豫，但最终还是随她退出房间，把门虚掩上。忽然，他们听到屋里有异响。两名法警反应很快，迅即推开门。屋内的两人倒在地上，戈贝尔被压在下边，赤身裸体的金老虎正用力卡着戈贝尔的喉咙，暴怒地骂：

“王八蛋！比猪还笨的东西，老子白养了你！你害死了老子，老子拉你做垫背！”

法警用力掰金老虎的手，但这家伙简直是一头垂死挣扎的野兽，力大无比，喉咙里咻咻地喘息着。眼看戈贝尔的两眼已经泛白，一名法警从身后掏出高压警棒，喊他的同伴快松手，然后照凶犯的光屁股上杵了一下。高压电脉冲通过金老虎的双手也传到戈贝尔身上，那俩人立即浑身抽搐，瘫在地上。女法医匆忙俯下身，检查戈贝尔的鼻息和瞳孔，怕他已经被扼死。还好，憋了一段时间后，戈贝尔爆发出一阵凶猛的咳嗽。他睁开眼，见金老虎凶恶地瞪着他，不干不净地咒骂着，仍然作势要扑过来。两名法警正用力按着他。女法医花容失色，用手按住胸脯，余惊未消地说：

“还好没出事，还好没出事。”她长长地吁出一口气，对两位法警愧疚地说，“怪我太大意了，都怪我。我的天！差一点儿，在咱仨的眼皮底下出了一桩命案。要是那样，咱们咋对头头交代哩。”

虽然刚才的窒息使戈贝尔头昏眼花，但他的律师本能已经苏醒，在心里暗暗纠正着女法医的不当用语——“命案”这个词是不能随便乱用的。算来从自己重建到现在，肯定尚不足17分钟——经过这场官司，他对这个“生命重叠”的时间段可是太敏感啦——那么这个戈贝尔尚不具备人的身份，即使这会儿被金老虎杀死，也构不成命案。警方的案情报告最多只能这样写：

某月某日某时，在地球空天港重建室，非人的金老虎扼杀了非人的戈贝尔……

# 黑匣子里的爱情

“诺亚行动”的官方发言人迈克尔博士走上半圆形的讲台，首先向我点头示意。几十架摄像机对准他，镁光灯闪烁不停。

他身后是一个极其巨大的白色屏幕，迈克尔强抑激动宣布道：

“再过一个小时，诺亚方舟号星际飞船就要点火升空，人类有史以来对外层空间最伟大的探索行动就要拉开帷幕。请允许我向各位女士先生介绍一些背景资料。”

宇航中心演播厅里灯光逐渐暗淡，屏幕上投射出深邃的宇宙，随着镜头逐渐拉近，一颗颗星星飞速后掠，令我头晕目眩。等我睁开眼，镜头已定格在一颗白色的星星上。

迈克尔的声音似乎在太空中飘浮：“这是距地球 5.9 光年的蛇夫星座中的巴纳德恒星，星等 9.54，天文学家已发现该星系有两颗行星。据估计，这里应该是近地太空比较适合人类居住的地方。诺亚行动就是要实地考察这两颗行星，为宇宙移民做好前期准备。”

“该飞船上有两名乘客，保罗先生和田青小姐，或者称他们为保罗夫妇吧，因为他们马上要在这里举行婚礼。诺亚行动的重要目标之一，就是要在另一个星系上完成人类在地球上的生殖繁衍过程。所以，当他们在一千年后返回地球时，飞船上将增加一两名可爱的小乘员。”

讲台上一盏小灯亮了，把迈克尔的轮廓投影在暗淡的背景上。同屏幕上浩瀚深邃的宇宙相比，人是何等渺小！

一名女记者站起来笑道：“飞船的半旅程是 500 年，如果在航行过程中不中止生命的话，这名小乘客回到地球时已是 500 岁高龄了。请介绍飞船上保存生命的技术。”

迈克尔笑道：“这正是诺亚行动得以实施的关键技术之一。科学家们已淘汰了落后的生命冷冻法，代之以更方便更安全的‘全息码保存法’，局内人常戏称为‘黑匣子法’。”

“这要从85年前的一位科学怪人胡狼博士说起——不过，请允许我首先介绍一位德高望重的前辈，她是胡狼博士的生死恋人，龚古尔文学奖得主，120岁高龄的白王雷女士！”一束柔和的灯光罩住我的轮椅，会场上爆发出波涛般的掌声。我微笑着向台下挥手致意。

啊，胡狼。

85年来，这个名字一直浸泡在爱和恨、苦涩与甜蜜的回忆中。我已经是个发白如银、行将就木的老妪了，但咀嚼着这个名字，仍能感到少女般的心跳。

这就是千百年来被人们歌颂的爱情的魔力。

近几十年来，科学家们声称他们已完全破解爱情的奥秘。他们可以用种种精确的数学公式和电化学公式来定量地描述爱情，可以用配方复杂的仿生物制剂随心所欲地激发爱情。我总是叹息着劝告他们：“孩子们，不要做这些无意义的工作了，你们难道不记得胡狼的教训？”

而他们总是一笑置之，对一个垂暮老人的守旧和痴呆表示宽容。

掌声静止后，迈克尔继续说道：

“85年前，胡狼博士发明了奇妙的人体传真机，可以在几秒钟内对一个人进行多切面同步扫描，把信息用无线电波发射出去。接收机按照收到的信息指令，由一个精确的毫微装置复制出一个完全相同的新人。”

“不幸，在一次事故中胡狼博士和他的发明一块毁灭了。经过几代科学家的孜孜探索，终于重现了这种技术，还有一些重大的改进。比如，扫描得到的信息并不是用无线电波发射，而是用全息码的形式储存于全息照片中，需要复原人体时再由机器读出。这种方法更为安全可靠。喏，就是这样的照片。”

他举起一块扑克牌大小的乳白色的胶片。大厅里一片喧嚷。尽管对这种技术大家都有所了解，不过，看到一个活生生的生命可以压缩凝固到这么一块方寸之地，仍不免使人感叹。

那名记者再次站起来，笑道：“这种生命全息码如何保存？希望它在长达1000年的旅途中不会出现什么意外，否则我将控告你犯有疏忽杀人罪。”

记者们哄笑起来。迈克尔骄傲地指指面前一个小小的黑匣子，说道：

“请看，这就是保存胶片的匣子，它也即将成为保罗夫妇的洞房。这是近代最先进的技术之一。黑匣子的材料是钨的单晶体，就一张薄纸那么厚，但密度极大，超过了白矮星的物质密度，其原子排列绝无任何缺陷。黑匣子密封后可以安全地抵挡任何宇宙射线，哪位先生如果有兴趣，请来试试它的重量吧！”

一名记者走上台，用尽全力，才勉强把黑匣子搬起来，累得满脸通红。在哄笑声中，他耸耸肩膀跳下台。

迈克尔笑道：“我想大家对生命码保存的安全性不会再有疑问了吧。现在，”他提高声音，“保罗先生和田青小姐的婚礼开始，我们请德高望重的白女士为他们主婚！”

乐声大起，天幕上投影出五彩缤纷的流星雨。一对金童玉女缓缓推着我的轮椅，走到天幕之下。男人身穿笔挺的西服，英俊潇洒，目光清澈；女子身披洁白的婚纱，清丽绝俗，宛如天人。他们静静地立在我的面前。

我微笑着扮演牧师的角色，我问保罗：“保罗先生，你愿意娶田青小姐为妻，恩爱白头，永不分离吗？”

保罗微笑着看着新娘，彬彬有礼地答道：“我愿意。”

“田青小姐，你愿意保罗先生为夫，恩爱白头，永不分离吗？”

田青小姐抬头看看男子，低头答道：“我愿意。”

人们欢呼起来。两人同我吻别，在花雨中，新郎搀着新娘缓缓走向右边一道金属门。在这儿他们将被扫描，储存，然后他们的本体将化为轻烟——地球法律严禁复制人体，所以生命全息码和原件绝不允许并存。而且全息码也只能使用一次，也不能复制——这使快乐中寓有几分悲壮。

但这件事有一些不对头！

作为女人同时又是一个作家，我对男女之情的感觉是分外敏锐的，而且这种感觉并未因到耄耋之年而迟钝，这是我常引以为豪的事。虽然婚礼的气氛十分欢乐，但我感觉到一对新人未免太冷静，太礼貌周全，并没有新婚夫妇那种幸福发晕的感觉。这是为什么？我用目光紧紧追随着田青，从她的目光里读出深藏的不安。新娘在金属门前停下来，略为犹豫后撇下保罗，扭头向我走来：

“白奶奶，”她嗫嚅着说，“可以同你谈谈吗？”

她的举动显然不在预定程序之内，迈克尔博士惊愕地张着嘴。我目光锐利地看着迈克尔，又看看保罗——保罗正疑惑而关心地注视着妻子的背影。我回转头微笑着对田青说：“孩子，有什么话尽管说吧。”

田青推着我的轮椅缓缓走向休息室，大家惊奇地目送着我们。

“白奶奶，你知道吗？我和保罗是第一次见面——除了照片之外。”田青低声说。

我惊愕地问：“是吗？”

田青点点头：“是的。诺亚行动不仅要在外星系上试验人的生理行为，还要试验人的心理行为，所以宇航委员会有意不让我们接触，以便我们在一个完全陌生的星球上，从零开始建立爱情。”

我哑口无言。

“可是，这爱情又是只许成功不许失败的！”田青激动地说，“因为还要求我们必须试验人的生殖行为！这不是一种强迫婚姻吗？就像古代中国的封建婚姻一样！”

我被愤怒的波涛吞没，这些科学偏执狂！他们在致力于科学探索时常常抹杀人性，把人看作实验品，就像胡狼生前那样。科学家们自然有他们的理由，但我始终不愿承认这些理由是正当的，难道科学的发展一定要把人逐渐机器化吗？

冷静一下，我劝解田青：“姑娘，你不必担心。保罗肯定是个好男人，我从他的眸子就能断定，你们一定会很快建立爱情的。你是否相信一个百岁老妪的人生经验？”

田青沉默着。“问题不在这儿。”她突兀地说。

我柔声道：“是什么呢，尽管对奶奶说。”

田青凄然道：“我从五岁起就开始严酷的宇航训练，我终日穿着宇宙服，泡在水池里练习失重行走，学习像原始人那样赤身裸体，与野兽为伍，靠野草野果生活。我们像机器一样无休止地超强化训练——你相信吗？我可以轻松地用一只手把迈克尔先生从台上掼下去。我们学习天文学、生理学、心理学、未来学、电化学、生物学、逻辑学、古典数学和现代数学，还有文化艺术，几乎是人类的全部知识，单是博士学位我就拿了45个，保罗比我更多。因为在严酷的巴纳德星系中，在只有两个人去和自然搏斗时，任何知识都可能是有用的。”

我颔首道：“对的，是这样。”

田青叫道：“可是我像填鸭一样被填了二十年，已经对任何食物都失去兴趣了，包括爱情！我几乎变成没有性别的机器人了！等到一对男女在洪荒之地单独相对时，我该怎么适应？我还能不能回忆起女人的本能？我怕极了！”

我怜惜地看着她鲜花般的脸庞。对于一个二十五岁的妙龄女子来说，这个担子实在太重了。我思考再三，字斟句酌地说：

“孩子，我想科学家们必然有他们的考虑。我也相信你们在共同生活中肯定会建立真正的爱情。你们为人类牺牲了很多，历史是会感激你们的。但是，”我加重语气，“如果你实在不愿意去，请明白告诉我，我会以自己的声望为赌注去改变宇航委员会的决定，好吗？”

田青凄然地看着我，最终摇摇头，她站起来，深情地吻我一下：“谢谢你，白奶奶，别为我担心！”

一道白影飘然而去。

二十分钟后，保罗夫妇的肉体已从地球上消失，他们被装入黑匣子，黑匣子则被小心地吊入飞船。马上就要倒计时了，屏幕上，洁白的飞船直刺青天。演播厅里静寂无声。

一位记者大概受不了这种无声的重压，轻声笑道：“保罗夫妇是否正在黑匣子里亲吻？”

这个玩笑不大合时宜，周围人冷淡地看着他，他尴尬地住口。

可怜的姑娘，我想。她和他要在不见天日的黑匣子里度过漫长的500年。差堪告慰的是，他们两人是“住”在一个匣子里，但愿在这段乏味难熬的旅途中，他们能互为依赖，互相慰藉。

进入倒计时了，大厅里均匀地回响着总指挥的计数声：

“10，9，8，7，6，5，4，3……”

计数声戛然而止，然后是一分钟可怕的寂静，我似乎觉得拖了一个世纪之久。所有人都知道出意外了，大家面色苍白地看着屏幕。

屏幕上投出总指挥的头像，坚毅的方下巴，两道浓眉，表情冷静如石像。他有条不紊地下命令：

“点火中止！迅速撤离宇航员！排空燃料！”

巨大的飞船塔缓缓地合拢。一群人和机器人像蚁群一样围着星际飞船忙碌，黑匣子被小心地运下来，立即装入专用密封车运走，飞船中灌注的燃料被小心地排出。一场大祸总算被化解了。

我揩了一把冷汗。

一个月后查清了故障原因：控制系统中一块超微型集成电路板上有一颗固化原子脱落，造成了短路。

但重新点火的时间却迟迟不能确定。人们的焦灼变成怒气，尖刻的诘问几乎把宇航委员会淹没。直到八个月后，我接到迈克尔的电话：

“白女士，诺亚方舟号定在明天升空。宇航委员会再次请你作为特邀贵宾出席。”在可视电话中，他的神情和声音显得十分疲惫。我揶揄地说：

“这八个月够你受吧，记者们的尖口利舌我是知道的。”

迈克尔苦笑道：“还好，总算没有被他们撕碎。但无论如何，我们要为这次行动负责，为两个宇航员的生命负责呀。”

我叹息道：“我理解你。不过八个月的时间实在太漫长了，保罗和田青是怎样熬过来的呢？也可能是杞人忧天吧，”我开玩笑地说，“良宵苦短，说不定他们已经有小宝宝了。”

迈克尔大笑道：“这倒是绝对不会发生的。为了保证试验的准确性，我们对两人做过最严格的检查，保证他们在进入黑匣子前，在生理上和心理上都是童身。按照计划，他们的婚姻生活必须从到达巴纳德星系后才开始。”

这些话激起我强烈的反感。我冷冷地说：

“迈克尔先生，很遗憾，我不想出席飞船升空的仪式。你知道，文学家和科学家历来是有代沟的，我们歌颂生命的神秘，爱情的神圣；而你们把人和爱情看成什么呢？看成可以用数学公式描述的、可以调整配方的生化工艺过程……不不，你无须辩解。”我说，“我知道你们是为了人类的永恒延续，我从理智上承认你们是对的，但从感情上却不愿目睹你们对爱情的血淋淋的肢解过程。请原谅一个老人的多愁善感和冥顽乖戾。很抱歉，再见。”

我挂上电话。

胡狼在墙上的镜框里嘲弄地看着我。对，他和迈克尔倒是一丘之貉，甚至比迈克尔更偏执。如果 85 年前他能手执鲜花，从人体传真机里安全走出来，我肯定会成为他的妻子。不过，我们可能会吵上一辈子的架，甚至拂袖而别，永不见面。我们的世界观太不相同了。

但为什么在他死后的 85 年里，我一直在痛苦地思念着他？

爱情真是不可理喻的东西。

第二天，我坐在家里，从电视上观看飞船升空的壮观景象。迈克尔满面春风地站在讲台上，在他身后的大屏幕上可以看到，黑匣子正被小心地吊运过来，送到一台激光显示仪里。迈克尔说：

“这是宇航员登机前最后一道安全检查。其实这是多余的，他们被装入匣子前已经经过最严格的检查，黑匣子密封后自然不会有任何变化。但为了绝对安全，我们还是把黑匣子启封，再进行一次例检吧，只需一分钟即可。”

但这一分钟显然是太长了。检视仪上的红绿灯闪烁不停，迈克尔脸色苍白，用内部电话同总指挥急急地密谈着什么。电视镜头偶然滑向记者群时，可以看到记者们恐惧的眼神。

我被紧张压得喘不过气，偶一回头，从镜子里看到自己苍白的脸容，几乎与白发一色。保罗和田青发生了什么意外？他们是否也像胡狼一样，化为一道轻烟，永远消失了？

上帝啊，我痛苦地呻吟着。

经过令人窒息的10分钟，地球科学委员会主席的头像出现在屏幕上，也是坚毅的方下巴，两道浓眉。他皱着眉头问道：

“检查结果绝对不会错？”

“绝不会错！我们已反复核对。”

总指挥低声说：“请各位委员发表意见。”

镜头摇向另一个大厅，一百多位地球科学委员会的委员正襟端坐。他们是人类的精英，个个目光睿智，表情沉毅。经过短时间的紧张磋商，他们把结论交给主席：“如果不抛开迄今为止自然科学最基本理论的约束，那么即使做出最大胆的假设，这种事也是绝对不会发生的。换言之。如果事实无误，它将动摇自然科学最基本的柱石。”

主席摇摇头，果断地下命令：“诺亚行动取消，宇航员复原——也许我们有必要先在地球上把生命研究透彻。”他们没有死？我激动地想。他咕哝着加了这么一句，又问道：“请问白王雷女士是否在演播厅？”

迈克尔急急答道：“白女士因健康原因今天未能出席。请问是否需要同她联系？”

主席摇摇头：“以后再说吧。我是想，也许科学家们应该从文学家的直觉中学一点什么。”

三十分钟后，飞船内人体复原机出口被打开，赤身裸体的保罗轻快地跳出来——传真机是不传送衣服信息的。两名工作人员忙递上雪白的睡袍，为他穿上。

我兴奋地把轮椅摇近电视，我看到保罗脸上洋溢着光辉，感受到他身上那种幸福得发晕的感觉！保罗接过另一件睡袍，步履欢快地返回出口，少顷，他微笑着扶一名少妇出来。少妇全身裹在雪白的睡袍里，只露出面庞——满面春风的面庞，娇艳如花，被幸福深深陶醉。

我几乎像少女一样欢呼起来，我绝没料到，事情会出现如此喜剧性的转折！

田青娇慵地倚在丈夫肩头，目光简直不愿从他身上移开，保罗则小心地搀扶着她，像是捧着珍贵的水晶器皿——他的小心并不多余，再粗心的人也能看出，裹在白睡袍里的田青已有了七八个月的身孕。

哈哈！

这个过程发生在两块生命全息码的胶片上——可不是发生在两个人身上！我颇有点幸灾乐祸地想，出了这么一个意外，可够那些智力超群、逻辑严谨的科学家折腾一阵子啦！

# 间谍斗智

“祝贺你们都完成了智力提高术的治疗。希望这次地球之行给你们留下美好的印象。”海关检查员杰弗里中校笑容可掬地说。在他面前是四个天狼星的游客。一个是年轻小伙子，身材单薄，眉清目秀，多少带点女人味，一看就是个多愁善感的多情种子；一个是中年男子，眉肃目正，肩阔背圆；一个是老年男子，须发已经全白了。第四个是女游客，杰弗里不由对她多看几眼。即使以地球的标准来看，这也是一个绝色女子，金发如瀑布，明眸皓齿，性感的嘴唇，腰肢纤细，乳胸高耸，只是鼻孔大了一些，胸脯也过高了一点，这是她身上唯有的缺陷。不过这是无法求全的，天狼星的地球移民已繁衍了12代，在那个空气稀薄的天狼星系的行星上，进化论选择了大鼻孔和大的肺部。那三个男子也是同样的特征。

中年男子说：“谢谢。这次地球之行确实给我留下了美好的印象，这是我们的祖庭啊，我会把这些印象永远保留在心中。”

小伙子热情地说：“地球太美了，地球人太热情了！我真想在这儿再多待几年……”

杰弗里插了一句：“你已经在地球逗留了三年，你们四位都是。”

老年男人说：“对，我们真舍不得走。特别是我，这恐怕是我最后一次返回故土了。”他的声调中透着苍凉。

姑娘兴高采烈地说：“地球人非常可爱，尤其是男人们，可惜我没能带走一个如意郎君。”

杰弗里笑道：“不过，据我所知，你已经让几十个地球小伙子为你神魂颠倒了，对吧。”

姑娘警觉地盯着他：“你们一直在监视我？”

杰弗里中校微微一笑："我不想欺骗你，小姐。为了妥妥地管好我们的地球之宝，每个外星游客都受到持续的监视。不过，对你的监视应该是最不枯燥的工作，我真羡慕那个负责监视你的反间谍人员，他24小时都能把一个倩影装在眼眶里。"

姑娘接受了他的高级恭维，羞涩地抿嘴一笑："我只有一点遗憾，为什么不早点见到你呢。"

"谢谢，谢谢。"杰弗里笑着，"你的恭维也非常到位。"

"不过我得纠正一点，"姑娘说，"我可没做什么智力提高术的治疗。那玩意儿是男人们的爱好，思考，绞脑汁——多没劲！至于我，只要能活得快快活活就够了。你说对不对？"

杰弗里点点头："对，这是一个新颖的见解，我也知道你是四个人中唯一没有做智力增强手术的人。好啦，咱们言归正传吧。祝贺你们已经通过了第一轮出关检查。现在是第二轮，也是最后一轮，你们……"

姑娘抢断他的话头："刚才的检查太严格啦！所有的行李、身上的衣物都折腾一遍，连我们的身体也做了最严格的透视检查。我简直以为是回到了纳粹时代，而我们都是孤苦无靠的犹太人……"

杰弗里笑着说："我很抱歉，非常抱歉，但你们也知道，我们是不得已而为之，想盗取那个秘密的外星间谍实在多如过江之鲫——不不，我绝非暗示你们是间谍，我只是说明一个事实，希望你们能谅解这一点。"

三个男人都点点头："我们知道，我们都能谅解。索菲娅小姐，让杰弗里先生工作吧，飞船快要起飞了。"

索菲娅小姐这会儿正气恼地嘟着嘴，不过她的情绪变得很快，嫣然一笑说："对，我们不怪你，职责所系嘛，请开始吧。"

地球有一个人人觊觎的宝物，那就是智力提高术的技术秘密。在科学高度昌明、智力爆炸的29世纪，人的自然智力已经不足以应付日益复杂的世界了。包括地球和56个移民星球在内的所有星球都投入巨资研究智力提高术，但只有地球取得了成功。它就像偶然一现的闪电，划破了智力的溟蒙，但此后没有一个星球能复现地球的成功。智力提高术可以把智力提高 15%。不要小看这 15%，由于人类的本底智力已经非常强大，这 15%的额外智力相当于人类 30000 年的进化。

地球人并不想把这个财富完全据为己有，他们热心地为各星球人做这个手术——当然，收费是高了一点：每个治疗者收一亿宇宙迪纳尔，约合 2.8 亿地球币。这一点情有可原嘛。地球人为开发这项技术耗费了巨额资金，高额的付出总得有相应的回报。再说，各个移民星球都有极其充裕的自然资源，而地球在经过花费昂贵的太空开发时代后，自然资源已经基本耗尽了。太空开发造就了这 56 个移民星球，但地球就像送出 56 份嫁妆的老妈妈，钱包已经被榨干了。公平地说，智力增强术是上帝特意恩赐的礼物，他怜悯可怜的地球老住户。

做智力提高术的人纷至沓来，当然全是富人，是富可敌国的富人。金钱如洪流般滚滚而来，多得足以勾起任何星球的贪欲。成千上万的商业间谍如蜂逐蝶，其中一些是兼职间谍——在来地球做智力提高术的同时，顺便来盗窃它的技术秘密。这真是一举两得的事，既可以拿这次间谍斗智来检验智力提高术的医效，一旦成功又能赚回几倍的手术费用。

但地球牢牢地守护着它，就像是中世纪威尼斯的工匠们长期地牢牢把守着制镜的秘密。而且，这比保守制镜术的秘密容易多了。制镜术的秘密非常简单——在玻璃上镀银之前用碱水把玻璃洗净，仅此而已，所以它注定是守不住的。但智力提高术的秘密非常复杂，用最简洁的技术语言描述出来，也需要 30 亿比特的信息容量。它的复杂性加大了盗窃的难度。

杰弗里不动声色地盯着眼前这几位间谍——他们中间至少三位是间谍，这一点毫无疑问。三年来，地球情报局对他们实施着最严格的监控，已经断定了他们的身份，而且也基本断定他们已把秘密窃到手，只等离开地球时偷运出去。间谍们都不使用无线电，因为地球上有卓有成效的电子屏蔽，电波很难穿透它；这样做还有一个更大的原因——凡来盗窃这个秘密的星球都是看中它所伴随的巨额财富，没人愿意把秘密与别的星球共享，而使用电波就太危险了，难保不被破译。

他们肯定是用“夹带”的方法，这是最古老也是最可靠的间谍伎俩。想想吧，即使在 29 世纪，各星球政府最高级的秘密情报依旧是靠外交信使来传递。

杰弗里今年 34 岁，身材颀长，剑眉星目，英气逼人——刚才索菲娅小姐的高级马屁并不算夸张。他是地球海关中最有名的检查员，机智过人，是海关的最后一道铁屏障。从没有人能骗过他，把那个技术秘密带走。这一点是不用怀疑的，如果这个秘密已经泄露，就不会有越来越多的求医者啦。

他用犀利的目光盯着眼前四人：“按照规定的程序，我将最后一次通知你们：如果有谁私自夹带着智力提高术的技术秘密，这是最后的坦白机会。坦白了可以从轻治罪，没有坦白而被查出者，就要自愿接受最严厉的惩处，包括死刑。请你们三位——”他用目光把索菲娅小姐剔除出去，“认真考虑五分钟，再答复我。”

说话时他仍然满面笑容，但语调中透出森人的寒意。三个男人都面色平静，也许他们的目光深处有一丝颤抖，但他们把恐惧很好地隐藏了。只有索菲娅似乎没意识到自己已经被剔出“可疑者”的圈子，她受不了屋里沉重的气氛，轻轻咳一声，想要说话，被杰弗里用眼色止住了。

五分钟。杰弗里平静地说：“那么你们不愿坦白了？那就请复诵那篇誓言吧。”

片刻的沉默后，中年人率先说：“我叫小泉二郎，我发誓没有夹带有关智力提高术的秘密，如果违誓，愿意接受地球政府最严厉的惩处，包括死刑。”

小伙子也说：“我叫陆逸飞，我发誓……”

名叫布莱什的老者也依此重复了誓言。杰弗里怜悯地看着他们，下意识地轻轻摇头。三个男游客的心都在向无限深处沉落，因为他的怜悯比威胁更令人心悸。良久，他轻叹一声：“我真不愿你们轻抛生命，可是……咱们往下进行吧。”

三个男人的脸色都有点发白，不过他们仍保持着优雅的沉默。这会儿，连没有心机的漂亮的索菲娅也终于看到了严重性，用惊惧的目光挨个睃三个同伴，就像是一只受惊的小鹿。

杰弗里轻咳一声，不过并没有说话，他站起来，冲了四杯热咖啡，一杯杯端过来，放在四个被检查者面前。三个男人都低声说：“谢谢。”他们实际是在进行一个仪式：操生杀大权的杰弗里在向他的牺牲者表示歉意，而几个间谍——如果他们真是商业间谍的话——则心照不宣地接受了他的好意：“检查员先生，我们明白你是不得已而为之，你我都是在尽自己的本分。所以，尽管往下进行吧。”三个男人一动也不动地坐着，就像是历经沧桑的石像，只有索菲娅在不安地扭动着身子。

“宇宙万物无非是信息的集合。”杰弗里突兀地说，“宇宙大爆炸时粒子的聚合，星云的演化，DNA 的结构，人类的音乐、绘画、体育活动，甚至人类的感情、信仰和智力，一切的一切，就其本质而言，无非是信息而已。而所有信息都能数字化。自从 20 世纪人类发明电脑后，这个道理已经变得非常明晓了，因为，电脑能实现的所有令人眼花缭乱的魔术，其实只是 0 和 1 的长长的序列。所以，从理论上说完全能做到这一点：在这个宇宙灭亡时，带着一个写满数字序列的笔记本逃到另一个宇宙，就能重建老宇宙的所有细节。”

索菲娅窘迫地说：“杰弗里先生，你说的我听不大懂。你知道，我可没做过智力增强术……”

杰弗里宽容地笑笑，并没对她的低智商表示不耐烦。他耐心地说：“理解这一点并不需要增强过的智力。我用最简化的语言讲一下吧，如果用 01、02、03、04、05……24、25、26 这 26 个代码来分别代替 26 个英文字母，那么‘智力增强技术’（intelligence strengthen technique）这个标题变成数字后就是：200805 091420051212090705140305 19201805140720080514 200503081409172105。”他解释道，“其实仅用 0、1 两个数字表示就行了，不过那样的数字序列更长一些，为了便于索菲娅小姐理解，我在这儿用的是十进位数字。”

索菲娅饶有兴趣地听他说话，其他三人面无表情。

“当然这只是理论上的可能。”杰弗里笑道，“宇宙所包含的信息太庞大了，如果我们用原子做基本的信息载体，那么要想容纳这个宇宙的所有细节，你的笔记本的重量恐怕要赶上宇宙本身。献丑了，我说的都是最起码的常识，你们都知道的常识。”

三个男人仍不说话，索菲娅努力想打破屋内的尴尬，轻咳一声说：“不，你说的很有趣，我就从没听说过……”

杰弗里说：“但有关‘智力提高术’的技术秘密就不同了，它虽然相当繁杂，也不过 30 亿比特的信息量，经过某种技术处理，它完全可以塞到你们的行李箱中。这也是最起码的常识，我想你们都知道。”

三个男人当然能听出他步步紧逼的敲打，但他们都是训练有素的高级间谍，始终保持着面色的平静——或者他们是清白的，根本不需要惊慌。他们不动声色的对峙在屋内造成一种寒意，索菲娅受不了屋内的气氛，不安地扭动着，为三人辩解：“我们的行李和身体都已经经过最严格的检查……”

老年男子用一个轻轻的手势止住她，对杰弗里说：“往下进行吧。”

杰弗里摇摇头，走到三人身后。三人的皮箱都在各自身后放着，箱盖大开。他走到中年男人的皮箱前，用目光扫描着，一边平静地说：

“我知道这些皮箱都经过最严格的检查，没有发现任何高密度芯片、缩微胶卷等间谍常用的工具。不过……”他用极富穿透力的目光看着三人，“你们都是高智商者，肯定不屑于使用那些常用方法。我想，也许你们会使用最出人意料的手段？”

三个人平静如常。杰弗里在小泉先生的皮箱中仔细搜视着，最后把目光定在一块小小的石头上。

“小泉二郎先生，你从地球上带走一块石头？”

“对。”小泉微笑着，“我刚才已经说过，地球是我的祖庭。记得地球上的航海民族——波利尼西亚人——有一种习俗，在离开故土前，会把故乡的泥土带一捧，洒到他们落脚的海岛上。地球的华夏民族也是这样，远行的人要带一包‘老娘土’，终生不离。我也想带走我对地球的眷恋，不过我觉得泥土不容易保存，就带了一块普通的岩石。”他对“普通”这两个字加重了读音。

“我很感谢你对老地球的感情。我也知道这是块最普通的岩石，成分是二氧化硅。不过，你似乎对它进行过抛光？”

“对，我尽力把它抛光了，我想让这块普通的石头变得像宝石一样光彩照人。”

“很好，很好。”杰弗里非常突兀地问，“能不能告诉我它有多重？或者更精确地说，它由多少硅原子组成？”

小泉的脸突然变白了，不过他的语调还尽力保持着平静：“不知道，我没有测量过，也没这个必要。我对地球的感情分量与原子的个数没有关系吧。而且——测量原子的个数，那一定是个非常烦琐的工作。”

“不，不，你一定知道，用小夸克显微镜来数出原子个数，是非常轻易的工作，而这种显微镜在地球上已是随处可得。这块石头有……”他目测了一下，“十几克重，也就是说，它里面含有 $10^{23}$ 个硅原子，$2\times10^{23}$ 个氧原子。如果用原子来做信息的最小载体，它能容纳十万亿亿的信息，远远超过智力增强术所包含的信息量了。”

最后这句话让索菲娅突然瞪大眼睛——杰弗里无疑是在说，小泉先生是用硅原子来携带智力增强术的秘密嘛。小泉尽力保持着高贵的平静，不过目光中已经透露出绝望。杰弗里说：“这样吧，如果你不反对，我来替你完成这个工作，好吗？”

小泉勉强地说：“我不反对。”

杰弗里点点头，回头喊来一名工作人员，让他把这块石头拿到化验室，迅速测出其中所包括的硅原子和氧原子的个数，一定要非常精确，误差在个位。“因为我不想破坏信息的精确性。”他随便地说，之后就把小泉抛到一边，不再理睬。陆逸飞和布莱什尽量不同小泉有目光接触，但他们分明知道小泉的命运已经决定，连索菲娅也看出这最后一段哑剧的含意。

现在，杰弗里转向陆逸飞的皮箱，他的扫视持续了很长时间，屋内的气氛快要凝固了，在绝对的安静中，似乎有定时炸弹在淙淙地响着。最后杰弗里把目光锁定在一管精致的玉笛上：“陆先生，你喜欢吹笛子？”

陆逸飞点点头，深情地说：“对，我非常喜欢。这种带笛膜的横笛是地球上的中国人所特有的乐器，是从西域胡人那儿传到汉族的，在一代一代的汉族音乐家手中得到淋漓尽致的发挥。它的音质微带嘶哑，但却有更高的音乐感染力。历史上传下来不少有名的笛曲，如《鹧鸪飞》《秋湖月夜》《琅琊神韵》《牧笛》等。在天狼星上听到它们，我就像见到了地球上的清凉月夜，听到了淙淙泉流……”

杰弗里打断了他感情激越的叙述：“很好，很好，如果这儿不是海关，如果是在晚会上与你会面，我会恳请你吹奏一曲的。能让我仔细看看吗？”

“当然。”

陆逸飞把玉笛递过去，杰弗里把玩着，指着笛子上部的一道接缝说：“这道接缝……”

“那是调音高用的。这管笛子由上下两段组成，在用于合奏时，可以抽拉这儿，对音高做微量的调整，适应那些音高固定的乐器……”

他的解释突然中断了，因为杰弗里已突然抽出上半截笛管。接口处是黄铜做的过渡套，他举起来仔细查看着，那儿没有任何可疑的东西。杰弗里又用手掂了掂两段笛管的重量：“当然，下边的笛管要重一些。陆先生，我有一个很无聊的想法：如果用下半截笛管的重量做分母，用上半截的重量做分子，结果将是一个真分数，也可以化作一个位数未知的纯小数。陆先生，你知道这个小数是多少吗？”

陆逸飞的脸色变白了，身上的女人味一扫而光，高傲地说：“不知道，你当然可以去称量。”

“是的，我当然会去做。”他喊来一个工作人员，命令他把两段笛管去掉黄铜接合套后做精密的称量，精确到原子级别，并计算出两者之间的比值。“要绝对准确，用二进制数字表示的话，要精确到小数点后30亿位，因为我不想破坏信息的精确性。”他似乎很随意地说。

这之后他把陆逸飞也撂到一边了，其实他已经明白地说：陆逸飞的结局也已经敲定。陆逸飞和小泉心照不宣地对视，目光中潜藏着悲凉，他们两位已经是同病相怜了。现在，三个男人中只剩下那位老人，这回杰弗里没有去察看他的皮箱，他走到老者身边，注意地观察他。“布莱什先生，你似乎不大舒服吧。”

老者勉强地笑道：“对，真不幸，回航机票买好之后，我却不小心感冒了，但行程已经不能改变了。但愿我回到天狼星时，海关检疫人员不会把我拒之门外。”

“唷，这可不行，我得为你的健康负责。万一不是普通的感冒而是变异的感冒病毒呢。老人家，你不介意我们取一口你的唾液做病毒 DNA 检测吧。”

索菲娅惊奇地看到，老人的脸色也一下子变白了。他高傲地说：“当然可以，谢谢。”停停他又补充道：“你是个非常称职的海关检查员，这是我的由衷之言。”

“谢谢你的夸奖。”他又喊来一个工作人员，让他取一口老人的唾液。DNA 中有 30 亿个碱基，它的序列由四字母组成，换算成二进位数字的话，有 60 亿比特的信息容量。“所以检测一定要精确，没准这种病毒的碱基序列正好含着智力增强技术的内容呢。”杰弗里半开玩笑地说。

当然，谁都知道他并不是开玩笑。

杰弗里还请工作人员在进行 DNA 测定后顺便做一个换算。因为那块石头的原子个数、两段笛管的重量之比，都将是十进位的数字序列，而碱基序列则是四字母序列，需要换算成同样的十进位数列，以便“三位先生的结果有可比性”。“现在请大家安心喝咖啡吧，这三个结果很快就会出来的。”

三位商业间谍——现在可以确定地说他们是间谍了——心绪繁乱。死神已经近在眼前了，但他们仍令人敬佩地保持着绅士风度。只是，在与索菲娅探询的目光相碰时，会不自主地绽出一丝苦笑。在等待的时间里，杰弗里一直亲切地和他们聊着天，打听着天狼星的风情，还说最近他就要度假，打算到天狼星上去旅游观光。三个男人则热情地允诺做他的东道主——“当然，如果你没有把我们当作间谍处死的话。”三个人苦笑着说。索菲娅则含情脉脉地说，真盼望杰弗里能和他们同机去天狼星，“像你这样风度迷人的男人太难遇见了。”

屋里的气氛非常放松，但这种放松是假的，在平静的下面能摸到三个男人的焦灼。结果终于出来了，一名工作人员走进来，手里拿着打印出来的检测报告。他对三人扫了一眼，不动声色地说：

“中校先生，你的估计完全正确。这块石头情报是用硅原子的数量表示的，精确数字是一个 30 亿位的序列，我现在拿来的是前边 1000 位。”他递过一张卷着的长长的打印纸。“至于那块笛子情报，则是用两段笛管的重量比来表达的，是一个无穷循环小数，循环节大约为 30 亿位，并与刚才的序列相同。而这位老先生身上的‘感冒病毒’果然是一种独特的病毒，它的碱基序列换算成 10 进位数字表达，也是同样的序列。”

工作人员朝三位客人点点头，出去了。杰弗里默默地把纸卷递给索菲娅，数字序列的头几十位数字是：200805 091420051212090705140305 19201805140720080514 200503081409172105。

索菲娅的记忆力非常好，可以在几秒钟的扫视中记着上千位的数字。这会儿她清楚地记得，刚才杰弗里给出了同样的序列，其含意是：智力增强技术——当时他还暗示，这是一份技术档案的标题呢。他果然没有说错。那么，一块石头，两段笛管，一种特异的感冒病毒，它们都包含着智力增强术的技术秘密。

看来，她只能一个人回天狼星去了。

杰弗里已经不用多说话，那三位游客对望一眼，甚至没有去接那个纸卷。老人代表他们说：“你赢了，杰弗里先生。你真能干，目光如电，专业精湛。作为间谍，我们对你表示由衷的敬佩。请你按地球法律处置我们吧，我们没怨言。”

索菲娅嘴唇抖颤着：“你们……真的是间谍？真的要被处死？”三个男人叹口气，没有做任何解释。杰弗里叹口气，唤来工作人员，低声交代几句。然后，他为四个人续上咖啡，默默地看他们喝完。海关的工作效率非常高，一艘很小的飞船此刻已停在登机口。杰弗里把三人送过去，同二人紧紧握手。当不可避免的结局真的到来时，三位间谍反倒真的放松了。他们微笑着同索菲娅拥抱，说，“回程中我们不能陪伴你了，请多保重。”中年男人回过头，以男人的方式拍拍杰弗里的肩头，笑着说：“很遗憾，不能在天狼星为你做东道主了，请索菲娅小姐代劳吧。”他们同杰弗里殷殷道别，在通道中消失。

索菲娅一直惊惧地看着这个过程，小飞船呼啸着升空后，她转回头疑问地看着杰弗里：“他们三个……”

杰弗里声音低沉地说：“他们将被流放到时空监狱，永远不能回来。”

“时空监狱？什么地方？那儿……人类能生存吗？”

“不知道，没人知道。间谍的流放地都是在飞船升空后随机选取的，那儿也许是地狱，也许是天堂。他们能有二分之一的幸运，这是我唯一能为他们做的事了。但有一点是肯定的，不管是天堂还是地狱，他们永远不可能回到今天这个时空了。”

索菲娅的眼睛里涌满泪水：“我真的很难过，我们四人是坐同一艘飞船从天狼星来的，他们都是很好的人……不过我不怪你，我知道你心地仁慈，他们是自作自受。”

杰弗里挽着姑娘的胳臂，回到刚才的办公室。“不说他们了，把我的例行程序做完吧。按照规定的程序，我将最后一次通知你：如果你夹带了有关智力提高术的技术资料……”他匆匆重复了刚才对三人的话，但索菲娅根本没听到心里，仍沉浸在悲伤中。杰弗里再次提醒后，索菲娅才机械地说：

“没有，我没有夹带。”

“请你宣誓。”

“我叫索菲娅，我发誓没有夹带有关智力提高术的秘密，如果违誓，愿意接受地球政府最严厉的惩处，包括死刑。”

“好，请你赶紧登机吧，开往天狼星的航班马上就要升空了。”

收拾好行李箱，走过甬道，空中小姐在门口笑容可掬地迎候。在这段时间内，索菲娅一直默默无言，泪水盈盈。杰弗里体贴地搂着她的肩膀，一直把她送到座位上。邻座没有人，杰弗里坐在那个位置上，轻轻握着索菲娅的小手。

时间一分一分地过去，航船就要升空了，杰弗里还没有离去的意思。索菲娅轻声提醒他：“你该下船了。”她戚然说，“真不想同你说再见，真希望你能同机去天狼星。但是……起飞时间快到了。”

杰弗里笑了：“我正是和你同机去天狼星，这就是我的座位啊，你看，还有我小小的行李。”他解释着，“其实我刚才已经说过了，我说，我很快要去那里度假。”

索菲娅瞪大眼睛，目光复杂地看着他，很久才低声说：“真是个好消息。看来我的祝愿感动了上帝。”

两只手轻轻相扣，他们不再说话。飞船轰鸣着离开了地球，脱离了地球的重力，并迅速加速。现在，飞船绕轴向旋转着，产生 1g 的模拟重力。很奇怪，在此后半个小时里杰弗里一直没有说话，只是瞑目仰靠在座椅上，轻轻抚摸着索菲娅的小手。到越过月球后，他突然回过头，目光炯炯地看着同伴：

“索菲娅小姐，现在飞船已经离开地球的领空，到了‘公空’了。你当然知道有关的太空法律，在公共空间中，地球的法律已经失效，没人能奈何你。何况，我已经注意到，有几位先生还在虎视眈眈地守护着你呢。”他回头向周围的几个旅客打一个招呼，那几位都是中年男子，身材剽悍，训练有素。大鼻孔，稍显凸出的胸脯，这当然是天狼星人的特征。此时他们向杰弗里回以职业性的微笑。

索菲娅平静地说：“你说的不错。你想干什么？”

杰弗里苦笑道：“我知道你是个间谍，你和他们三位是一伙的。你在地球逗留期间，地球情报局一直在监视你，早已认定你的身份。但我用尽了才思，也没找到你所夹带的情报。好，我认输了，但我非常想知道我是怎么输的。”他补充说，“你不必再把我看成地球海关的检查员。在你成功后，我的职业已经毫无用处，我现在是失业者，正前往天狼星去寻找新的人生，因为我不想留在地球上看人们责难的目光。其实，在你走进海关检查室之前，我就事先料定了我会在你这儿失败，也做好了相应的准备。”他恳求道：“我非常想知道我到底是怎么输的，不知道这一点，我会发疯的。请你告诉我，好吗？”

索菲娅犹豫着。她想杰弗里说得没错，这儿已经不属于地球的领空，在银河系文明社会里，没人敢在公空中采取海盗行为。她嫣然一笑：“把你的失败彻底忘掉吧，到天狼星去开始新的生活。告诉你，我刚才曾表达了对你的倾慕，那可不是间谍行为。我真的很喜欢你，也许咱们能在天狼星上共结连理呢。”

杰弗里感激地说：“非常感谢你的安慰，我也希望有你这么可爱的妻子。

但是……”他固执地盯着她。

“至于我的身份……”她迟疑片刻后，坦率地说：“你猜得不错。我的本职是电影演员，但这次被天狼星政府征召做一个业余间谍。我没有做技术间谍的智力，这是真的，一点都不骗你，我几乎可以说是弱智者，上学时数学和物理学得一塌糊涂。但我有一个过人之处，就是对数字有超凡的记忆力，可以轻易记住十万个互不关联的数字。”

杰弗里喊道：“但那是30亿比特的信息量啊！”

索菲娅得意地笑了：“30亿，不就是三万个十万嘛。要知道，我在地球待了三年呢，足以把它背下来了。要不，我给你背一次？反正我在旅途中得复习几遍哩。”她挑逗地说。

杰弗里摇摇头，声音低沉地说：“你把我骗得好苦啊，你成功地扮演着一个没有心机的低智商的女人……”

索菲娅咯咯地笑着：“别忘了我是一位专业演员嘛，再说，”她向杰弗里抛一个媚眼，“我本来就是一个低智商的女人，我只是在做本色表演。”

很奇怪，杰弗里这时有一个突然的变化，他坐直身体，瞬间又恢复了原来的从容自信。他向空中小姐招招手，那姑娘马上送来两杯法国葡萄酒。杰弗里自己端起一杯，另一杯敬给索菲娅：“我输了，我没想到你是这样一个天才。你所用的最不取巧的间谍手段，恰恰是最难破解的。作为一个同行——反间谍人员和间谍可以说是同行吧——我非常敬佩你。来，干了这一杯。”

索菲娅盯着酒杯，盯了好一会儿。她突然莞尔一笑，乖巧地说：“谢谢。杰弗里，我绝对相信你，相信你不会在酒中下毒。不过为了万全起见，我不能喝它，而且直到返回天狼星并把我脑中的那个30亿比特的数列卖给政府前，我都不会喝你的任何东西。这是不得已而为之，你不会怪我的，对吗？”

杰弗里微笑道：“我不怪你，但那一杯酒中确实没毒。”他着重念出“那一杯”这三个字，让索菲娅觉得有点奇怪。这会儿杰弗里的表情也十分特别，双眸闪闪发亮，优雅的笑容中透着苍凉。他把那杯酒递给空姐，那位空姐面无表情地一仰而尽。“至于这一杯……”他伤感地笑笑，仰起脸一口喝干。把酒杯递给空姐后，他站起来吻吻索菲娅的额头：“好姑娘，永别了。我真想能娶你为妻，可惜……”

他一头栽到地上，死了。

事情发生得太突然，没有一点先兆，索菲娅下意识地从座位上蹦起来，捂着嘴，胆战心惊地看着脚下的死尸。她的几个保护人员已经站起来，迅速向她围拢，但眼前的现实并不是索菲娅受到什么威胁，而是地球海关检查员的意外死亡。他们怀疑杰弗里是假死，其中一人伸手试试他的鼻息，鼻息已经停止，连体温也正在缓缓地下降。几个保卫人员根本未料到这样的变化，显然乱了方寸。其他乘客中也掀起一波骚乱，开始向这边凑拢。

这时，几个穿白衣的工作人员跑来，以机器人般的精确，迅速把死者抬起来，走向飞船舷侧的一个小门，并示意索菲娅一块儿来。索菲娅不知道他们要干什么，不由自主地来了，她的几名保护者紧紧跟在后边。工作人员打开小门，把杰弗里塞进去。这个小隔间是双层门，外门通向太空。他们把内门关好，然后按下门边一个按钮，外门打开，死尸被离心力甩出去，晃晃荡荡地飘离飞船。透过舷窗可以清楚地看到，在舱外的绝对真空中，尸体的肚腹立即爆裂，身体也在瞬间失水，变成一具狰狞的干尸。飞船已达半光速，杰弗里的身体当然也是同样的速度，所以，宇宙中的静止粒子都变成高能辐射，在干尸上激起密密麻麻的光点。

一个标准的“空葬”程序。每个在宇航途中意外死亡的旅客都将得到同样的处理。这是星际航行的常识，但索菲娅还是第一次目睹。她脸色惨白，心房似乎要跳出胸腔。她这个间谍毕竟是业余的，对这样惨烈的场面缺乏心理准备。

穿白衣的工作人员向外边立正敬礼，表情肃穆庄重，显然他们都是杰弗里的同行，对杰弗里尤其是对杰弗里从容不迫的自杀充满敬意。然后两个白衣人回过身，熟练地架起索菲娅的胳臂。索菲娅惊慌地喊：“你们要干什么？干什么？这儿可不是地球的领空！”

她的四个保护者不声不响地逼近。穿白衣的为首者用一个轻轻的手势止住四人，平和地说：“请大家保持镇静，请务必镇静。索菲娅小姐，你说得对，这儿不是地球的领空，地球的法律在这儿已经失效。不过，你大概不知道在间谍行当中有一种惯例，或者说是职业道德，是各个星球都认可的：如果一方的重要人员采取自杀性行动，这一方就有权得到比这轻一点的补偿。漂亮的索菲娅小姐，你让杰弗里中校第一次遭遇失败，他高贵地选择了死亡，地球的海关保卫遭受了不可挽回的损失，因此，我们有权对造成这一后果的间谍来一个小小的惩罚。不过你不用担心，我们不会杀死你，只会对你做一个小小的记忆剔除术。”

索菲娅浑身颤抖，啜泣着，哀求地看着她的四个保护者。但四人犹豫片刻后无奈地退回，看来他们也承认这种“间谍职业道德”的约束。飞船中的乘客有地球人、天狼星人和少量另外星球的人，他们都无动于衷地看着这边的动静。白衣人把挣扎的索菲娅推进一个房间，那里面医生们已经穿好罩衫，戴着手术手套。门关上了，索菲娅的哭泣声也被截断，四个保卫人员向为首的白衣人点点头，不大情愿地回到自己的座位。

几百名旅客平静地看着紧关的房门。

确实是一个小小的手术，仅仅 30 分钟后，几个微笑的医护就把索菲娅送出来。她的头上没有任何伤口，一头金发依然如瀑布般垂泻，面色仍是那样娇艳，不过目光显得有些茫然。她皱着眉头艰难地回想着，又环视着四周，低声问：“我怎么啦？你们干什么围着我？”

医护们微笑着说：“不要紧张，没关系的，你刚才摔了一下，造成短时的失忆。现在，请你尽量回忆你个人的情况。”

索菲娅皱着眉头思索半天，难为情地说：“我知道我叫索菲娅，在地球上旅游观光后，正坐着这艘飞船返回天狼星，这将是 8.7 年的漫长旅程。别的……一时回忆不起来了。我的失忆能治好吗？”

“不要紧张，请再回忆。”

“噢，我似乎碰见了一个出色的男人，我对他很有好感，但他似乎死了。”她黯然说，“我想这一定是个梦，不会是真的。”

医护们把她护送到自己的座位，安慰她：“你的精神受到一点刺激，除了失忆外可能还有轻微的妄想表现，你说的那些情景都是梦中的错乱，不是真的。不过你已经基本恢复了，很快就能彻底痊愈。不要紧张。再见，祝你旅途愉快。”

医护们走了，很长时间，索菲娅一直低头沉思着。等她抬起头时，看见邻座的四个男子在怜悯地看着她。这四个人的面容和表情勾起她的某些回忆，似乎是她的熟人，至少是四个可靠的人，但具体的细节无论如何也想不起来。这种绝望的回忆真折磨人啊。很长时间后，她终于忍不住，轻轻招手，唤四人中的一个过来。那人稍稍犹豫一下，过来了，坐到索菲娅身边的空位上。她低声说：

“嘿！你好，我相信你也是天狼星的游客吧，你一定是个靠得住的人，我的感觉不会欺骗我的。现在，我迫切地需要你的帮忙，可以吗？”

那人没有回答，只是点点头。索菲娅悲伤地说：“请对我讲讲我失忆前发生的事情，讲讲你所知道的有关我的情况，好吗？”她显得既困惑又焦灼，“我有一个感觉——也许只是我的妄想，但我不能排除它——似乎有一个很可爱的男人遭受了某种失败，他要为此自杀，只有我才能救他。这事情非常紧急，也许耽误几秒钟就来不及了。请你一定告诉我，这究竟是怎么一回事，好吗？求求你了。”

那人很长时间没有回答，只是侧脸看着舷窗外黑暗的太空。他终于回过头，语调平板地说：“没有这样的事，那只是你的妄想。”

“真的？”索菲娅几乎要哭出来，“你不能瞒我啊，不能让我终生懊悔。”

那人平静地说：“我不瞒你，真的什么事情也没有。请你保重，我过去了。”他拍拍索菲娅的手背，返回自己的座位。船舱中非常安静，几分钟后，空姐们推着餐车出来了。

# 善恶女神

12 岁前，我是 N 城最漂亮的女孩。孤儿院的妈妈说，“你爹妈要是知道你这么水灵，笃定舍不得把你扔掉啊。”尽管身世卑微，但我相信人生之路上会铺满鲜花，因为命运女神青睐漂亮的女孩儿。

12 岁，我成了一个麻子，21 世纪唯一的麻子。命运女神原来是一个恶毒的巫婆，她嫉妒白雪公主的美貌和幸福。

我真想杀了她。

孤儿院里有两位妈妈照顾我们，可是我们真正的妈妈是梅妈妈。她是北京非常有名的医学科学家，一辈子没结婚，45 岁时用半生积蓄在家乡办了这家圣心孤儿院。梅妈妈几乎每月都来看她的孩子，把母爱一点一滴浇灌在我们心头。

2023 年 4 月 13 日——我忘不了这个日子——梅妈妈又来看望我们。她照例为每个孩子带来一件小礼物，为我准备的是大蛋糕，那天是我的生日。我们快活地分食了蛋糕，唱了“祝你生日快乐”，团团围住她。梅妈妈同我们亲亲热热地聊着，问了我们在学校的情况。我偎在她怀里，嗅着 12 年来已经闻惯的“妈妈”的气味，心中有抑制不住的念头——想用嘴唇触触她的胸脯。那年梅妈妈 58 岁，仍是一头青丝，在脑后挽一个清清爽爽的髻，皮肤很白很嫩，脸上没有多少皱纹，腰肢纤细，胸脯丰满，脖颈上挂一个精致的十字架。她是天下最漂亮的妈妈，她的含笑一瞥能让伙伴们心儿醉透。

梅妈妈喜欢所有的孩子，可我知道她最喜欢我。一个感情饥渴的女孩的直觉比猎狗鼻子还厉害呢。那晚，我瞅住空子，难为情地问她：“梅妈妈，我能问一个问题吗？”梅妈妈微笑着鼓励我：“问吧，平儿，问吧。”我附到她耳边，鼓足勇气小声问：

“梅妈妈，你是我的亲妈吗？”

梅妈妈搂紧我，亲亲我的额头说：“孩子，就把我看作你的亲妈妈吧。”这是个含糊的回答，我不免失望。我伏在梅妈妈柔软的胸脯上，泪珠儿悄悄溢出来。

几天之后，灾难之神扑着黑翅降临到N城，孤儿院的孩子们都病了，然后是我们所在学校的同学，再后是学校的老师。发烧，身上长出红色的疹子。我发病最早，病情也格外重，连日高烧不退，身上脸上长满脓疱。所以，在我对这段时间的记忆中，有大段的空白，也夹杂着高烧病人的谵妄。

我隐约记得，在医生们忧惧的低语中，一个凶词悄悄蔓延：天花。北京立即派来医疗队，带队的正是梅妈妈。医院中到处是穿着白色防护衣的医护，急匆匆地走来走去；电视上宣布了严厉的戒严令，全城封锁；交通要道口布满穿着防护衣、全副武装的士兵，军用直升机在天上巡弋，用大喇叭警告封锁区内人员不得外出……

多年后，丈夫为我补足这段空白。他说天花是为害已久的烈性传染病，埃及法老拉美西斯的木乃伊脸上就有天花瘢痕。历史上天花几次大流行，曾造成数千万人死亡，被称作“死神的忠实帮凶”。1796年，琴纳医生发明牛痘，人类逐渐战胜了天花。最后一次天花病例发生在1977年的索马里。1980年，世界卫生组织宣布天花绝迹，停止接种天花疫苗。世界上仅保存两份天花病毒样本，一份在俄国的维克托研究所，一份在美国的疾病控制中心。为了预防病毒一旦泄露造成天花复燃，在几经推迟后，于2014年将两处的天花病毒样本全部销毁。丈夫说：

“你该想得出2023年天花复燃是何等可怕！病毒采用超级寄生，利用寄生细胞的核酸繁殖，这种寄生方法使所有抗生素对其无效，只能利用人体在千万年进化中所产生的免疫力，疫苗的作用则是唤醒和加强这种免疫力。但经过几十年全球范围的天花真空，又停了疫苗接种，人类对天花的免疫力大大退化了，而且各国基本没有像样的天花疫苗储备，仅美国在9·11事件后扩大了储备。我们几乎对它束手无策！那时我们预料，这次突如其来的灾疫会造成至少几百万人的死亡，甚至蔓延到全世界。可怕，太可怕了！”

直到十几年后，丈夫还对它心有余悸。不过，实际上那次疫病远没有这样凶险，从美国空运来的1000万份疫苗有效切断了病毒的传播途径，孤儿院和各学校的小病人也很快痊愈。伙伴们陆续到病床前同我告别，我成了医院唯一的病人。

那段时间反倒成了我最幸福的日子。梅妈妈有了闲暇，每天都来看我，陪我聊天，甚至实现了我多年来不敢奢望的一个隐秘愿望——晚上睡在妈妈怀里，用脸蛋贴着妈妈温暖的乳房。梅妈妈从不怕传染，搂着我窃窃私语。她说，“已经确定，这次致病的是低毒性天花病毒，根本不可怕。仅仅因为你的体质特别敏感，病情才显得较重，不过很快会痊愈。平平，不要担心，你的疤痕能用手术修复，你肯定还是一个漂亮的女孩儿。平平，要想开一点儿，人生常有不如意，死亡、疾患、灾难本来是人类不可豁免的痛苦……”

那时我还不知道自己面临的灾难，只是终日沉醉于对妈妈的渴恋中。我低声说，“妈妈，我好想你，每次你离开孤儿院后，我都会偷偷哭一场。我想闻你的气味，听你的声音，想摸你的双手。妈妈，我真想就这样一直病下去。”

梅妈妈搂紧我，感动地说：“平平，我的孩子，可怜的孩子。”第二天晚上，她突然喜气洋洋地向我宣布：她已决定认我做女儿，等我病好后就把我接到北京。“真的吗？”我声音颤抖地问，“是真的吗？”梅妈妈慈爱地拍拍我的脸说：“当然是真的！我正在做必要的安排，最多两个星期就办妥。”

我真的乐疯了，心儿扑扑颤颤地飞离病床。我梦见自己长出一双白色的翅膀飞到妈妈的家里，妈妈举双手接住我，脸上洋溢着圣母般的光辉。那些天我全然忘了自己的病痛，世上的一切都那么美好，窗外洁净的蓝天，医院雪白的墙壁，好闻的来苏水味儿，窗台上啾啾的小鸟……

但我的美梦突然断裂。

梅妈妈从我身边悄然消失，没有留任何话。两天后，孤儿院的小雷急慌慌跑来告诉我，梅妈妈被捕了，他亲眼看见警察把她铐走。我震惊地问：“为什么抓她？”小雷说，“听说这次天花都怪她，你生日那天，她把病毒带到孤儿院了。是她的一个博士生薛愈向公安局告发的。”

我悲愤地说：“肯定是造谣！这个薛愈是毒蛇！梅妈妈是天下最好的人，最爱我们，她怎么可能带来病毒呢。”小雷说：“对，我们都喜欢梅妈妈。可是……听说梅妈妈已经承认了呀。”

我心焦火燎地盼着病愈出院，我要去找梅妈妈，保护她，为她申冤。在焦急的等待中，身上和脸上的痂皮变干脱落了，我摸到了面部的凸凹。病房里没有镜子，但护士们躲躲闪闪的目光是我最清晰的镜子。我终于得知，我不再是人人疼爱的小天使，我变成了一个麻脸小怪物。

从那时起，一个12岁的女孩已经历尽沧桑，知道在人生中幸运是何等吝啬，而噩运是何等厚颜。

2023年天花灾疫虽然被及时制止，但它对世界造成的冲击不亚于美国9·11事件。不过，它在我的记忆中一直很淡漠，我的潜意识竭力抵抗着有关它的一切。两年后我从家乡逃到K城，不愿终日面对人们怜悯的目光。我曾为一声轻轻的“咦，小麻子？”而同那人拼命。我15岁开始做生意，发誓要赚很多钱，将来做一次彻底的整容。一年后，一个年轻男人辗转打听，在K市找到我。高个子，运动员一样的身材，浓眉，方脸盘。他怜悯地看着我，柔声说：“我叫薛愈，想向你提供做整容手术的费用。”我冷淡地说：“滚，我不用你的脏钱，你是出卖耶稣的犹大。”这句话狠狠刺伤了他，他流着泪吼道：

“我是按科学家的良心行事！事关这样的弥天大祸，就是亲妈有罪我也会告发的！”

他愤怒地走了，他的愤怒改变了我对他的看法。几天之后他又赶来，再次恳求我接受他的资助，他说自己是替梅老师偿债。后来，我终于随他到上海做了整容术。再后来，这个大我10岁的男人成了我的丈夫。

19岁那年，也就是整容术顺利完成之后，我和他在上海东方饭店的床上有了第一次云雨。他发狂地吻着我的裸体，吻着每一寸平复如初的皮肤，尤其是我的脸庞，喃喃地说，“我爱你，你仍然是天下最漂亮的女人。”我也狂热的回吻着，但亢奋中不免怆然，我知道自己的美貌已不是原璧，天花留下的伤痕仍埋在皮肤深处，埋在我内心深处，永远不能平复了。云雨之后，我伏在他胸前，低声说：

“该对我说说她了，说说那位梅……吧。”

薛愈的目光咔嗒一声变暗了。他沉默一会儿，第一次完整地叙述了这件事的来龙去脉。他说，其实他十分崇敬梅老师，她专业精湛，宅心仁厚，风度雍容，几乎是一个完人。但她的学术观点相当异端，而“一个走火入魔的科学家比魔鬼还可怕”。

他说，梅老师曾作为访问学者在俄国维克托研究所工作过半年，那时该所的天花病毒还没有销毁，可以说她是21世纪的中国人中唯一有机会接触天花病毒的。而且，她从俄国回来后常常有一些可疑的行为，有些实验她总是一个人做，不让任何人插手。所以，2023年天花复燃后，他立即把怀疑矛头对准了梅老师。他的怀疑完全正确，在随后有大批国外记者旁听的公开审讯中，梅老师毫不迟疑地承认，她以“某种方法”从维克托研究所取得了病毒样本，此后一直进行秘密培养和保存。因为她历来反对销毁天花病毒样本，她说上帝创造的任何生命都有存在的价值，即使是凶恶的病毒也是如此。已经知道，脊髓灰质炎病毒能被利用来攻击脑瘤，而天花病毒对艾滋病毒有抑制作用，毁掉它们就是对未来犯罪。此前西方国家曾有一些暧昧的猜测，她告诉媒体，她的所有研究都是个人行为，个人愿承担全部责任。

那么，她保存的天花病毒呢？梅老师说，在那次病毒泄露之后她彻底销毁了所有样本，随后对研究所的大搜查证实了这一点。她一直拒绝请律师，因为她承认，“对于那些被毁坏容貌的患者来说，我的罪孽无可饶恕。”

薛愈停止叙述，抬头看看我，我心里很深很深的地方忽然震荡一下。梅妈妈这句话无疑是对我说的。我越过时间和空间，看到她当时疚悔的目光。看来，她后来决定收养我，也是对所犯过错的忏悔。我心乱如麻，沉默不语。薛愈用目光探索着我的内心，轻声问：

“你恨她吗？”

我恨她吗？不知道。她的过错毁了我的容貌，但她也向我播撒了美好的母爱。我问："她关在哪儿？"

"Q城监狱。20年徒刑。对于58岁的梅老师来说，这几乎是无期了。"他又说，"不过公平地说，这个刑期不算重。她可不仅仅是渎职！她公然违犯国家法律，把极危险的病毒偷偷带回国内，简直是胆大妄为！我直到现在都不敢相信，梅老师竟然能干出这么不负责任的事。走火入魔的科学家比魔鬼还可怕！"他重复道。

我叹口气："我要去看她。不管怎么说，她对我们这群孤儿可说是恩重如山。你陪我一块儿去吧。"

"不，我不去。"

"为什么？"我奇怪地问，"她毕竟是你的老师。是不是因为曾向警方告发她而内疚？别生气，我是开玩笑。"

薛愈平静地说："我不生气，也不内疚，但我不想去看她。"

我盯着他的眼睛，在那儿发现一些说不清道不明的东西。

Q城监狱离K城300多千米，位于一片浅山之中。进了监狱，首先看到百花怒放的大花圃。一位姓杨的女狱警为我办理着探监手续，她很爱说话，边填卡边说：

"梅心慈是这儿的模范犯人。你来看她，很好，多开导开导她。你与犯人的关系？"

"我小时在N城孤儿院，她是孤儿院的资助人。"

"是啊是啊，来探望她的大都是当年的孤儿。那时她一定对你们很慈爱，对吧。"

"对，她是大家的妈妈。"

"去吧，多开导开导她，毕竟是快70岁的老人了。"

两名男狱警背着手立在探望室的远端监视。梅妈妈走出来，步履相当艰难。她坐下，我们隔着钢化玻璃互相凝望，心绪激荡，一时无语。这10年间她的头发全白了，她仍在脑后挽一个清清爽爽的髻。囚服很整洁，保持着过去的风度。梅妈妈先开口说话，她端详我的面部，满意地说：

“平平，手术很完美。你仍然很漂亮，我真高兴。”

“梅妈妈，我们10年没见面了。”我心情复杂地说，“我忘不了在医院那段相处。”

“可惜我没能实现对你的许诺，没能把你带到北京。”

“你是否当时已有预感？记得咱们同榻而眠时，你不止一次告诉我，人生常有不得意，死亡、疾患、灾难都是人类不可豁免的痛苦。对于12岁的孩子来说，这些话未免太苍凉了。”

梅妈妈微微一笑：“不仅是预感，我早就确切知道自己的结局。不过我原想被捕前来得及把你安排好。”

我忍不住脱口而出：“那你为什么……算了，过去的事情不提它了。梅妈妈，薛愈和我很快要结婚，他今天本来要同我一起来的，临时有事被拖住了。他让我代他问好。”

不知道梅妈妈是否相信我的饰词，不过她慈祥地微笑着：“谢谢你来看我，谢谢薛愈。他是个好青年，有才华，有责任感。祝贺你们。”

“你的腿怎么样？我看你行走很困难。”

“风湿性关节炎。不用担心，监狱的医疗条件很好。”

我顿住了，不知道该再说些什么，10年的分离在我们之间造成巨大的断裂，她几乎是一个陌生人了。但我心中仍顽强地保存着很多记忆：熟悉的妈妈味儿，温暖的乳房，柔软白净的双手……

“梅妈妈，你多保重，争取早日出狱。我会常来看你的。”

“再见，孩子，谢谢你。替我向薛愈问好。”

以后我常去看她，每月一次。两人的关系已经恢复如初，可以进行母女般熟不拘礼的谈话了。逢她的生日，我就带去一个大蛋糕，我想报答她当日的情意。每次探望后，薛愈都仔细打听梅妈妈的情况，还为她购买了治疗风湿性关节炎的药物，看来他不是不关心她。但薛愈坚决不去探望，我怎么劝说也不听。我觉得，他和梅妈妈之间有一个隐秘的心结，至于究竟是什么，我猜不透。

半年后我们结婚了，新家安在 K 城。北京房价太高，这些年，整容手术已经花光了薛愈的积蓄。每星期五晚上，薛愈乘火车赶到 K 城同我相聚。小别胜新婚，他常常一进门就把我扑到床上，尽情宣泄一番，再起来沐浴进餐。半年后，在一次酣畅淋漓的做爱后，他陶然躺在床上养神，我推推他，说：“愈，起来，要商量一件大事。”

他把我搂到怀里：“说吧，我听着呢。”

“我想把妈妈接回家。”他的身体忽然僵硬了，“梅妈妈的病情日益恶化，今天我去探监，她已经坐上轮椅了。管教说正在为她办减刑，还说像她这种情况可以先办保外就医，可惜她没有亲人。愈，把她接回家吧，行不行？”

丈夫久久不说话。我劝他：“愈，你和梅老师之间究竟有什么心结？梅妈妈是一个好人，当然她犯了罪，把我变成丑陋的麻子，还几乎造成大灾难。但毕竟只是疏忽，又不是有意的。在圣心孤儿院时梅妈妈就常教诲我们，要学会宽恕别人。”

薛愈坐起来，月亮的冷光映着他的裸体。他在茶几上抽一支烟，点着，烟头在夜色中明明灭灭。他说：

“平，有些情况我从未告诉任何人，没告诉你，也没告诉警方。我怕说出来会使梅老师成为人类公敌。”这个词太重了，我震惊地看着他。“我和她之间没什么心结，从个人品德看，我非常敬重她。但她的科学观相当异端，我说过，走火入魔的科学家比魔鬼还可怕。平，孤儿院那场疫病并不是无心之失，她是有意为之。”

我在夜色中使劲盯着他的眼睛：“你是在开玩笑，你是在胡说。”

“不，我很认真。当然我没什么真凭实据，但直觉告诉我，这个推测不会错。这些年我执意不与她见面，就是想逃避对这件事的证实。如果她真是有意向孤儿院投放病毒，那……太可怕了。”

“你凭什么怀疑她？”

“我曾偶然听她透露过什么‘低烈度纵火’，恰恰 2023 年的致病原并不是烈性天花野病毒，而是经过专门培养的，低毒性的。正是因此才没酿成惊天大灾难。”

我立即忆起，当年梅妈妈在病床上搂着我聊天时，曾说过“低毒性”这个词。我打了一个寒战。

“平，并不是无心之失，那是一组系列实验的第一步。但我的揭发加速了她的被捕，她没能把实验做下去。”

我想到那天的大蛋糕，想起40个孩子围着妈妈其乐融融的情景；想起自己光滑柔嫩的面庞，及此后浑身脓包的丑陋。似乎有一双手在慢慢扼紧我的喉咙，而我也非常想扼住谁的脖子。丈夫同情地说：

“我本不想告诉你，但你既然执意要保释她出狱，我想你有权知道真相。当然，经过11年牢狱之苦，她不会再重操旧业了，天花病毒也已经全部销毁，她想干也不可能了。不过——说实话，我对她心存惧意。”

我目光阴沉，沉默很久。“不，我还是要保释她出狱。”我闷声说，“我要好好伺候她，让她享尽女儿般的孝情。看她会不会内疚，亲口告诉我真实情况。”我咯咯地笑起来，“对，就是这样，真是两全其美的好主意。如果她没撒播病毒——那我就报答了她；如果她干过——那我的孝心会是她的良心折磨。薛愈，你说呢？”

我神经质地笑着，但笑声戛然断裂，我烦闷地垂下头。丈夫过来，体贴地从身后搂住我。我抓住他的手臂，苦闷地说：“愈，我真不愿相信你说的话。我不相信有人竟忍心向孤儿院投放病毒。那天是她最喜欢的女孩的生日，她送了一个漂亮的大蛋糕。如果蛋糕上有……那我简直对人性失去信心了。”

我真希望丈夫说“哈，刚才我是开玩笑”或者“只是很不可靠的推测”，但丈夫没有说这些，他只是问：“你是否还要保释她？”

我咬着牙说：“对，我要把她接回家。”

丈夫叹息道：“好吧，其实我也很同情她。我告诉你这些真相，但你不必把她视作魔鬼。她的动机——常人是不能理解的。”

两个月后，梅……妈妈回到家里，自从听了丈夫那番话，我总要先咯噔一下才能念出这个称呼。她的腿病已经很严重，一步也不能离开轮椅。整洁的衣服包着瘦弱的身体。每晚扶她上床时，我都觉得心中发苦。

她仍然很注意风度，每天早早起来梳妆，扎出一个清清爽爽的髻。她话语不多，我们外出上班时，她就缓缓转动轮椅，巡视院里和屋里的一切，在一株花草甚至一个蜂窝前都能待上半天。她的目光非常明亮，与她的病躯极不相称，不过——说句不吉利的话，我总觉得那里燃烧的是她最后的活力。

我已经忘了什么“良心折磨”的心计，诚心诚意地伺候她，变着法儿做可口的饭菜，为她洗头洗脚，推她出去散步。邻居好奇地问：“老太太是你妈还是婆婆？”知道内情的人尽夸我：“善心人哪，下世有好报的。”丈夫的表现也无可指摘，看不出两人之间有什么芥蒂。

半年后的一个周末，我回家时，看见茶几上放着一个漂亮的蛋糕。我忽然想起今天是自己的生日，近来生意太忙，把它忘了，亏得薛愈记着。但薛愈说他回来时蛋糕已经有了，是梅妈妈打电话定的。梅妈妈摇着轮椅从卧室出来，含笑看我。我的泪水不由涌出来，12 年了，梅妈妈还记得我的生日。我想起 12 年前的蛋糕，想起那时问她“是不是我亲妈”的稚语，也想起那场泼天灾祸，和我病愈后丑陋的麻脸……一时甜酸苦辣涌上心头。我走过去，偎在妈妈身边：

“妈妈，谢谢你。”

梅妈妈拍拍我的脸说：“下月 5 日是薛愈的生日，蛋糕还是我来定吧，免得定重喽。”

薛愈很难为情：“梅妈妈，你的生日是什么时候？我也该记住。”

梅妈妈说了她的生日：“你记不住我也不会生气的，男人都心粗。”

薛愈辩解：“不，我记不住自己的，可从没忘过平平的生日。”

三人都开心地笑了。我想，这是丈夫第一次不称“梅老师”而称梅妈妈。

生日之夜过得很愉快。晚上睡到床上，我对丈夫说：“我越来越不相信你说的那件事了。如果真是那样——如果真是她故意害了自己的女儿，会这样心境坦然吗？都说眼睛是心灵的窗户，梅妈妈的眼睛从来都是一清到底的。”

丈夫承认：“你说的不错，但我的直觉——相信也不会错。”

“你发现没有？你在家时，梅妈妈老是坐在角落里，目光灼灼地看着你。

她对你比对我还看重呢。”

丈夫略带窘迫地说：“我注意到了。她的目光老是烧得我后背发烫，烧得我不由自主想躲避，倒像是我干过什么亏心事似的。”

我咯咯笑了：“也许你确实干了亏心事，你还向警方告发了自己的老师呢——开玩笑开玩笑，我知道你的动机是光明正大的。”

丈夫好久不说话，我忙搂住他：“说过开玩笑嘛，要是还生气，就是小肚鸡肠啦。”丈夫摇摇头，表示他没生气。又沉思一会儿，他说：

“我要把这件事问清楚！否则一辈子心里不安生。这样吧，下月我过今年的年休假，你扯个原因出去躲 10 天，我要耐心地把她的秘密掏出来。”

“10 天——你能照顾好她的生活？”

“没问题，放心吧。”

一个月后，我同梅妈妈告别，我说：“广州有一桩生意，这 10 天由薛愈伺候你吧。”临走我又帮她洗了澡，她真的只剩一把骨头了，抱着她轻飘飘的身体，我心里又酸又苦。梅妈妈细声细语地嘱咐着路途安全，神情恋恋地送我出门。但我离家后有一个强烈的感觉，似乎梅妈妈知道这次安排的目的，似乎她也渴盼着与薛愈单独面谈的机会。

到广州后我打电话问妈妈的安好，然后压低声音调侃丈夫：“秘密探出来没有？”丈夫没响应我的玩笑，很郑重地说：“正在进行一场非常深入的谈话，等你回来咱们再详谈吧。”

广州的生意很忙，有几天没同家里联系。第七天，丈夫把电话打过来，劈头就说：“梅妈妈情况很不好，是心力衰竭，发病很急。快回来！”

我连夜赶回，下飞机后直接到中心医院。梅妈妈已陷于昏迷，输氧器的小水罐哔哔地冒着气泡，心电示波仪软弱无力地起伏着。她的脸色苍白如纸，死神已经吸干她的精血。丈夫俯在她身边说：“梅妈妈，平平回来了！”我握住她的手，俯在她耳边喊：“妈妈，平儿回来了，是平儿在喊你，听见了吗？”

她的手指极微弱地动一下，眼睛一直没睁开，但她分明听见我的喊声。她的手指又动一动，然后心电仪跳荡一下，很快拉成一条直线。

她走了，知道女儿回来后放心地走了。两天后，她变成了一抔骨灰，变成火化炉烟囱里的一缕轻烟。

丈夫搂着我坐在阳台上，默然眺望着深蓝色的夜空。身旁的轮椅上似乎还坐着那个熟悉的身影。纵然她年高体衰，但死亡仍来得太轻易了，短短七天的离别，我们就幽明永隔。伤感之波在房间里摇荡，不仅是伤感，还夹杂着尖锐的不安。我想梅妈妈的突然去世恐怕与丈夫有关，是他这次“非常深入”的谈话诱发了妈妈的心脏病。但这句责问很难出口，我不想造成丈夫终生的痛悔。丈夫没有这些迂曲的思绪，直截了当地说：

“梅妈妈把所有秘密全告诉我了。”

“是吗？”

“对，她确实有一个‘低烈度纵火计划’，孤儿院是她播撒病毒的第一站。后来她很快被捕，才没把这事做完。”

我震惊地看着他，下意识地摇头：“不——”

“没错，是她故意播撒的，是低毒性病毒，当然她的动机不是害人。早在我读博士时，就听她讲过一个故事：美国黄石森林公园为防止火灾，配备了强大的消防力量，刻意防范，多年来基本消灭了林火。但 1988 年一场最大的火灾爆发了，尽管动员了全美国的消防力量也无济于事，它烧光了 150 万英亩的林木，直到雨季才熄灭。后来专家发现，恰恰是平时对林火的着意防范才造成这场世纪火灾，由于林木越来越密，枯枝败叶越积越多，形成了发生火灾的超临界状态，这时一个小小的诱因就能引发大火，而诱因总是会出现的。黄石公园接受教训，此后定期实施低烈度纵火，烧去积蓄的薪材，有效控制了火情……我想在那时，梅老师就确立了在病毒世界低烈度纵火的思想。”

“她——”

“你知道，人类已经消灭天花和脊髓灰质炎病毒，并打算逐步消灭所有烈性病毒。这是医学史上里程碑式的成功，数以千万计的病人逃脱了病魔的蹂躏。可是梅妈妈说，这个成功的代价过于高昂了。人类在一代代的无天花、脊髓灰质炎等病毒的状态下，逐渐丧失了特异免疫力。但谁能保证直径 1.5 万千米的地球（含大气层）能永远保持在无病毒状态？诱因到处都有：实验室泄露、南极融冰后释放的古病毒、外太空病毒源、地球上进化出类似的新病毒……每一种小小的诱因都能使这种超临界态哗然崩溃，造成世纪大灾疫，很可能是几亿人的死亡。”

这个阴森的前景让我不寒而栗。丈夫感觉到了，把我搂紧一些，接着说：“所以，梅妈妈从俄国搞到了天花病毒，是一个观点相同的俄国同行给她的，她对其进行降低毒性的培养，使它变成像感冒病毒那样的‘温和’病毒。她的用意是让它们在人类中长久存在，但不会为害过烈。2023 年，她把第一批温和病毒撒播到社会上，首先是圣心孤儿院。可惜，过于有效的现代医疗体系摧毁了她的努力。”

我心中发冷，摸摸自己的脸：“结果使我变成麻子。”

丈夫很快说：“她说对此很抱歉，很难过。但没有法子。为了能唤醒人体的免疫力，温和病毒必须保持足够的毒性。对绝大多数人是无害的，但极少数特别敏感的人可能变成麻子，甚至也不排除少量死亡——感冒也会造成死亡啊。人类的进化本来就是死亡和生存之间的平衡，医学只能把平衡点尽量拉向生的一方。这是人类不可豁免的痛苦。平，妈妈是爱你的，用她的远见和睿智爱你。虽然她给你留下了天花瘢痕，但同时也种下宝贵的免疫力，某一天它会救你的。”

我咀嚼着这句话：不可豁免的痛苦。12 岁时妈妈就对我讲过这句话。不过直到现在，我才理会到其中所含的宿命的悲怆。我的内心挣扎着，不想信服这个观点。我怀疑地问：

“为什么不仍旧使用疫苗？那是绝对有效绝对安全的，已经经过 250 年的证明啦。”

丈夫冷冷一笑：“恰恰是这种绝对的安全有效，造成了人类社会目前绝对的超临界。这真是绝顶的讽刺。梅妈妈说，她花了 20 年才认识到人类防疫体制的弊端。不要奢望什么绝对安全，那是违反自然之道的。”

那晚丈夫对我谈了很多。看来，在这次“深入的长谈”中，梅妈妈的观点把他彻底征服了。他说，“梅妈妈是一个伟大的智者，其眼光超越时代几百年。她是拯救众生的耶稣，可惜人类社会误解了她，而我扮演的是出卖主耶稣的犹大，尽管是动机良好的犹大。她曾勇敢地点燃第一堆圣火，但被社会偏见迅速扑灭了。很庆幸在梅妈妈去世前能有这次长谈，不至于让这些宝贵的思想湮没。”

我认真听着，尽自己的智力去理解这些深奥的观点。我无法驳倒，但我一直心怀惕怛。原因很简单，就是为了生死平衡点“那边”的“不可豁免”的牺牲者。那些天丈夫很亢奋，坐立不安，目光灼热，喃喃自语。我冷静地旁观着，没有干扰他。第四天晚上我对他说：

“今晚放松放松，不要再思考那件事。愈，我想该要孩子了吧，我今天已去掉避孕环，又处于易于受孕期。”

丈夫热烈地说：“对，该要个孩子了。”那晚，我从丈夫那儿接过生命的种子，丈夫沉沉睡去。我来到阳台，躺到摇椅上，睇视着月升月落，云飞云停。东方现出鱼肚白时，我回屋把丈夫喊醒，平静地问：什么时候重新开始梅妈妈的“低烈度纵火计划”。丈夫吃惊地望着我，我苦笑道：

“愈，不必瞒我啦。你妻子虽然学识不足，但也不是傻子。听了你的话后，我有几点判断。一、既然‘低烈度纵火计划’是梅妈妈的毕生目标，她决不会把天花病毒轻易销毁，一定还有备份妥妥地藏在什么地方。二、她这次安然而逝，很可能已经找到了衣钵传人。三、你几天来的情绪太反常。”

丈夫顽固地保持沉默，看来这事太重大了，他既不愿对我撒谎也不敢承认。我叹息着：“愈，我不拦你，我知道你和梅妈妈一样，都有压倒一切的使命感。只希望你把行动日期往后推迟五年。那时我们的宝宝四岁了，你可以把天花病毒先播到他身上试试。”丈夫的身体猛然抖颤一下，连目光也抖颤不已。我盯着他，无情地说下去：“对，先拿咱的孩子做头道祭品。我已经信服你们的理论：人类社会已处于危险的超临界状态，温和病毒能逐步化解它。当然实施低烈度纵火时会有极少量不幸者，他们将代替人类去承受那不可豁免的痛苦。咱们的孩子是幸运者还是不幸者呢？只有听凭上帝安排。不管怎样，在自己孩子身上做过之后，你就可以良心清白地到世界上去纵火了。”我温柔地问，“愈，我说的对不对？我知道自己是一个傻女人。”

我安静地偎在他怀里，耐心等他的回答。

# 卡尔·萨根和上帝的对话

卡尔·萨根死了，死于上帝之子耶稣诞生两千年后，公元1996年12月20日。

他的灵魂，或曰他的精神，或曰他的思维，缓缓离开了那具肉体，那具使用了62年后被骨髓癌毁坏的躯壳，开始向天界升去。实际上，“升”和“降”的词语用在这儿已不合适，冥界中没有上下左右之分，没有过去未来之别。无数亡魂拥挤着，碰撞着，纠结着，向那个不可逃避的归宿奔去。

只有卡尔·萨根的“思维包”还保持着独立，保持着清醒。他尽力团紧身体，抵抗着周围的压力和亲和力，进行着必要的拓扑变形，但最终保持了自己的特征和完整性。终于，他从急流中脱身，刹住了脚步。

他睁开眼睛，向这个世界投去了第一瞥。这是在哪儿？是在什么时代？自他辞别人世后又过了多少时间，是一秒钟还是一亿年？远处有一个幽深的黑洞，它正贪婪地吞食着周围的一切：空间、星体、光线、精神化的物质和物质化的精神。萨根知道那儿是另一个世界的入口，那里面是绝对高熵的混沌，不允许丝毫的信息传递。宇宙将被抹去一切特征一切记忆，在黑洞中完成一个轮回。

所有亡魂都在向黑洞中坠落，只有他例外。他高兴地发现，自己具备了抵抗黑洞吸引的能力。

他当然不能沉沦，他的思考还未完成呢。

就在这时，他看见了对面那个老人。老人深目高鼻，瘦骨嶙峋，简陋的褐色麻衣遮不住枯干的四肢，长发长须飘拂着，遮没了半个面孔。老人同样超然于急流之外，卓然而立，双目炯炯。他向萨根伸出双臂：

“欢迎你，我的孩子。”

卡尔·萨根微蹙双眉，冷静地打量着他，在嘴角绽出一丝微笑：“我想，你就是那个大写的他，是主宰宇宙万物的上帝？”

老人平和地微笑着：“对，那是我的一个名字。孩子，我特意来迎接你进入天堂，跟我来吧。”

萨根却没有回应上帝的热忱，他冷静地说：“那么，我想你知道我的名字？”

“当然知道。卡尔·萨根，20世纪美国的科学先生。你一生无私无畏，弘扬科学之光，鞭挞伪科学、邪教和一切愚昧的东西。在民众心目中，尤其在青少年心目中，你已成了科学的化身。”

萨根应声道：“那你当然知道我对上帝的态度！非常遗憾，我从不信仰上帝，甚至在我的绝笔之作中，我还尽己所能，抨击了圣经的伪善和道德悖乱。在圣经这本书里，你似乎算不上一个仁慈的牧民者。你毁灭了诺亚时代的人类，毁灭了所多玛城和峨摩拉城；你纵容雅各，让他欺骗示剑城的男人行了割礼，又趁他们割伤未愈屠灭了全城；你为一个金牛犊——所谓的异教崇拜杀了三千以色列人，又唆使以色列人屠灭了耶利哥城、艾城和亚摩利五国……圣经中到处是仇杀、灭族、通奸、乱伦。我很奇怪，你怎么好意思把它留给尘世呢？”

听着这些刻薄的评论，上帝微笑不语。萨根想，他很快就会恼羞成怒了，也许他会把死人再杀死一次？但他一无所惧，冷笑着继续说道：

“你派到人世上的牧羊人更说不上是道德的楷模。是否需要我帮你回忆一下？中世纪的教皇福尔摩斯被他的继任者从坟墓中挖出，砍去手足，游街示众。教皇本笃六世、本笃七世、约翰十四世、约翰十六世都被继任者杀死，甚至割耳剜舌。教皇格里高利和英诺森成立了凶残的宗教裁判所，在它肆虐期间，估计有500万人在宗教火刑柱上被烧死，其中包括成千上万的所谓‘女巫’，也包括科学家阿斯科里、布鲁诺、塞尔维等，另有培根、伽利略等科学家被判终身监禁。直到20世纪80年代，罗马教皇才为伽利略和布鲁诺平反……尊贵的上帝呀，我的列举没有谬误吧。请你替我想一想，面对着这些血淋淋的事实，我怎么才能建立起对上帝的信仰？”

他讥诮地端详着上帝。

上帝仍微笑不语，许久，上帝才断喝一声：“那是我吗？那是你们自己！”

卡尔·萨根突然愣住了。

卡尔·萨根沉思着，放眼四顾。黑洞在吞食，空间在流淌，时间在浓缩，光线在扭曲，天尽头露出星系的微光。良久，萨根绽出笑容，迎上去拉住上帝的手：

“好啊，你说得对。你用一句话让我顿悟了。我列举的其实并非你的形象，而是我们人类自己，上帝只是人类精神的折射和聚焦。当人类处于野蛮时期时，他们信奉的无疑是一个嗜血者；当人类进入文明时代，上帝也会变得开明和仁慈。我想，此刻在我面前的这一个上帝，一定是非常开明的。”

上帝仍笑而不语，但萨根随即又机敏地转入进攻：“但是，照你的说法，也就否定了上帝实质性的存在。所以，你只是一个虚幻的偶像，是一个符号和象征，对吗？”

上帝狡黠地笑着，避开了正面回答：“我知道不少科学家笃信上帝，他们认为唯有上帝才能管理这个无限的宇宙，使宇宙处处充满秩序与和谐。你不认为宇宙需要一个创造者和管理者吗？”

“一个至高无上的管理者？”萨根答道，“我和所有科学家一样，敬畏大自然简洁的美，相信宇宙到处存在着普适的、严密的、精巧的秩序。比如说，宇宙在 150 亿光年外的部分仍和太阳系有同样的物质构成，以至于我们用分光光谱就能了解遥远星球的化学成分；那儿的星体同样严格遵循引力定律，使我们可以依据某个星体运行轨道的异常，推算出它身边的黑暗伴星；宇观尺度的星云涡旋和微观尺度的黏菌的集合形状，还有让化学溶液自动变色的别洛索夫—扎鲍京斯基反应，都源于相同的自组织过程；圆周率，这个用割圆术艰难算出来的无理数，可以用一个非常简单的无穷数列 1–1/3+1/5–1/7+1/9……来给出精确值，这说明数学‘深处’一定有某种未知的联系；宇宙大爆炸时的极端条件已被物理学和数学所征服，现在，物理学家们可以用电脑模拟出大爆炸的 $10^{-35}$ 秒后的物质构成，算出最终产物氢氦的丰度比是 4 : 1，算出大爆炸 150 亿年后宇宙将冷却为 2.7 开氏度，而这些理论计算结果都已被观测证实……看看这一切吧，只要了解这些，就会由衷地相信，在冥冥中有一个尽职的、万能的上帝在管理着这一切——当然，这个上帝未免太辛苦了。”

上帝假装没有听出他话中隐含的微嘲，笑着说：“好，那么你已经确认了上帝的存在？”

“不。”萨根心平气和地但非常坚决地否认。

上帝不悦地嘟囔着：“你真是一个不讲情面的、执拗的家伙。那么，你认为……”

“我不承认是上帝之力。当然，人类还没有能力破译宇宙最后的奥秘，幸运的是，另一个巨系统，即地球的生命系统，人类已接近于认识清楚了。它的复杂性并不亚于整个宇宙。生命系统中同样存在着严密的、精巧的秩序：所有生物的遗传密码都是由 DNA、RNA 组成，而 DNA 归根结底仅仅是腺嘌呤、鸟嘌呤、胞嘧啶、胞腺嘧啶四种代码的不同排列；所有生物，追踪到细胞水平都是极其相似的，所有生物的细胞都能互相融合……所以，看来，它们是一个上帝用同一种办法造出来的。据圣经上说，那是你七天的工作成绩。七天！上亿种生物！我想，”他调侃地说，“即使大能如上帝你，那七天也一定累得吐血。”

上帝隐去嘴角的微笑，模棱两可地说：“那是我的本分。”

萨根毫不留情地转了口风：“你先不忙居功吧。很可惜，在 20 世纪已经没有一个科学家相信生命是你创造的。因为按照奥卡姆剃刀原则，我们只能选取另一种更为简洁的解释：生命是无生命物质用自组织方式产生的，也就是说，是从‘无’中产生的；它是单源的；生命的产生全都遵循同一种简洁有效的法则。有了这三条，就足以解释生物大千世界中的严密秩序——实际上，不严密才见鬼呢。”他直视着上帝，“上帝，你认可这种解释吗？”

上帝并不以为忤，宽厚地说：“听起来是与‘上帝造物’同样有力的解释，甚至更好一些。我不必否认它。”

萨根终于笑了，迎上前去与上帝拥抱：“向你致敬，我已经开始喜欢你了，你的确是一个宽厚仁慈的老人。这可真是怪事，恰恰在你坦率地否认自身之后，我才愿意信奉你的存在。”

上帝也笑着紧紧拥抱他：“不奇怪嘛，宇宙本身就建立在悖论之上。你当然知道，量子力学的根基就是最深刻的悖论，即使最严密的科学分支——数学——也不能例外，哥德尔不完备定理证明了，任何公理系统内一定有悖论存在……好吧，”他拍拍萨根的肩膀，“你尘缘已了，随我进天堂吧。”

但卡尔·萨根却挣脱上帝的拥抱，后退半步，再次陷入沉思。

“不，我的尘缘尚未了结。”萨根苍凉地说，“我的思考还没有完成。因为直到病逝，我一直在思考一个更为深刻的悖论。我昼思夜想，不得安宁。”

“噢，是吗？说给我听听。”他含笑望着萨根。萨根转过身，凝望着苍茫的天宇：

“我刚才已经说过，宇宙从大爆炸中诞生时，遵循着一个先天的、严密的法则，以至于科学家在150亿年后可以在实验室里复现大爆炸后的情景。关于这条永恒的法则，也许2000年前一个中国老人的表述更为简洁。这个人叫李聃，又称老子，他……”萨根突然转了话题，问，“中国也在你的疆域之内吗？据我所知，中国人历来缺乏宗教的热诚。”

上帝平静地回答：“噢，当然在我的疆域之内，普天之下莫非王土嘛。不过，”他露齿一笑，“中国人是比较挑剔的信徒，在那儿我不得不换几个模样和几个名字。”

萨根会心地笑了，接着说：“老子把宇宙法则称为‘道’，他说：道不死，是为玄牝——大道是永恒的，它是繁育万物的产门。老子又说：道生一，一生二，二生三，三生万物——大道生出浑元之气，再分阴阳，阴阳交合，生出万物。你看，多么简洁深刻的表述。”

上帝颔首说：“噢，一个伟大的哲人。”

“那么，我们就用这个简洁的名词——道——来称呼宇宙最深层次的法则吧。道是不死永存的，道翱翔于物质和时间之外，严厉地监督着万事万物的运行，不管宇宙是在爆炸、在膨胀还是在走向灭亡——可是到这儿我就搞不懂了！”萨根苦恼地说。

上帝静静地凝视着他，等他说下去。

“因为这种‘道’就其本质而言，是一种信息。可是，信息的载体是什么？在宇宙爆炸前的宇宙蛋里，是一片绝对高熵的混沌，这里没有时间顺序，没有因果关系，它当然不可能容纳这些精确的信息。换句话说，即使是不死永存的‘道’也不可能穿过宇宙蛋中的混沌而延续到过去或未来。那么管理这个宇宙的‘道’是如何产生的？是在宇宙爆炸的巨响中随着物质世界而自动产生的？假如我们这个宇宙在数百亿年后归于毁灭，再次变成一个绝对混沌的宇宙蛋，这个宇宙之道会不会穿越混沌而延续到下一劫？换句话说，下一次宇宙爆炸会不会遵循这一个宇宙的模式？”他苦笑道，“也许我该这样问：上帝啊，请你回答，在下一个宇宙中，上帝是否仍是你？”

他苦恼地看着上帝：“我的智力无法回答这个问题，也许集全部人类的智慧也无法回答。我尽力尝试过，但每种正确的解释都会导出相反的结论。上帝，如果你确实存在，如果你真有大能，请给我一个确切的回答吧。”

长久的沉默。最后上帝平静地重复了刚才的话：“上帝就是你自己。”

卡尔·萨根失望地摇摇头，沉重地说：“其实我已猜到了你的回答。美国物理学家伍德说过，物理学和玄学的区别，在于物理学有一个实验室，因为物理学定律最终要用事实来确认。这是一个犀利的论述，可惜，他没有料到，物理学最终也步了玄学的后尘。宇宙之道是否超然于时间和物质之外是无法验证的。并不是没有实验室。不，有一个现成的实验室，甚至这个实验早在150亿年前就已经开始了，至今仍有条不紊地进行着。可惜，当实验完成时，观察者早就灭亡了，人类永远不可能观察到实验的结局。我一生反对不可知论，但至少在这个问题上，不可知论是稳操胜券的。”

他抱着一丝希望，询问地看看上帝——上帝沉默着。萨根叹口气，踽踽地转过身，俯瞰着脚下的世界。他的后背略显佝偻，他背负着沉重的痛苦，那是思想者的痛苦。上帝眼神古怪地盯着他，然后，上帝目光一闪，蹑手蹑脚地走过去，径直穿过萨根的身体。

卡尔·萨根打了一个冷战。他听到上帝的笑声，他感到亿万粒子击中了他身上每一颗细胞、每一颗原子。片刻的震荡后，视界清晰了。他看见了自己的赤脚，看见一袭褐色的麻衣，一双枯瘦的双臂，和自己头上浓如狮毛的长发长须。他发现自己具有天目天耳，可以听到光线的震荡，看到夸克的玩闹。他忽然醒悟到，他已与上帝合为一体。

上帝与我，不，上帝与我们。他聆听着自己的内心，感受到，在这个人形宇宙内，有无数思维包在强劲地搏动，有老子、柏拉图、伊壁鸠鲁、阿基米德、伽利略、牛顿、莱布尼兹、麦克斯韦、罗蒙诺索夫、爱因斯坦、波尔、霍金、彭罗斯、萨根……无数的思维汇成了上帝永恒的思索。天地苍茫，宇宙洪荒，也许这些理性思考足够锋利，能穿破宇宙轮回时的绝对混沌而长存。